O sabor da esperança

SUSAN WIGGS

O sabor da esperança

TRADUÇÃO
Laura Folgueira

Rio de Janeiro, 2023

Título original: Sugar and Salt
Copyright © 2022 by Laugh, Cry, Dream, Read, LLC.

Todos os direitos desta publicação são reservados à Editora HR Ltda. Nenhuma parte desta obra pode ser apropriada e estocada em sistema de banco de dados ou processo similar, em qualquer forma ou meio, seja eletrônico, de fotocópia, gravação etc., sem a permissão dos detentores do copyright.

Todos os personagens neste livro são fictícios. Qualquer semelhança com pessoas vivas ou mortas é mera coincidência.

Edição: *Julia Barreto e Cristhiane Ruiz*
Assistência editorial: *Marcela Sayuri*
Copidesque: *Marina Goés*
Revisão: *Beatriz Ramalho e Thais Entriel*
Design de capa: *Renata Vidal*
Imagens de capa: *Shutterstock e AdobeStock*
Diagramação: *Abreu's System*

Publisher: *Samuel Coto*
Editora-executiva: *Alice Mello*

Contatos: Rua da Quitanda, 86, sala 218 — Centro — 20091-005
Rio de Janeiro — RJ
Tel.: (21) 3175-1030

CIP-Brasil. Catalogação na Publicação
Sindicato Nacional dos Editores de Livros, RJ

W655s

Wiggs, Susan
　O sabor da esperança / Susan Wiggs ; tradução Laura Folgueira. - 1. ed. – Rio de Janeiro : Harlequin, 2023.
　368 p. ; 23 cm.

　Tradução de: Sugar & Salt
　ISBN 978-65-5970-293-0

　1. Romance americano. I. Folgueira, Laura. II. Título.

23-84864　　　　　　CDD: 813
　　　　　　　　　　CDU: 82-31(73)

Gabriela Faray Ferreira Lopes – Bibliotecária – CRB-7/6643

PARA MEU IRMÃO JON, O ARTISTA DA FAMÍLIA
E UMA INSPIRAÇÃO PARA TODOS NÓS.
EU TE AMO MUITO.

ESTE LIVRO POSSUI CENAS FORTES ENVOLVENDO VIOLÊNCIA SEXUAL.
SE VOCÊ É SENSÍVEL A ESSES ASSUNTOS, SUGERIMOS CAUTELA.

Prólogo

São Francisco, 2019

Margot Salton se perguntou se havia como capturar este momento e guardá-lo para sempre. Será que ela podia congelar cada detalhe em âmbar, encapsulado pela eternidade como um amuleto que pudesse abraçar sempre que precisasse? Porque era o tipo de momento raro que ela não queria jamais esquecer.

O homem que ela amava estava na plateia junto com a família que ela nunca pensou que teria e que, na verdade, ainda não acreditava merecer. Seu coração derretia ao vê-lo, tão confiante, reluzindo de orgulho. Margot não sabia o que tinha feito para conquistá-lo. Amigos e conhecidos, colegas e clientes, críticos e admiradores, estavam todos lá para celebrar seu sucesso.

Talvez não fosse o maior momento de sua vida — porque esse, é claro, estava bem enterrado no passado —, mas parecia grandioso, talvez grandioso demais para pertencer a alguém como ela, uma garota cuja origem não passava de segredos e problemas.

Depois de tudo o que havia vivido até chegar ali, Margot não era de se assustar com facilidade. Ainda assim, era aterrador pensar que todos os seus sonhos — e várias coisas com as quais ela nem havia ousado sonhar — estavam enfim se realizando da maneira mais mágica. Mas, como todo passe de mágica, esses sonhos pareciam muito frágeis e podiam desaparecer num estalar de dedos.

Até pouco tempo atrás, ela não era do tipo que podia contar com coisas boas acontecendo. Ainda estava se habituando ao gentil sorriso da sorte.

No pescoço, Margot usava uma fita larga e colorida com um medalhão que batia em seu peito quando se movia. Era embaraçoso de tão chamativo, mas ela usava-o com orgulho: Margot era a mais nova agraciada do Divina Award, uma das maiores premiações gastronômicas do país. Era muito significativo, porque reconhecia não apenas sua habilidade e visão de *restaurateur*, como também suas contribuições para seus funcionários e a comunidade.

Ainda assim, um medalhão? Sério? Uma medalha devia significar um ato de bravura, e ela estava longe de ser uma heroína. Apesar disso, aquele momento era dela. Cozinhar a havia salvado. A leitura a havia salvado. A mais pura determinação a havia salvado. Margot tinha se matado de trabalhar para chegar onde estava.

E, finalmente, havia sido reconhecida por quem importava. Aplausos e alguns gritos de alegria subiram num crescendo enquanto ela descia do pódio. Flashes de câmeras foram disparados e celulares foram erguidos para capturar o momento. As botas de caubói, sua marca registrada, chamavam uma atenção especial. Sob as luzes brilhantes, garçons cruzavam a área de banquetes externa, as bandejas cheias com seus melhores *amuse-bouche* e entradinhas, taças de espumante e jarras de limonada de lavanda.

Depois das fotos, Margot voltou para perto de um grupo de conhecidos que a esperava com uma garrafa de champanhe em um balde de gelo.

Ela abraçou e cumprimentou uma multidão — os investidores do Privé Group que tinham apostado nela, o gerente-geral e os *sous-chefs*, cozinheiros de linha, barmen e garçons; todos faziam parte daquele sucesso e estavam lá para celebrá-la. Jornalistas, blogueiros de gastronomia e até os céticos que haviam duvidado de sua capacidade (e lhe dado uma gastrite nervosa séria) agora erguiam as taças e sorriam orgulhosos.

Ela parou para mais uma foto com Buckley DeWitt, repórter e editor sênior da *Texas Monthly*. Ele foi o primeiro jornalista a notá-la quando ainda era freelancer da revista, anos antes, e gostava de exibir sua circunferência abdominal considerável com bom humor. Era conhecido por encontrar e exaltar os melhores churrascos do país, além de ser o único ali presente que a conhecia de sua outra vida.

Ele se inclinou para perto de Margot e abaixou a voz.

— Precisamos conversar. É sobre Jimmy Hunt.

Só a menção do nome fez o sangue dela gelar.

— Já te contei tudo e você já publicou tudo — falou ela. — Não tenho mais nada a dizer sobre os Hunt.

— Mas...

— Mas nada, Buckley. Esse assunto já acabou para mim.

Ela se recompôs e se virou para cumprimentar outros convidados.

Na verdade, aquele assunto nunca acabaria, mas Margot tinha superado e pretendia manter alguma distância de seu passado.

Nesse momento, uma desconhecida acenou e atravessou a multidão como se quisesse muito falar com ela. A mulher balançava um cardápio comemorativo em uma das mãos e segurava um envelope pardo e uma canetinha de ponta grossa na outra. Ela não se encaixava muito bem com as fervorosas lideranças civis ali presentes nem com os trabalhadores de cozinha tatuados e outros comerciantes da Perdita Street. Usava jeans batido e tênis sujo, tinha cabelo liso comprido com mechas grisalhas e dedos e dentes manchados de tabaco.

Com uma explosão de energia, a mulher se lançou à frente de Margot e abriu um sorriso bobo que não combinava muito bem com seu olhar afiado.

— Margie Salinas? — perguntou ela.

Margot parou, desacostumada a ouvir aquele nome. Com a testa franzida e o coração quase parando no peito, ela olhou de um lado para o outro.

— Desculpa, como?

— Margie Salinas, também conhecida como Margot Salton — disse a mulher.

Margot não ouvia aquele nome havia anos. Nunca achou que fosse voltar a ouvir. Não *queria* voltar a ouvir.

O mundo desacelerou. O barulho da multidão rugiu em seus ouvidos, e então foi esmaecendo até virar um balbucio abafado e indiferenciado. Ela conseguia ver vários detalhes minúsculos em alta definição — o cenário lindíssimo com vista para a baía, as luzes cintilantes, as mesas opulentas, os rostos sorridentes —, todas as coisas que queria guardar para sempre no coração. Mas, num piscar de olhos, os detalhes se transformaram no rosto atordoante e desconhecido à sua frente.

— Quem é você? — perguntou ela.

A mulher colocou o envelope pardo na mão de Margot e apertou com firmeza.

— Você foi intimada.

Parte um

Eu vivo tagarelando sobre cozinhar e como isso contribui para a vida e o humor, sobre como é uma força de tranquilidade frente ao desconhecido. É uma arte manual que nos força a pensar diferente do modo usual de quando estamos trabalhando ou simplesmente vivendo. Cozinhar ajuda a desligar um pouco o cérebro. Cozinhar é um processo de cura.

— Sam Sifton

1

São Francisco, 2017

O equilíbrio exato de açúcar e sal era a chave para o molho barbecue perfeito. Claro que, no que dizia respeito a molho barbecue, todo mundo tinha uma opinião sobre a combinação de acidez, aroma, sabor frutado e condimentos — o inefável umami — que tornava cada bocada tão satisfatória.

Mas Margot Salton tinha certeza absoluta de que tudo começava com sal e açúcar. Tinha até batizado seu produto icônico de sal+açúcar. Esse molho era seu superpoder. Seu segredo. Sua especialidade. Na época em que não tinha nada — nem casa, nem instrução, nem família, nem meios de se sustentar —, ela criara essa poderosa alquimia de sabores que fazia homens gemerem de prazer, mulheres ignorarem a dieta e apaixonados por comida reticentes implorarem por mais.

Foi um longo caminho desde que começara a fazer os humildes potes envasados em casa, no Texas. Um consultor de marca e um designer criaram o rótulo e a embalagem, dando-lhe um visual mais sofisticado. Naquele dia, Margot tomava um cuidado especial para garantir que as amostras que enviaria de presente estivessem embaladas de modo impecável, porque tudo dependia da reunião que aconteceria mais tarde. E ela sabia que o melhor cartão de visita do mundo era uma amostra de seu produto.

O dia havia chegado. O dia em que todas as suas esperanças estavam depositadas em um único objetivo: abrir seu próprio restaurante.

O nome do lugar era Sal, uma palavra curta e simples. Ciente da taxa de falência de restaurantes recém-abertos, Margot tinha feito a lição de casa e tentado evitar erros de principiante. Fizera alguns treinamentos e assistira a aulas na City College. Estagiou e participou de eventos competitivos para mostrar seu talento. Aprendera a lógica do negócio, do fundo da cozinha até a frente do salão.

Não seria fácil. Mas como diz o ditado, nada que vale a pena é fácil. Margot se perguntou por que tinha que ser assim. Por que não existiam coisas que eram fáceis *e* valeriam a pena?

Ela nunca tinha se esforçado tanto na vida e nunca tinha amado algo desse jeito. O trabalho que parecia infinito não a intimidava. Margot cuidara de si por toda a sua vida adulta, às vezes se puxando pela unha, determinada a ser reconhecida pelo próprio esforço. Agora, depois de anos de planejamento, treinamento, contas a pagar e alternâncias entre euforia e terror, ela estava pronta.

Quando vestiu a clássica roupa de mulher de negócios — calça de alfaiataria preta, blusa de seda branca e blazer ajustado —, sentiu uma súbita onda de nervosismo. Tinha passado por isso antes, apresentado a proposta a outros investidores.

Várias fontes de financiamento privado haviam rejeitado a ideia dela. *A comida é cinco estrelas, mas o conceito é fraco. O conceito é forte, mas o cardápio precisa melhorar. O plano de negócios não cobre todas as frentes. A carne é salgada demais. Não é salgada o bastante. Não precisamos de torrada texana na Califórnia.*

Cada rejeição só aumentava sua determinação. Talvez fosse esse benefício oculto de ter sobrevivido ao suplício no Texas. Se ela conseguiu passar por aquilo, conseguiria sobreviver a qualquer coisa.

Hoje seria diferente. Era uma reunião de tudo ou nada. Ela precisava acreditar nisso.

Seus sapatos de luxo, um achado épico de brechó, eram desconfortáveis, mas ela sabia que precisava se apresentar como uma professional para inspirar confiança nos investidores. Nada de se exibir. Apenas uma mulher de negócios casual. Vestida para o papel. Seguindo as regras.

Margot deu um passo para trás e se viu no espelho. Pregas perfeitas nas calças, cabelo louro feito num salão que ela mal podia pagar.

— Que tal, Kevin? — perguntou.

Seu lindo gato malhado bocejou e lambeu uma pata.

— Eu sei — disse ela. — Eu me sinto uma impostora. Droga. Eu *sou* uma impostora.

Assim que se estabelecera em São Francisco, Margot mudou de nome. Sua nova identidade lhe caía tão bem que às vezes se esquecia completamente de Margie Salinas, como se aquela pessoa fosse uma conhecida do ensino fundamental que se mudara de cidade no meio do ano.

Outras vezes, acordava no meio da noite envolta em uma névoa de pânico, perseguida por pesadelos, a garota que ela fora de volta para assombrá-la. Ela estava mais uma vez na pele de Margie, as mãos e os pés presos num casulo, lutando para achar uma saída. Margot uma vez lera que o passado nunca acaba de verdade, nunca se torna passado de fato. Dez anos depois, ela descobriu o quanto isso era real. Não importava quanto tempo passasse, o luto vinha, se acomodava em seus poros e nunca era eliminado por completo. A tristeza cercava esses estranhos momentos em que se lembrava daquela outra vida.

Às vezes, só lhe restava tentar não remoer o que tinha deixado para trás — e por quê. Quase sempre em vão. Embora tivesse certeza de que havia tomado a melhor decisão que podia sob circunstâncias horrendas, ela ainda se questionava.

Margot quase sempre superava esses momentos e seguia em frente, sem demonstrar a ninguém em seu novo mundo o que havia ficado em seu passado. Em termos de dor emocional, se afastar tinha sido tão intenso quanto o trauma em si, embora de modo diferente. Uma parte dela queria ficar próxima àquela única coisa que a ancorava à terra. Mas, por outro lado, seguir em frente tinha sido a única opção viável, dadas as circunstâncias e dado o tamanho e escopo de suas ambições.

Seu espírito se recusava a ser preso ao solo. Margot então se erguera e mudara de nome. De lar. De terapeuta. De amigos. De tudo, menos de gato. Conseguira também se graduar com honras em aikido e era capaz de enfrentar qualquer oponente — exceto os fantasmas que trazia consigo. Embora seu passado a seguisse de modo furtivo e entrasse de penetra em sua consciência, na maioria das vezes ela conseguia focar nos recomeços com a intensidade de um laser.

Parecia que já havia se passado uma vida desde que tivera a audácia de imaginar abrir um restaurante de carnes na cidade mais cara dos Estados Unidos. Tinha sido um tiro no escuro, e nele ela havia encontrado o fogo para criar o futuro que queria.

Ainda assim, o ardor do fracasso a atingiu. Por que a reunião de hoje seria diferente?

Merda. Seguir as regras só resultou em rejeição.

Por impulso, ela chutou os sapatos luxuosos para longe, fazendo Kevin sair correndo. Tirou a calça e o blazer e colocou uma roupa que a fez se sentir mais como ela mesma — uma saia jeans curta com uma camiseta com o logo sal+açúcar e suas botas de caubói favoritas. Pernas à mostra para celebrar o dia ensolarado de verão que nem a neblina conseguira vencer.

E então ligou para Candy — seu mestre churrasqueiro, Candelario Elizondo — e informou que havia uma mudança de planos.

— Vamos com a van — disse ela.

— Você vai levar o *food truck* até o distrito financeiro? — perguntou ele. — Margot, você vai ser multada.

— Só se vendermos a comida. Mas não vamos fazer isso. A gente vai dar de graça.

Ele falou algo em espanhol rápido demais para ela entender, depois completou:

— Você é maluca.

— Te encontro lá — disse ela, e deu o endereço.

Ela sabia que ele não a decepcionaria. Margot conhecera Candy enquanto vendia seus molhos no mercado de produtores de Fort Mason. Mestre churrasqueiro experiente e muito cordial, Candy tinha sido um rancheiro de sucesso no México, mas perdera tudo em uma crise bancária e fora para o norte começar do zero. Juntos, eles compravam, defumavam e assavam as carnes à perfeição, usando um defumador à lenha com madeira de um perfume irresistível: maçã, noz-pecã, algarobo, carvalho e cedro. Tinham lançado um serviço de bufê e alugado um *food truck*, e não demorou muito para suas criações ganharem seguidores devotos. Saíram em uma matéria no *Examiner*, participaram de um monte de eventos e, quando os estoques começaram a acabar rápido demais e os pedidos de pré-venda só aumentavam, Margot decidiu que enfim tinha chegado o momento de dar o próximo passo.

Assim, ela trabalhara de modo incansável num conceito que englobava localização, marketing e logística de serviço similares ao que havia de melhor do ramo. Vivia e respirava atmosfera, preço, fluxo de caixa, clipping de imprensa. Estava confiante. Estava pronta.

Candy tinha estacionado a van na frente do amplo prédio comercial. Estava vestido para o trabalho, com o boné com logo e o avental combinando com o dela, antebraços musculosos, tonificados por horas na churrasqueira, flexionados enquanto abria a janela e o toldo.

— Você tem certeza de que quer fazer isso? — perguntou ele.

Ela fez que sim.

— Me deseja sorte.

Uma placa discreta no escritório a levou às salas do Privé Group, uma empresa de investimentos especializada em novos restaurantes. Com mais de cem estabelecimentos em seu portfólio, os investidores tinham um histórico de sucesso quando o assunto era lançar novos empreendimentos. Os diretores eram Marc e Simone Beyle, casal francês que morava em Sausalito de frente para a baía. A reputação deles era feroz, seu gosto, exigente, mas Margot tinha conseguido convencê-los a escutar sua proposta.

Uma recepcionista vestida com o tipo de roupa que Margot rejeitara de manhã a levou a uma sala de reuniões gelada, com cadeiras ergonômicas e mesa com tampo de vidro.

Ela sentiu meia dúzia de olhares enquanto entrava e o ar-condicionado arrepiou suas pernas. Mas era tarde demais para se arrepender da escolha do look.

— Olá, pessoal. Agradeço por me receberem — disse ela, colocando as embalagens com os molhos junto às pastas que continham sua história pessoal (o tanto que ela estava disposta a contar), além da missão da empresa, demonstrativos financeiros e plano de negócios.

— Estamos ansiosos para ouvir você — disse Marc, com um sotaque francês sutil e sofisticado.

Simone tinha traços pontudos e severos, mas o interesse reluzia em seus olhos.

— Podem perguntar qualquer coisa — disse Margot. — Sou um livro aberto. E depois eu gostaria de...

— Quem são seus ídolos na culinária? — perguntou Simone.

Margot não estava preparada para essa pergunta em especial. Por sorte, a resposta estava na ponta da língua.

— Minha mãe, Darla Sal... Salton.

Uma leve enrolada no nome. Quase disse Salinas. Mesmo depois de tantos anos, o sobrenome original a seguia como uma sombra. Era o nome da mãe, de uma região antiga da Espanha onde as pessoas pareciam mais celtas do que espanholas.

— Ela foi cozinheira de restaurante e teve um bufê no Texas, de onde eu venho. Seus sanduíches e molhos eram famosos, e, quando eu era pequena, passava horas a observando. — Ela não mencionou o motivo: sua mãe não podia pagar creche nem babá. — Mais velha, aprendi a fazer churrasco com o melhor mestre churrasqueiro de Hill Country, o sr. Cubby Watson. Quando minha mãe morreu, ele e a esposa, Queen, foram como pais para mim.

Ela parou para respirar, mas voltou a falar depressa, antes que questionassem por que ela fora embora do Texas.

— Aqui em São Francisco, meu ídolo é também meu sócio: sr. Candelario Elizondo. Aliás, ele está lá em...

Eles interromperam com mais perguntas: por que São Francisco? Você concorda que suas finanças parecem questionáveis? Por que essa logística de serviço? E esse plano de marketing?

Ela reconhecia aquelas expressões. Viu o fracasso inscrito no rosto de todos. Merda. Sentiu o ceticismo deles. O peito dela apertou; não estava dando certo. Ela sabia que as chances de alguém que abandonou o ensino médio no Texas conseguir abrir um restaurante badalado no coração de São Francisco eram de uma em um milhão. Mas, ah, como ela queria. Queria que confiassem nela, a valorizassem, lhe dessem as responsabilidades que ela sabia ser capaz de aguentar.

— Em geral, pedimos para os chefs organizarem algo para nós — disse um dos diretores do conselho.

— Eu sei — disse ela. Margot tinha procurado por espaços que sediassem eventos, mas não achara nada que pudesse pagar. — Sei que não é muito comum, mas cozinho melhor do que falo. Eu juro que sou capaz de assar qualquer coisa. Vocês topariam descer? Meu *food truck* está logo aqui na porta.

— Você trouxe seu *food truck*? — perguntou Simone, erguendo as sobrancelhas bem desenhadas.

— Sim, senhora.

Houve uma pausa excruciante. Os Beyle trocaram um olhar. Margot prendeu a respiração. E então as cadeiras rolaram para trás e todos foram na direção da porta. A descida até o estacionamento pareceu infinita, mas a cena na rua estava do jeito que ela esperava. O caminhão estava lotado de gente devorando amostras do churrasco como se tivessem passado fome numa ilha deserta. Havia até um guarda, que, em vez de aplicar uma multa, engolia um sanduichinho de porco desfiado acompanhado de uma conserva que Margot tinha chamado de Picles de Gallo.

Depois de trocar um olhar com Candy, Margot assumiu seu lugar no balcão e, de repente, estava relaxada. Aquela era sua zona de conforto: criar uma experiência deliciosa que as pessoas desejavam sem parar. Nada de sala de conselho e jantar degustação pretensioso. Ela distribuiu pratos lotados de seu inconfundível *brisket* que derretia na boca com uma crostinha adocicada e defumada, linguiças que ela desenvolvera em parceria com um rancho sustentável perto de Point Reyes, cogumelos Portobello defumados e mergulhados em manteiga e costelas muito macias besuntadas com seus molhos artesanais. Seus melhores acompanhamentos estavam disponíveis: pão de milho molhadinho como um pudim (direto do livro de receitas da mãe dela), molho vinagrete, salada de nabo mexicano com pimenta e, de sobremesa, o bolo de especiarias, banana e abacaxi que era sua marca registrada.

Enquanto o grupo de investidores provava tudo em silêncio, Margot esqueceu de respirar. Aquela era sua arte, o trabalho de sua vida, à mostra. Ela passara anos buscando os melhores ingredientes da estação com fornecedores locais.

Após vários minutos de agonia, Simone limpou os lábios com um guardanapo.

— Bem — falou. — Você sabe mesmo o que está fazendo.

Margot não tinha ideia de como responder, então esperou. Tentou não entrar em pânico.

— O tempero das costelas é bem incomum.

— É *gochujang* — explicou Margot. Era uma escolha arriscada, mas ela sabia que havia encontrado o equilíbrio perfeito de sabor apimentado com o condimento coreano. — Se preferir, posso fazer com um tempero mais tradicional.

Simone empurrou o prato e olhou o rosto dos colegas. Ela e o marido cochicharam em francês.

— Não, acho que não precisamos provar mais nada — declarou ela.

— Isso aqui é o meu melhor — falou Margot.

Outra pausa. Mais um diálogo rápido em francês.

— Então — disse Marc, deixando de lado o guardanapo e estendendo a mão para Margot —, onde gostaria de abrir seu restaurante, srta. Salton?

— Você deve ser a Margot — disse a corretora imobiliária ao estender mão. — Yolanda Silva. É ótimo enfim conhecer você pessoalmente

— Digo o mesmo — falou Margot, com um aperto de mão firme. *Estou aqui*, pensou ela. *Estou fazendo isto de verdade.*

— Sirva-se de alguma coisa para beber. Só vou rapidinho até a minha sala pegar umas coisas antes de começarmos a visitar os imóveis.

Yolanda, com unhas brilhantes e óculos de grife, parecia elegante e organizada como seu ambiente.

— Obrigada.

Margot pegou uma garrafa gelada de Topo Chico de uma geladeira com porta de vidro e se sentou no lobby elegante. Nervosa, tomou um gole da água borbulhante e fresca. Era difícil acreditar, mas, graças ao Privé Group, ela agora tinha uma equipe. Uma equipe dos sonhos. O Privé apresentara um time de logística que iria ajudá-la em cada passo da montagem da startup, do conceito ao design à grande inauguração e além. Depois da sua apresentação nada comum e várias outras reuniões tensas e desafiadoras, Margot tinha enfim um investidor.

Tinha um objetivo. Um plano. Um futuro.

Todos os contratos foram assinados, a equipe, montada, o cronograma, desenhado. A única coisa que faltava era alguém com quem celebrar. Quando ela era criança, corria da escola para casa quando tirava nota máxima só para ver a expressão da mãe — aquele brilho no olhar, um misto de amor e orgulho. Adulta, Margot precisava se contentar com se servir de uma taça de vinho e brindar com o gato.

Era triste não ter alguém com quem trocar um abraço, ou um toque de mão. Alguém que dissesse "Que orgulho de você". Ela podia ouvir o tom exato da voz da mãe, mesmo depois de tanto tempo. Às vezes, essas lembranças pareciam ser a única coisa que a mantinha sã — o fato de que, em algum momento de sua vida, ela tinha sido muito importante para alguém. Tinha sido valorizada. Tinha sido amada.

Mas agora ela era uma adulta e precisava se virar sem seu fã-clube de uma pessoa só.

Mesmo que, em momentos como aquele, pudesse ser bom ter alguém ao seu lado.

À noite, sozinha com seus pensamentos, Margot não conseguia acreditar que tinha chegado tão longe. O caminho atrás dela fora tão cheio de dificuldades e tragédias e arrependimentos que muitas vezes parecera impossível acreditar que ela merecia um recomeço. Ela tentava se apoderar de seu próprio valor. Às vezes, cuidar de si mesma e reforçar esse pensamento funcionavam, mesmo que só um pouquinho. Outras, só o esforço levantava um muro de solidão em torno dela. Sim, ela sentia que tinha valor, mas, sem ninguém para compartilhar os bons e os maus momentos, como isso podia importar?

De qualquer forma, o verdadeiro trabalho estava prestes a começar. Talento e paixão não eram suficientes, mesmo que seu dom para cozinhar e fazer molhos fosse indiscutível. Ela precisava estar disposta a comandar o navio, capitanear um empreendimento com toda a sua loucura, e tudo que isso significava: noites em claro, dias intermináveis, zero tempo de lazer, enxaquecas causadas por estudos detalhados e uma resiliência para atravessar falhas e contratempos.

— Pronta? — perguntou Yolanda, que saiu de sua sala carregando uma prancheta e um portfólio.

Com seu olhar afiado e sua elegância, Yolanda ajudava os clientes do Privé a encontrar o local certo para seu empreendimento. Prometera para Margot que encontraria um lugar que atraísse uma clientela próspera tanto de locais como de turistas, dando-lhe a oportunidade de formar uma base de clientes fiéis, não apenas sazonais.

A gerente geral de Margot, Anya Pavlova, juntou-se a elas para visitar as propriedades. Anya tinha gerido alguns dos melhores restaurantes da Bay Area e era fã da visão de Margot para o Sal — um salão de jantar moderno e elegante que o diferenciasse de outros restaurantes de carne. Elas queriam que o restaurante fosse o tipo de lugar que servia comida de tirar o fôlego, que as pessoas estivessem dispostas a ficar na fila por horas para degustar, como acontecia no *food truck*, só que nesse caso sem fila, porque um aplicativo administraria o fluxo do salão com precisão cirúrgica.

— Com base nos seus critérios, encontrei essas opções maravilhosas.

Yolanda entregou folhetos de venda de cada lugar. Margot e Anya já haviam analisado todos on-line, imaginando o restaurante em cada um. Em toda a vida, Margot nunca havia visitado imóveis. Para ela, casa significava qualquer lugar seguro que pudesse abrigar ela e Kevin. Hoje em dia, os dois moravam em um apartamento de garagem alugado no bairro da marina.

Elas reduziram as escolhas a três propriedades. Uma ficava próxima a Fisherman's Wharf e ao mercado de produtores de Fort Mason. A cozinha tinha sido reformada havia pouco tempo e o salão de jantar era cercado de janelas. A vista ampla emoldurava um icônico cenário de todas as coisas que os turistas amavam em São Francisco. O deque se estendia sobre a água, onde mesas sombreadas se beneficiariam da brisa enquanto os clientes observariam o tráfego de barcos e ouviriam o urro dos leões marinhos. Margot conseguia imaginar muitas e muitas pessoas felizes se reunindo ali.

— A clientela é bem turística — comentou Anya.

— Isso não é ruim — disse Margot. — Mas eu adoraria receber mais moradores da região e clientes recorrentes.

O próximo lugar era bem situado em Nob Hill, em um quarteirão onde um churrasco fantástico com certeza seria bem-vindo. Havia algumas lojas convidativas, e a região dos teatros ficava perto. O ponto negativo era a fachada sombria e sem cor e o interior que tinha o charme de uma repartição pública.

— A gente pode fazer funcionar — assegurou Anya. — Já vi a equipe de design fazer maravilhas com espaços mais rústicos.

A cozinha estava em boas condições, e a saída de serviço era espaçosa o suficiente para entregas vindas do fogo de chão de Candy, que ficava localizado em uma área industrial.

A terceira opção era em um prédio antigo de um bloco histórico chamado Perdita Street. No coração de um dos bairros mais vibrantes da cidade, era uma área de boulevards de tijolos desgastados e calçadas arborizadas. Alguns dos edifícios datavam do início do século XIX, e uns poucos tinham até sobrevivido ao terremoto e ao incêndio de 1906.

O bairro vibrante e animado era popular entre turistas e moradores locais, e tinha uma feira ao ar livre aos sábados. Havia um lugar chamado Bar Mehndiva, onde dava para beber um *kombucha* enquanto se fazia uma tatuagem de henna. No mesmo quarteirão, havia uma sala de degustação com vinhos Rossi de Sonoma, uma lojinha descolada que vendia roupas combinando para cachorros e seus tutores, uma casa de repouso para pacientes com Alzheimer — com um jardim sombreado na frente — e uma livraria convidativa no prédio mais antigo da região.

Em um prédio baixo em frente à livraria, havia um imóvel vazio, anteriormente um restaurante mexicano popular que fechara as portas quando os proprietários se aposentaram. O espaço estava muito negligenciado, mas tinha boa estrutura, e Margot conseguia visualizar a atmosfera confortável e amigável que sempre havia imaginado.

Só uma coisa a deixava em dúvida: a cozinha era compartilhada com a confeitaria ao lado.

— É uma configuração incomum, mas a cozinha é enorme e foi compartilhada durante anos com um restaurante. A confeitaria é um marco local. Começou como um centro comunitário nos anos 1960 — explicou Yolanda.

A cozinha era datada, mas reluzia de tão limpa, e uma surpresa esperava por elas. Uma porta marcada com a palavra *Açúcar* se abriu e por ela surgiu uma mulher. Era mais velha, usava óculos de armação grossa e o cabelo preso em um coque e tranças afro, e carregava uma bandeja de doces e uma jarra de limonada.

— Olá, moças. Sou a Ida — disse, colocando a bandeja em um balcão de aço limpíssimo.

— A dona da confeitaria, certo? — respondeu Yolanda. — Muito prazer.

— Dona só no nome — explicou a mulher. — Já estou aposentada, ou era para estar, pelo menos. Meu filho, Jerome, é quem cuida daqui, mas ainda me envolvo com os negócios. Eu vim porque gosto de saber com quem vamos lidar.

Margot se apresentou, e Ida deu um passo atrás para analisá-la.

— Olha você — disse. — Tão pequenininha e tão jovem.

— De fato — falou Margot —, mas já estou nesse negócio há um bom tempo. Comecei fazendo sanduíches com minha mãe num *food truck*.

— Ah, é? Então, você cresceu na cozinha.

— Aham. Éramos só eu e minha mãe, e ela era minha melhor amiga — contou Margot. Na verdade, a mãe era seu mundo inteiro. — Os sanduíches dela eram mais que deliciosos. Com queijo pimento, almôndegas defumadas, salada de ovo, rosbife e molho remoulade, *biscuits* de manteiga e mel com frango frito… As pessoas eram loucas pela comida dela.

Darla Salinas nunca ganhara muito dinheiro, não porque sua comida não fosse boa — ela era —, mas porque não tinha tino para os negócios.

Ida indicou a bandeja.

— Anda, podem provar. Façam um lanchinho e daqui a pouco eu faço um tour com vocês.

Os doces eram divinos — uma torta amanteigada e reluzente com frutas frescas, um cookie de melaço que fez Margot quase dançar de tanto prazer, brownies de chocolate minúsculos e deliciosos e barrinhas de limão.

Enquanto Anya conversava com Ida sobre negócios, Margot se perguntava se as coisas teriam sido diferentes caso sua mãe *tivesse* focado em progredir em vez de só sobreviver. Certo ano, o sanduíche de *brisket* e peperoncino no pão *kaiser* — com o ingrediente nem tão secreto de batatas chips sabor churrasco trituradas — foi nomeado o melhor sanduíche do estado pela revista *Texas Monthly*, mas a mãe nunca lucrou em cima disso.

— Eu comecei bem aqui nesta cozinha quando era só um centro comunitário.

Ida abriu a porta para o salão de jantar abandonado e mostrou tudo. Tinha um ar datado, negligenciado, as paredes pintadas com antigas cenas mexicanas. O restaurante vazio lembrava uma cidade fantasma abandonada às pressas, com mesas e cadeiras viradas, um avental em um gancho, um pôster de futebol surrado, tubos de copos e talheres de plástico, recibos descartados e comandas de pedidos.

Margot ficou parada por um momento, imaginando o espaço transformado num restaurante caloroso, fresco, acolhedor. Em seus sonhos, impulsionada por um anseio de encontrar um lugar onde fosse importante, onde se encaixasse, onde estivesse no controle, ela havia projetado cada cantinho, preparando o palco para as pessoas desfrutarem de sua comida.

Ida terminou o tour com um sorriso gracioso.

— Espero revê-la em breve, Margot — disse ela.

— Hora da decisão — falou Anya quando saíram para o beco de serviço. As lixeiras estavam alinhadas de modo organizado, com rótulos para lixo orgânico e reciclável. Havia uma velha cesta de basquete em cima de um muro pintado com um mural desbotado, algo que parecia uma propaganda antiguerra da era do Vietnã. — Vamos repassar os prós e contras de cada lugar?

Enquanto Margot ponderava suas opções, tentou ser bem objetiva em relação a cada um dos imóveis. O espaço agitado em Fisherman's

Wharf, a localização elegante em Nob Hill ou a histórica Perdita Street.

— O que você acha? — perguntou ela a Anya.

— Bom, pode ser um desafio dividir a cozinha com a confeitaria. É limpa e espaçosa, mas alguns equipamentos são antigos.

— Verdade — concordou Margot. — Mas não se esqueça que eu trabalhava em um *food truck*, então não tenho problema com espaços apertados. Este lugar parece confortável. Sem frescuras, bem no meio de uma cidade que às vezes ainda me intimida. E eu gostei da Ida. Ela parece muito legal. Como se chama a confeitaria mesmo?

Anya entregou um cartão de visitas.

— Açúcar.

Ao ler aquilo, Margot sentiu um sorriso se abrindo. De repente, sentiu uma certeza tão grande que parou de se questionar.

— Perfeito.

— Bom, espero que tenha ficado satisfeita com o lugar — disse Ida.

O contrato de aluguel tinha sido assinado, os planos aprovados, as licenças concedidas e a transformação estava quase completa.

— Nós vimos muitos imóveis — falou Margot. — Mas confesso que, depois desse aqui, eu não quis ver mais nada. Me parece o lugar perfeito.

— Às vezes é assim mesmo — disse Ida. — Quando a gente sabe, a gente sabe.

Margot torcia para Ida ter razão. Os últimos cinco meses tinham sido intensos, mas gratificantes. Uma empresa de arquitetura havia transformado sua visão em realidade. Ela própria encontrara os lustres vitorianos, que pintara de preto e os pendurara no salão todo branco. As cabines ao longo das paredes internas mostravam um leve toque de cor, destacadas por um único guardanapo verde-maçã colocado em uma taça, brilhando contra o branco ártico. A impressão geral era minimalista, mas nem austera nem intimidadora. O lugar ainda estava com cheiro de gesso e tinta, mas logo o aroma adocicado do molho *barbecue* preencheria o local.

As áreas de cozinha e preparação haviam sido reformadas e modernizadas. Os funcionários estavam contratados e treinados, o sistema de pedidos, implementado, o cardápio, testado e planejado, depois de muito sofrimento. A *playlist* era um mix de músicas antigas e atuais, agradáveis e discretas. Os bartenders recém-treinados logo estariam servindo drinques artesanais como o Baja Oklahoma e o Martíni do Velho Oeste. Ela havia cuidado de todos os detalhes imagináveis, sempre ciente de que o problema viria de uma fonte que ninguém havia previsto. Afinal, é essa a natureza do negócio, a realidade que todo *restaurateur* tem que aceitar e que tornava tudo tão empolgante para Margot.

Ela e Ida sentaram-se no bar brilhante, recuperado de um hotel de 1908.

— Eu trouxe umas amostras da churrasqueira e da defumadora.

Ela ofereceu a Ida um pacote com *brisket*, linguiça e seus acompanhamentos favoritos. Também incluiu alguns potes de molho.

— Sal e açúcar — disse Ida, estudando o rótulo. — E agora somos vizinhas. Que coisa, né?

— Entendi como um sinal — explicou Margot. — Eu inventei esse nome para o molho quando era criança.

— É mesmo? Uau. — Ida se inclinou em uma postura amistosa, ouvindo com interesse genuíno. Era uma pessoa que parecia sempre confortável consigo mesma. — Coisa da sua mãe?

Margot achava fácil conversar com a mulher — o que era impressionante, pois era raro Margot se sentir à vontade com alguém.

— Eu ficava perto dela enquanto ela trabalhava. Quando fiquei um pouco mais velha, comecei a trabalhar no restaurante de carnes de Cubby e Queen Watson. Lá na Cubby Watson's Barbecue eu preparava alguns lotes de molho. Na região de Texas Hill Country, o churrasco é praticamente uma religião, e os Watson sempre precisavam de ajuda na cozinha. Comecei a lavar a louça e a preparar ingredientes para os acompanhamentos clássicos, e, quando Cubby viu como eu levava a coisa a sério, me ensinou tudo, desde cuidar da fornalha até o bar, algo que eu era nova demais para fazer naquela época, mas ele era um ótimo professor.

— Parece um bom lugar para começar — disse Ida.

Margot assentiu com a cabeça.

— Eu amava, até as partes difíceis. Cubby é um dos melhores mestres churrasqueiros do mundo. O *brisket* dele é tão macio que dá para jurar que foi cozido em manteiga. As pessoas viajavam quilômetros para provar a linguiça caseira da Queen, o sanduíche vegano de cogumelo com molho remoulade cremoso e o bolo de chocolate de assadeira, que é um clássico do Texas.

— Que maravilha. Dá para ver o que inspirou seu cardápio — disse Ida.

O telefone tocou e Ida entrou no escritório da confeitaria para atender a ligação. Era raro Margot ser tão tagarela, mas sentia que tinha feito uma amiga. Ida a lembrava de Queen Watson — uma mulher com um espírito forte, que parecia capaz de resistir a qualquer tempestade. Por serem negras, Margot tinha certeza de que as duas tinham enfrentado muitas dificuldades. A força de Queen tinha inspirado Margot a sobreviver nos momentos em que estivera mais vulnerável, e ela sentia que Ida faria o mesmo por ela.

Margot tinha 16 anos quando apareceu na cozinha dos Watson em Banner Creek, Texas, à procura de trabalho.

Apesar de um histórico de incerteza e desespero, tinha erguido a cabeça e olhado os dois nos olhos: primeiro Cubby, com seu rosto suave e silencioso, mãos ocupadas e talentosas e braços corpulentos capazes de lidar com grandes cortes de carne no fogo de chão externo; e depois Queen, cujo olhar impassível a mediu do topo da cabeça loura até o fim de suas pernas magrelas.

— Você é jovem demais para estar vivendo sozinha — observou Queen.

Margot — Margie, naquela época — não sabia muito bem qual era a regra para menores de idade. Ela sentia muita falta da mãe naquele momento. Sentia saudade de quando ficavam acordadas até tarde nas noites de sábado, conversando e rindo de tudo e de nada. Mesmo depois de a doença da mãe se agravar, elas continuaram melhores amigas levando uma vida simples — até que Del apareceu.

Del. Delmar Gantry. Aos 13 anos, Margie foi informada de que eles agora eram uma família. Quando ela perguntou à mãe o que elas eram antes, a mãe começou a rir, mas Margie nunca entendeu qual era a graça. Del fazia o tipo malandro, cheio de conversa fiada, e estava desempregado, mas parecia uma estrela de cinema. Juntos, ele e a mãe dela formavam um casal hollywoodiano, como aqueles que estampavam as capas da revista *People* e parecem glamourosos até quando estão apenas tomando um café ou assistindo a um jogo dos Lakers.

Só que, ao contrário dos casais de Hollywood, a mãe dela e Del viviam duros. Então, um dia, enquanto a mãe a ensinava a dirigir, ela parou no acostamento e disse que estava com dor de cabeça. Ela desmaiou e não acordava por nada. Quando a polícia chegou, já estava morta. Uma embolia. A mãe sempre tivera a saúde frágil, mas o médico que recebeu o corpo no hospital disse que uma embolia era um evento aleatório, sem causa subjacente e nem forma de impedir.

Margie e Del ficaram tão destruídos pelo choque e pela dor que não conseguiam fazer mais nada. Eram como pedaços de um barco quebrado, afastando-se um do outro à deriva. A mãe tinha sido a cola que mantinha a família unida. Quando ela se foi, o vínculo entre Margie e Del se desfez.

Até que um dia Margie notou Del olhando para ela de um modo diferente.

— Quantos anos você tem agora? — perguntou ele.

— Dezesseis.

Como ele não sabia disso?

Certa noite, ela ouviu os passos dele no corredor, até pararem ao lado da porta do quarto dela. Margie ficou muito tempo sem respirar. Nem um único suspiro até que, pela graça de Deus, ele continuou caminhando.

Mas os olhares continuaram e, às vezes, quando Del bebia umas cervejas, ela ouvia os pés dele se arrastando pelo corredor. Ele arranhava suavemente a porta. Algo dentro dela começou a avisá-la para ir embora dali. Até que um dia, levando apenas uma mala com algumas mudas de roupa, alguns utensílios de cozinha importantes e a única coisa de valor que a mãe tinha deixado — um fichário grosso e manchado de comida com suas receitas escritas à mão —, Margie pegou o carro e foi embora.

— Minha mãe morreu — Margie havia explicado a Queen, mantendo os olhos baixos. — E o namorado dela não era um cara bacana.

Depois disso, Cubby e Queen não fizeram muitas perguntas, o que foi um grande alívio, pois ela não queria falar sobre Del.

Ela se lembrava dos Watson com profunda gratidão, sem saber se algum dia seria capaz de retribuir suas muitas gentilezas. Quando o casal descobriu que ela estava morando no carro, logo a instalaram em uma edícula perto do armazém de defumação do restaurante, na periferia da cidade.

Em poucos anos, Margie provara sua competência em todas as etapas do serviço e se mostrara uma estudante ávida da arte do churrasco. Cubby dizia, brincando, que ela era a filha que ele e Queen nunca tiveram. Quando começaram a levar Margie para o culto aos domingos, com certeza algumas pessoas franziram um pouco o nariz. Uma menina loura, branca, que nunca havia colocado os pés em uma igreja da comunidade negra. Mas Queen era uma mãe de igreja e Cubby era diácono, e com isso a congregação da Church of Hope acolheu Margie de uma forma que nunca havia sido acolhida em nenhum outro lugar.

Graças ao salário e às gorjetas constantes, e aos lucros de sua pequena produção de molhos, ela conseguiu juntar dinheiro o suficiente para alugar um chalezinho mobiliado perto do rio. Levou consigo um gatinho que havia resgatado de uma caixa de filhotes abandonados no estacionamento do supermercado. E assim foi vivendo uma vida tranquila, até a noite em que tudo desmoronou.

Ida voltou do escritório e colocou a caixa numa bolsa térmica.

— O cheiro está divino — disse ela. — Vou levar para casa para o jantar.

— Depois me conta o que achou — pediu Margot.

— Neste momento, o que eu acho é que vamos nos dar muito bem — disse Ida, sorrindo ao ver a expressão de Margot. — Fique tranquila. Eu estou aposentada, querida, não vou me meter nos seus negócios. Você já conheceu Jerome?

— Tenho estado muito ocupada. Ainda não nos cruzamos.

— Mas sem dúvida logo irão. Você se importa de eu dividir isso com ele e os meninos dele?

— Não, imagina. Há muito mais de onde esse saiu.

— Jerome é pai solo — disse Ida. — É um desafio, mas ele é ótimo.

— Tomara que a gente se conheça em breve — falou Margot.

— Gosto quando eles estão por perto — disse Ida. — São uma boa companhia.

— Você é casada?

— Não mais. Me divorciei há muitos anos — disse Ida —, depois que Jerome terminou o ensino médio. A única coisa que Douglas me deixou foi o sobrenome. Ele se casou de novo e faleceu há cinco anos.

— E você nunca mais se casou?

— Não. — Ela fez uma pausa, parecendo pairar no limite de uma explicação maior. Então, deu de ombros. — Estou bem só comigo mesma. Bem demais, se você perguntar ao meu filho. Mas Jerome se preocupa comigo.

— Espera aí: ele é solteiro e se preocupa por você estar solteira?

Ida riu.

— Acho que ele projeta as coisas em mim. Ele sabe que às vezes me sinto sozinha, e é verdade, mas... — Ela olhou para o horizonte. — Meu coração está preso no passado, acho. — Antes que Margot pudesse a questionar sobre isso, Ida perguntou: — E você? Solteira? Saindo com alguém?

— Solteira e sem sair com ninguém no momento.

Nesse e em muitos outros, refletiu Margot. Às vezes ela recebia convites, às vezes aceitava, mas nenhum encontro deu em nada.

Mas a verdade é que Margot queria encontrar alguém. Queria se permitir, mas abrir o coração era mais desafiador do que abrir um restaurante. Havia sempre uma partezinha que se recusava a ser vulnerável. Uma parte que nunca conseguia ir além do passado e que a assombrava todos os dias. Concentrar-se em outras coisas era uma forma de evitar pensar nisso; era mais simples focar no encontro com o grupo de investidores, na estratégia de planejamento e no trabalho com a nova equipe.

— Nos últimos tempos, minha vida tem sido colocar este lugar pra funcionar — disse ela a Ida. — Anya, minha gerente geral, me avisou que no começo tudo leva o dobro do tempo e custa o dobro de dinheiro. — Margot suspirou. — Meu prazo inicial de três meses se estendeu para seis.

— Um dia, esse período vai parecer um piscar de olhos. Eu era jovem como você quando abri a confeitaria — lembrou Ida. — Era o que eu sempre quis fazer. O bairro era muito diferente nos anos 1970, sabe? Este espaço era um sopão comunitário da igreja. Compramos o prédio por quase nada. Jerome era pequenininho e eu montei um espacinho pra ele ficar bem ali ao lado da minha mesa. — Ela fez um gesto em direção ao escritório. — Gostamos de dizer que somos parceiros no crime desde aquela época. Os meninos dele têm agora 8 e 10 anos e são as coisas mais lindas do mundo.

— Olha só essa vovó coruja.

Margot só tinha lembranças vagas dos avós. Quando a mãe morreu, Margot entrou em contato com eles, que enviaram um cartão de pêsames, mas nem apareceram na missa triste e apressada para se despedir da filha.

Quando pensava nos pais de sua mãe, só conseguia visualizar um grande nada. Ela os imaginava como estranhos em um comercial bem genérico.

— Espero conhecer seus netos — disse ela a Ida.

— Com certeza vai. Mas já vou avisando, os dois comem como uma praga de gafanhotos.

— Meu tipo favorito de gente.

Margot tinha um bom pressentimento sobre Ida e este lugar. Tirando Miles, estar ali era a melhor coisa que já tinha feito. E também a mais difícil.

Uma semana até a inauguração. O prazo estava próximo, tão aguardado como a manhã de Natal e tão temido como o dia do julgamento. Tarde da noite, Margot digitou o código de acesso da doca de entregas da cozinha e entrou. Embora cansada, estava agitada demais para dormir, então decidiu aproveitar o sossego noturno e trabalhar um pouco mais.

Era ótimo que ela adorasse o trabalho, porque a função ali não tinha fim.

Na noite seguinte receberiam os primeiros clientes, em *soft-opening*, uma pré-inauguração. Era um jantar de cortesia para o conselho executivo e convidados. Só de pensar nas portas se abrindo, Margot sentia ondas e mais ondas de arrepios nervosos.

Algo no fluxo de trabalho da cozinha ainda a incomodava. Esperar demais por um pedido poderia arruinar a experiência do cliente, mesmo que a comida fosse deliciosa. Um fluxo suave de estação a estação era essencial.

Ela simulava repetidas vezes um pedido imaginário, cronometrando todas as etapas, da preparação ao empratamento. Enquanto trabalhava na linha de produção, mal notou o tempo passando. Isso sempre acontecia. Quando se envolvia em algo, o tempo parecia parar e esperar por ela.

Ela encontrou algo parecido com um funil em um canto da cozinha. Havia uma pequena área com uma escrivaninha que havia se tornado um ponto de objetos aleatórios — correspondência, utensílios, carregadores, quinquilharias. Ela ainda estava organizando o espaço, mas, até agora, sua única conquista tinha sido instalar um quadro de cortiça à frente da mesa. Colocara uma foto de Kevin, completamente relaxado e encolhido na janela do apartamento, e outra com a mãe, uma das poucas que tinha. Era uma antiga série de fotos de cabine fotográfica que elas tinham tirado na única vez que foram à praia no feriado de Corpus Christi. Ainda se lembrava daquele dia, as duas andando de bicicleta pela orla e brincando nas ondas, depois tomando sorvete de casquinha e enfiando moedas em uma velha máquina de *pachinko*. Elas se amontoaram na cabine, fazendo caretas e rindo. *Éramos tão parecidas*, pensou ela. *Parecíamos irmãs.*

Na parte de trás, a mãe tinha rabiscado uma mensagem: *Você é meu lugar feliz.*

Debaixo da mesa, havia um velho gaveteiro de madeira. Margot deslizou-o para fora, substituiu-o por algumas caixas de armazenamento e limpou a superfície.

A gaveta superior do móvel estava vazia, exceto por poeira e fiapos. A gaveta inferior estava emperrada, então ela se esforçou para puxá-la para fora, empurrando-a para a frente e para trás. Deu um último puxão e a gaveta se soltou. Margot caiu para trás, e o conteúdo se espalhou por todos os lados — papéis amarelados e correspondências antigas, recibos, blocos de comandas pouco utilizados, caixas de fósforos, clipes — detritos e refugos acumulados por décadas. Talvez parte tivesse pertencido ao sr. Garza, o antigo dono do restaurante.

Ela encontrou algumas ferramentas estranhas, como um utensílio para fazer dobras na massa de torta, um moedor de noz-moscada, alguns cadernos pequenos com números rabiscados e muitas canetas e lápis.

No fundo da gaveta, algo infelizmente havia se quebrado: uma grande moldura. Ela jogou os cacos de vidro no lixo e analisou a imagem contida ali: um certificado desbotado do Departamento de Saúde de 1975.

A frágil moldura de madeira se desfez e uma seção dobrada de jornal caiu no chão. Era um caderno especial da edição dominical do jornal *Examiner*.

Preservado na escuridão, colado na moldura atrás do certificado, o jornal estava em perfeitas condições.

Ela o levou para o caixote da reciclagem. Estava prestes a descartar o jornal velho quando algo chamou sua atenção. A manchete dizia: GRUPO LOCAL DE DIREITOS CIVIS FAZ PARCERIA COM ATIVISTAS ANTIGUERRA. Era de 1972. Da época da Guerra do Vietnã.

Sob a manchete, havia a imagem de uma multidão de manifestantes lotando a rua. A cena, mesmo sendo de décadas atrás, parecia estranhamente atual: pessoas segurando cartazes escritos à mão, usando camisetas e chapéus com slogans, punhos no ar enquanto gritavam ou entoavam palavras de ordem.

Margot então notou que a rua na foto era a Perdita Street, mais simples que agora, mas ainda reconhecível. O atual estúdio de tatuagem e piercing era antes uma loja de ferragens. Na fachada da Livraria dos Achados e Perdidos havia uma placa que dizia: COMPANHIA DE TIPOGRAFIA, e, até onde ela podia reconhecer, aquela era a sede da igreja Mission Gospel de Perdita Street. Com a curiosidade atiçada, ela colocou o jornal em um balcão de aço inoxidável para analisar com mais atenção. Havia uma reportagem detalhada sobre um grupo de direitos civis unindo forças com um grupo antiguerra organizado por estudantes da Universidade de Berkeley. Em uma página interna, outra foto saltou aos olhos. Era a foto de uma jovem negra com óculos de aro grosso e a legenda: *Srta. Ida Miller, sobrinha do sargento Eugene Miller, é uma organizadora importante da ação conjunta a favor dos direitos civis e eventos antiguerra.*

Na página seguinte, havia uma foto colorida de um show ao ar livre cheio de pessoas dançando, comendo ou relaxando em cobertores espalhados por uma colina, o campanário de Berkeley à distância. A banda se chamava Jefferson Airplane e o evento foi descrito como um churrasco, mas com comidas variadas.

Havia outra foto de Ida com um homem branco alto de cabelo comprido e óculos estilo John Lennon. Abraçados, pareciam alheios à multidão ao redor, tão absortos que estavam um no outro, tamanho sentimento envolvido no gesto.

Margot deixou escapar um suspiro melancólico. Ser olhada daquela forma, mesmo que por um momento, parecia um sonho impossível. *Era* impossível. Até porque esse tipo de romance nunca funcionava a longo prazo.

Ela lembrou a si mesma que tinha uma vida plena e empolgante. Seu gato amado e seu *dojo* de aikido. Amigos e pessoas com quem trabalharia nesse empreendimento novo e incrível que enfim estava tomando forma. *Deixe que isso seja suficiente*, pensou ela. *Pare de pedir pela lua sendo que já tem todas as estrelas no céu.*

Ela separou a seção do jornal para mostrar a Ida mais tarde.

Ainda meio nervosa, Margot reorganizou uma prateleira. Havia uma caixa de copos novos que não tinha sido aberta. Ela tirou todos, lavou um por um e guardou, depois desmontou a caixa e colocou na lixeira de reciclagem. Estava cheia, então, ela destrancou a porta exterior e levou a lixeira para fora até os grandes contêineres de gestão de resíduos no beco. A luz de segurança acendeu, depois tremeluziu e se apagou. Estava quase escuro demais para encontrar o caminho através do beco de serviço até os contêineres.

Algo no nevoeiro de São Francisco acrescentava um frio denso ao ar, fazendo o escuro parecer de alguma forma mais escuro. Margot se atrapalhou com a chave, abriu o contêiner de lixo e colocou o papelão dentro. Depois trancou o contêiner e se virou, quase batendo de frente em seu pior pesadelo — um homem grande e ameaçador.

Iluminada por trás pelo brilho fraco da janela da cozinha, sua silhueta pairava contra um redemoinho de neblina.

A reação dela foi instantânea, aperfeiçoada por anos de treinamento — um arremesso em quatro direções. Ela havia praticado o *shihōnage* centenas de vezes. E, como sempre, o agressor caiu de costas, batendo contra o asfalto. Um par de óculos de aro pesado saiu voando pelo chão. O ar se esvaiu dele como um balão desinflando.

Ela usou esses preciosos segundos para voltar correndo ao prédio. Quando chegou na porta, digitou agitada o código para abri-la, se jogou para dentro, e a trancou rapidamente. Com o coração acelerado, ela tentava respirar, em pânico. *Ah meu Deus, ah meu Deus, ah meu Deus.* O celular. Onde diabo estava o celular?

2

Jerome Sugar viu estrelas, embora a noite estivesse com muita neblina. Tinha batido a cabeça com tanta força no asfalto que não conseguia focar. Por vários segundos de pânico, também não conseguiu respirar. Procurou a bombinha para asma no bolso. Nada. Com certeza tinha deixado no carro. Chiando, ele conseguiu rolar para um lado. Seus óculos tinham saído voando quando caiu, e sem eles não enxergava nada.

Com dificuldade de respirar, ele gemeu e inspirou fundo, até que conseguiu se levantar apoiando-se nos joelhos e nas mãos. Tateou o asfalto áspero, procurando os óculos, que achou a alguns metros dali. Uma das lentes estava rachada. Que ótimo.

Ele se levantou, sentindo um galo começando a se formar na nuca. Caramba. Ser atacado por uma garota maluca não estava nos seus planos para essa noite.

Ele nem tinha planejado vir naquela noite, mas Verna estava doente, e, já que os meninos estavam com a mãe, Jerome se oferecera para cobri-la. Ele não gostava de fazer o primeiro turno nem quando era jovem e estava começando, mas Ida tinha insistido que a única maneira de aprender todas as partes do negócio era trabalhar em todas as partes do negócio.

Ele digitou o código para abrir a porta e entrou.

A garota estava com as costas apoiadas na bancada, celular na mão. Tá bom, era uma mulher, não uma garota. Uma jovem loura, de botas de caubói e saia jeans curta que exibiam as pernas que ele talvez apreciasse se estivesse num humor melhor.

— Estou ligando para a polícia — disse ela, levantando o celular. Seu polegar pairou sobre a tela.

Ele deu um suspiro cansado, esfregando a nuca enquanto tirava a jaqueta sacudindo os ombros. Foi se lavar na pia.

— Para falar o quê? — perguntou ele. — Que eu apareci para trabalhar?

Ele a observou pelo espelho acima da pia e tentou se ver pelos olhos dela — alto, de ombros largos e maxilar quadrado. Negro. Usando óculos de aro grosso com uma lente rachada. Ele colocou um dólmã branco e se virou para ela.

— Vai nessa — disse ele. — Pode ligar. Não seria a primeira vez na minha vida, embora talvez a primeira dentro do meu próprio estabelecimento.

Ela soltou o celular e olhou o dólmã dele, com a palavra *Açúcar* bordada no bolso superior.

— Ah, meu Deus. *Jerome*.

— E você deve ser Margot.

Ele secou as mãos e a olhou de cima a baixo.

— Nossa, me desculpa — disse ela enquanto ele tirava os óculos e polia com um lenço. A rachadura atravessava uma das lentes inteira. — Eu vou cobrir esse prejuízo, tá?

Ele recolocou os óculos.

— Não precisa, eu tenho um reserva.

— Não acredito que fiz isso. Me desculpa mesmo — repetiu ela. — Eu estava arrumando umas coisas de última hora e achei que estivesse sozinha aqui... você me assustou.

— Acho que posso dizer o mesmo.

Ele observou o rabo de cavalo, os grandes olhos azuis, os lábios cor-de-rosa apertados de preocupação. Tentou não olhar de novo para as pernas. Então, essa era a nova dona do restaurante. A mãe dele tinha falado bem dela — menina branca pequetitica, fofa e inteligente. Ida só não tinha mencionado o "violenta".

— Onde você aprendeu a lutar desse jeito?

— Faço aula de defesa pessoal. — Ela ficou vermelha e abaixou a cabeça, parecendo tímida. — Desculpa ter te tratado como se você fosse uma ameaça.

— A maioria das garotas com a sua aparência pensam o pior quando encontram um cara com a minha aparência.

A humilhação era familiar, mas cansativa.

— Eu não... Eu nem pensei. É uma merda ter esses reflexos. Não quero ser essa pessoa. Mas eu não estava esperando alguém chegar de fininho atrás de mim de madrugada.

— Eu não estava chegando de fininho.

— Estava escuro. E, de novo, me desculpa *mesmo*.

— Só uma ideia — disse ele. — Quando estiver aqui sozinha à noite, de repente seria bom não sair para o beco.

— Tem razão — respondeu ela. — Não pensei direito, o que significa que fracassei na primeira lição de defesa pessoal... Sua cabeça está doendo? Você precisa de gelo ou...

— Preciso começar a trabalhar. Estou cobrindo uma pessoa hoje.

— Ah! Posso ajudar?

A expressão dele deve ter mostrado algo, porque ela ficou ainda mais vermelha.

— Quer dizer, eu gostaria de ser útil. Estou muito chateada por termos começado com o pé esquerdo.

— É uma hora da manhã — ele lembrou.

— Eu não consigo dormir. Nervosa demais com a inauguração. E sou boa na cozinha, juro. Quero ajudar.

Jerome acenou com a cabeça para a fileira de dólmãs limpos pendurados em uma prateleira perto da porta.

Margot abriu um sorriso que pareceu iluminar o cômodo, depois trocou as botas de caubói por tamancos de cozinha. Jerome gostou do que viu. Pensou que talvez pudesse observá-la fazer isso a noite inteira.

Pare com isso, Jerome. Aquilo era trabalho. Ele estava no trabalho.

Ela foi rápido até a pia e se lavou.

— Eu sabia que não ia conseguir dormir — contou ela —, então vim resolver umas coisas. Tenho andado superagitada.

Ele lembrava dessa sensação. Anos atrás, ao assumir a confeitaria, seu primeiro projeto fora fechar para reforma, mesmo sendo tão arriscado fazer mudanças em um lugar que era como uma âncora para a comunidade desde os anos 1970.

— Primeiro, os pães artesanais — falou ele, trazendo as bandejas.
— Os filões longos em geral são os primeiros a sair.

Ele sentiu que ela estava acompanhando cada um de seus movimentos. Começou a imitá-lo enquanto ele enchia as batedeiras em espiral para misturar e sovar. Dava para ver que tinha habilidade na cozinha — os movimentos seguros das mãos, a expressão atenta ao copiá-lo. Enquanto os ganchos da massa rodavam, eles preparavam a estufa de fermentação — com farinha de milho para as baguetes e sementes de gergelim para os pães italianos. Colocaram a massa em uma mesa para a primeira fermentação.

— Acho que vai dar tudo certo — disse ele. — Minha mãe levou umas amostras da sua comida, estava maravilhosa.

— Ah, obrigada. Que bom que você gostou.

— Meus garotos engoliram como se estivessem passando fome numa cela de prisão.

— Sua mãe é muito fã deles — disse ela. — Asher e... desculpa, esqueci o nome do outro.

— Ernest — completou ele. — Eles têm os nomes dos avós.

— Que legal — disse ela, com o sotaque arrastado do Texas.

Ele não sabia muito sobre Margot, mas Ida havia mencionado que ela era do Texas. Ele lera numa revista que ela havia conseguido financiamento de um prestigioso grupo de *equity* privado especializado em lançar restaurantes. Talvez Margot Salton fosse uma daquelas princesas herdeiras privilegiadas que queriam brincar de cozinha. Ele já tinha visto esse tipo: gente mais apaixonada pela ideia de ter um restaurante do que de fato pelo trabalho necessário para aquilo acontecer. Observando-a medir a massa com eficiência, percebeu que era cedo para tirar conclusões.

Ela parecia uma princesa de contos de fadas, mas trabalhava bem, ajudando enquanto ele mostrava como pesar os diferentes filões de massa e levá-los para a área da estufa. Talvez ela não fosse tão ruim, afinal. Trabalhando lado a lado, eles começaram uma conversa descompromissada.

— E você? — perguntou Jerome. — Tem filhos?

Os ombros de Margot pareceram ficar tensos. Houve um segundo de hesitação, talvez. O que era estranho, porque bastava responder sim ou não.

— Não — respondeu ela. — Somos só eu, meu gato e a hortinha que plantei no deque.

— Ida disse que você veio do Texas.

— Ida? E não "mãe"?

Ele fez que sim.

— Eu tinha 14 anos quando comecei a trabalhar na confeitaria e não queria que ninguém achasse que eu era privilegiado só porque ela era minha mãe.

— Eu também trabalhei com a minha. Estou planejando ter meu restaurante há muito tempo. — Ela estremeceu. — Não acredito que finalmente está acontecendo.

— Sal — disse ele. — Gostei do nome.

— Obrigada. Acho que escolhi o nome antes de qualquer outra coisa.

— Soa muito bem, na minha opinião.

— Tomara. Espero que as pessoas curtam. Na verdade, quando eu estava procurando um lugar, soube na hora que esse era o lugar certo por causa do nome da confeitaria: Açúcar. — O rosto dela se iluminou. — Já volto. — Margot correu até o estoque e voltou com um jarro rotulado MOLHO ARTESANAL SAL+AÇÚCAR. — Eu faço esses molhos desde o meu primeiro emprego lidando com churrasco, quando ainda era adolescente.

— Já fundaram lugares por motivos mais loucos.

— Ah, então, agora eu sou louca.

Ele apontou o galo na nuca.

— Como a maioria de nós neste ramo, não?

A porta da cozinha se abriu, e Omar apareceu.

— Eu ouvi — disse ele. — Quem você está chamando de louco?

Enquanto fazia as apresentações, Jerome percebeu que Omar estava tentando não encarar Margot.

— Quer fazer uma pausa e dar uma olhada em como está ficando o restaurante? — perguntou ela a Jerome.

— Com certeza — disse ele, curioso.

Quando era criança, Jerome passara um bom tempo perambulando pela cozinha do restaurante adjacente, o finado La Comida Perdita. Tinha sido amigo das crianças Garza. Eles corriam pelo bairro e brincavam sem parar embaixo da cesta de basquete nos fundos do prédio.

Agora eram Asher e Ernest que jogavam bola lá e Jerome se perguntava quais lembranças seus meninos teriam dali. Os dois pareciam estar lidando bem com o divórcio, mas ele sabia que era difícil. No começo, ele e Florence tinham a melhor das intenções e a maior das esperanças. O casamento terminara não com uma explosão repentina, mas com uma erosão lenta do amor que antes parecera forte o bastante para manter o universo intacto.

Florence já casara novamente e os meninos mantinham uma parede de silêncio entre as duas casas. Jerome afastava a solidão trabalhando demais e passando mais tempo na marina onde a mãe o ensinara a velejar.

Margot abriu a porta de seu salão de jantar e acendeu algumas luzes. Ida dissera que era lindo, o que, no fim, se provou um eufemismo, porque o lugar *reluzia*. Tinha uma vibe amigável e confortável e um bom layout, boa iluminação e acústica. O ponto central era o bar. Vinha do antigo hotel Winslow em Oakland, Margot contou, um lugar onde recrutas tinham sido alistados para lutar na Guerra Hispano- -Americana nas Filipinas.

— Eu gosto — disse ele. — Quando ouvi "restaurante de carnes" imaginei uma decoração de estalagem e placas engraçadas de latão.

— Ah, por favor. A decoradora teria pedido demissão. Você gostou mesmo?

— Aham.

Ele analisou algumas prateleiras iluminadas cheias de jarros com o rótulo sal+açúcar. Também havia jarros menores de temperos secos e sais saborizados.

— Parece que você está pronta — comentou Jerome.

— Não estou — disse ela, com um sorriso cansado —, mas não posso deixar isso me impedir. Se eu esperasse até me sentir cem por cento pronta, nunca abriria.

Eles voltaram juntos à cozinha. O ar vibrava com o zumbido e os baques de batedeiras e cortadores enquanto o turno da manhã avançava.

— Bem, acho que é melhor eu começar a trabalhar de verdade — falou Jerome. — Mas obrigado pela prévia.

— Imagina. Ah, olha, eu encontrei uma coisa hoje mais cedo. — Ela entregou a ele um jornal antigo. — Estava preso atrás de um antigo certificado emoldurado. É de 1972, e tem sua mãe. Olha como ela era nova.

Jerome passou os olhos pela reportagem, curioso. Filha de um pastor e uma professora, Ida atingiu a maioridade nos anos 1970. As fotos eram dela adolescente em algum tipo de manifestação, ao lado de um rapaz branco alto. Ela nunca falara muito daquela época, só que, em algum momento, deixara tudo aquilo para trás para fazer o que a tradição familiar e o bom Deus queriam para ela: se casar e sossegar. O casamento acabara assim que Jerome entrou para a faculdade.

— Obrigado por isso — disse ele. — Aposto que ela vai ficar feliz por você ter achado.

Margot colocou o dólmã no cesto de roupa suja.

— É melhor eu ir — disse ela. — Foi ótimo conhecer você, Jerome. Quer dizer, a não ser pelo começo…

— Eu entendi. Foi bom te conhecer também.

Ela se abaixou para colocar as botas. Aquelas pernas. Ele desviou o olhar rápido quando ela se endireitou.

— Desculpa de novo por… — Ela inclinou a cabeça para indicar a porta dos fundos.

— Vou sobreviver.

— Estou te devendo óculos novos.

— Relaxa.

3

A última tarefa da manhã de Jerome era entregar uma bandeja de doces para a livraria do outro lado da rua. A proprietária, Natalie, comparava algumas dúzias por dia para servir no café da livraria. Ele deu uma batidinha na porta e ela o deixou entrar.

— Ei, Jerome — disse ela, dando um passo para trás para abrir espaço para sua barriga de grávida bem proeminente. — O que temos para hoje?

— Só o melhor. Muffins saudáveis, pãezinhos recheados, pão doce amanteigado, croissant e biscoitos preto e branco.

— Fantástico — disse ela, pegando um pãozinho recheado ainda quente. Ela deu uma mordida e fechou os olhos. — Gosto dessa história de comer por dois.

— Fico feliz de poder ajudar — falou ele.

Ela olhou pela vitrine.

— Então quer dizer que o restaurante novo se chama Sal.

— Pois é. Está chegando o dia da grande inauguração.

— Eu sei. O Peach fez a restauração do bar antigo. A instalação também. Ele disse que ficou ótimo.

— Vocês gostam de churrasco?

— Com oito meses de gravidez, eu gosto de qualquer coisa. E Peach é do sul, então, sim, ele ama. Você já ficou amigo da dona?

— A gente, hum, já se conheceu, sim. Margot Salton.

— E?

— E ela fez isto. — Ele apontou para a lente rachada.

— Eita. Espero que tenha sido um acidente.

— É, foi… Mais ou menos.

Jerome contou a Natalie sobre o incidente no beco. Ainda não conseguia acreditar que a mulher o tinha derrubado no chão.

— Bom, pensa só, vocês vão ter uma boa história para contar quando perguntarem como se conheceram.

— Não é uma história muito boa.

— Depende de como terminar. — Ela fez um grande gesto para um display de ficção contemporânea em uma mesa. — Então, ela é... jovem, velha, solteira, casada, o quê?

— Jovem. Solteira.

Gata.

— Hmm, pode combinar com você.

— Parou. Você e minha mãe são péssimas.

A mãe de Jerome queria muito que ele achasse alguém. Os amigos dele também. Ele também, mas o que as pessoas esqueciam era que encontrar alguém era a parte fácil. O desafio era manter, amar e confiar em alguém.

— A gente só quer que você seja feliz.

— Estou tentando. — Ele sentiu a fadiga da noite como uma facada entre as escápulas. — A gente se vê. Se cuida.

Jerome voltou para casa, tomou banho e dormiu um pouco. Voltou ao escritório para uma reunião de planejamento, conferir estoque, cuidar da folha de pagamento e burocracias. Ele se pegou escaneando o local em busca de um relance de Margot Salton, mas não a viu.

Depois do trabalho, encontrou a mãe na doca para um velejo noturno. Velejar era um hobby que Ida apreciava desde a juventude. Era um interesse incomum para uma menina negra daquela época, mas a paixão e o talento de Ida eram inegáveis. Jerome tinha herdado isso, e torcia para que os filhos também se interessassem pelo esporte.

Não havia névoa, exceto na área conhecida como Slot. Eram apenas os dois, do jeito que havia sido muitas vezes quando ele era criança. Seus pais tinham sido bons para ele, mas, em retrospecto, ele percebeu que havia uma tensão calma e excruciante no casamento. Embora fosse raro brigarem, o divórcio não foi uma surpresa para ninguém.

— É bom ter você só para mim, filhinho — dizia a mãe, e o carinho em seu sorriso sempre o surpreendia como um raio de sol.

Não era de se admirar que ele viesse a gostar das coisas que ela fazia: velejar e fazer doces.

Jerome crescera com muitos privilégios e esperava ser capaz de valorizar isso o suficiente. Seus pais haviam trabalhado duro e comprado uma bela casa. A escola local era boa e, claro, "boa" significava majoritariamente branca. Às vezes as pessoas diziam que ele tinha sorte por frequentá-la. Será que diziam coisas assim para as crianças brancas? Bem, é claro que não. Jerome entendia muito bem por que falavam aquilo.

Ele também entendia por que esperavam que ele fosse o pivô do time de basquete e o *running back* mais rápido do time de futebol americano. E tinha total noção de por que as pessoas ficaram tão surpresas quando ele tentou entrar no time de vela, determinado a provar seu valor. Em sua segunda temporada, causou espanto ao ganhar troféus no esporte mais branco do mundo.

Mas naquela noite, não havia pressa. Velejar era um passatempo que Jerome sempre desfrutara com a mãe. Eles se dirigiram para o lado de trás da ilha Angel, e havia vento suficiente para subir o estreito de Raccoon. Usando seu quebra-vento e gorro roxos, Ida parecia tão jovem agora como quando ele era criança, olhando para o céu, com a mão robusta firme sobre o leme. No retorno, eles navegaram a favor do vento em velocidade de casco, revigorados e famintos para o jantar.

Compraram peixe frito e batata chips, para levar para a casa de Ida. A cozinha dela era cheia de lembranças. Era lá que ela demonstrava seu talento dado por Deus e o ofício que fizeram da confeitaria um sucesso quando ela a fundara aos 20 anos de idade. Era lá que ela aperfeiçoava suas técnicas e receitas — o bolo inglês denso, um clássico servido em Detroit, os doces de massa leve como o ar, a torta de biscoito champanhe que era sua marca registrada e os *kolaches* que vendiam como água foram desenvolvidos naquela cozinha caseira, à moda antiga. *Biscuits*, ela dizia com frequência, eram o mais puro teste da habilidade de um doceiro. Os ingredientes eram simples e a técnica era tudo. Usar uma boa farinha de trigo e peneirá-la duas vezes. Manter um cubo de manteiga no freezer e passar no ralador. Molhar a ponta dos dedos com leitelho e manusear a massa como se fosse tão frágil quanto uma bolha de sabão. Ao lado da mãe, Jerome havia descoberto seu propósito de vida.

Trabalhar na confeitaria era como entrar num través — a posição mais rápida da vela. Ele gostava de tudo: do ritmo urgente, dos cheiros, dos sons, da camaradagem com os outros ajudantes e vendedores, os clientes. Era fascinado não apenas pelo ofício de confeiteiro, mas pelo próprio negócio. O que os clientes queriam todos os dias? Em ocasiões especiais? Quais itens tinham a melhor margem de lucro?

Ao final do ensino médio, Jerome já sabia o que queria do seu futuro. Na faculdade, estudou hotelaria e empreendedorismo. Tirou um ano sabático para viajar e experimentar sabores por toda a Europa, África e Ásia. Estudou na Le Notre, em Paris, e depois seguiu até Berlim para aprender a fazer *bienenstich*. Provou as ricas tortas de creme de Macau e os folhados salgados da Cidade do Cabo. Aprendeu a fazer manteiga na ilha de Jersey e se maravilhou com as *Nanaimo bars* na Colúmbia Britânica.

Foi por causa desse doce, aliás, que ele acabou se casando. Ele estava lutando por um lugar no balcão em um café lotado de Victoria quando notou a mulher ao seu lado saboreando cada mordida de um doce recheado de creme e coberto de chocolate. Assim que descobriu que ele nunca havia experimentado, a mulher insistiu que provasse o dela.

Jerome se apaixonou pela sobremesa canadense naquele exato momento, mas demorou um pouco mais para se apaixonar por Florence. Os dois consideraram aquele como seu primeiro encontro.

Casaram-se um ano depois e, após um tempo, vieram os meninos. Os pais de Jerome o haviam criado para ser alguém na vida. Para construir algo em sua comunidade. Para ter uma família e mantê-la a salvo.

Ele acreditava que tinha conseguido cumprir dois de três objetivos.

Passados alguns anos, Florence pediu o divórcio. Ela não estava feliz havia algum tempo. Para Jerome, era triste constatar que sentia o mesmo. Os dois vinham adiando o assunto, esperando que o outro falasse primeiro. Pelo bem dos meninos, e pelo sonho que um dia compartilharam, ele e Florence aguentaram até que a vida a dois se tornou amarga. Então, apesar de a confeitaria ser o seu destino, não havia definido para quem ele estava destinado.

A mãe acabou sendo sua aliada no lento e triste fim do casamento.

— Bem, se vocês não conseguem encontrar uma maneira de resolver isso — disse ela —, talvez não era para ser.

Ele entendeu que ela falava com a sabedoria da experiência pessoal.

Mãe e filho estavam sentados à mesa de fórmica no recanto da cozinha de paredes forradas de um papel excêntrico dos anos 1970, saboreando peixe frito e batatas chips.

— Então, conheci nossa vizinha — disse Jerome.

Ida limpou os lábios com um guardanapo.

— Uhm-humm — respondeu ela.

— Ela… não é bem o que eu esperava.

— Uhm-humm — repetiu ela.

Havia um mundo de significado nos *uhm-humms* de Ida.

— O que foi?

Ele mordeu um pedaço de peixe frito.

— Ela é uma gracinha e é solteira.

— Ah, não, nem vem — disse ele. — Ela é jovem demais para mim.

— Qual a idade dela?

Ele balançou a cabeça.

— Nova para caramba, essa é a idade dela. Se quer dar uma de cupido, comece por você mesma.

Ele estava tentando fazer a mãe arrumar um namorado havia anos. Até inscrevera os dois em aulas de dança de salão só para fazê-la sair de vez em quando.

Ela torceu o nariz.

— É diferente. Eu já tenho minhas manias. Você está só começando.

— Você não tem tantas manias assim — disse ele.

Jerome andava preocupado com a mãe. Não com a saúde dela — Ida era jovem e vibrante, escrevia uma coluna para o *Small Change*, um jornal comunitário gratuito, tinha um círculo de amigos da igreja, era ativa no clube náutico, fazia anotações em um velho caderno de couro com a inscrição *Diário de bordo* na capa.

Só que ela às vezes parecia distante. À deriva. Quando Jerome a questionou sobre isso, ela apenas sorriu.

— Eu não estou triste — disse Ida. — Só com a cabeça um pouco nas nuvens, acho.

— O que isso quer dizer?

— Não sei. Recolhendo lembranças, talvez. Nós, os velhos, fazemos isso.

— Para com isso. Você não é velha.

— Mas também não sou jovem.

— Ei, por falar em lembranças, olha só isso. — Ele pegou o jornal velho e o colocou sobre a mesa. — Margot encontrou enquanto arrumava a cozinha. É uma revista do jornal de domingo, dos anos 1970.

Ela ajustou os óculos no nariz e se inclinou para a frente, estudando o artigo e as fotos.

— Ah, meu Deus do céu — disse. — Como isso me traz lembranças! Que época maravilhosa, eu era tão novinha…

Ela virou a página devagar e chegou à foto dela com o homem branco. Naquele momento, Jerome notou a expressão do rosto e do corpo dela mudarem. Sua postura amoleceu, e sua boca curvou-se no sorriso mais doce e triste que ele já vira.

— Quem é esse, mãe? — perguntou ele.

Ela olhou para ele com olhos sonhadores e distantes.

— O que você falou, filhinho?

— Esse cara — repetiu Jerome. — Quem é ele?

Parte dois

Minha mente é incapaz de ficar quieta, nunca consegui meditar sem ficar maluca. Mas me dê uma massa para sovar e o sonho não tão distante de uma torta de cereja fumegando, com uma bela cobertura de treliça e uma salpicada generosa de açúcar de confeiteiro, e me sinto sereníssima. Minha mente fica em silêncio na mesma hora.

— Cheryl Lu-Lien Tan

4

VERÃO DE 1972

"*F*rancis LeBlanc" era o nome na etiqueta. O menino tinha um cabelo louro e ondulado que o fazia parecer um astro de cinema, o protagonista de um dos filmes de Butch Cassidy. Sundance. Sundance Kid!

Ida tinha ido ver no Palisades pelo menos quatro vezes, porque a exibição tinha sido estendida. Escondida, é claro, pois seus pais jamais permitiriam que ela assistisse a filmes com xingamentos e tiros.

Francis LeBlanc não parecia ser o tipo de cara que xingava nem atirava muito. Quando ela chegou à mesa, pronunciou o nome dele bem baixinho. Sentiu na boca o sabor de um marshmallow bem doce. Talvez ele tenha ouvido, porque sorriu e falou:

— Sou eu, Francis LeBlanc, com B maiúsculo, se você fizer questão de saber a ortografia correta.

A etiqueta o designava como voluntário. Ele entregou a ela um formulário de registro.

Quando ela baixou os olhos para ele, se assustou ao sentir uma batida de... algo. Reconhecimento, talvez, embora tivesse certeza de nunca o ter visto antes.

— Por mim, tudo bem saber a ortografia correta — disse ela, escrevendo com cuidado o nome dele no formulário.

— E você é Ida B. Miller — falou ele, inclinando a cabeça para ver o nome dela e então anotando-o em uma etiqueta. — Da Cozinha da Mission Gospel de Perdita Street.

Ela colocou uma caixa de papelão com doces e pães em cima da mesa.

— Trouxe biscoitos para a mesa dos voluntários.

Os olhos azuis dele se iluminaram.

— Posso provar?

— Claro. — Ela desamarrou o cordão e abriu a caixa. — Eu mesma fiz. Gosta de chocolate preto e branco?

— Uau. — Ele provou um e deu um sorriso de alegria. — Obrigado. É o melhor biscoito que eu já comi. Sério. — Ele entregou uma etiqueta de nome a ela. — Como está indo seu dia, srta. Miller?

— Tudo bem — respondeu ela, sentindo-se meio acanhada.

Ida sempre fora tímida perto de meninos. Em especial perto de meninos brancos. E isso não mudou mesmo depois de terminar a escola. Ela só tivera um namorado sério. Douglas Sugar, dois anos mais velho, que, ao se formar, a deixara para trás.

Ela endireitou os ombros e levantou o queixo, determinada a não parecer tão retraída quanto se sentia.

— Vim para ajudar com a ação conjunta.

— Igualdade racial e pacifismo — disse ele. — Veio ao lugar certo.

Ida queria mesmo encontrar seu lugar certo. Tinha acabado de se formar na escola e vivia esperando por algum tipo de transformação mágica que, até agora, não havia acontecido. Na época, ela trabalhava em uma pequena padaria. Aos domingos, ia à igreja, cantava no coral, servia biscoitos e bolo chiffon depois do culto. Três dias por semana, era voluntária na Perdita Street. Mas ainda sentia que era a mesma garota que fora no ensino médio. Uma garota que lia demais, fazia os melhores biscoitos da cidade e ouvia músicas que faziam os pais revirarem os olhos.

Em suma, tinha a vida mais comum de todas. Nunca fora ótima aluna, embora fosse uma boa escritora, desde que estivesse escrevendo suas próprias opiniões para o editorial do jornal da escola. O pai era pastor da Mission Gospel e a mãe cuidava do fórum de mulheres. As crianças da missão diziam que Ida era a favorita delas. Seu chefe falava que ela era a melhor padeira que já tivera na equipe. Gostava de sair com os amigos.

Ainda assim, continuava esperando que a vida a surpreendesse. Que se tornasse extraordinária.

— Então, Ida B. Miller — falou Francis —, seu nome é em homenagem a Ida B. Wells?

Ela ficou impressionada. Não eram muitas pessoas que conseguiam fazer essa conexão. Mas Ida notou que ele estava usando uma camiseta da Universidade de Berkeley. Um universitário sabe-tudo.

— Era uma das heroínas da minha mãe — explicou ela.

— E o que trouxe você à marcha hoje? — perguntou ele.

— Peguei o bonde elétrico de Fulton Street.

Ele sorriu. Ela podia passar o dia todinho vendo aquele sorriso.

— Eu quis dizer: com que grupo você veio?

— Ah! — Ela sentiu as bochechas ficando quentes. — Veteranos Negros pela Paz — disse ela. — O irmão do meu pai ganhou medalhas de combate e um Coração Púrpura. Ontem à noite ele foi à arena Cow Palace, empilhou todas as medalhas e queimou tudo para protestar contra a guerra.

Francis LeBlanc baixou os olhos de novo para a etiqueta dela.

— Você é sobrinha de Eugene Miller?

Ela se endireitou, orgulhosa por ele saber.

— Isso mesmo.

Tio Eugene era amigo de Stokely Carmichael, que protestava contra o fato de convocarem mais homens negros do que brancos para a guerra. Parecia errado homens que ainda estavam lutando por igualdade dentro de casa serem enviados para o exterior por uma causa que a maioria das pessoas nem entendia. Tio Eugene esteve ao lado de Stokely no palco do Greek Theater e na ocasião ele gritou:

— O recrutamento que vá para o inferno.

Ida conhecia muitos garotos que tinham sido convocados. Seu ex-namorado, Douglas, tinha se qualificado para dispensa honrosa depois de perder a audição de um ouvido durante o treinamento. As pessoas diziam que ele tinha sorte, mas tinha mesmo, quando o custo da liberdade era uma deficiência permanente?

À medida que a conversa foi engatando, Ida foi se esquecendo de que era tímida. Ele contou que tinha um emprego em uma marina local, ensinando crianças a velejar. Ela falou que tinha ido a Berkeley e riu da expressão de choque dele. Cinco anos antes, o pai dela tinha levado a família toda para o campus para ouvir o discurso do dr. King na escadaria do Sproul Hall. Pequena e ágil, ela subira num eucalipto para ver melhor o grande líder.

— Queria ter visto isso — falou Francis. — Mas eu ainda estava na escola no Maine, brincando nos barcos.

Para Ida, o Maine parecia os confins do mundo.

Eles foram juntos até a área da assembleia. Algo aconteceu com ela naquele dia. Ida pode sentir isso em todo o seu corpo. Quando Francis LeBlanc a olhava, era como sentir o calor do sol na pele nua. Eles caminharam lado a lado na marcha e, quando a multidão os pressionou um contra o outro, deram as mãos e só soltaram ao chegar ao Golden Gate Park.

Sentaram-se em cima de um cobertor em um morrinho que dava para o palco. Houve discursos e música, pessoas se abraçando, cantando e fumando maconha, mas Ida mal notou, tão absorta em conhecer Francis. Conversaram sem parar sobre tudo. Ela contou sobre fazer pães e doces, sobre a família e sobre quanto amava aquela cidade. Falou das crianças da missão e de como queria um mundo melhor para elas. Francis disse que estava estudando para ser médico. Ida disse que ele era a pessoa mais inteligente que já havia conhecido.

— Sabe o que você é? — perguntou ele, olhando nos olhos dela com um sorriso doce e meio pateta. — A pessoa mais linda que já conheci, e não tem a ver só com a sua aparência. Tem a ver com a sua forma de ver o mundo.

— Sabe o que você é? O Sundance Kid.

— Daquele filme? — Ele jogou a cabeça para trás e deu uma risada estrondosa. — Tomara que eu não acabe igual a ele.

— Nem pense nisso.

Embora eles só se conhecessem havia algumas horas, ela sentia que o conhecia desde sempre. Ninguém jamais a vira como ele via. Francis entendia os sonhos dela, e a ansiedade para que sua vida se desenrolasse. Olhava nos olhos dela e a ouvia como se Ida fosse a pessoa mais importante do mundo.

No fim do dia, enquanto Sly and the Family Stone tocavam seus sucessos, Francis se virou para Ida, segurou seu rosto e a beijou. Foi um beijo longo, suave e cheio de curiosidade, e Ida sentiu cada pedacinho de si despertar para um novo nível de consciência.

Eles ficaram na rua até depois de escurecer, e Francis insistiu em levá-la até em casa, mesmo sendo um desvio de quilômetros do caminho dele. Ele dirigia um Karmann Ghia conversível, cor de tangerina, e a levou até a porta. Ida se agarrou a ele, sem querer se despedir.

Trocaram telefones e ele lhe deu um beijo de boa-noite que ela desejou que não terminasse nunca.

A luz da porta da frente acendeu, e eles se assustaram e se separaram como se fossem dois guaxinins à procura de comida. Lá estava o pai dela, de roupão e pantufa, os óculos de leitura escorregando pelo nariz.

— Papai, este é Francis. Da marcha de hoje.

— Sr. Miller.

Francis estendeu a mão e os dois se cumprimentaram.

As bochechas do pai dela ficaram duras como blocos de madeira esculpida. Nunca era bom sinal.

— Obrigado por trazer Ida em casa.

— Sim, senhor. E, com sua permissão, eu gostaria de…

— Boa noite — disse o pai dela. — Ida, está tarde. É melhor entrar.

O diálogo frio do pai com Francis deu o tom dos meses seguintes. Mesmo assim, Ida não deixou que isso roubasse a magia de seu romance inesperado com aquele garoto intrigante. Ela acordava e ia dormir pensando em Francis. Eles iam a todos os lugares juntos, participavam de comícios, frequentavam shows e protestos. Quando Francis confessou que conhecia pouco a cidade, começaram a sair para explorá-la. Ida se encolheu ao ver os teatros de vitrines e as cabines de *peep show* ao redor de Presidio, Centre e Regal na Market Street, onde as vitrines exibiam coisas que a deixavam cheia de perguntas sobre aquelas pessoas. Ela lhe mostrou algumas locações de *Dirty Harry*.

Francis também queria mostrar seu mundo a Ida. Ele a levou para ouvir música na Union Square — Steve Miller Band, Santana e os Doobie Brothers, tudo tão diferente do jazz que seus pais e amigos ouviam em Fillmore.

Ele também a levou a Cal, o local mais famoso do país para protestos e revoltas. Havia reuniões de professores quase todos os dias. Ela não colocava os pés em um campus universitário desde o dia em que vira o dr. King, anos antes. Para ela, era como ir a uma terra estrangeira onde todos se pareciam com Francis, usavam roupas coloridas com miçangas e franjas, cabelos longos e lisos e calças boca de sino, os braços cheios de livros sobre assuntos importantes. Todas as conversas eram muito sérias, como se todo mundo tivesse algo extremamente importante para dizer. As pessoas falavam sobre guerra e justiça social como se concorressem a um cargo político.

Quando ela confessou a Francis que se sentia deslocada e sem jeito entre os alunos, ele a olhou com espanto.

— Você parece uma mulher que poderia governar o mundo, Ida. Você está no mesmo nível que qualquer um aqui.

— Claro — disse ela. — Só falta eu me matricular.

— Você poderia, sabe.

Ela riu e balançou a cabeça. A ideia de fazer faculdade parecia tão distante quanto a lua.

Francis admitiu que era caro. Ele mesmo teve que trancar a matrícula durante um semestre para poder trabalhar mais horas e economizar para o último ano.

Eles tinham conversas intermináveis sobre tudo. Vida e morte. Guerra e paz. E, sim, preto e branco. Era algo que eles não podiam negar ou evitar, não no mundo em que viviam. Uma parte dela entendia que o mundo não estava pronto para um amor como o deles, mas a outra parte nutria esse sentimento com um desafio feroz e inabalável.

Ela o acompanhava quando ele fazia trabalho voluntário no hospital de veteranos, no lado oeste da cidade. O carinho profundo que Francis sentia pelos pacientes era evidente quando ele se sentava para conversar com eles. A maioria, contou Francis a Ida, queria apenas ser ouvida. E todos tinham algo de valor a dizer.

Houve um momento de tensão quando um veterano do Vietnã, um rapaz ruivo com punhos grandes e uma tatuagem no pescoço, estendeu a mão e agarrou o colarinho da camisa de Francis.

— Tenho um aviso para você — disse o cara.

Ida olhou para o corredor, procurando ajuda, mas Francis balançou a cabeça e se dirigiu ao paciente.

— O que houve? — perguntou ele. — O que você quer dizer?

O homem continuou segurando a camisa dele.

— Se o seu número aparecer, você vai resistir, está me ouvindo?

— Você está falando do recrutamento?

— Exato. Você não vai aceitar. Promete. Você não vai para o Vietnã. Aquela gente nunca fez nada contra você. Não temos nada o que fazer lá e, se você for, só vai aumentar o problema e o sofrimento.

— Concordo, irmão — disse Francis.

O cara colocou um cartão na mão de Francis.

— Aqui. Se você for convocado, essa pessoa vai te colocar em contato com um grupo que pode ajudar.

O cartão dizia algo sobre o trem da paz para o Canadá.

— Você é universitário, não vai ser convocado — disse Ida mais tarde.

— Nixon está planejando explorar os principais portos do Vietnã. Precisam de mais contingente e talvez os estudantes precisem ir, sim.

— Você não vai — repetiu ela, sentindo um calafrio de apreensão. — Você precisa ficar aqui comigo.

— Bem, isso é o que eu mais quero.

Ela o levou para a igreja na Perdita Street, e ele se dedicou ao trabalho voluntário, dando uma mãozinha no refeitório e ajudando as crianças. Não parecia importar o que Ida e Francis faziam, desde que fizessem juntos.

Em uma tarde ensolarada, Francis a levou para velejar em um barco emprestado de um amigo. Ele havia crescido velejando em sua cidade no litoral do Maine. Fazia parte da equipe de vela da Cal e queria compartilhar seu amor pelo esporte.

Ida havia crescido na região da baía, mas nunca tinha entrado em um veleiro. Francis a prendeu em um colete salva-vidas volumoso que cheirava a mofo e disse que ela parecia ter um dom natural. Talvez ele estivesse certo, porque ela adorou cada momento, até as partes assustadoras quando o barco se inclinava e mal tocava na superfície da água. Segundo ele, depois de algumas aulas ela estaria manejando o barco como uma profissional.

Velejar era uma verdadeira arte. Quando Ida conseguiu navegar pela baía sozinha, Francis lhe entregou uma caixa plana.

— Comprei um presente para você. Para comemorar sua primeira navegação solo.

Na caixa, estava escrito WEEMS & PLATH. Dentro dela havia uma caneta e um caderno de couro em branco. Na capa estavam gravadas as palavras *Diário de bordo*.

— Você precisava de um — disse ele.

— De um diário de bordo?

— Aham, para manter o registro de onde você esteve.

Ela não tinha estado em lugar nenhum até conhecer Francis.

— Na água, você quer dizer.

— Isso. Você registra as horas que passa na água. Dessa forma, quando quiser alugar um barco, terá um registro de sua experiência. E quando conseguir a certificação, também terá uma bela crônica de suas realizações.

— Alugar um barco — murmurou Ida, apontando para a frota colorida atracada nas docas. — Quem vai alugar um barco para mim? — Ela não queria parecer ingrata, então abraçou o livro junto ao peito. — Quando chegar a hora, vou estar pronta.

Certo dia, os dois levaram um grupo de crianças da igreja para a marina. As crianças, de bairros carentes da cidade, eram agitadas e estavam prontas para a aventura. Quando chegaram ao cais, ficaram animadíssimas.

— Até que enfim — disse um menino —, não aguentava mais os mesmos parques e museus de sempre.

Eles saíram da van, ansiosos para explorar as docas. Havia pelicanos marrons e leões-marinhos, anêmonas e cracas agarradas às tábuas e estacas, e flashes prateados de peixinhos em cardume nas águas rasas.

— Vocês vão adorar — declarou Francis, conduzindo o grupo para o galpão de barcos.

Ele e Ida os ajudaram a colocar os coletes salva-vidas, depois Francis deu uma palestra básica sobre segurança. Mostrou como montar e lançar o laser de duas pessoas. O plano era mandar um de cada vez, enquanto Ida supervisionava os outros na doca. Eles corriam de um lado para o outro, deitando-se de barriga para baixo para jogar uma rede na água, gritando de empolgação quando encontravam um caranguejo ou peixe pequeno.

No início, Ida não prestou atenção nas outras pessoas que estavam na marina. Eram as de sempre, com suas calças Dockers, mocassins Weejuns e camisas polo. Até que, em dado momento, Ida percebeu que estavam observando suas crianças, protegendo e apertando os olhos, e depois se juntando em grupo. Ela sentiu um arrepio na nuca, mas tentou ignorar. Francis zarpou com seu primeiro aluno, um garoto chamado Leon, que gritou de alegria quando o vento encheu a vela. Os outros ficaram observando do cais, alguns com os olhos arregalados de apreensão.

Pouco tempo depois, o capitão do porto veio caminhando na direção dela, junto com um outro homem que parecia um policial. A camisa dele tinha um distintivo bordado que dizia Oficial da Marinha.

Lá vamos nós, pensou Ida, acenando para que Francis voltasse ao cais. Eles retornaram logo e amarraram o barco. Leon cambaleou um pouco ao sair enquanto as crianças risonhas e animadas o cercavam.

— Foi muito legal — disse ele.

— Posso ser o próximo? — perguntou um outro.

— Não, agora sou eu — disse outro garoto, e começaram as brigas.

— Você tem autorização para usar este equipamento? — perguntou o capitão do porto a Francis.

Ida entendeu muito bem o que aquela pergunta significava.

— Eu aluguei os barcos, como qualquer outra pessoa — disse Francis. — Algum problema?

— Os barcos são de propriedade do departamento de parques.

— Aham, e eu aluguei, como faço toda vez que venho aqui. Por acaso você está dizendo que não posso usá-los? — Francis não levantou a voz, mas Ida ouviu um tom agudo se formando.

— Não, estou dizendo que você não pode dar aulas de vela sem licença.

— E aquele grupo? — Francis apontou para uma equipe de pessoas brancas na água, brincando com os barcos do parque. — Eles têm licença?

O capitão do porto franziu os lábios.

— A questão é que não é permitido trazer qualquer um para usar nossos barcos. É preciso solicitar uma permissão.

— Eu venho aqui há três anos — falou Francis. — Sempre trouxe convidados comigo: crianças, estudantes, adultos. Trabalho aqui como professor de vela. Nunca me disseram que eu precisava pedir permissão.

O pescoço e as orelhas do rapaz ficaram vermelhos. Ida reconheceu o sinal.

Ela deu um passo à frente.

— Senhor, se nos der o formulário de permissão, podemos preencher agora mesmo.

O capitão do porto deu uma olhada para o oficial da Marinha. Em seguida, olhou para o grupo de observadores com suas camisas polo cor de creme e depois de volta para Ida.

— Vou ter que verificar com a administração central.

— Tudo bem, então — disse Francis. — Vamos aguardar aqui com os barcos enquanto você verifica.

— O senhor e os seus convidados precisam deixar o local enquanto resolvemos isso — informou o oficial da Marinha.

Ida viu os punhos de Francis se fecharem. Era a mesma raiva que ela havia experimentado de vez em quando ao longo de toda a vida. Só que, para ele, devia ser a primeira vez.

— Vamos embora — disse Ida, colocando a mão no braço dele. — Podemos voltar quando resolvermos as regras deste parque *público*.

Ela manteve o olhar nos dois homens, depois se virou para encarar a plateia branca.

Ida e Francis ajudaram as crianças a devolver seus coletes salva-vidas ao galpão sem fazer alarde. Houve um coro de reclamações.

— Nós vamos voltar, eu prometo — disse Francis. — Vou garantir que todo mundo tenha sua vez. Venham, vamos procurar um caminhão de sorvete.

— Sorvete!

Pelo menos as crianças se distraíam com facilidade.

— Não acredito que vamos deixar eles nos tratarem assim — falou Francis enquanto saíam com a van.

Ela percebeu que, naquela situação, não havia um "nós". Um homem branco usando os barcos não chamaria atenção nem por um segundo. Mas um grupo de crianças negras era considerado uma infestação.

— A gente aprende a escolher nossas batalhas — disse Ida. — Aprende o que vale a pena. Quando eu tinha a idade dessas crianças, fui nadar com meus amigos na piscina Roosevelt e os brancos de lá tiveram um ataque histérico. Não queriam nadar na mesma água nem usar as mesmas toalhas que nós. Começar uma briga por isso não adiantou nada. No fim, as regras mudaram, mas não porque brigamos. Fizemos isso pelo sistema que eles criaram.

Ela soltou um suspiro.

— Deve ser exaustivo — disse ele baixinho. — Sinto muito por isso. Mas... Quer saber, eu vou fazer com que não seja mais tão exaustivo para você.

Ela só descobriu o que ele queria dizer uma semana depois, quando foram de novo ao centro recreativo e ele empilhou todas as crianças na van.

— Você não vai levar eles de novo para velejar, Francis — opôs-se ela quando ele virou na direção da ponte que levava à marina.

— Vai ficar tudo bem — disse ele. — Você vai ver.

Ele não parava de olhar o relógio. Pararam na marina, e então Ida entendeu. Foram recebidos por um repórter e fotógrafo do *Examiner*. Uma semana depois, apareceram na revista de domingo. O pai dela não gostou nem um pouco.

— Não precisamos de um branquinho intercedendo por nós.

— Talvez todos nós precisemos uns dos outros.

— É melhor você parar com essa história de velejar, Ida. O único motivo para entrar num barco é chegar a algum lugar.

Ela cruzou os braços e levantou o queixo.

— Eu gosto de velejar, pai. Sou boa nisso. E não tem nada a ver com a cor da pele.

Ele bateu a mão na revista, que estava aberta na mesa.

— Tem tudo a ver. Você só pôde entrar lá porque um homem branco permitiu.

Ela se encolheu.

— Não é verdade. Eu...

Ela se interrompeu, sabendo que sua voz falharia. Sabia que o pai estava certo. Sabia que nunca conseguiria convencê-lo a apoiar o amor dela por Francis.

A mãe tentou colocar em termos mais gentis.

— Minha querida, é assim que as coisas são. Sinto muito por não estarem mudando rápido o suficiente para acomodar você.

Ela ouviu o ceticismo como uma canção de um disco quebrado. *Não há nada para você lá além de sofrimento.*

— Vocês não entendem — disse Ida, com lágrimas nos olhos. — O que nós temos é especial, nunca senti nada assim antes. Estamos destinados a ficar juntos. Eu sei.

— Você acha que a família dele vai aceitar? — perguntou a mãe.

— Eu me apaixonei por Francis, não pela família dele.

— Não dá para separar as coisas. Quando a gente ama alguém, vira parte do mundo da pessoa.

— E a pessoa vira parte do nosso — devolveu Ida, formigando de ressentimento. — Não sei se a família dele vai me aceitar, mas estou vendo que a *minha* já se decidiu, não é?

Francis convidou Ida para velejar sem as crianças, e ela se sentiu desafiada ao ajudá-lo a montar o barco. Ele era tão seguro de si, e ela se deleitava com o prazer inebriante de estar na água. O dia estava ameno, com uma brisa, e o sol iluminava a água como moedas de ouro cintilantes. Nada no mundo parecia impossível.

Velejar a ajudava a esquecer os problemas porque a colocava no presente e em nenhum outro lugar. Ida só pensava na próxima rajada de vento. Logo passou a amar velejar da mesma forma que amava Francis — com alegria e entrega total.

Levados pelo vento e mar salgado, eles finalizaram o passeio. Francis levou Ida para uma área de barcos particulares, onde o pai de um amigo mantinha um barco chamado *Andante*. Não era um barco de vela ligeira nem um laser, mas uma lancha de verdade: uma Catalina. Uma cápsula perfeita de luxo que parecia isolada do restante do mundo. E era toda deles.

Ele estendeu a mão e a levou a bordo. Ela deu uma olhada em um cômodo escuro e aconchegante — o salão, em termos náuticos — e depois eles foram para a cabine na proa do barco. Francis a deitou de costas na cama angular, e Ida o abraçou com prazer. Ele prometeu tratá-la como a coisa mais preciosa do mundo, porque era isso que ela era. Não era a primeira vez que ela ficava com um homem; havia tido alguns encontros desastrosos com o ex-namorado da época de ensino médio. Ida sabia o suficiente para entender que fazer amor não funcionava de fato sem a parte do amor. E aquela era a primeira vez que ela entendia como deveria se sentir. Francis a fez se sentir querida e especial, e ela ousou pensar que estavam destinados a ficar juntos para sempre.

Depois, houve um longo silêncio. Então, ela se virou para ele, encostou o rosto na palma de sua mão e sorriu.

— Eu vi estrelas — sussurrou ele. — Juro que vi.

— Francis. Você diz cada coisa.

Ela fez uma pausa, aninhando-se ao corpo dele.

— Você vai à igreja? — perguntou ela.

— Na verdade, não. Quer dizer, quando eu era criança, a maioria das pessoas frequentava a igreja da nossa cidade. Mas eu achava muito chato. Um monte de orações que não faziam sentido e uns hinos sem alegria. Eles queriam que fôssemos bons cristãos, mas não tinha nada de bom em um sermão de quarenta e cinco minutos que dizia que íamos queimar no inferno se não obedecêssemos a todas as malditas regras. E esse foi meu jeito prolixo de dizer que não, eu não vou à igreja. Por que a pergunta? Você vai?

— Sem alegria? — perguntou ela, com um sorriso. — Chato? Meu bem, você tem ido à igreja errada.

— Então existe uma certa?

Enquanto esperava Francis em frente à igreja, o estômago de Ida parecia uma vela cheia de vento, agitado pelo nervosismo. Ele havia lhe mostrado o mundo dele, e ela queria que ele conhecesse o dela também. Levá-lo aos cultos de domingo era uma atitude ousada, mas ela não queria que o amor deles fosse um segredo ou motivo de preocupação, como seus pais viviam dizendo.

A igreja era para todos, ela lembrou a si mesma.

Até para jovens brancos que estudavam em Berkeley, falavam de um jeito meio pomposo e diziam que não gostavam de ir à igreja?

Para todos.

Ainda assim, Ida estava bastante apreensiva quando Francis estacionou seu Karmann Ghia do outro lado da rua e saiu, contorcendo-se um pouco para descer do carro baixo. Não havia como negar o quanto Francis era diferente do restante da congregação. Ele usava calça bege, camisa com uma gravata larga e mocassins. Mas também exibia seu grande sorriso amigável e seus olhos azuis cintilantes, e se apresentava às pessoas com um aperto de mão entusiasmado.

Embora a igreja de seu pai fosse pequena, o som do culto era poderoso. Ela adorou ver a surpresa e a alegria que iluminaram o rosto de Francis. Ele se balançava e batia palmas, desajeitado como um pêndulo em um relógio alto, mas não parecia incomodado nem incomodando ninguém.

Quando viu a comida disposta na área de recepção após o culto, ele disse:

— Isto é o céu, certo? Eu morri e estou no céu.

Francis não pareceu notar os olhares curiosos que estava recebendo. As senhoras ficaram muito felizes ao ver o quanto ele gostou da comida caseira.

— Ida, seus *biscuits* vão assombrar meus sonhos. Eu juro — disse ele.

— Quando eu abrir meu restaurante, eles vão estar sempre no cardápio.

— Gosto de ouvir seus planos — disse ele. — Gosto de como você está traçando um caminho para sua vida.

Foi gratificante ouvi-lo dizer aquilo. A maioria das pessoas com quem ela estudara já era casada, e boa parte tinha filhos. Parecia que, aonde quer que ela fosse, alguém perguntava quando ela ia sossegar e se casar. Ida já tinha sido madrinha de casamento tantas vezes que estava ficando sem espaço no armário para todos aqueles vestidos horríveis que provavelmente nunca mais usaria.

Era assim que as coisas eram. Mas Ida queria algo diferente, e muita gente não entendia isso.

Durante seu semestre de pausa da faculdade, Francis manteve contato com os amigos no campus. Ele convidou Ida para uma manifestação no People's Park, um local onde a administração da universidade havia planejado construir dormitórios. Os protestos dos alunos fizeram com que eles transformassem o local em um campo de jogos e ponto de encontro público.

Àquela altura, Ida já havia percebido que a Cal era um foco de protestos, e a maioria dos ativistas nem sequer era estudante da universidade. A manifestação saiu do controle e a polícia apareceu com seus cães e cilindros de gás lacrimogêneo, com o apoio da Guarda Nacional. Alarmada, Ida se agarrou a Francis.

— Isso é bem comum — disse ele. — O governador Reagan coloca a guarda em cima da gente o tempo todo.

— Como vamos sair daqui?

— Por aqui — disse Francis. — Estou vendo uma brecha.

Ele a puxou em direção a um estacionamento. Várias pessoas também aproveitaram o espaço livre e Ida acabou soltando a mão dele sem querer.

Quando algo pesado bateu em seu ombro, ela gritou e viu um cilindro rolar sob seus pés, expelindo uma nuvem de gás. Por instinto, ela o pegou e o arremessou com toda a força.

— Boa! — gritou alguém. — Devolveu aos porcos.

Ela tossiu e cobriu os olhos ardentes com o antebraço. Francis abriu caminho até ela, e os dois se libertaram da multidão, irrompendo na rua barricada.

— É ela — gritou um policial.

Ele e outro policial a flanquearam, empurrando-a e separando-a de Francis.

— Você está presa, mocinha — rosnou o policial.

— Quê? Não — disse ela. — Sai de perto de mim.

Mas eles não só se mantiveram firmes, como também não deixaram Francis se aproximar. Ida foi detida e levada para a carceragem de uma subdelegacia. Aterrorizada, paralisada, tentou esconder as lágrimas de terror. As mulheres ao seu redor cantavam, gritavam e batiam os pés, enquanto Ida queria se enrolar em posição fetal. Os minutos pareciam se arrastar até que, por fim, ela teve permissão para ligar para o pai.

A expressão dele quando foi buscá-la era ameaçadora. Ele conseguiu libertá-la sem ser fichada, porque o policial que a prendeu não havia preenchido um relatório de prisão.

No caminho para casa, ela lhe contou o que tinha acontecido.

— A gente não estava fazendo nada — insistiu ela. — Eles começaram a jogar os cilindros e aí um me atingiu e eu joguei de volta.

— Você não seria atingida se estivesse cuidando da sua vida.

— E as injustiças vão continuar acontecendo se ninguém fizer nada. Lembra quando você e a mamãe me levaram para ouvir o dr. King falar? Lembra o que ele disse? "Nós morremos quando nos recusamos a nos colocar em prol da justiça."

— Então, coloque-se em prol da justiça — falou ele. — Não fique seguindo um bando de brancos drogados por aí, fingindo que é um deles.

— Não foi isso que eu fiz, pai.

Ida ficou olhando pela janela do carro do tio. A vergonha surgiu em seu íntimo, porque talvez, apenas talvez, ele estivesse certo.

— Não posso mais sair com você — sussurrou Ida ao telefone.

Ela havia puxado o fio do telefone do corredor até o limite e estava agachada na varanda da frente, abraçando-se com força contra o frio.

— Ah, meu bem — disse Francis. — Não culpo seu pai por ser superprotetor. Eu nunca quis que você se metesse em problemas.

— Não é justo — respondeu ela, sentindo um desejo tão intenso que fez seu peito doer. — Eu preciso de você, Francis. Você é tudo pra mim. A gente não pode fugir juntos, só nós dois?

— Fugir. — A voz dele estava áspera, com uma emoção que ela nunca tinha ouvido antes. — Ida, tem uma coisa...

— Ida B. Miller — chamou a mãe. — Onde você está?

O fio do telefone se retesou como uma linha de pesca fisgada.

— Escuta — disse ele. — Me encontra no *Andante*. Preciso te contar uma coisa.

A intensidade da voz dele a preocupou.

— Três e meia, quando eu terminar na padaria.

— *Ida.*

A mãe deu outro puxão no fio.

Ida bateu o telefone e entrou, tremendo de frio e abaixando a cabeça para esconder as lágrimas. As horas na padaria se arrastaram, embora ela estivesse fazendo seus *kolaches* de massa fermentada favoritos. O gerente permitia que passasse um tempo desenvolvendo receitas, e essa se tornara a favorita dos clientes. Mais tarde, ela recebeu uma grande entrega de abóboras para torta na porta dos fundos. O entregador era ninguém menos que Douglas Sugar. Ele ficou flertando com ela, lembrando-a de seus tempos de colégio. Douglas era superforte e tinha um sorriso que parecia um outdoor iluminado. Em qualquer outro momento, ela poderia se sentir tentada a retribuir aqueles olhares, mas seu coração sempre seria de Francis. Ela tinha certeza disso.

Quando o turno terminou, Ida pegou dois ônibus para a marina e esperou em frente ao portão, pois era necessário um código para chegar às docas. *Por favor, esteja aqui, Francis. Eu preciso de você.*

Ele não estava lá. Ela andou para cima e para baixo pela orla, o capuz levantado para se proteger da névoa úmida e escura. Talvez Francis não viesse. Talvez ele concordasse com os pais dela que eles não deveriam ficar juntos. Mas como algo assim poderia ser errado? Era a coisa mais pura e verdadeira que Ida já havia experimentado e não poderia mais viver sem isso.

Minutos intermináveis se arrastaram. Chorosa e derrotada, com a noite caindo cedo, ela começou a caminhar de volta para o ponto de ônibus. O globo vaporoso sobre o quiosque pintava a cena com tons tristes. Mais minutos intermináveis se passaram enquanto ela esperava o ônibus. Quando ele apareceu, ela procurou uma ficha no bolso. Estava com um pé no primeiro degrau quando ouviu seu nome e se virou para ver Francis correndo em sua direção.

Eles se aproximaram como um par de ímãs poderosos, batendo um no outro e se mantendo firmes. Em seguida, ele a pegou pela mão e eles correram de volta para a marina, o som das risadas de alívio se desenrolando atrás deles como uma longa faixa invisível. Foram até o *Andante* e subiram a bordo. Desde a primeira vez que fizeram amor, eles voltavam sempre que podiam ao barco, seu refúgio particular e romântico. Ele ligou o aquecimento e os dois se jogaram na cama do camarote.

A intensidade a deixou sem fôlego e, no limite do prazer, ela sentiu outra coisa. Medo? Desespero?

Ele a segurou com mais força depois disso, enquanto ela voltava para a terra.

— Ida, eu preciso te dizer uma coisa.

Essas palavras, ditas em qualquer tom, nunca eram um bom presságio. Ela levantou a cabeça do peito dele e olhou para seu rosto, estudando seus ângulos e sombras.

Para seu espanto, ela viu que ele estava chorando. Ida nunca o tinha visto chorar antes.

— Francis?

— Aconteceu uma coisa.

— Meu senhor, o quê? Me fala.

— Ida, chamaram meu número.

Ela parou de respirar. Absorveu as palavras dele como um golpe, e uma dormência se espalhou por todo o seu corpo como um veneno de ação rápida.

Chamaram meu número.

Todo mundo sabia o que isso significava. Todo mundo. O número do cartão de alistamento. Na loteria do recrutamento, a data de nascimento era sorteada e quem fosse chamado era forçado a se apresentar ao Sistema de Serviço Seletivo. Só porque Francis queimara seu cartão simbolicamente, não significava que havia escapado do sistema.

— Não — sussurrou ela. — Não pode ser, não é possível. Mas você é universitário e...

— Eu tranquei a matrícula — disse ele, lembrando-a.

— Não é justo — disse ela, com a cabeça inundada de lembranças dos soldados que tinham voltado e estavam no hospital de veteranos, onde Francis era voluntário. Pensando nos homens de lá, feridos e com o emocional abalado, Ida se sentiu aterrorizada com a ideia de que ele seria forçado a ir. — Você está estudando para ser médico. Eles não podem mandar você para o Vietnã.

— Ah, querida. Eu queria que você estivesse certa.

Os Estados Unidos estavam explodindo os principais portos do Vietnã do Norte. Era como jogar querosene em uma fogueira alta. As chamas da guerra com certeza aumentariam ainda mais. Mais homens sofreriam e morreriam em uma guerra que nunca teria fim.

E agora Francis seria jogado no meio daquela batalha. A simples ideia a encheu de pavor.

— Não vá — disse Ida. — Francis, por favor, eu imploro.

— Tentei conseguir uma dispensa de opositor consciente, mas foi negada.

— Vou pedir para o meu pai escrever uma carta. Ele já fez isso muitas vezes. Ele... — Ela parou, vendo um lampejo no rosto dele. — Ah, meu Deus. Você pediu a ele, não foi?

— Ele tentou, querida. Não deu certo.

Ela se exaltou.

— Você não pode ir. Não pode. Por favor, Francis. Eu imploro.

Ele se sentou e a segurou pelos ombros.

— Eu preciso ir, meu amor.

Ir. Ela captou algo em seu tom. Ele estava cogitando fugir? Se esconder no México ou Canadá?

— Sim — disse ela. — Sim, você tem que ir. Faça o que tiver que fazer para ficar fora dessa guerra. — Então ela se agarrou a ele. — Me leva com você, Francis. Vamos juntos.

— Não, meu amor. Não vou tirar você da sua família. Dos seus amigos. Da sua igreja. Não posso prometer um futuro. Não posso prometer nada.

— Então vou te esperar. Quando a guerra acabar, poderemos ficar juntos outra vez.

Ele encostou os lábios na testa dela.

— Eu te amo com todo o meu coração e sempre vou amar. Nunca vou me esquecer de você, Ida B. Miller. Mas nossa história acaba aqui. É assim que tem que ser. Do lugar para onde eu vou, não há como voltar.

Nos dias que se seguiram, Ida se sentiu como uma mulher ferida, sem vontade de comer ou trabalhar, sair com os amigos ou mesmo orar. A mãe lhe disse que aquele desfecho fora o melhor para ela e que um dia ela perceberia isso. Ela e Francis eram muito diferentes. Suas vidas e famílias eram muito diferentes e, se tivessem ficado juntos, só teriam problemas.

O luto pela perda era exaustivo. Ela seguia sua rotina no piloto automático. Só tentava manter uma expressão alegre quando as crianças do centro de recreação se aglomeravam ao seu redor. Quando um clima primaveril atípico atingiu a Bay Area, as crianças imploraram para que ela as levasse para velejar. Mas ela não podia porque não era certificada. Porque era muito nova no esporte. Muito negra. Seu diário de bordo estava em branco.

Um vislumbre de esperança veio de uma fonte improvável. Douglas Sugar entrou para a equipe de voluntários da missão como motorista de van. Ele era bom com as crianças e era tão criativo que as deixava hipnotizadas — inventava músicas, truques de mágica e brincadeiras. Ele e Ida levaram o grupo em uma excursão a Chinatown para comprar pipas. O humor de Ida melhorou ao ver os olhos arregalados das crianças, encantadas com os produtos exóticos das lojinhas. Eles foram à praia quando a maré estava baixa, deixando uma longa e plana extensão de areia endurecida pelas ondas, varrida pelo vento. Por fim, todas as pipas se agitavam no alto, faixas coloridas contra o céu azul-claro.

Depois, eles deixaram as crianças correrem no raso, gritando enquanto a água fria e espumosa lambia seus pés. Em seguida, voltaram para a cozinha da missão para ajudar no jantar comunitário. Douglas lhe ofereceu uma carona para casa na van. O crepúsculo havia caído com força e rapidez, e ela aceitou de imediato.

Com Douglas, ela se sentia mais como ela mesma, machucada pela dor, mas determinada a seguir em frente. Ele parou no topo de Kite Hill, diante da vista para a ponte Golden Gate, e eles desceram e se sentaram em um banco para assistir ao pôr do sol. Douglas passou o braço ao redor dela, que se virou para olhá-lo, e a solidão que havia dentro dela veio à tona, mas retrocedeu um pouco quando ele a beijou.

5

São Francisco, 2017

—*T*em certeza de que essa roupa está ok? — perguntou Margot a Anya.

Era a noite da inauguração e elas estavam no salão, onde a equipe se reunira para o último discurso dela.

Anya, vestida toda de preto, a olhou de cima a baixo, depois assentiu. Margot optara por saia jeans preta, botas de caubói pretas e blusa de seda branca.

— É seu look característico: botas e saia curta. Mas só você pode usar isso.

— Obrigada.

Ela passou as mãos pela saia para desamassar. Seu estômago se revirou. *Chegou a hora.*

— O cabelo e a maquiagem ficaram bons também — adicionou Anya.

— Eu fui no salão. Acha que ficou demais?

— Para hoje? Claro que não. É um dia especial para você. Tem planos para depois?

— Além de ter um colapso emocional? Na verdade, não.

— Faça algo especial só para você.

— Vou tentar. — Margot pausou. — Obrigada por cuidar de mim.

Ela e Anya não eram amigas íntimas, mas tinham trabalhado como unha e carne nos últimos meses e se conheciam bem. Anya servira na

Marinha como especialista em logística. Era mãe solo de três filhos e já havia trabalhado no lançamento de vários restaurantes. Nada a abalava.

Todo mundo estava reunido para ouvir as instruções finais. A equipe da cozinha e do salão tinha sido escolhida a dedo e treinada por ela e Anya. O orçamento não permitira a contratação de profissionais experientes, então, em vez disso, elas haviam buscado gente de bom caráter em quem investir. Os funcionários eram quase todos jovens, alguns tanto quanto Margot quando começara a trabalhar para Cubby Watson. O grupo era bastante heterogêneo, no entanto, e carregava todas as esperanças dela.

— Lá vamos nós, afinal — disse ela, parada de costas para o bar e analisando o salão. — Vocês todos foram incríveis durante a formação e o serviço de treinamento. A simulação de ontem à noite foi ótima. Espero que seus amigos e familiares tenham gostado.

Como último teste, ela tinha pedido para cada um levar um convidado. O serviço tinha sido ok, considerando todas as variáveis envolvidas. Ela amava ver as pessoas aproveitando os pratos que ela se esforçara tanto para criar — as carnes curadas e defumadas de modo primoroso por Candy, os molhos artesanais, a variedade de acompanhamentos, as sobremesas tentadoras.

Margot também sentia que tinha achado a bartender perfeita. Casho, uma americana de origem somali, tinha memória fotográfica de centenas de drinques e lidava com o estoque como uma especialista em logística.

Eles brindaram com o licor não alcóolico dela — uma mistura de fruta com infusões herbais.

— Sou boa em cozinhar, não em fazer discursos, então, vou ser rápida — continuou Margot. — Eu sonho com esta noite desde a adolescência e enfim está acontecendo. Não sei nem como agradecer a todos vocês. Estou mais do que grata por estarem aqui. E se eu falar mais vou hiperventilar e talvez chorar, e isso não seria bom para ninguém, então, vamos arrumar o salão e abrir as portas.

Taças tiniram em brinde, então todos entraram em ação.

Lá fora, havia um cavalete anunciando a grande inauguração. Um punhado de pessoas estava reunido na calçada: moradores curiosos do bairro que vinham acompanhando a preparação havia semanas, gente que conseguira um cupom no site e transeuntes que decerto notaram os balões pretos e brancos presos ao letreiro.

Margot se sentia à beira das lágrimas ou de uma risada histérica. Tudo que ela esperara estava prestes a começar. Mas ela precisava de um momento.

Em meio ao trabalho, enquanto todo mundo levava embora sua taça e arrumava as mesas e cadeiras, ela saiu para o beco, o único lugar que não parecia lotado de gente correndo. Apoiada na parede do prédio, ela fechou os olhos e tentou respirar fundo. Seu estômago revirou e seu peito doeu. *Respire...*

— Ei. — A voz de Jerome a assustou, e ela abriu os olhos de repente. Ele deu um passo para trás, levantando a mão. — Pelo amor de Deus, você não vai me bater de novo, né?

— Pode ser que eu bata.

Ele apontou para os óculos.

— Obrigado por isso, aliás.

— Eu estava te devendo.

Margot dera a ele um vale-presente para arcar com o prejuízo das lentes.

— Não precisava. Mas obrigado. E, por sinal, você esqueceu o que eu disse sobre vir sozinha ao beco.

Ela fez que sim, cruzando os braços de forma protetora na cintura.

— É, eu precisava de um minuto.

— Nervosa com a primeira noite?

— Mais do que isso. Acho que é um ataque de pânico, mesmo.

— Nossa. Posso ajudar?

A gentileza da pergunta quase acabou com Margot. Ela levantou a cabeça para olhar o rosto de Jerome — olhos suaves, expressão suave, lábios suaves.

— Está tudo bem — disse ela. — Sei lidar com a ansiedade. Vou dar conta.

— Preciso confessar uma coisa. Quando te vi pela primeira vez, achei que você não tinha a mínima chance. Imaginei que tivesse usado a lábia para conseguir a grana pra brincar de ser dona de restaurante.

Achei que você ia perceber logo que isso tudo era areia demais para o seu caminhãozinho e desistir.

— Uau, valeu.

— Só estou falando porque você me fez mudar de ideia. Quer dizer, não que seja sua obrigação me fazer mudar de ideia, mas eu vi você montar esse lugar, e você é durona pra valer. Uma força da natureza.

Ela deu um sorriso trêmulo.

— Aham.

— Eu tenho um e oitenta e dois. Peso noventa quilos. Você me jogou no chão como se eu fosse uma bolsinha de moedas.

— Não foi de pro…

— Eu sei. Só estava tentando te lembrar da sua própria força. É sua noite. Aproveita, chef.

Ela se empurrou para longe da parede.

— Obrigada, coach.

— Um segundo.

Jerome pegou o braço dela.

Ela quase — *quase* — reagiu. Mesmo depois de tanto tempo, qualquer toque repentino a assustava, e Margot torceu para ele não ter notado isso.

— O que foi?

— Sua saia ficou cheia de poeira. — Ele espanou de leve a bunda dela com a mão. — Juro que não estou tentando passar a mão nem nada.

— É o mais perto que chego de um encontro em um tempão.

— Vou me lembrar disso.

O tom dele a fez sentir uma onda de… algo. Uma espécie de interesse que ela desejou ter tempo para explorar.

— Bem, agora se me dá licença, tenho um restaurante para abrir.

Margot ergueu o queixo, endireitou os ombros e voltou para dentro, passando pela cozinha, onde todo mundo estava a postos em suas estações, até o salão de jantar impecável que de repente parecia amplo demais para algum dia lotar.

Cubby dizia que um restaurante estava a apenas um serviço de sua melhor ou pior noite. E, se por acaso fosse a pior, você precisava consertar o que precisava ser consertado e tentar de novo da próxima vez.

Margot encontrou o olhar de Anya, que estava no púlpito de hostess, e as duas vibravam de nervosismo. Parando na entrada, ela enfim virou a placa para Aberto, e abriu a porta.

— Bem-vindos ao Sal — falou, dando um passo ao lado enquanto um punhado de gente entrava, olhando o lugar com incerteza.

Ninguém queria ser o primeiro cliente, alvo desconfortável de uma equipe atenciosa demais. Margot, porém, não estava preocupada, porque ainda era cedo. Ela se animou quando chegaram mais alguns casais.

A hostess acomodava as pessoas de acordo com o plano desenhado por um software supermoderno. Os sons sutis de uma *playlist* tranquila vinham dos alto-falantes escondidos. Casho se ocupava fazendo o drinque cortesia da noite, uma margarita de *jalapeño* e sal defumado, em versões com e sem álcool.

O fluxo de pessoas aumentou aos poucos, ficando contínuo o bastante para ser encorajador. Algumas eram amigos, vizinhos e parceiros. A terapeuta de Margot veio com o companheiro, certamente ansiosa para ver o que tanto vinha estressando sua paciente nas sessões semanais. Natalie, a livreira do outro lado da rua, chegou com o marido, Peach, o construtor que instalou o bar icônico do restaurante.

— Pode ser nossa última noite antes de o bebê chegar — disse ela. — Estaremos bem ocupados em breve, então estávamos animados por uma saída sozinhos. Eu trouxe um presente de inauguração para dar sorte. — Ela entregou um livro a Margot. — De uma das minhas autoras favoritas.

— *Mapa do coração* — disse Margot. — Vou mergulhar nele em breve.

Ela guardou o exemplar embaixo do púlpito da hostess. Ler era o refúgio dela desde que descobrira a biblioteca pública na infância. Era uma sorte ter uma livraria movimentada no bairro.

Alguns outros convidados que estiveram envolvidos na construção do Sal começaram a chegar — o fornecedor de lenha da defumadora, o designer gráfico dos cardápios. Ela estava animada por receber todos, mas esperava mais. Quando as coisas ficaram calmas demais, o pânico voltou. Margot procurou se manter ocupada, conferindo cada prato antes que saísse da cozinha e circulando pelo salão. Tomando cuidado para não incomodar os clientes, ela tentava checar discretamente se todos estavam sendo bem atendidos — e entreouvir os comentários.

Houve elogios à comida, aos drinques, à decoração. As pessoas gostaram do tamanho das porções, dos pães e rolinhos ultrafrescos, e dos nacos grossos de torrada texana com manteiga, tudo fornecido pela confeitaria. Alguns clientes notaram a ênfase em produtos locais. Vários mencionaram a decoração incomum para um restaurante de carnes.

Houve um momento — um longo momento tranquilo, em que ela estava perto do corredor em ziguezague que levava à cozinha e dava vista para o salão — que Margot queria capturar para sempre. Naquele instante, tudo estava perfeito. O restaurante dela era exatamente como ela imaginara que seria, só que melhor. Real.

Ela viu as pessoas comendo e erguendo as taças para brindar. Os clientes riam e conversavam, relaxados, se divertindo, alguns até revirando os olhos de prazer ao provar a comida.

Margot pensou: *Eu fiz acontecer, mamãe. Fiz mesmo. Finalmente.*

Uma onda de orgulho a tomou e deixou um nó inesperado na garganta. Mas Margot não teve tempo para ter pena de si, porque, num piscar de olhos, o momento perfeito passou. E, logo em seguida, começaram os desastres.

Uma mulher mandou o prato de volta porque as batatas *duchesse* estavam moles demais. Um cumim colidiu com um garçom no beco da cozinha, e o barulho pareceu o começo da Terceira Guerra Mundial.

E, durante aquele crescendo, Gloria Calaverras chegou com um grupo de amigos. Ninguém ali devia reconhecer a renomada crítica gastronômica cujas resenhas tinham o poder de elevar ou destruir um estabelecimento, mas sua identidade era um segredo aberto. Em outros tempos, os críticos chegavam e comiam sem se identificarem, mas o anonimato havia se tornado impossível nos dias de hoje. Glamourosa com uma túnica de seda escura e óculos de grife, com o cabelo penteado e unhas afiadas e brilhosas, ela empunhava palavras como um chef empunha sua faca favorita, cortando a essência de um restaurante e esculpindo com habilidade um pronunciamento confiante no mundo digital.

A assessora de imprensa do Privé Group tinha dito a Margot que Gloria tinha um dos paladares mais refinados e um dos maiores números de seguidores do jornalismo gastronômico. Mas ninguém lhe alertara que Gloria talvez aparecesse na noite de inauguração.

— Mas que diabo? — sussurrou Margot baixinho para Anya. — Ela não podia ter me dado um tempo para pôr a casa em ordem?

— Relaxa. É provável que dê. Os críticos gostam de dar algumas semanas para os lugares. Mas sempre se preocupam em conseguir o furo, então aparecem logo na inauguração. E pensa assim: talvez hoje ela fique embasbacada e a resenha seja uma carta de amor.

Eles arrumaram as coisas no beco da cozinha e seguiram em frente. Pouco depois, um guincho alto veio do banheiro. Pescoços se esticaram e cabeças viraram na direção do som. A fechadura da porta tinha quebrado, e um homem abriu a porta e encontrou uma mulher lá dentro. Duas mulheres, na verdade, e, para além disso, Margot torcia para nunca saber dos detalhes.

— O que é que estou escutando? — perguntou ela a Anya, tentando não hiperventilar. — É... o som da minha carta de amor?

Por sorte, o empreiteiro estava na casa — Peach Gallagher ao resgate. Ele fez um conserto improvisado na fechadura. Margot mal teve tempo de agradecer quando esgotaram o *sourdough* para a torrada texana. Suas fatias grossas características, lambuzadas de manteiga de ervas gourmet de Point Reyes, eram um acompanhamento essencial para a maioria dos itens do cardápio.

O barril de cerveja emperrou. Um grande grupo de clientes discutiu alto por causa da conta. Um garçom fez um dos cozinheiros enlouquecer de raiva, sem perceber que era uma péssima ideia deixar um cozinheiro louco de raiva. A resposta atravessada dele fez o garçom cair em prantos.

O restante da noite foi uma montanha-russa que, na maior parte do tempo, parecia um trem descarrilado. Quando o serviço terminou, o restaurante parecia uma zona de guerra. Um dos lavadores de prato já tinha pedido demissão. No fim, Margot se viu sozinha, finalizando a última fileira de copos e taças.

Ela os colocou no carrinho móvel e saiu pelos fundos. Os globos de luz fria criavam uma cena lúgubre, fazendo o local parecer um quadro de Edward Hopper sem a humanidade.

Levantando o colarinho para se proteger da névoa gelada, ela foi até o carro.

Havia uma multa por estacionar em lugar proibido no para-brisas. Ela retirou o papel xingando muito, e o enfiou no bolso.

— Falando assim você vai ser banida da igreja.

Ela se virou.

— Jerome.

O bar se chamava Pulp e ficava aberto até as duas da manhã. Segundo Jerome, era alternativo o suficiente para ser chamado de descolado, mas não suspeito a ponto de causar preocupação. Ficava num prédio velho perto da escadaria da Lyon Street, e a hostess chamou Jerome pelo nome.

— *Habitué*?

Ele deu de ombros.

— Vamos sentar ali — disse.

Havia uma cabine curva, com um banco de pelúcia coberto com franjas douradas e estofamento de veludo. Quando ele colocou a mão na base das costas dela e a guiou, o leve toque não a assustou. O que a assustou foi o fato de ela *não* ter se assustado.

Ela se acomodou na cabine e estudou o cardápio.

— Eles são especializados em gim artesanal — disse ele. — Todos os drinques deles são bons.

Ela focou em um chamado Last Word — gim, chartreuse, limão e kirsch.

— Três doses de álcool — disse ela. — Estou precisando disso.

Ele pediu um drinque chamado Hanky Panky, feito com gim e Fernet-Branca. O garçom deixou uma tigela de petiscos e Jerome cruzou os braços em cima da mesa.

— Então, quer falar sobre a noite? Ou prefere evitar o assunto?

— Que gentileza a sua perguntar.

— Eu sou gentil.

— Foi o que sua mãe me disse.

— Foi?

Os drinques chegaram logo e Margot tomou um gole, deixando os sabores azedos e herbais escorregarem por sua língua.

— Eu queria ser o tipo de pessoa que consegue dar de ombros para um dia ruim e seguir em frente.

— Mas você não é.

— Não.

— Bem-vinda à raça humana.

Talvez fosse exaustão. Frustração. Talvez tenha sido o primeiro gole de gim. Mas, o que quer que fosse, Margot notou que se sentia atraída por Jerome como um ímã. Sim, ele era bonito, mas era mais do que isso. O timbre da voz. O formato dos lábios. Os dedos na haste da taça de martíni. Ocorreu-lhe que, no meio do maior e mais movimentado momento de sua carreira, ela tinha desenvolvido um *crush* por aquele homem.

O que era uma idiotice, dadas as circunstâncias. Ela precisava de foco total naquele momento, estava tentando fazer um restaurante dar certo. Precisava de um amigo, não de um namorado.

— Tudo parecia tão bom na hora da abertura. E os testes correram tão bem. Estava tudo fluindo, todo mundo feliz, tudo ótimo. Até que não estava mais.

Margot contou sobre os desastres que se desenrolaram em sequência, alguns ao mesmo tempo. Quando chegou à parte das mulheres gritando, ela pôde ver que Jerome estava se esforçando para não rir.

— Ei.

— Desculpa. Eu sei que o começo é difícil.

— Fiz besteira de contratar tantos novatos?

— Não sei, mas de fato isso acrescenta uma camada extra de desafio — disse ele.

— Por enquanto, eu só posso pagar salários de iniciantes.

— Tudo bem, mas é importante encontrar boas pessoas e investir no desenvolvimento delas — aconselhou ele. — Ou faça o que Ida fez e contrate familiares.

— Eu não tenho parentes, só o Kevin, meu gato.

Ela fixou o olhar em sua bebida.

— Olha, lamento que as coisas não tenham corrido tão bem hoje. É só a primeira noite. Problemas acontecem e você sabe disso. Há quanto tempo está no ramo?

— Desde que eu tinha idade suficiente para segurar uma faca de manteiga.

— Então, você sabe que dias ruins são comuns. Os bons também.

— Verdade. Mas é que eu queria muito, *muito* mesmo que esta noite fosse perfeita.

— Claro que queria. Quem não ia querer? Na minha primeira semana na confeitaria eu subi em uma escada para pegar um saco de farinha de mais de vinte quilos e deixei a porcaria cair. Três metros e meio de altura. O saco caiu bem em cima de um carrinho de corte e a cena pareceu aquelas nuvens de cogumelo depois de uma explosão nuclear. Todos os alarmes dispararam, tivemos que evacuar o prédio. Eu parecia o abominável homem das neves.

— Meu Deus do céu, Jerome.

Margot quase engasgou com seu drinque.

— Pode rir.

— É uma história maravilhosa.

— Fomos multados pelo Departamento de Saúde *e* pelo Departamento de Trabalho e Serviço. Mas a questão é: eu sobrevivi. E você também vai.

Ele terminou seu martíni.

— Esse é o plano. Sempre foi. — Ela bebeu o drinque. — Não consigo parar de pensar no prato de *brisket* que devolveram. Acho que é o que mais me incomoda.

— Tenho uma ideia. Me conta alguma coisa boa que aconteceu hoje.

— Nossa, pareceu minha terapeuta agora.

— Vou considerar isso como um elogio.

— Não é. Ela me irrita, na maior parte do tempo. Faz perguntas difíceis. Mas não hoje. Ela e o companheiro vieram jantar e amaram.

— Viu, só? Primeira coisa boa. Me conta mais.

Margot repassou o dia. Sim, houve bons momentos. Vários, agora que ela parou para pensar.

— Por que a gente se lembra só das coisas ruins?

— É da nossa natureza. Por isso eu tento ser positivo sempre que possível. Então, sua mãe está lá no Texas? Aposto que ela teria orgulho de você.

Margot olhou para o nada.

— Ela morreu quando eu tinha 16 anos. Sinto saudade dela todos os dias.

— Nossa, sinto muito. Deve ser difícil.

— É... sim. Quer dizer, quando eu abri aquelas portas hoje foi um momento enorme na minha vida, e eu não tinha ninguém com quem dividir essa conquista, sabe?

— Eu sinto muito mesmo, Margot. Você não é próxima do seu pai? Não tem irmãos?

Ela balançou a cabeça.

— Éramos só minha mãe e eu. Quando me mudei para São Francisco, eu não conhecia ninguém. O trabalho me consumiu e acabei esquecendo de ter uma vida.

— Que tal se eu te ajudar a lembrar?

— Tenho um aplicativo para isso.

— Toda essa belezura e você prefere um aplicativo? — disse ele, gesticulando para si mesmo, dramático.

— Bem, não quero ser um incômodo.

— Então, que tal ser só uma amiga?

Margot o analisou do outro lado da mesa. Um jazz baixinho pairava pelo salão. Taças tilintavam enquanto o bartender fazia os drinques da saideira.

— É — respondeu ela. — Beleza.

— Beleza.

— Quero que isso dê certo, Jerome — confessou ela. — Quero que tudo seja perfeito. E sei que não deveria criar grandes expectativas, mas não consigo evitar.

— Não tem nada de errado com criar expectativas. Ida diz que é por isso que eu e ela estamos solteiros.

— Suas expectativas são muito altas? — perguntou ela, intrigada com a mudança de assunto. — Tão altas que nunca podem ser atingidas?

— Tão altas que eu nunca vou ter que me expor, sabe?

Ela sorriu.

— Você é bem autoconsciente. Para um homem.

— Eu também faço terapia. Fazia. Faz tempo que não vou a uma sessão.

— Por que você não quer se expor? — perguntou ela.

— O divórcio mexeu demais com a minha cabeça. Não gosto de fracassar. E não gosto de sofrer.

— E ficando solteiro não tem chance de se machucar.

Ele ficou olhando para ela, depois desviou o olhar.

— E você? Já foi casada? Solteira por opção?

— Nunca fui casada — disse ela. — Nem perto.

Ela torceu para ele não cavar mais fundo. Por experiência, Margot sabia que era bom tomar cuidado com o que compartilhava.

O celular dela vibrou, indicando uma notificação. Margot olhou a tela.

— Putz.

— Deixa eu adivinhar. Você configurou o celular para apitar sempre que alguém menciona o Sal.

— Não vou ficar me escondendo embaixo da cama.

Ela abriu o aplicativo. Dezenas de menções apareceram.

Jerome cobriu a mão dela com a dele, escondendo a tela.

— Tudo bem, mas me promete uma coisa?

A mão dele era quente. Gentil.

— O quê?

— Se sair uma resenha ruim, promete que não vai ficar obcecada por ela?

— Prometo. Eu sou adulta. Consigo lidar.

— Mas estou aqui para dar apoio emocional. Caso precise.

Ela não conseguiu evitar um sorriso.

— Você não precisa trabalhar de manhã?

— Tenho tempo para uma amiga.

Ela puxou o telefone para longe dele.

— Treze resenhas — disse ela. — Não sei se gosto desse número, não. Gloria Calaveras apareceu hoje, sabe quem é, né? A mulher tem um monte de seguidores

Margot se encolheu, lembrando cada errinho do serviço de jantar. Aí, respirou fundo.

— Então. A primeira é uma nota quatro de cinco. "Espaço lindo, comida deliciosa, serviço lento."

Ela passou por mais algumas. Jerome chegou mais perto dela no banco para ler por cima do ombro. Ele era cheiroso — tinha cheiro de martíni e espuma de barbear.

O olhar dela caiu em uma única estrela na tela, como uma espinha no meio de um rosto.

— Putamerda — disse ela, lendo. — "Um restaurante de carnes não tem nada que ter waffles." "O molho de pimenta era apimentado demais." — Margot sentiu o coração apertar com os comentários que lia. — "Com base na decoração, eu esperava alta gastronomia. Mas era só churrasco, servido em qualquer *food truck.*" "A garçonete falava murmurando."

Margot virou o drinque e ficou olhando a taça vazia.

— Meu bem, não dá para levar toda reclamação a ferro e fogo — disse Jerome. — Fazer isso é tipo um passaporte expresso para a loucura. Se você vir um padrão, aí, sim, pode começar a prestar atenção.

— Você me chamou de meu bem.

— Chamei. Fiz mal? — Margot deu de ombros. — É um termo sexualizado? Tento tomar cuidado com essas coisas.

Ela só não se identificava. Não era uma pessoa doce. Jerome talvez ainda não soubesse, mas ela não era.

Margot lembrou a si mesma de focar nas resenhas. *O verdadeiro churrasco do Texas, finalmente. Tão bom quanto um* food truck*, só que mais caro. O churrasco dos seus sonhos chegou.* Tinha mais alguns espinhos entre as rosas. *Caro demais, drinques aguados. Salgado demais. Salgado de menos. Meu pedido veio errado. Barulhento demais. Silencioso demais.*

A favorita dela era um elogio rasgado de cinco estrelas. *O próximo lugar a virar referência. O brisket macio, com uma crosta perfeita como uma bala pralinê, vai fazer você querer enfrentar o trânsito da hora do rush só para experimentar. Os molhos são cremosos e com camadas e mais camadas de infusões de tempero. Em vez de serem secundários, os acompanhamentos merecem destaque próprio. Margot Salton é uma feiticeira, empunhando sua maestria única com lenha, fumaça e fogo.*

— Uau — disse Margot. — Isso sim é uma porra de carta de amor. Valeu, sugarman74. — Aí, ela percebeu o nome. — Sugarman. Foi você, não foi?

Jerome não disse nada, mas uma luz dançou em seus olhos.

— Bom, obrigada — disse ela. — Você foi muito legal.

— Como eu disse, eu sou legal. Mas não minto. Sua comida é incrível e espero que dê certo para você.

Ela podia passar a noite olhando nos olhos dele. Mas se deu uma sacudida.

— Eu também espero. E, agora, preciso te deixar ir para casa. Mesmo.

Ele pediu a conta e tirou a carteira e o celular do bolso. Os dois eram cor-de-rosa, com brilhos.

— Você gosta de cor-de-rosa? — perguntou ela.

— Sem preferência — disse ele. — É que, em algumas situações, é melhor ter uma cor não ameaçadora.

Ela não tinha certeza de como responder. Jerome era uma das pessoas mais legais que ela já conhecera, mas essa não seria a primeira impressão que as pessoas tinham dele. Com certeza não tinha sido a dela, pensou. Todas as pequenas coisas que um homem negro precisava considerar, coisas em que as pessoas brancas nunca pensavam.

— Quem não te conhece pode achar que você é uma ameaça.

— Às vezes — falou ele.

— Pré-julgamentos são essa merda, né. Quando as pessoas escutam meu sotaque, já tiram vinte pontos do meu QI.

Jerome pagou a conta e os dois saíram juntos. A cidade às duas da manhã parecia um planeta diferente, silenciosa de dar calafrios, iluminada pelos orbes difusos de postes com lâmpadas fracas, os carros passando espaçados.

Margot destrancou seu carro e Jerome abriu a porta para ela.

— Você pode pedir uma permissão de estacionamento no site da prefeitura — explicou ele. — Eles concedem horas estendidas para comerciantes.

— Bom saber.

— Boa volta pra casa, vai com cuidado.

— Sempre.

E então, aconteceu um momento. Se Margot estivesse correta, foi um momento de hesitação, no qual os dois estavam pensando a mesma coisa. *A gente deve se tocar? A gente deve, putamerda, se beijar?* Ela tentou não olhar para os lábios dele. Mas, nossa, pareciam tão macios...

Então Jerome deu um passo para trás, que ela entendeu como uma deixa para entrar no carro.

— A gente se vê, Margot — disse ele. — Descansa um pouco.

Estava agitada demais para descansar. Havia centenas de coisas para melhorar no restaurante. Mas, mais do que isso, ela queria pensar melhor em Jerome.

6

O Sal não foi uma sensação instantânea. Mas também não foi um fracasso absoluto. De acordo com a equipe de administração, o restaurante estava atingindo todas as metas de reservas e clientes, cliques no site, publicações na mídia, rastreamento de anúncios digitais, engajamento nas redes sociais e satisfação do cliente. E o mais importante de tudo, em seu primeiro ano de operação, estava atingindo as metas de receita. Ela conseguiu apoiar a Fundação Amiga e a Planned Parenthood. Falava-se até mesmo em um Divina Award, um dos mais importantes do setor.

Margot deixava esses assuntos para a equipe de relações públicas. Ela mantinha os pés no chão e se concentrava na qualidade da comida e do serviço. Mas era incrível como grande parte de sua identidade estava ligada ao restaurante. Às vezes, ela não conseguia separar as duas coisas. Seu senso de identidade aumentava e diminuía de acordo com o andamento do restaurante, o que não era bom para sua saúde mental, mas era difícil de evitar.

Havia noites em que ela voltava para casa em um estupor de exaustão, caindo na cama ao lado do gato para algumas horas de sono que mais parecia um apagão. Em outras, ficava acordada de tão nervosa, preocupada com problemas da equipe, problemas de suprimentos, problemas de contabilidade e problemas regulatórios. Nos últimos tempos, porém, com a popularidade do restaurante aumentando, ela estava começando a relaxar um pouco e, às vezes, conseguia dormir como uma pessoa normal.

Lembrando o conselho de Anya, ela reservava tempo para fazer coisas que não fossem relacionadas ao restaurante. Ia de carro até a praia de Point Reyes e passeava pela região vinícola. Entrou para um clube do livro e de fato lia cada seleção, recordando-se de que, em vários momentos da vida, os livros tinham sido um refúgio. Ela se ofereceu como voluntária no Centro de Memória de Perdita Street e passou a ler para os residentes. A livraria organizou uma campanha de arrecadação de fundos com observação de pássaros para a Audubon Society, e ela caminhava ao redor da Tomales Bay para observar os ninhos de pássaros da costa.

Conseguiu atravessar o inverno e sentiu o abraço esperançoso da primavera. Ao longo dos meses, Jerome Sugar tornara-se um amigo. Um bom amigo, embora seus horários de trabalho não fossem compatíveis. Ele começava cedo e passava os fins de semana com os filhos. O dia de trabalho de Margot começava no final da tarde e em geral só terminava depois da meia-noite. No entanto, algo parecia atraí-los de vez em quando. Ela pensava nele mais do que deveria. Sua gentileza e seu humor, e a maneira como a escutava. Quando ele a convidou para velejar com ele na baía, Margot ficou tão ansiosa que percebeu que estava esperando por algo assim havia muito tempo.

— Não sei nada sobre velejar — confessou ela.

— Eu sei — disse ele. — Acho que você vai gostar.

Parecia arriscado sair com um homem com quem ela dividia a cozinha, praticamente seu colega de trabalho. Mas Margot levou em consideração como Jerome era gentil, engraçado, bonito, sem dúvida, e não conseguiu se conter.

— Nossa, vamos sim, por favor. Eu ia adorar.

Ela imaginou os barcos na baía, as velas parecendo asas graciosas enquanto navegavam de um lado para o outro na água cor de jade. Margot o encontrou em uma pequena marina comunitária onde ele e Ida mantinham um veleiro. Ele contou que o possuíam havia anos.

— Você vai vestir isso?

Ele olhou para a camiseta de gola alta, o short confortável e os chinelos de dedo.

Ela havia se angustiado pensando no que vestir, querendo parecer atlética, mas também sexy.

— Algum problema?

— Você precisa se agasalhar. Desculpa, eu deveria ter avisado. — Ele pegou uma sacola de pano de vela do barco e tirou de dentro um blusão e uma calça. — É melhor você vestir isso. Mesmo em um dia quente, fica frio na água.

Ele também lhe entregou um colete salva-vidas.

Já era a ideia de parecer sexy. Mas, quando lançaram o barco, ela se esqueceu da preocupação com a aparência e, quando começaram a velejar, Margot ficou grata pelas camadas extras. O vento que soprava da água era cortante. Jerome apresentou a ela o básico, e não era parecido com nada que ela já tivesse feito antes — estranho e desafiador, um pouco perigoso.

Com um entusiasmo cativante, ele lhe mostrou como o vento movia o barco. Ensinou como ajustar as velas para formar um aerofólio e levantar o casco na direção que ela queria. Margot aprendeu a usar a cana de leme para manter o barco perpendicular ao vento e a vela principal cheia. Durante a demonstração, ele se sentou perto dela e cobriu sua mão com a dele para ajudá-la a manejar o leme, e Margot se esqueceu de ficar tensa com os toques. Houve um momento de triunfo quando ela conseguiu o formato exato da vela. O vento se moveu sobre a face curva da lona e levantou o barco de uma forma estimulante.

A primeira vez que Margot velejou contra o vento foi ainda mais emocionante. Ouviu-se um *shush* quando a vela se encheu com uma nova rajada. Jerome apontou para um barco grande que passava, criando uma esteira.

— Não fica com medo. Esta é a parte divertida.

A sensação da boca dele perto do ouvido dela era um tipo diferente de emoção. Um tipo bem-vindo. Margot sempre pressupôs que a proximidade física não fosse o forte dele. Mas talvez fosse, sim.

Eles atravessaram a esteira do grande barco. Ela prendeu a respiração quando eles se inclinaram para um lado. Jerome lhe garantiu que o barco não viraria se ela ficasse atenta e usasse o leme para virar contra o vento. Ainda assim, o movimento inebriante lhe tirou o fôlego.

— Caramba — disse ela.

— A quilha vai impedir que a gente vire — explicou ele.

Outra rajada de vento atingiu o barco, e Margot gritou e se agarrou a um cunho.

— Se estiver com vontade de vomitar, vai para o sota-vento — disse Jerome com um sorriso travesso.

— E se eu cair no mar?

— Se você cair é só não entrar em pânico. O colete vai inflar quando ficar molhado. Basta ficar parada e esperar. Pode parecer que estou navegando para longe de você, mas preciso me afastar para dar a volta e trazer o barco. Você tem que confiar que, aconteça o que acontecer, eu vou voltar para te buscar.

Ela olhou para ele. Aquela linha do maxilar era seu novo devaneio favorito.

— Eu confio.

Ela aprendeu a seguir as dicas do vento, da água e do próprio barco. Em pouco tempo, conseguia lidar sozinha com uma rajada de vento e uma grande esteira. Quando ouvia a vela se inclinar, ela a ajustava. Observava o movimento da água, sabendo que sua forma indicaria uma mudança iminente do vento.

Houve um momento em que ela fez tudo certo por conta própria, sem nenhuma ajuda de Jerome. A lona ficou em silêncio e tudo o que ela ouviu foi o som do casco correndo pela água e a brisa passando. Sentiu uma conexão quase primordial com as ondas. Um leão-marinho saiu da água como um ponto de exclamação, e Margot riu alto.

— Gosto do som da sua risada — disse Jerome.

— Continua me trazendo para cá e você vai ouvir isso muitas vezes — respondeu ela.

O spray da água ao certo tinha estragado seu cabelo e sua maquiagem, mas Margot não conseguia parar de sorrir.

Quando terminaram de velejar, Jerome a ajudou a subir no cais. Como estava meio tonta, ele a segurou contra si, levantou-a em seus braços e depois a colocou no chão.

Ela olhou para ele atordoada. Ele tirou um inalador do bolso, deu duas baforadas e o guardou, dando de ombros.

— Você me deixa sem ar.

As bochechas e as orelhas dela se aqueceram com um rubor.

— Que coisa cafona.

— Culpa sua — disse ele. — Vamos comer alguma coisa.

Margot ia velejar com Jerome sempre que seus horários e o clima permitiam. Ela aprendeu a manejar as velas, as escotas e o leme, a ler o vento e as ondas. Todo dia era diferente. Cada dia era novo.

Ficou sabendo que a paixão pelo esporte fora transmitida a Jerome por Ida, que velejava desde muito jovem. Quando era criança, Jerome a acompanhava, e velejar se tornou uma coisa deles. Ele contou a Margot que tinha feito parte da equipe de vela no ensino médio e na faculdade e que agora estava ensinando o esporte aos filhos.

— Você praticava esportes na escola? — perguntou ele.

Ela bufou.

— Só se fugir do bullying contar como esporte — disse ela. — Eu não estudei em escolas refinadas que nem você.

— Ah, então agora eu sou refinado...

Embora Jerome não pudesse imaginar, os privilégios que ele teve a teriam surpreendido. Às vezes, Margot se sentia tentada a contar mais. Mas resistia. Estava gostando demais daquilo para arriscar.

Depois que Margot fez seu primeiro velejo solo, eles se sentaram no convés de popa e Jerome abriu uma garrafa de prosecco para um brinde.

— A ter saído da cozinha — disse ela.

— É a melhor sensação do mundo — falou ele. — Fazer a coisa que eu mais amo enquanto me apaixono.

Margot quase cuspiu o prosecco.

— Ei.

— O que foi, não gostou de saber?

O fato é que ela tinha gostado, sim, embora fosse muito romântico e surpreendente. Jerome era diferente de qualquer um que ela já tivesse conhecido. O que ela sentia por ele era como navegar em um barco cheio até a borda, flutuante, elegante e veloz. Era mágico.

Ele deve ter sentido que ela estava olhando para ele, porque sorriu e franziu a testa ao mesmo tempo, fazendo uma espécie de careta.

— Estou tentando descobrir o que você está pensando.

— Eu não sabia o quanto me sentia sozinha até você aparecer e me mostrar o que a solidão *não* era.

A confissão veio à tona com espontaneidade. Ela escondia muitas coisas, mas não era mentirosa.

Ele pousou a taça de prosecco, virou-se para ela no banco e segurou a bochecha dela com a mão.

— Não sei se isso me deixa feliz ou triste.

— Escolha feliz. Eu nunca gostaria de deixá-lo triste.

— A julgar pelo que estou sentindo agora, você nunca vai deixar.

— Nunca é muito tempo.

Ele deu uma risadinha.

— Você parece a minha mãe.

— Vou considerar isso como um elogio.

Eles ficaram juntos em silêncio por alguns momentos. Então ele perguntou:

— O que você acha de eu tentar encontrar aquele cara, o Francis LeBlanc, daquele artigo antigo que estava escondido na cozinha?

— Eu acho que é um tiro no escuro. E, mesmo que você o encontre, de que adiantaria?

— Minha mãe está sozinha há muito tempo. Talvez ela esteja se agarrando ao que quer que tenha tido com ele.

— Sei lá, acho meio loucura. Eles não são as mesmas pessoas que eram quando se apaixonaram loucamente. Ele deve ter uma família, uma vida. Ou pode estar morto. Pode ter morrido no Vietnã ou ter voltado traumatizado.

— Adoro seu otimismo — comentou Jerome.

— Só acho que há um grande risco de ela se decepcionar. Ou até ficar com o coração partido. Aposto que ele partiu o coração dela quando eles eram jovens.

— Nesse caso, talvez ela tenha um desfecho.

— Depois de todo esse tempo? Você quer que ela saia em busca de um antigo amor?

— Talvez ela devesse.

— Talvez isso reabra uma ferida antiga, já pensou nisso?

Jerome esticou suas longas pernas e colocou o braço ao longo da amurada atrás dela.

— É por isso que eu ainda não contei para ela que encontrei o cara — disse ele.

Ela quase engasgou de novo.

— Você está brincando.

— Juro por Deus. Não foi tão difícil, na verdade. Ele mudou o nome para Frank White e é médico no hospital dos veteranos.

— Aqui na cidade?

— Sim.

— E você não contou para ela?

— Ainda não. Nem sei se ela gostaria de saber.

— Você só vai descobrir quando perguntar. — Ela hesitou. — Você falou com ele?

— Não.

— Pode ser que ele seja casado e feliz. Ou casado e infeliz. Pode ser que ele seja um idiota. Você quer mesmo mexer com a cabeça da sua mãe, Jerome? Quer mesmo desenterrar essas lembranças? E se ele for alguém que é melhor deixar no passado?

— Bem, acho que só tem uma maneira de descobrir — respondeu ele. — Vamos visitá-lo.

— Sério?

— Claro. Se ele não prestar, não preciso incomodar Ida por causa dele. Por outro lado, se ele parecer alguém que ela gostaria de rever, vou deixá-la decidir.

— Dr. White. Por favor, dirija-se ao posto de controle quatro leste.

Frank White não reagiu ao chamado enquanto apalpava a barriga do paciente e depois ouvia com o estetoscópio. Ficou aliviado ao ouvir ruídos intestinais normais e não sentir nada de errado no abdômen.

— Não é você? — perguntou o sr. Johnson. — Dr. Frank White?

— Sou eu, sim. Estamos quase terminando aqui. Continue melhorando assim e em breve discutiremos sua alta.

— Parece bom — disse o sr. Johnson, ex-sargento do Exército. — Eu gostaria muito.

— Aposto que seus netos também gostariam.

Frank havia notado uma foto do homem posando com três crianças sorridentes e um castelo de areia. Ele sempre tentava se conectar com os pacientes em um nível pessoal. A maioria dos médicos não fazia mais rondas em pacientes internados, deixando a tarefa para a equipe de enfermagem, mas Frank ainda acompanhava seus pacientes de cuidados primários como uma galinha cuidando de seus pintinhos. Mesmo já tendo idade para se aposentar, preferia continuar trabalhando. Era uma maneira de preencher seus dias.

Ao se dirigir ao ponto de encontro, ele endireitou os ombros e praticou seu método antigo de relaxamento. Inspire. Expire. Olhe para cima.

Tinha sido uma manhã difícil. Ele teve que declarar a morte de um paciente — um segundo tenente que serviu na primeira Guerra do Golfo e voltou para casa com ferimentos que o atormentaram por décadas. Por fim havia se rendido à dor e à exaustão da luta. A família foi chamada. Seguiu-se a tradição fúnebre de cobrir o corpo com a bandeira dos Estados Unidos e a maca saiu devagar, acompanhada por tapinhas nas costas dos profissionais de saúde que se reuniam no corredor. Da porta dos quartos, alguns dos pacientes ambulatoriais se juntaram à saudação. Os civis colocaram a mão sobre o coração. Os veteranos da equipe fizeram uma saudação militar.

Embora tivesse passado por esse ciclo muitas vezes, Frank nunca se acostumara. No entanto, aprendera a lidar melhor com isso ao longo do tempo. O trabalho de sua vida tinha sido cuidar dos homens e das mulheres que cuidavam da nação e, depois de todo esse tempo, ele esperava ter feito algo de bom.

Encontrou duas pessoas esperando no posto de controle do saguão leste. Havia uma mulher loura, com longas pernas e botas de caubói, e um homem negro, alto, com calças Dockers e tênis. Parentes, talvez? Eles não pareciam nenhum de seus pacientes.

— Olá, eu sou o dr. White. Em que posso ajudar?

— Dr. Frank White? — O homem estendeu a mão e eles se cumprimentaram. — Sou Jerome Sugar e esta é Margot Salton. Será que o senhor poderia nos dar só uns minutinhos?

Frank deu uma olhada no relógio do saguão.

— Claro — disse.

Ele os conduziu até uma área de estar repleta de folhetos e revistas.

— Não queremos desperdiçar seu tempo, então, vou direto ao ponto. O nome da minha mãe é Ida B. Miller. Acho que vocês se conheceram há muito tempo.

7

FEVEREIRO DE 1977

*F*rank sabia que quem fugia do recrutamento era considerado egoísta. Covarde. Antipatriótico. Talvez ele fosse tudo isso. Mas talvez ele tivesse resistido por causa das mortes inúteis e cruéis — centenas de milhares de vietnamitas, cambojanos, laocianos. Dezenas de milhares de americanos. E não havia fim no horizonte para uma guerra na qual os Estados Unidos tinham entrado por causa de uma grande mentira — o incidente do golfo de Tonkin.

Quando o aviso de convocação instruiu Francis LeBlanc a ir para o centro de integração, ele seguiu as dicas dadas pelo jornal clandestino da SDS (Associação de Estudantes para uma Sociedade Democrática) para escapar. Além disso, um paciente do hospital dos veteranos havia lhe dado um cartão com um número de telefone — o Trem da Paz.

Frank se questionava sempre. Será que era um covarde? Teria falhado com seu país? Deveria ter se apresentado ao alistamento militar como tantos outros? Ele não temia a batalha. Não temia o serviço militar. Não. O que ele temia era fazer parte de uma máquina de guerra que não tinha nenhuma razão para existir, espalhando destruição em forma de napalm sobre civis inocentes, por uma causa perdida havia muito tempo. Seu pedido de objetor consciente fora rejeitado. Sua alegação de asma foi considerada infundada. Frank queria dar uma surra em si mesmo por ter saído da faculdade por ter ficado sem dinheiro. Esse desastre era culpa dele.

Naquele último dia com Ida, ele sabia que estava se despedindo dela para sempre. E ela também sabia. Por bem ou por mal, ele tinha que fazer uma escolha. Qualquer uma das opções significava o fim deles. E ele tinha que encontrar uma maneira de reestruturar a vida com a escolha que fizesse.

Viver no Canadá era um tipo estranho de exílio. Era o início de uma nova jornada, com certeza. Ele mudou seu nome para Frank White e enviou uma carta para a mãe por meio de um sistema de correio clandestino criado por uma organização de resistência ao recrutamento composta por dissidentes. A mãe poderia estar sendo vigiada, portanto, era melhor ter cuidado. Frank se estabeleceu em Vancouver e encontrou um emprego em um hospital, um trabalho humilde que sustentou sua paixão por cuidar de pessoas. Conseguiu retomar a faculdade de medicina, acabou se formando com honras e comprou uma van Volkswagen laranja e branca já meio acabada. Embora se sentisse tentado a entrar em contato com Ida, pois seu coração doía por ela, ele se forçou a resistir. Ela merecia ser livre para construir uma vida sem ele, sem precisar olhar para trás, para o tempo que haviam compartilhado, uma vida sem arrependimentos.

A única opção era superar, e ele esperava que ela tivesse feito o mesmo. Com o passar do tempo, ele namorou algumas colegas de universidade e de profissão. Algumas disseram que estavam se apaixonando. Uma delas, uma residente de pediatria de olhar doce, queria que ele fosse morar com ela em Nelson, onde os terrenos eram baratos e havia se formado um enclave de expatriados, com comunas esparsas e trabalho no campo. A área rural precisava de médicos, eles poderiam ter uma vida juntos lá. A mulher era adorável e, apesar de ter se sentido tentado, ele sabia que seu coração nunca seria dela. Talvez fosse seu destino passar o resto da vida buscando o tipo de amor que havia compartilhado com Ida.

Sua especialização como médico parecia predestinada. Ele queria acreditar em algum tipo de graça. Sua carreira seria uma penitência vitalícia para expiar a decisão que havia tomado. Frank se comprometeu a servir os veteranos, aqueles que foram destruídos pela guerra da qual ele havia se recusado a participar. O Canadá tinha sua parcela de homens e mulheres feridos, pessoas que haviam sido mutiladas pela dor física e psíquica e que lhe ensinaram muito. Frank acreditava que todos podiam ser ajudados, embora soubesse que era impossível recuperar completamente a saúde e a vida que tinham antes da guerra.

Ele estava com um desses pacientes quando a notícia da anistia do presidente Carter foi divulgada. Albert Baynes era um militar cuja unidade havia prestado apoio para manutenção da paz no Vietnã. Lotado em uma cidade chamada Hue, ele havia sido pego no fogo cruzado de uma batalha travada durante o ano novo lunar. Os estilhaços o deixaram com sequelas permanentes.

— Isso significa que os rapazes podem voltar para os Estados Unidos se quiserem — disse o sr. Baynes, olhando para a tela granulada da TV na enfermaria

Enquanto Frank ouvia o anúncio, todas as células de seu corpo pareciam ganhar vida nova.

— Nunca pensei que esse dia chegaria — murmurou ele.

Anistia.

No início, ele não tinha certeza do que deveria fazer. Havia construído uma vida ali, tinha uma carreira movimentada e satisfatória. No entanto, no fundo, ele queria voltar para os Estados Unidos. Não para o Maine, mas para a Bay Area, onde a vida havia começado para ele.

Frank arrumou seus pertences e foi com sua van para São Francisco. No primeiro dia, passou pelos lugares dos quais se lembrava — a marina onde ele e Ida tinham velejado e feito amor na cabine de um barco, o campus onde marcharam, os locais onde assistiram a shows, a rua onde fizeram trabalho voluntário.

A cidade havia mudado a ponto de estar quase irreconhecível. A Mission Gospel da Perdita Street havia fechado. Agora o prédio abrigava uma confeitaria, e havia um restaurante mexicano ao lado. A loja de máquinas de escrever do outro lado da rua tinha pendurado uma placa anunciando livros raros. Nenhum dos transeuntes lhe parecia familiar.

Assim que atendeu a todos os requisitos de licenciamento, Frank assinou contrato com o centro médico de veteranos na Clement Street.

Ele sabia que o que estava fazendo era arriscado, mas não era nada comparado ao sacrifício de quem tinha servido no Vietnã.

Ao iniciar aquele novo capítulo, ele ansiava por saber o que acontecera com Ida. Os anos haviam passado e eles seguiram rumos diferentes, mas ele pensava nela todos os dias, e uma parte pequena e indomável de seu coração ainda tinha esperanças.

Frank se debatia, sem saber se deveria ou não se intrometer no mundo que ela havia criado para si mesma. Como seria? Talvez, apenas talvez, Ida não o considerasse uma intrusão. Talvez mostrasse aquele sorriso cheio de luz e o recebesse de braços abertos.

Em uma manhã de domingo, ele resolveu ir até a igreja dela. Ainda se lembrava dos olhares severos do pai dela e da sensação incômoda de ser um estranho. Estacionou do outro lado da rua e abriu a janela para esperar o início do culto do meio da manhã. À medida que os sons da música foram escapando do prédio, Frank foi se lembrando da congregação animada e de sentir a estranheza ser abafada pelo barulho de alegria e louvor.

Ele sempre se perguntava o que teria acontecido se seu número não tivesse sido chamado. Talvez a família de Ida tivesse se aproximado mais dele. Talvez o tivessem visto como um homem que amava a filha deles e só queria fazê-la feliz.

Talvez isso ainda fosse uma possibilidade.

Ele ligou o rádio. David Bowie cantava "Golden Years". Depois de um tempo, as portas da igreja se abriram e os fiéis foram surgindo, como folhas navegando por um riacho, os homens de camisa bem passada e as mulheres de vestidos em cor pastel e chapéus com fitas, crianças correndo por toda parte.

Então, Frank avistou Ida. Reconheceu seu passo animado e o ângulo orgulhoso do queixo. Ela usava um vestido branco e azul-marinho elegante e um chapéu com fitas combinando e, mesmo de longe, ele percebeu que ela estava sorrindo.

Seu coração deu um salto. Sentiu que a palma de suas mãos começou a suar. Ele deveria se aproximar? O que deveria dizer?

Ida desceu os degraus da igreja e se virou ligeiramente, estendendo a mão enluvada.

Um garotinho usando uma roupa de marinheiro branca e azul--marinho desceu os degraus e pegou a mão dela. Um momento depois, um homem se juntou a eles e segurou a outra mão da criança.

A pequena família formou uma bela imagem ao caminhar junta, com o menino balançando entre os pais. O peito de Frank doía como se alguém o tivesse golpeado ali. Ele precisou de um momento para recuperar o fôlego.

É claro, ele pensou. É claro que ela era casada e tinha um filho. Não havia razão para ela pausar sua vida e esperar por ele, por um futuro que talvez nunca acontecesse. Ele a havia incentivado a seguir em frente, acreditando que jamais voltaria para casa. Ninguém sabia se aquela guerra algum dia terminaria ou se os desertores seriam recebidos. Naquela época, ninguém sabia que aquele sorteio específico seria o último antes que a guerra chegasse a seu caótico fim.

Ida fez o que ele lhe disse para fazer naquela última e dolorosa conversa: ela seguira com a vida. Talvez tivesse se esquecido dele ou apenas guardado como uma lembrança.

Eram pessoas diferentes agora. Ela era esposa e mãe. Ele era médico e ainda vivia preso em suas dúvidas. *Será que fiz a coisa certa? Sou um covarde? Isso é uma expiação?*

E então, enquanto uma triste canção de Elton John tocava no rádio, ele soube que precisava encontrar outro caminho.

Frank se afastou do meio-fio. Em sua pressa de escapar do passado que o assombrava — ou talvez tenha sido um gesto deliberado —, pisou no acelerador e arrancou, os pneus rangendo na calçada em frente à igreja. Pelo espelho retrovisor, ele a viu parar de andar e aconchegar a criança contra si, olhando para a van que partia em alta velocidade.

Frank comprou uma casa estilo marina em Richmond. Como ela estava em mau estado, ocupou-se um tempo com a reforma. Todos os dias, cuidava de homens e mulheres que haviam servido seu país. Ao ajudá-los — e até curá-los —, Frank encontrava alguns momentos de harmonia. Mas, embora tentasse não ser consumido por isso, não conseguia escapar das lembranças de Ida. Em uma tarde clara de primavera, saiu para velejar e se viu perdido em nostalgia, imaginando a vida que eles poderiam ter tido juntos. Ele içou as velas e relaxou, sonolento por causa das ondas suaves e do clima ameno, e praticou ele mesmo os exercícios que recomendava a seus pacientes em sofrimento.

Ele visualizou o desapego. Procurou se desvincular do passado como se este fosse uma nuvem movida por um sopro de vento. Inspire, expire. Não era uma fórmula mágica, mas, depois de muitas repetições, aliviava o coração.

Frank tinha feito aulas de meditação transcendental, onde conhecera Donna. Os dois tinham dificuldades para se concentrar. Logo descobriram outras coisas em comum: o amor pela ficção histórica, Led Zeppelin, andar de bicicleta e fazer trabalho voluntário. Donna era linda e gentil, e disse "eu te amo" antes que essa ideia sequer tivesse passado pela cabeça dele.

No entanto, quando enfim respondeu, Frank soube que era real e verdadeiro e que tinha força suficiente para durar. A emoção era diferente do amor agitado e insaciável que ele havia experimentado com Ida — um tumulto de intensidade que o consumia como um incêndio. Frank encontrou em Donna uma emoção tranquila e constante, que ele confiava que fosse perdurar.

Ela o ajudou a reformar a casa e aceitou um emprego como professora de inglês em uma escola de ensino médio próxima. O contentamento deles era tranquilo e baseado na estabilidade. Previsibilidade. Dois filhos — um menino e uma menina. Uma sucessão de animais de estimação amados, que os fizeram rir e lamentar. Passavam três semanas todo verão no Maine, visitando a mãe e a irmã dele. Seu filho, Grady, tornou-se professor e sua filha, Jenna, trabalhava em uma ONG.

Como família, passaram por todos os momentos que fazem parte de uma vida bem vivida.

Houve feriados e comemorações, perdas e alegrias, triunfos e frustrações. A bênção inebriante dos netos o fez lembrar como era a verdadeira alegria.

Mas, em meio a tudo isso, Frank guardava um pequeno segredo no bolso traseiro da calça. Ele nunca perdia a edição de domingo do *Small*

Change, um boletim informativo de longa data da comunidade. Toda semana havia um ensaio de Ida B. Sugar. Ele não tinha certeza se era um pseudônimo ou o nome de casada dela, mas Ida escrevia comentários e observações inteligentes e perspicazes sobre a vida cotidiana e o mundo como um todo. Sempre havia uma receita deliciosa no final, e dicas e histórias sagazes. Toda vez que ele lia as palavras dela, imaginava ouvir sua voz, sua risada, seu espírito irreprimível. Mas era sempre breve. Sua família e seu trabalho o mantinham ocupado, realizado.

Só que Donna o deixou cedo demais, levada por um dos maiores inimigos da medicina: câncer. Frank sofreu demais, mas o filho e a filha o apoiaram. Os três se consolaram durante o período sombrio do luto. Aos poucos, Frank foi redescobrindo a alegria e o prazer de viver com os netos, ensinando-os a velejar da mesma forma que havia ensinado as crianças da missão tantas décadas antes.

Ele não podia se arrepender da vida que havia criado. Nem por um único momento.

Seus amigos o viam como um viúvo jovem e vigoroso e viviam dizendo que ele deveria conhecer alguém. Como se esse *alguém* fosse preencher sua vida outra vez. O que seus amigos bem-intencionados e sua filha intrometida não sabiam é que ele já tinha descartado essa possibilidade fazia muito tempo. Talvez ela nunca tivesse existido, para começo de conversa. Talvez tudo aquilo que sentira quando era um jovem apaixonado por Ida tivesse sido uma ilusão, como as visões aquosas que ele teve quando experimentou LSD.

Mas, no momento em que Frank percebeu que poderia rever Ida, no momento em que pensou na possibilidade de segurar suas mãos, o mundo inteiro se iluminou.

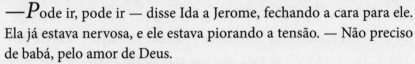

8

—Pode ir, pode ir — disse Ida a Jerome, fechando a cara para ele. Ela já estava nervosa, e ele estava piorando a tensão. — Não preciso de babá, pelo amor de Deus.

— Vou esperar você bem aqui — falou ele.

Ida desviou o olhar e resistiu à vontade de se olhar mais uma vez no retrovisor. Depois, saiu do carro.

— Não vai coisa nenhuma — retrucou ela. — Combinamos de você me pegar às cinco. E no jantar de sexta-feira podemos ter uma boa conversa. É a primeira sexta-feira do mês, vão ter alguns eventos públicos. Talvez a gente possa ir ouvir música no parque.

— Então você me liga, ok? Não importa o motivo. A qualquer momento. Estou falando sério, mamãe.

— Relaxa, querido — falou ela. — Eu vou ficar muito bem. Pode ir, anda.

Ida pegou a mochila e passou pelo escritório do capitão do porto, seguindo o cais com suas fileiras e fileiras de ancoradouros. Ela se preocupara com o que vestir, mas percebeu que era bobagem. Ela velejava havia décadas e sabia o que vestir — calça de algodão e sapatos Ilse Jacobsens antiderrapantes, uma camiseta leve e um blusão, chapéu e óculos escuros. Talvez fosse a mesma roupa que ela havia usado na última vez que velejou com Francis, décadas atrás.

Ainda assim, Ida levou uma hora para se arrumar, e boa parte desse tempo foi gasta se olhando no espelho, tentando entrar em contato com a garota que tinha sido no passado. Ela tinha 18 anos, um bebê. E o amor que sentia por Francis queimava até a alma. Quando ele foi embora, ela guardou o sentimento como uma flor pressionada entre as páginas de um livro antigo, fora de vista, bem escondida, mas nunca esquecida.

Jerome havia proporcionado esse encontro, uma gentileza do filho mais leal que o Senhor já havia criado. Mas ele fez isso sem saber que havia reaberto uma porta oculta para o passado, uma porta que escondia os segredos mais profundos dela. Ela sabia que haveria conversas difíceis no futuro; nunca havia mencionado Francis ao filho. O problema é que não havia nada a dizer, ora essa. O homem tinha desaparecido. Logo depois, Douglas Sugar surgiu e a pediu em casamento. Os dois eram jovens demais para conhecer as verdades do próprio coração, mas Ida se sentia tão sozinha, e Douglas preencheu o espaço vazio dentro dela, e ela estava ansiosa para que sua vida começasse.

Ninguém, nenhuma alma, nem mesmo Douglas, disse uma palavra quando Jerome chegou depois de sete meses de casamento. Só o médico de Ida observou que o bebê era saudável e havia nascido no tempo certo. Jerome tinha a pele clara, mas Ida e Douglas também tinham, a ascendência deles era tão complicada quanto a de qualquer pessoa negra nos Estados Unidos. Só havia um homem que poderia ser chamado de pai de Jerome, e esse homem era Douglas Sugar. Essa era a única verdade que o filho dela conhecia.

Ida nunca tinha frequentado a marina ao sul da cidade, em Oyster Cove. Francis — Frank — mantinha o barco dele ali. Ela examinou as letras das docas e os números das rampas, seus passos ficaram mais lentos enquanto seu coração acelerava. Quando Jerome lhe disse que havia feito contato com o homem das fotos daquele artigo, ela ficou emocionada. Envergonhada. Exultante. Aterrorizada.

Francis LeBlanc havia sido seu primeiro e mais verdadeiro amor, e ela se lembrava desse sentimento como se o tivesse guardado na mochila e levado consigo por onde fosse. Era ao mesmo tempo uma bênção e um fardo. Uma bênção, porque esse amor havia lhe mostrado, mesmo que por pouco tempo, que era possível tocar o céu. Um fardo, porque era uma lembrança de algo que ela havia perdido.

Agora, Francis se chamava Frank White. Era médico, pai, avô. Viúvo. E disse a Jerome que gostaria de receber uma ligação de Ida. Ela olhou para o número de telefone dele como uma adolescente precisando de um acompanhante para um baile de escola. Então, ela se serviu de uma dose de Fernet-Branca e telefonou.

— Quero saber tudo — disse ele.

— Faz tanto tempo, não é? Acho que vamos levar uma eternidade para dizer tudo.

Uma vida inteira havia se passado desde o dia em que eles se despediram, resignando-se ao inevitável. Casamento, trabalho, filhos, netos. Depois de todas as voltas e reviravoltas ao longo do caminho, será que haviam se tornado pessoas muito diferentes ou permaneceram, em essência, os mesmos de tantas décadas atrás?

Frank tinha um barco e a convidara para um passeio.

Ele a aguardava na doca C, rampa onze, ao lado de um veleiro lindo e elegante que era muito melhor do que os que eles usavam no passado. Ida sentiu certa tensão em sua postura quando ele a viu indo em sua direção. Ela também se sentia tensa. Aquele homem havia sido seu mundo, a peça que faltava no quebra-cabeça de seu jovem coração. Seu Sundance Kid. Agora era um estranho.

Embora mais velho, Francis tinha a mesma aparência, acomodado confortavelmente em seu corpo esguio.

O que será que ele via quando olhava para ela? Ida estava emaciada, com o cabelo relaxado em vez de preso em tranças brilhantes e bem arrumadas, e seu rosto estava marcado pelo mapa da vida que ela tinha vivido. Seu coração batia forte, embora ela se aproximasse dele devagar.

— Bem — disse ela. — Ora, mas que coisa.

Os olhos dele sorriram antes de sua boca se curvar. Era o rosto de um homem idoso, com fragmentos e sombras, mas o jovem que ela havia conhecido brilhava como o sol irrompendo em meio às nuvens.

— Nunca pensei que este dia fosse chegar. Você parece tão maravilhosa para mim, Ida.

— Francis. Alguém ainda te chama de Francis?

— Só você.

Com uma leve reverência, quase cavalheiresca, ele estendeu a mão com a palma para cima — uma postura de que ela se lembrava do passado. Quando ele a ajudou a subir a bordo, ela se lembrou de seu toque. Ela se lembrava de tudo.

Quando ele abriu a caixa de biscoitos que ela havia trazido, seu rosto se iluminou com um sorriso.

— Pretos e brancos — disse ele. — Ainda são meus favoritos.

— Imaginei.

O barco dele era lindo, lembrava o Catalina onde eles haviam se escondido tanto tempo atrás, para fazer amor em segredo.

Trabalharam em conjunto ao zarpar, seguindo o fluxo anti-horário da popular rota de cruzeiros. À medida que a cidade ficava para trás e a água passava pelo casco, o nervosismo e a hesitação diminuíam. Ida sentiu algo dentro dela relaxar e percebeu isso em Frank também. Começaram uma conversa leve e Ida ficou impressionada com como ainda era fácil falar com ele.

As palavras e as histórias saíam deles sem parar, um pensamento levando ao outro em um ritmo estranhamente familiar. O ritmo de cruzeiro também era familiar. Eles se dirigiram para o norte para cruzar a baía com o barco amurado por bombordo. A sota-vento, ela protegeu os olhos para contemplar o campanário da Cal, majestoso e inalterado desde os dias de sua juventude. Então eles se viraram para se olhar e ele pegou a mão dela.

— Isso é tão agradável. Ainda melhor do que eu imaginava que seria — disse ele.

— Você imaginou isso? — perguntou ela.

— Muitas vezes. — Ele hesitou, depois falou: — Te vi quando cheguei a São Francisco de novo, mas você não chegou a me ver.

Ela franziu a testa.

— Você me viu? Não estou entendendo…

— Eu pensei que passaria a vida toda no exílio, mas, quando Carter anunciou a anistia, voltei para a Bay Area e fui a todos os lugares a que costumávamos ir, imaginando se deveria procurá-la. Sei que eu não tinha esse direito, mas queria saber o que tinha acontecido com você. Então, fui à sua igreja em um domingo, quando o culto estava terminando. Fiquei no carro, ouvindo o rádio, suando muito, tentando criar coragem para falar com você. E aí… você apareceu. Você estava tão bonita saindo do culto, Ida, com um vestido azul-marinho e branco e um chapéu com fitas.

Ela se lembrava daquele vestido, como as mulheres em geral se lembram de seus favoritos. Ela o havia comprado na I. Magnin, novinho em folha, para combinar com o terninho de marinheiro que havia comprado para Jerome.

Uma leve tristeza suavizou o sorriso de Frank.

— Você estava com um garotinho e seu marido, os três de mãos dadas. Naquele momento, eu soube que tinha que deixar você com sua família. Eu tinha que te deixar viver sua vida.

— Ah, Francis. Eu nunca soube...

— Bem, se você soubesse, alguma coisa teria mudado?

Ela ficou em silêncio por alguns momentos de agonia. Ele a tinha visto. Tinha visto Jerome.

— E você? Chegou a pensar em me procurar? — perguntou ele de repente.

— Ah, Francis. Eu não sei. Pensei em você. Lembrei de você. Mas tentar te encontrar... nunca me ocorreu.

— Eu entendo.

Não, ele não entendia. Havia coisas que Francis não sabia. Coisas que poderiam fazer com que tudo mudasse. Eles haviam conversado sobre a vida, o casamento feliz dele que havia terminado cedo demais. O casamento dela, que havia terminado no momento certo. Onde Francis via possibilidades, Ida via dificuldades.

— Ida, eu gostaria de te ver de novo — disse ele.

O coração dela falou antes que qualquer pensamento tivesse a chance de chegar.

— Eu também gostaria.

Pai do céu, pensou ela, *o que raios está acontecendo aqui?*

Ela sorriu durante todo o caminho de volta para a marina, e eles conversaram mais um pouco enquanto ela esperava por Jerome.

— Fiquei muito feliz quando você me ligou — comentou ele. — Achei que estava ouvindo coisas no dia em que seu filho e a namorada dele vieram me ver no hospital.

Ela lhe lançou um surpreso.

— Namorada?

— Ah, Margot é a esposa? — perguntou ele.

Ida não sabia que Margot era alguma coisa de Jerome.

— Namorada — disse ela, fazendo uma anotação mental para investigar a situação.

Uma namorada para Jerome. Que ótimo.

— Bem, seja como for, fico grato por ele ter se esforçado para me encontrar.

— Eu também, Francis. Frank — disse ela, experimentando o nome. Levaria um tempo para se acostumar.

Quando viu o carro de Jerome estacionar na entrada do porto, ela se virou para se despedir de Frank, e pareceu-lhe a coisa mais natural do mundo levantar-se na ponta dos pés e abraçá-lo.

Talvez isso tivesse que acontecer, pensou ela, deleitando-se com a sensação pouco familiar de ter os braços de um homem ao seu redor. Se sim, havia algumas coisas que ela teria de resolver, e não apenas com ele.

— Eu gosto disso, mamãe. — Jerome lhe entregou um pote de chá doce e gelo picado do cooler que haviam levado para o parque. — Que bom que você teve essa ideia.

Ida colocou as mãos em volta da jarra fria e olhou para o filho na luz da noite. Eles frequentavam os shows de verão da Primeira Sexta-Feira desde que ela se lembrava. Quando o filho era pequeno, Douglas viajava muito a trabalho, por isso, muitas vezes, iam apenas os dois.

— É bom, né? — concordou ela. — Devíamos fazer isso mais vezes.

Ela relaxou no velho cobertor xadrez que usavam para piqueniques e ficou olhando para a East Bay. A noite estava linda e, apesar da multidão que se aglomerava e da música que vinha do anfiteatro, parecia privativo e seguro ali. Ao longo dos anos, ela e Jerome passaram muitas horas felizes naquele lugar, conversando sobre os estudos dele, o futuro dele, o divórcio dela, o casamento dele, os filhos dele, o divórcio dele. O ciclo de uma vida.

No entanto, eles nunca tinham discutido o assunto daquela noite.

Ela não conseguia imaginar como abordar a conversa mais difícil de sua vida, então, foi direto ao ponto.

— Foi muito gentil de sua parte encontrar Francis — comentou ela. — Frank. Frank White. Foi tão inesperado. Achei que ele estaria perdido para sempre no passado.

Ele deu uma risadinha.

— Nada está perdido agora que temos a internet.

— Quando eu tinha 18 anos, recém-saída do ensino médio, me apaixonei perdidamente por ele.

Jerome assentiu com a cabeça.

— Acho que acontece com todo mundo nessa idade. Lembra da Linda Lubchik? Eu era louco por ela.

Não, ela não lembrava. Ida respirou fundo e continuou.

— Bom, eu achava que Francis era tão romântico quanto um herói de conto de fadas. Tivemos um caso, como você com certeza adivinhou. Na verdade, mais do que um caso. Foi uma história que mudou minha vida. Mas meus pais não aprovavam. Ele era um universitário do Maine, um garoto branco. Eles achavam que Francis só traria problemas.

— Sim, acho que o vovô Miller teria algo a dizer sobre isso, mesmo.

Ida assentiu com a cabeça.

— Era uma época diferente. Eu era muito jovem e cheia de sonhos. Ele era estudante de medicina na Cal e parecia o Robert Redford no auge da beleza. Eu achava que nós ficaríamos juntos para sempre, até que Francis foi convocado para o Vietnã e então fugiu. Foi uma época horrível. Ele foi para o Canadá.

— Ele desertou, então.

— Eu o incentivei a ir. A guerra arruinou a vida das pessoas e eu sabia que isso significava que eu ia perdê-lo, porque não dava para voltar atrás. Mas eu não queria que ele fosse de jeito nenhum.

— Mas ele ser universitário não o isentava? Não tinha isso? Especialmente para garotos brancos e ricos.

— Ele não era rico. Na época do alistamento ele havia trancado a matrícula para juntar dinheiro.

Jerome se recostou, de braços cruzados.

— Papai foi convocado e atendeu ao chamado.

— Atendeu, e tenho orgulho dele por isso. O que aconteceu com ele no treinamento básico foi terrível, mas a perda auditiva o salvou de ter que servir na guerra. Eu teria dito ao seu pai a mesma coisa que disse ao Francis. A mesma coisa que meu tio Eugene, que era um veterano condecorado, disse aos rapazes: não vá. Não é certo. — Ela observou um par de pelicanos marrons sobrevoando a baía. — Seu pai e eu ficamos juntos depois que Francis foi embora. Eu estava trabalhando em uma padaria e Douglas dirigia um caminhão de entregas. Ele me cortejou direitinho, e eu amava seu pai, de verdade. Quando ele disse que queria se casar comigo, me pareceu... certo. A coisa certa a fazer. Ele era um bom homem, e meus pais admiravam muito ele. Eu era jovem o suficiente para sentir a mesma coisa. Quando você chegou, tudo parecia perfeito. Eu acreditava que nós três éramos uma família boa e feliz, e rezo para que você tenha sentido isso todos os dias.

— Claro que sim, mamãe. Não vou mentir: fiquei decepcionado quando vocês se separaram, mas tive muito tempo para superar.

Ela respirou fundo para tomar coragem.

— Eu estava grávida de você quando seu pai e eu nos casamos. Os tempos eram diferentes. Era uma vergonha terrível para a família quando um bebê nascia fora do casamento.

— Eu sei disso. Desde que tenho idade suficiente para ler um calendário.

— O que eu quero dizer é que seu pai é seu pai, Douglas Sugar, o homem que te criou. O homem que comemorou cada marco seu, que te ajudou quando você caiu e que te amou de todo o coração.

— Eu sei disso também.

Jerome franziu um pouco a testa, era óbvio que estava se perguntando o que ela estava pensando.

Ida respirou fundo mais uma vez, em busca de coragem.

— Mas, filho, o que eu preciso te dizer é que ele não era seu pai *biológico*.

— Meu... espera, o quê?

Ele se manteve imóvel.

— Seu pai biológico é o Francis. É isso que estou dizendo.

— Uau. — Jerome olhou para as mãos, virando-as. Seus olhos cor de mel escuro se estreitaram. — Olha o que você está falando.

— Querido...

— Você está se ouvindo? Que raios você está me dizendo? Eu sou filho de Douglas Sugar, que maluquice é essa e...

— Com certeza você é — falou Ida, forçando-se a olhar o filho nos olhos. — Cem por cento. Douglas foi isso mesmo pra você, seu pai, todos os dias da sua vida, até a morte dele. Isso nunca vai mudar.

— Mas agora você está dizendo que estava grávida de outro cara. Um desertor.

— Sim.

— O papai sabia? Foi por isso que vocês se separaram?

— Eu... — Ida hesitou.

Ela e Douglas haviam ficado tão entusiasmados com a chegada de Jerome. Eles tentaram ter mais filhos, por muito tempo, sem resultados. Douglas e sua segunda esposa também nunca tiveram filhos.

— Nós não conversamos a respeito. Querido, ele era meu marido, e você era meu bebê, e éramos uma família.

— Ah, mãe. Um homem branco? Sério? Nossa, minha cabeça vai explodir.

Ele olhou para si mesmo, para o dorso das mãos. Ela não sabia que estava grávida quando começou a namorar Douglas. Depois, tirou o assunto da cabeça como se ele pudesse se resolver por mágica, e quando Douglas disse que queria se casar com ela, Ida se convenceu de que era o destino.

— Quem mais sabe disso?

— O médico que fez seu parto e o pediatra me disseram que você era um bebê saudável e nascido a termo. Ninguém questionou. Ninguém perguntou nem deixou transparecer nada. Naquela época, contar os meses não era considerado adequado. Muitas meninas se metiam em encrencas; era assim que chamavam, *encrencas*. Eu era jovem e estava assustada, e fiz o melhor que pude, e sempre vou ser grata ao Douglas por ter sido um pai tão bom para você.

— Ele nunca soube? Nunca?

— Ele nunca tocou nesse assunto. Seu pai te amava de todo o coração, Jerome. Os sentimentos dele por você eram óbvios para todos, e isso nunca mudou. Ele sempre foi um ótimo pai.

Jerome aproximou os joelhos do peito e virou o rosto para o outro lado. Era tão bonito e forte, e se portava com um orgulho incontestável. Às vezes, as pessoas comentavam o quanto ele e o pai eram parecidos. Com certeza só diziam porque os dois eram uma dupla inseparável, estavam sempre juntos.

— Você contou ao Frank?

— Não. E só vou contar se você disser que tudo bem. Nunca pensei que teríamos esta conversa, querido — confessou ela, tentando entender o que estava passando pela cabeça dele. — Imagino que agora você esteja arrependido de ter procurado por ele.

Ele soltou um suspiro longo e audível.

— Eu... me dá um minuto, ok?

Ida o estudou, procurando por Francis no rosto bonito e de queixo quadrado. Não parava de pensar no que Francis lhe dissera no reencontro deles — ele a vira saindo da igreja, segurando a mãozinha de Jerome. Pai e filho haviam se cruzado sem saber.

Mas ela não contou a Jerome. Talvez isso ficasse para outra ocasião.

— Então... Você ficou feliz de reencontrá-lo.

Era difícil descrever uma sensação tão avassaladora. Todos os sentimentos de sua juventude voltaram num rompante, como se ela ainda fosse aquela adolescente de olhos brilhantes.

— Acho que talvez a gente comece a sair — disse ela.

— Você acha.

— É muito recente. Pode ser que não dê em nada. Talvez seja... alguma coisa.

— Alguma coisa.

Ele balançou a cabeça e desviou o olhar.

— Sim. — Ida se sentia muito dividida. Ela odiava a ideia de que a felicidade com Francis pudesse criar uma barreira entre ela e o filho. — Eu não sabia se os sentimentos ainda estariam lá. Ainda não tenho certeza. Fiquei sozinha por tanto tempo. Mas acho que... Espero ter encontrado o que estava me fazendo falta durante todos esses anos.

— Bem — disse Jerome, e, quando ele se virou para encará-la, seus olhos brilhavam, à beira das lágrimas. — Já estava mais que na hora, mamãe.

Na noite em que Ida decidiu contar a Frank sobre Jerome, ela preparou um jantar para ele. Frango com *biscuits*, creme de verduras, fatias grossas de tomate que não precisavam de nada além de uma pitada de sal, e uma jarra de chá gelado. Era gratificante alimentar um homem faminto e ver a gratidão estampada em seu rosto. Depois de comer, ele se inclinou para trás e disse:

— Obrigado. Se nada mais me acontecer pelo resto de minha vida, posso morrer feliz.

— Para com isso. — Ela serviu para eles um Fernet com *ginger ale*. Um digestivo para acalmar o estômago. Em seguida, mostrou a Frank um tríptico emoldurado de fotos de Jerome: sua formatura na faculdade, uma foto dele com seus filhos e uma foto dele segurando um troféu de regata. — Jerome é a conquista da qual eu mais me orgulho.

— Sou muito grato por ele ter me procurado. Ele é um homem bonito. É muito parecido com você, Ida.

— Pelo jeito, ele quis dar uma olhada em você antes de me contar.

— Ele só queria te proteger.

— Sim, mas tem algo que ele não sabia — disse ela, se remexendo na cadeira. — Se soubesse... — Ela ergueu os ombros. Pigarreou. — Ele nasceu nove meses depois que você foi embora.

A pele branca de Frank ficou pálida e acinzentada, o rosto parecia sem sangue.

— Eu contei ontem para ele.

— Ele não sabia? — A voz de Frank tremeu.

— Esse é um assunto fácil de não mencionar. Talvez eu devesse ter dito algo antes, mas, sinceramente, estávamos vivendo nossa vida como uma família. Meu marido foi o único pai que ele conheceu. Qualquer outra coisa teria sido confusa. Na verdade, nunca parei para pensar nisso. Eu só queria me concentrar no meu filho. Mas... bom, agora que você está aqui, eu tinha que contar para ele. E estou contando para você.

117

Frank encarava as fotografias, tentando absorvê-las. Ela lhe mostrou mais algumas em um álbum, imagens desbotadas de momentos felizes.

— Meu Deus — disse ele. — Se eu soubesse...

— O que está feito está feito. Vivemos nossa vida, assim como nossas famílias. Mas isso — disse ela, e gesticulou em volta da cozinha —, isso muda as coisas. Ele e você mereciam saber a verdade.

Ele assentiu com a cabeça, como se o leve movimento lhe causasse dor.

— Aquele dia, quando voltei para os Estados Unidos e esperei na frente da sua igreja...

— Francis... Frank...

— Agora olho para trás e vejo aquele dia de uma forma diferente. — Ele esfregou os olhos. — Foi a primeira vez que vi meu filho. Parte meu coração perceber o quanto eu estava próximo dele naquele dia. Aquele garotinho, aquele homem, é um estranho porque eu estava distante. Não o vi crescer. Não participei da criação dele...

— Eu era casada, Frank. Não podemos mudar o passado.

— Eu sei. — Ele cobriu as mãos dela com as suas. — Eu sei disso. Me fala dele, Ida. Me fala do meu filho.

— O homem que você conheceu, o homem que foi te encontrar no hospital, é exatamente quem você pensa que ele é. A melhor coisa do meu filho é seu coração grande e generoso. Quando eu disse que você é o pai biológico dele, ele ficou chocado. Mas feliz por mim. Fiquei sozinha por muito tempo. Ele sempre quis que eu conhecesse alguém, que encontrasse o amor outra vez. Ele sabe que esta pode ser a minha chance.

— Ida. Acredito que seja. Para nós dois.

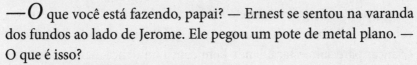

9

— O que você está fazendo, papai? — Ernest se sentou na varanda dos fundos ao lado de Jerome. Ele pegou um pote de metal plano. — O que é isso?

— Graxa para sapatos — disse Jerome. — Estou engraxando meus sapatos.

— Esses são seus sapatos de ir à igreja — apontou Ernest. — Nunca vi você engraxar eles.

Jerome polia o couro com movimentos firmes.

— Eu engraxava sapatos para ganhar gorjetas quando tinha a sua idade.

— Oi?

Jerome deu uma risadinha.

— Eu corria atrás, ora essa. Engraxava os sapatos do vovô Miller aos domingos, e ele me dava um dólar. Isso era muito dinheiro quando eu era criança.

— Eu não faria por menos de cinco — disse Ernest.

— Rá. Que atrevido você é, hein?

Jerome lhe mostrou como aplicar a pasta da maneira correta e como usar o polidor e a escova para obter o brilho exato.

— Legal. Mas você ainda não disse por que está usando seus sapatos de domingo em uma segunda-feira.

Ele não levantou os olhos.

— Tenho uma coisa hoje à noite.

— É por isso que vamos para a casa da mamãe?

— Vocês vão para a casa da sua mãe porque esse é o nosso acordo.

— O Lobo disse que o acordo pode mudar.

Jerome sentiu seus dentes cerrarem, um reflexo comum. Lobo de novo. Sua ex havia se casado fazia um ano. Lobo era o novo padrasto.

Ele forçou a mandíbula a relaxar. Era esperado, até desejável, que ele e Florence seguissem em frente após o divórcio. Era uma espécie de morte, o golpe final em um relacionamento que estava em coma havia muito tempo. Quando se separaram, ele sabia que sua bela esposa, dez anos mais jovem, encontraria alguém. E assim surgiu Lobo, um cara que trabalhava com tecnologia e gostava de carros de luxo. Jerome havia se conformado com a ideia de que seus filhos passariam metade do tempo com alguém que ele não conhecia. Ele e Florence esperavam que o divórcio não traumatizasse os filhos. Até onde ele sabia, as crianças pareciam estar lidando bem com a mudança, navegando entre as duas famílias com relativa tranquilidade. Sua casa e a de Florence eram como duas ilhas habitadas por comunidades nativas totalmente diferentes que nunca se encontravam.

Ele se perguntava o que a ex acharia de Margot. Se as coisas continuassem indo na direção que ele queria, talvez ele a apresentasse às crianças.

— Hoje é uma noite como outra qualquer, amigo — disse ele a Ernest. — Você e Asher precisam estar prontos em meia hora. Não esquece os livros para devolver na biblioteca. Sua mãe disse que estão atrasados.

— Mas eu ainda estou lendo *The Crossover*. — Ernest cravou um galho na terra ao lado dos degraus. — Não tenho culpa de ser lento.

— Sim, sim, poemas devem ser lidos devagar, certo? Não tem nada de errado em ir no seu tempo, cara.

— Também acho, mas diz isso pro Asher.

— Ele só está fazendo o trabalho dele como irmão zoando você. Ajuda a construir o caráter.

— Como assim?

Jerome ergueu um sapato, certificando-se de que ele brilhava.

— Ajuda a ter confiança. Aceitar quem você é. Só porque você demora para ler não significa que você tenha um problema.

Ele sabia que era difícil ter um irmão como Asher, um craque na escola, aluno nota dez desde o jardim de infância. Ernest tinha dificuldades para entender as letras e as palavras, e ninguém se surpreendeu com o diagnóstico de dislexia.

Jerome tentou se lembrar de si mesmo naquela idade. Ele saía para velejar com a mãe. Ele e o pai mexiam em carros e às vezes iam a Baker Beach para dar uma olhada na instalação de armas de Battery Chamberlin. Será que Douglas Sugar um dia havia olhado para Jerome e se questionado? O pai era um homem inteligente e sabia contar. Jerome só podia concluir que a ausência de laços sanguíneos não era relevante para seu pai.

Obrigado por esse presente.

— Você não terminou de me contar dos sapatos — lembrou Ernest. O garoto tinha dificuldade para ler livros, mas não pessoas. Era sempre o primeiro a perceber quando Jerome tinha algo em mente. — Que tipo de coisa você vai fazer que tem que ir com sapatos brilhantes?

Jerome sorriu.

— Você e suas perguntas.

— Você e suas não respostas.

— Conheci uma garota — disse ele. — Tenho um *crush* nela.

— Que tipo de garota?

— Uma mulher, na verdade. Eu a convidei para ir ao salão de baile New Century comigo.

Ele estava pensando na ideia havia dias, tentando se convencer a não fazer isso. Ela era jovem demais. Branca demais. Ele não era bom em relacionamentos. Mas não parava de voltar àquele momento em que ele a acompanhou até o carro depois do bar de gim e aos momentos ainda melhores que passaram velejando na baía.

Então Jerome convidou Margot para sair e ela aceitou. Já parecia diferente dos outros relacionamentos que ele havia tentado engatar após o divórcio. Margot era diferente. Inteligente, confiante, mas tímida. Retraída, com um tipo de cautela que o fazia querer encontrar uma maneira de vencer aquela resistência.

Ele guardou o equipamento em seu kit de engraxate. Ernest o encarou.

— Você vai levar ela para dançar? Naquele lugar que levou a vovó Ida?

— Eu quero impressionar. Estes sapatos brilhantes vão mostrar como fico bonito todo arrumado.

— Para ela gostar mais de você.

— É uma maneira de mostrar que me importo com a opinião dela.

— E ela é bonita?

A resposta correta seria um *pra caramba*. Olhos grandes e suaves, lábios rosados e cheios. Pernas firmes e saias justas. E aquelas malditas botas de caubói. E as calças de ioga e camisetas que ela usava para velejar. Cabelo louro comprido — pelo menos ele achava que era, porque Margot sempre o mantinha enrolado e preso em um coque bagunçado. Ele já havia saído com garotas brancas antes, uma ou duas vezes. Mas nunca com uma tão branca, do Texas. Nem tão jovem. Ela era, no mínimo, quinze anos mais nova. Uma coisinha minúscula capaz de jogar um homem adulto no chão.

— Sim — disse ele. — Ela é muito bonita.

Quando entraram em casa, Asher estava na cozinha bebendo suco de laranja direto da garrafa.

— Que parte de *use um copo* você não entendeu? — perguntou Jerome.

— Vou beber tudo — disse Asher, dando de ombros.

— Papai está se arrumando todo para um encontro — informou Ernest. — Pode ser sério.

Asher acabou com o suco e arrotou.

— Ah, é?

— Não vamos nos precipitar. — Jerome cutucou Asher para colocar a garrafa na lixeira. Ficou aliviado ao ouvir o som da buzina de um carro na frente. — Chegou a carona de vocês. Vejam se pegaram tudo.

Houve uma breve correria atrás de mochilas e livros, a chita de pelúcia de Ernest que ia com ele para todos os lugares, o saco de salgadinhos de Asher, para o caso de ele morrer de fome no caminho até a casa da mãe.

Jerome deu um beijo de despedida nos dois na porta, já sentindo saudade deles — do barulho, da bagunça, das risadas e até das brigas.

Depois que ele e Florence se separaram e colocaram em prática o plano de guarda dos meninos, este era o momento angustiante que ele temia toda semana: a despedida e depois voltar para uma casa onde o silêncio rugia. Quando Jerome ouvia o barulho das portas do carro se fechando na entrada da garagem, ele se deparava com uma vida que não reconhecia mais. Perambulava lentamente pela sala de estar, um espaço onde antes vivia uma família que vibrava com a energia e a companhia uns dos outros.

Não ficou mais fácil com o passar do tempo, mas aos poucos ele foi encontrando maneiras de lidar com isso. Foi à terapia. Distraiu-se trabalhando no plano de negócios e marketing da confeitaria. Também passou algum tempo treinando para voltar à forma que tinha na faculdade, como membro das equipes de vela e remo. Foi um alívio reencontrar a velha forma física porque, de alguma forma, no agitado turbilhão da vida familiar, ele havia começado a usar jeans de pai e a se parecer com... um pai. Fofinho como os *kolaches* mais vendidos de Ida.

O remo e a corrida curaram isso, e ele voltou a se sentir um pouco como antes.

A outra distração eram as mulheres. Louise, a gerente-geral da confeitaria, havia lhe mostrado todos os aplicativos de namoro. Seus dedos nervosos passaram por muitas mulheres sorridentes, ansiosas e sérias, com suas selfies tímidas capturando apenas um nanossegundo da atenção dele. Era um exercício estranho e frio. Jerome sabia que, por trás de cada perfil, havia uma história tão complicada, angustiante e esperançosa quanto a que ele mesmo havia postado com tanto receio.

Ele conheceu várias mulheres legais. Houve algumas mais promissoras mas que, mesmo assim, por algum motivo, ele sabia que não ia dar certo. Sempre que Jerome ficava desanimado, lembrava a si mesmo que havia aprendido algumas coisas durante os dez anos de casamento. Sabia o que sentia quando um relacionamento não estava funcionando. Ele aprendeu a prestar atenção à voz interior que dizia que nunca daria certo, por mais que ele tentasse.

Uma de suas namoradas, que havia dito estar apaixonada por ele, também lhe ensinou que havia bondade na honestidade — e em agir o quanto antes. Deixar perdurar uma relação sem futuro não era justo para ninguém.

Jerome afastou os pensamentos perturbadores enquanto tirava a roupa e tomava banho. Bastava de pensar no passado. Ele talvez tivesse encontrado algo novo. Algo diferente e inesperado. Algo com um sotaque texano e grandes olhos azuis. Algo que ainda não parecia errado.

Jerome via que o Sal estava ganhando seguidores, não apenas na vizinhança próxima, mas também turistas e passantes ocasionais, além de pessoas de outras áreas da cidade que tinham ouvido falar do lugar. Em algumas semanas, Margot parecia sobrecarregada, mas sempre conseguia se reerguer. Ele sabia que sempre haveria problemas — afinal, era um restaurante —, mas ela estava ganhando confiança. Ouvia os clientes e a equipe, estava construindo uma boa relação com os fornecedores — incluindo a confeitaria, fonte de seus produtos de panificação. Jerome, por sua vez, estava satisfeito ao ver os pedidos aumentando, semana após semana.

Quando ela enfim anunciou afinal que se daria uma noite de folga por semana, ele a convidou para ir ao New Century. Para dançar, explicou a ela. Dança de salão. No início, Margot achou que ele estava brincando, mas ele a convenceu a tentar.

Ele a buscou em casa, uma edícula em uma casa antiga, com um portão de segurança e um interfone. Como pedido, Jerome mandou uma mensagem ao chegar.

Quando Margot saiu, caminhando por um caminho florido, ele ficou sem ar. Mas, ao contrário do primeiro encontro infeliz, desta vez a bombinha para asma não foi necessária. Jerome sempre soube — bem, todo mundo sabia — que Margot era uma mulher bonita. Esta noite, usando um vestido justo com saia rodada e sandálias de salto, o cabelo em ondas soltas e a maquiagem bem-feita, ela parecia saída de um sonho.

— Oi — disse ela.

— Uau. Você está maravilhosa.

— Obrigada. E você, então? *Sério*.

A checada de cima a baixo que ela lhe deu foi gratificante. Ele segurou a porta do carro para ela. Um casal passando na calçada os olhou, e foi um daqueles olhares. Por sorte, já não acontecia tanto, mas mesmo na cidade ainda tinha quem olhasse daquele jeito para casais inter-raciais.

Ele não deu atenção, era o que sempre fazia. Margot pareceu não notar, porque os brancos não costumavam notar.

— Você já fez aula de dança?

Ela riu.

— Eu? Só se você contar dançar Cotton-Eye Joe numa fila com um monte de caubóis bêbados.

— É, hoje vai ser meio diferente.

— Por que dança de salão? — perguntou ela.

— Sei que deve parecer uma escolha estranha, mas tenho meus motivos. Um tempo atrás, ganhei um curso numa rifa beneficente da escola dos meus filhos. Convenci Ida a ir comigo. Achei que talvez fosse um jeito de ela fazer novos amigos. Talvez até arrumar um namorado ou pelo menos encontrar uma companhia para aliviar a solidão, sabe?

O olhar dela tremeluziu.

— Sei.

— É, mas não foi bem como eu imaginei. No fim, ela não gostou muito. Mas eu, inesperadamente, curti. Ficar todo bonitão e aprender os movimentos fez com que eu me sentisse humano de novo depois do divórcio.

— Então, Ida desistiu e você continuou frequentando.

— Pois é. Mas vou ser sincero. Também achei que ia ser uma boa forma de conhecer mulheres.

— Ah, sim. E é?

— Bem, não muito, por causa da diferença de idade. Em geral, sou o mais jovem do grupo, a não ser que seja uma daquelas noites para casais ensaiando para a valsa do casamento. Mas é legal, diferente. Algo para me tirar de casa quando os meninos não estão.

— Muito bem, então. Estou animada.

— E você? — perguntou ele. — O que gosta de fazer para se divertir?

— Eu leio muito — disse ela. — Tipo, o tempo todo. Quando vi a livraria na Perdita Street, fiquei ainda mais feliz com a localização do Sal.

— De que tipo de livro você gosta?

— Do tipo que me faz esquecer um pouco da minha própria vida.

Jerome olhou para ela.

— Por que você precisa esquecer da sua vida?

Ela segurou a bolsa no colo, mexendo na alça com dedos nervosos.

— Eu tenho um passado.

— Todo mundo tem um. Quer me contar?

Margot hesitou, depois disse:

— Talvez, quem sabe.

— Sem pressão. Mas saiba que sou um bom ouvinte.

Ela olhou pela janela.

— Eu sei que é, o que é ótimo.

Margot ia conhecer os filhos de Jerome pela primeira vez. Eles estavam indo devagar, como a dança delicada que tinham ensaiado no salão de baile — juntando-se, afastando-se, ficando próximos, afastando-se e voltando. Davam alguns passos hesitantes em direção um ao outro e depois se desviavam, só para serem atraídos mais uma vez. Nada na experiência dela a havia levado a confiar em um homem, e Jerome parecia perceber isso. Ele não a pressionava. Dava paciência e espaço. Fazia com que ela quisesse se aproximar. Ele estava conquistando a confiança dela, pouco a pouco, de uma forma que quase parecia segura.

Ele a convidou para velejar com os garotos certa tarde, em um saveiro que pegou emprestado com um amigo, com um deque e uma pequena cozinha. Aquilo era — ela se forçou a reconhecer — Um Passo. De acordo com Anya, um homem só apresentava uma mulher aos filhos se quisesse que o relacionamento fosse adiante.

A pergunta era: *ela* queria?

A resposta era sim. Um sim inequívoco. Não seria simples. Ela sabia disso. Ainda havia a questão incômoda de seu passado, uma porta que

Margot mantinha fechada para todos, exceto sua terapeuta. Mas se quisesse mesmo dar vazão ao que sentia por Jerome, precisaria contar a verdade. O problema era que ele também tinha um passado. Dois filhos e uma ex-mulher que talvez não visse com bons olhos a presença de alguém como Margie Salinas na vida dos garotos.

Margot encarou o dia determinada a se divertir. Determinada a evitar pensar demais. Ernest e Asher eram muito bonitinhos, com seus enormes sorrisos, olhos brilhantes e energia de sobra.

— Não tenho muito contato com crianças — disse Margot a eles. — Fora preferências alimentares no restaurante. Mas vocês são pessoas, né? Eu sou boa com pessoas. Vocês podem me dizer como estou indo.

— Ih, não sei se isso é boa ideia — respondeu Jerome. — Esses dois aí têm opiniões bem fortes sobre as coisas.

— Já fui avaliada milhares de vezes no Yelp. Consigo lidar. — Margot havia montado uma cesta de piquenique para o almoço. — Eu trouxe comida — disse, colocando o cooler no deque.

— Churrasco? — perguntou Asher.

— Eu ouvi dizer que vocês gostam do meu churrasco — falou ela. — Mas não. Hoje vamos comer sanduíches Reuben fresquinhos, recém-saídos do forno. Acho que vocês vão gostar. E, apesar de o pai de vocês ser melhor em sobremesas, eu trouxe um bolo de chocolate, receita especial do Texas.

Não precisava de mais nada para eles a aceitarem.

— Podemos comer agora, papai? — perguntou Ernest.

— Vamos atracar na ilha Angel. A gente almoça lá.

— Não é melhor eles comerem alguma coisinha antes? — sugeriu Margot.

— Boa ideia — disse Jerome. — Assim eles não ficam famintos no caminho.

— Limonada com mel e salgadinhos de queijo apimentados — anunciou Margot. — Acho que já vai ser suficiente.

Enquanto navegavam para o norte até o parque estadual da ilha, Ernest a bombardeou com perguntas — quantos anos Margot tinha, que tipo de carro dirigia, se tinha cachorro, se sabia nadar — que a fizeram se sentir em um game show. Asher, um ano mais velho que o irmão, era atrevido e perspicaz, a ponto de notar a cicatriz no braço de Margot causada por uma decisão errada na infância.

No parque estadual, caminharam até um prado coberto de grama macia e papoulas douradas. Jerome estendeu um cobertor, eles descansaram sob o sol e almoçaram. Os sanduíches e o bolo foram um sucesso, como Margot previra. Eram alguns dos itens mais populares do *food truck* — fatias finas de pastrami curado na casa, chucrute com alho e endro, queijo suíço e molho russo, em pães cobertos com manteiga de ervas, sementes crocantes e sal.

— Obrigado pelo almoço — disse Ernest, sem o pai mandar.

— Pena que você só trouxe doze sanduíches — retrucou Asher. — Você é uma cozinheira muito boa.

— Ela é uma cozinheira incrível — concordou Jerome —, mas aposto que vocês não sabem que ela é especialista em defesa pessoal.

Os dois meninos se voltaram para ela.

— Sério? Tipo o Cobra Kai? — perguntou Ernest.

— Tipo isso, só que de verdade — respondeu o pai.

— Não fica fazendo propaganda demais — alertou Margot.

— Você pode fazer uma demonstração para eles.

— Posso, sim. Ou posso tomar mais um copo de limonada.

— Mostra pra gente — pediu Ernest.

Vencida com facilidade, Margot se levantou.

— Tá bom. A primeira regra da autodefesa é evitar entrar na briga. — A expressão decepcionada deles a fez sorrir. — Mas vamos dizer que você esteja em uma situação que não consegue evitar. Aí, você precisa usar a energia do seu oponente contra ele. Além disso, uma das primeiras coisas é aprender a cair. Porque, quando você está numa briga, precisa estar preparado para cair sem quebrar nenhum osso. A regra número um é bater no chão com os antebraços. Bater, não colidir.

Ela fez uma demonstração, notando a atenção dos dois enquanto caía horizontalmente, demonstrando um pouso seguro. Os dois praticaram um pouco, primeiro de joelhos e depois caindo de uma posição de pé. De tão empolgados, ela ensinou alguns movimentos básicos. Não eram tão elaborados, mas eles estavam curtindo. Quando Jerome anunciou que era hora de voltar, os meninos resmungaram.

— Quem sabe a gente faz mais da próxima vez. Minha academia tem um programa para crianças.

— Acho que a gente prefere que você ensine — falou Ernest.

— É, a gente já faz um monte de aula — completou Asher.

Jerome deu um olhar de "qual é" para os filhos.

— Bem, me desculpem por matricular vocês nas coisas.

— Minha mãe nunca me matriculou em nada — disse Margot. *Fora almoço grátis na escola*, pensou. — Eu nem sabia que existia isso. Aprendi aikido já adulta. — E acrescentou: — Mas ela me ensinou muitas coisas. Aprendi a me virar na cozinha e na churrasqueira e consigo fazer qualquer tipo de sanduíche. Aqueles sanduíches do almoço? Receita da minha mãe.

Eles voltaram para a marina e atracaram o barco, cansados e satisfeitos com o dia na água.

— Tenho uma coisa para vocês — contou ela aos meninos quando voltaram para o carro. — Mandei fazer para vender no restaurante, e a primeira leva acabou de chegar. — Ela tirou da bolsa três moletons dobrados iguais, bordados com o nome Sal e um logotipo estilizado com uma molécula de sal. Ela desdobrou o menor deles e mostrou para Ernest. — Que tal? Querem experimentar?

Para a surpresa dela, Ernest trocou um olhar preocupado com o irmão.

— Acho que é do seu tamanho — disse ela. — Você quer uma cor diferente ou…

— A gente não usa moletom de capuz — explicou Ernest sem rodeios.

— Ah! — Ela não estava esperando por isso. — Hum, eu não sabia que vocês não gostavam.

Confusa, ela olhou para Jerome.

— Ensinei aos meninos que homens negros precisam pensar em como serão vistos se vestirem capuz.

O coração de Margot ficou apertado.

— Nossa, eu sou uma idiota — disse ela. — Não pensei nisso. E esse é o problema, *meu* problema. Gente, desculpa, mesmo. — Um pensamento horrível a atingiu. — Eu dei isso para todo mundo da equipe. Cacete, quer dizer, caramba. Vou ligar pra todos eles e explicar...

Asher levantou o moletom.

— E se a gente usar para dormir? E em casa?

— Aí tudo bem — concordou Jerome. Ele deu um tapinha no ombro de Margot. — Vamos indo.

Ela se sentiu muito mal e não tinha ninguém para culpar além de si mesma. Embora conhecesse o termo *privilégio branco*, não acreditava que se aplicasse a ela. *Privilegiada* era a última palavra que usaria para se descrever. Margot havia crescido pobre, com uma mãe adolescente e tinha largado a escola. Jerome fora criado em uma família amorosa que lhe deu uma base sólida e uma boa educação que lhe permitiu ter uma boa carreira.

No entanto, apesar de todas as vantagens, ele e os filhos enfrentavam problemas que ela mal podia imaginar.

— E sabe o que mais? — disse Ernest. — Quando a gente vai numa loja, precisa sempre deixar as mãos fora dos bolsos.

— E nada de correr quando estivermos na rua — acrescentou Asher.

— Na rua que você diz é na calçada? — perguntou ela.

— Na calçada, em qualquer lugar — responderam os meninos juntos.

Eles seguiram enumerando regras nas quais crianças brancas não precisavam pensar.

Margot começou a entender que esse era o mundo em que aqueles dois estavam crescendo. E o mundo em que Jerome havia crescido era ainda mais extremo. Durante toda a vida, ele teve que se esforçar mais para provar seu valor.

Enquanto deixavam os meninos na casa da mãe, ela observou Jerome aguardando no carro os filhos retirarem suas coisas e entrarem pela garagem. Ele estava com o olhar distante, sem expressão, a mandíbula contraída.

— Deve ser difícil — comentou ela.

— Já estou acostumado. Fico imaginando que tipo de histórias eles contam para a mãe e para Lobo.

— Lobo? O nome do marido dela é Lobo?

Ele saiu da entrada de carros.

— Eu não teria criatividade para inventar uma coisa dessas. O cara é legal. Afro-latino, trabalha com tecnologia. Para mim, a coisa mais difícil do divórcio foi saber que meus filhos teriam uma vida diferente da que eu dou a eles. Até agora, os meninos parecem se dar bem com ele. E me contaram hoje de manhã que ela está grávida.

Margot sentiu uma pontada de ansiedade. Mesmo agora, ela tinha uma reação estranha à ideia de gravidez, imaginando como seria planejar um bebê, esperar alegria.

— Hum, e como você se sente em relação a isso?

Jerome deu de ombros.

— Não tenho direito de sentir nada. Pode ser bom para os meninos ter um irmãozinho ou irmãzinha. Só acho que Florence deveria ter me contado pessoalmente, mas nem sempre a gente se comunica bem. Fico sabendo da maioria das coisas pelos meninos.

— O que será que eles vão contar sobre mim?

— Vão dizer que você é o Cobra Kai.

Margot não gostou de imaginar que a mãe dos meninos poderia ter perguntas sobre ela e talvez não gostasse das respostas.

— Bom, eles são ótimos, então o que quer que vocês estejam fazendo está funcionando para eles.

— Espero que sim. Esse é o plano, pelo menos. Sabe o que mais eu não teria criatividade para inventar? Ida e Frank, isso sim.

— Está rolando?

A perspectiva a encantou. No início, ela estava cética, recusando-se a acreditar que um romance há tanto adormecido pudesse ser revivido, mas Jerome estava esperançoso pela mãe. E Frank parecia tão simpático. Viúvo. Médico de veteranos. Era adorável imaginar que eles podiam acabar juntos, afinal. Ida dissera uma vez que a vida era cheia de surpresas.

Margot sentiu uma pequena satisfação por ter tido um papel nesse reencontro. Se ela não estivesse trabalhando até tarde, se não tivesse deixado cair aquele certificado emoldurado e achado a reportagem antiga, Ida e Frank talvez nunca tivessem se reencontrado. Era uma coisa tão linda, reencontrar um amor perdido no tempo.

— É o que parece — disse ele. — Eles andam inseparáveis. Frank tem um veleiro grande e bonito. Parece que foi ele quem fez ela gostar de velejar. Eu não sabia. — Jerome fez uma pausa, olhou para ela e depois de volta para a rua. — Eu não sabia de muita coisa.

— Ela está feliz, então?

— Nunca vi Ida assim. Ela não namora desde a minha época de ensino médio. Sempre foi feliz assim, mas esse lance com o Frank... Ela está iluminada. Não faço ideia se vai durar, mas gosto de vê-la desse jeito.

— Que bacana. E que legal que você fez isso acontecer.

Ela viu o maxilar de Jerome ficar tenso de novo.

— O que foi?

— É bom, sim. Mas também é complicado.

— Complicado em que sentido?

Ele apertou mais forte o volante.

— Ela teve um filho dele. Complicado o suficiente?

— *Quê*? Caramba, Jerome, o que você está dizendo? Ela teve um bebê com Frank White?

— Teve.

— Então, o bebê... a criança. Ela colocou para adoção?

Foi a primeira coisa que lhe veio à cabeça.

Ele soltou uma gargalhada.

— Não, ela decidiu ficar comigo.

Margot achou que sua cabeça ia explodir. O médico branco idoso? E Ida?

— Você? E... esse cara é seu *pai*?

— Pai biológico, sim. Nenhum dos dois sabia que ela estava grávida quando Frank foi para o Canadá. Ela era jovem e estava assustada, e nesse ínterim apareceu um cara legal, que por acaso era meu pai, Douglas Sugar. Meu pai para todos os efeitos. Mas, agora que Frank está em cena, Ida não quer segredos.

— Uau. Você está... Como está se sentindo em relação a isso? Você se arrepende de ter procurado ele?

— Como eu disse, Frank faz minha mãe feliz. Isso é o mais importante. É por isso que não posso me arrepender.

— Mas e você? Está chateado?

A mandíbula de Jerome parecia rígida. Ele manteve os olhos na rua.

— É estranho pensar que não nos conhecemos. Quero dizer, eu tive o melhor pai do mundo. Não é preciso nada para gerar uma criança, mas é preciso muito para se tornar um pai para ela.

Aquilo era verdadeiro e doloroso, e Margot sabia disso melhor do que ninguém.

— Você se sente diferente, sabendo que é filho biológico de outro homem?

— Não. Deveria? — Ele deu de ombros. — Isso importa pouco? Muito? Não sei. Talvez explique o fato de eu ter asma. De usar óculos.

— Frank tem asma?

— Sim.

— Caramba, Jerome. É muita coisa para assimilar.

— Conheci os filhos dele, Jenna e Grady. Ele é professor, casado e tem dois filhos. Ela é advogada em uma ONG. Dizem que estão felizes pelo pai. Acho que não sinto de fato uma conexão, mas eles parecem bem e eu nunca vi minha mãe tão feliz.

Margot absorveu a informação, pensando nas vidas que haviam sido afetadas por aquele acontecimento de tanto tempo antes. Não apenas Ida e Frank, mas os filhos deles, Jerome, Grady e Jenna, e os netos também. Todo esse drama só porque ela havia encontrado aquele encarte dominical velho.

— Então você acha que eles estão apaixonados...

— Minha mãe chama de romance de terceira idade. Vendo os dois juntos... eles parecem os mesmos das fotos antigas.

Ele se virou para ela.

— O modo como ele olha para ela... poderia ser eu olhando para você.

Suas palavras eram como uma canção. Mesmo assim, era preciso um grande esforço para abandonar seu hiperalerta habitual. Ela havia aprendido a ser muito cautelosa, às vezes se sentindo ameaçada quando se aproximava dele.

— Mas está sendo difícil? Processar tudo isso?

— Não depois que eu superei a surpresa inicial. Meu pai é meu pai. Frank é namorado da minha mãe. Tenho que admitir que fiquei assustado quando Ida me contou o que aconteceu, mas não, não foi tão difícil de aceitar. Minha mãe... ela fez o que tinha que ser feito. Não cabe a mim julgar o passado dela. Diz respeito a ela e só ela.

— Você é muito bondoso com as pessoas, Jerome. É lindo.

— Todo mundo tem um passado. O que importa é quem somos no presente.

Margot pensou em como as coisas não ditas haviam mantido Ida e Frank separados por décadas. Então, ela se virou em seu assento e estudou Jerome. Ele se parecia com Frank, mesmo que um pouco? Para ela, aquele cara parecia um sonho. Diferente de todos os outros que ela já tinha conhecido, parecido com alguém que ela achava que só poderia existir em sua imaginação.

— Você pode encontrar um lugar para encostar?

— Claro. Você precisa de um banheiro, ou...

— Um lugar para conversar. Preciso te dizer uma coisa.

Os músculos dos antebraços dele ficaram tensos.

— Parece sério.

— Você é sério para mim, Jerome, por isso quero conversar sobre... algumas coisas.

— Olha, se for sobre os moletons para os meninos...

— Bom, tem isso. Mas... Nossa... Jerome, tem... É outra coisa.

— Tá, agora você está me deixando preocupado.

Margot não falou nada. Não tentou apaziguá-lo nem minimizar o impacto das coisas que tinha a dizer. Embora isso pudesse assustá-lo, ele precisava saber a verdade. Precisava saber quem ela era, mesmo que isso significasse perdê-lo, da mesma forma que ela havia perdido outras pessoas que achavam seu passado perturbador demais.

Alguns anos antes, houvera um rapaz com um belo corte de cabelo e uma risada alta, que adorava música ao vivo, a comida dela e longas trilhas. À medida que se aproximaram, ela ousou contar a ele o que tinha acontecido. Ele disse que entendia, que tinha compaixão — até que um dia tudo mudou e eles acabaram seguindo caminhos diferentes, como duas pessoas em lados opostos de um abismo que havia se aberto.

Jerome pegou a Sea Cliff Avenue para China Beach, onde os penhascos marcados pelo mar se erguiam acima das enseadas rochosas e das praias formadas pelas baías. Eles seguiram por uma trilha em ziguezague, passando por uma placa sinistra em Deadman's Point com um aviso assustador: "Pessoas já morreram na queda ao passar deste ponto".

Eles caminharam até um mirante com vista para a praia, com a ponte Golden Gate e o parque Marin Headlands à distância.

Jerome sentou-se de pernas cruzadas na grama seca e a puxou para perto dele.

— Um dos meus lugares favoritos — disse ele. — Meu pai me trazia aqui. Eu ficava todo suado brincando no parquinho do parque Golden Gate, depois vínhamos nadar aqui e o dia terminava com hambúrguer e milkshake. Você já veio aqui?

Ela fez que não, invejando as boas lembranças que ele tinha do pai.

— Parece que estamos muito longe da cidade.

— É um bom lugar para conversar. Agora me fala, o que foi?

Ela abraçou os joelhos contra o peito, mas ele balançou a cabeça e a trouxe para perto de si, com os braços longos envolvendo-a. Estava sendo tão carinhoso que ela teve vontade de chorar.

— É muita coisa — disse Margot.

— Estou com tempo de sobra.

— Tem coisas sobre mim — começou ela, sentindo-se muito tensa e vulnerável. — Coisas sobre as quais eu não falo. Mas o nosso relacionamento é sério para mim, e acabei de conhecer seus meninos lindos, e tudo está começando a parecer muito real, sabe? Do tipo que pode de fato se tornar alguma coisa.

— Então devo estar fazendo isso direito.

— Ah, Jerome. — Ele sempre dizia as coisas mais doces. — Enfim, preciso que você saiba quem eu sou de verdade. Preciso contar o que aconteceu comigo antes de eu vir do Texas para cá. Porque... talvez você mude de ideia a meu respeito.

Se isso acontecesse, ele não seria o primeiro. Margot o olhava com firmeza enquanto falava, ciente de que aquela poderia ser a última conversa deles. A brisa agitava seus cabelos, e ele se inclinou para perto e tirou os fios do rosto dela com gentileza.

— Linda, não tem nada no mundo que me faça mudar de ideia sobre você.

— Eu... Se eu vou conviver com seus filhos, você precisa saber disso.

Ele lhe dirigiu um olhar incisivo, e ela estremeceu. Então, ela respirou fundo, inalando o cheiro do oceano e dos ciprestes tortos no penhasco.

— Tem um motivo para eu ter me graduado em aikido.

— E eu aqui achando que era só porque você é sinistra.

Ela respirou fundo novamente. Ouviu o estrondo e o baque das ondas contra as rochas escarpadas. Margot vinha mantendo a fera enjaulada por todo esse tempo porque sabia que, se a liberasse, tudo mudaria.

Anda, ela insistiu consigo mesma, olhando para a enseada intocada da altura vertiginosa do penhasco íngreme. *Conte logo tudo para ele. Se ele for quem você pensa que é, não vai se assustar.* Mas se isso acontecesse, era só voltar a acreditar que nunca seria amada por um homem bom.

Nunca.

Parte três

*Três coisas não podem permanecer escondidas por muito tempo:
o sol, a luz e a verdade.*

— Buda

10

BANNER CREEK, TEXAS, 2007

O equilíbrio exato de açúcar e sal era a chave para o molho barbecue perfeito. Claro que, no que dizia respeito a molho barbecue, todo mundo tinha uma opinião sobre a combinação de acidez, aroma, sabor frutado e condimentos — o inefável umami — que tornava cada bocada tão satisfatória.

Mas Margie Salinas tinha certeza absoluta de que tudo começava com sal e açúcar.

Por isso, quando Cubby Watson lhe deu a chance de produzir seu próprio molho especial para os clientes do restaurante, ela o batizou de sal+açúcar. Margie mandou imprimir os rótulos em papel comum na biblioteca do condado, pois não tinha dinheiro para comprar um papel sofisticado. Um dia, pensou, teria um rótulo com design profissional, que faria seu molho parecer tão especial quanto uma garrafa de vinho fino.

No final de seu turno de garçonete, ela foi até a despensa da cozinha e observou a fileira de potes de conserva cheios de molho cor de vinho, salpicados com os temperos que torrava e moía em sua pequena cozinha.

— Estão vendendo feito picolé no verão — disse Cubby, entrando na despensa. A camisa e o avental dele estavam cheios de fumaça de algaroba de sua fogueira ao ar livre. — Espero que você esteja disposta a fazer mais um monte.

Ela lhe deu um sorriso cansado e jogou o avental com seu logotipo no cesto da cozinha.

— Sem dúvida, pode ficar tranquilo — disse ela. — Vou começar uma leva hoje à noite quando chegar em casa. Deixo até de manhã nas panelas de cozimento lento.

— Acho que vendemos mais de doze garrafas hoje. — Ele lhe entregou um malote bancário com zíper, cheio de dinheiro. — Sua parte.

— Obrigada, Cubby. Você é o melhor.

Ele era mesmo, e ela se lembrava de agradecer todos os dias por Cubby e sua esposa, Queen. Os dois lhe deram uma chance quando ela achava que não teria mais oportunidades.

No vestiário dos funcionários, Margie vestiu saia jeans e botas de caubói, soltou o cabelo do coque e se olhou no espelho. O cabelo precisava de corte, que ela não podia pagar, e seu rosto estava repleto de sardas por passar tempo demais debaixo do sol em sua barraca na feira de produtores. Ao lado do espelho, havia uma matéria emoldurada da *Texas Monthly*, a revista mais admirada do estado. Era uma resenha de um jornalista chamado Buckley DeWitt, com uma menção especial aos molhos de churrasco dela. Buckley havia descoberto os molhos na feira de produtores e sempre voltava para comprar mais. Margie desconfiava que talvez ele estivesse a fim dela. As orelhas dele ficavam vermelhas e ele gaguejava quando a encontrava. Mas Buckley era um ótimo crítico, principalmente quando escrevia sobre churrasco. Uma boa crítica da *Texas Monthly* podia atrair multidões.

Mas o que Buckley de fato queria, ele confessou a ela, era escrever sobre justiça. Crime e castigo. Ele tinha até um blog chamado *Justiceiro Solitário*, onde publicava um conteúdo polêmico sob pseudônimo.

Em frente à porta dos fundos, Cubby fumava seu Black & Mild noturno e bebia uma dose de Hennessy enquanto olhava para as estrelas.

— Minha casa fica em uma área que está sob servidão administrativa — disse ele. — Eu já te contei isso?

— Isso é um problema?

— Isso quer dizer que o condado tem permissão para construir um arranha-céu bem em cima de mim, e eu não poderia fazer nada.

— Cubby, ninguém vai construir um arranha-céu em Banner Creek.

— Se você diz. — Ele se inclinou para trás na cadeira. — Espero que tenha razão.

— É claro que tenho. Até mais — disse ela.

— Se cuida.

Na frente do restaurante, avistou algumas garotas entrando em caminhonetes com rapazes que as levariam para o Greene's Dance Hall ou para nadar à noite no lago Blue Hole. Às vezes, Margie e suas amigas de trabalho iam até a cidade para assistir a um show no Austin Lounge Lizards.

— Cadê o Jimmy? — perguntou Ginny Coombs, acenando para Margie. — Querem dar um mergulho?

Margie se afastou um pouco, abaixando a cabeça.

— Jimmy e eu não demos muito certo.

— Nossa, sério? — disse Ginny, dando uma tragada em seu Virginia Slim. — Mas você nem deu uma chance para ele. Já vi bananas com prazo de validade maior do que o dos seus namorados.

Margie sorriu, imaginando Jimmy Hunt como uma banana madura demais.

— Fazer o quê... Acho que voltei para a pista.

— Que merda. Mas o que aconteceu? Vocês eram tão perfeitos juntos. E... *sério*, Jimmy Hunt... — Ginny disse o nome dele com a reverência concedida a um herói.

Coisa que de fato ele era, naquela região. A família Hunt era conhecida pelos muitos barris de petróleo, boa aparência e influência poderosa em uma cidade como aquela — um lugar pequeno o bastante para que todos se conhecessem. E como Banner Creek ficava a uma curta distância do capitólio em Austin, a influência dos Hunt se estendia até a legislatura estadual.

Margie conhecera Jimmy numa noite em que saíra para dançar com algumas amigas. Ele chamou a atenção dela com seu corpo esculpido, cabelos escuros ondulados, queixo quadrado e olhos brilhantes. Ele era um astro do Texas A&M Aggies — um jogador presente em quase todas as partidas. Seu chute era considerado, por consenso, o melhor da liga.

Bem-humorado, Jimmy conquistara Margie também por sua presença suave na pista de dança e pelos olhos azuis que convidavam a pessoa a se afogar neles. No fim da noite, ele a levara para casa em sua picape de último modelo com Waylon tocando no rádio, uma arma longa no suporte atrás da cabine e uma garrafa aberta de cerveja Shiner entre as coxas. Beber e dirigir nunca foi problema para os Hunt, explicara ele, com uma risada de barítono. A irmã dele era substituta do xerife e seu primo favorito era chefe de polícia. O irmão mais velho, Briscoe, estava de olho em uma vaga na promotoria pública. Os Hunt eram uma grande e poderosa família feliz.

Margie nem imaginava como era ter isso — uma família.

Depois do encontro, ela o convidou para entrar. Eles conversaram sobre futebol americano — a próxima temporada seria a última na faculdade, mas ele vinha sendo sondado pela NFL — e se beijaram por um tempo. Jimmy disse que ela era tão linda que ele quase se esquecia que era um cavalheiro.

Como Jimmy era divertido, Margie decidiu convidá-lo para jantar em casa na próxima noite de folga. Serviu frango, vinho e uma dose de tietagem, porque ela era, sim, uma texana legítima e adorava o Aggies. Jimmy era sincero e encantador quando falava de si, de sua família e de como todos eram bem-sucedidos. Quando Margie contou que sua mãe havia morrido, ele não pareceu muito interessado. As pessoas tendiam a se esquivar da dor alheia. Talvez por isso ela gostasse tanto dos domingos na igreja com Queen e Cubby. Lá, as pessoas não se intimidavam com o luto.

Margie foi para a cama com Jimmy porque ele tinha lábios macios e era muito cheiroso e ela estava bêbada e solitária. Na hora H, ela entregou a ele um preservativo tirado da gaveta da mesa de cabeceira — "não espere que um homem vá se lembrar disso", sua mãe sempre dizia — e Jimmy deu uma risadinha agradável. Pela manhã, ela encontrou o pacote no chão. Aberto, e com o preservativo dentro.

Quando ela o confrontou, Jimmy deu sua risadinha sexy outra vez. "Eu não gosto de tomar banho de bota."

"Bom, da próxima vez, se você quiser que tenha uma próxima vez, ou toma com bota, ou não toma", disse ela enquanto preparava bacon e ovos para o café da manhã.

Margie pegou a caixa da pílula anticoncepcional, com a intenção de dobrar a dose como precaução pelo descuido da noite anterior, mas estava vazia. Para piorar, estava sem receita. Ela havia gastado todo o seu dinheiro com o aluguel e ingredientes para o molho, e não tinha voltado à clínica para renová-la. Às vezes acontecia.

Ele a convidou para praticar tiro ao alvo e ela ficou intrigada, porque nunca havia atirado antes.

"Quem sabe", disse ela. "Talvez eu vá, sim."

Jimmy saiu cantando pneus e lançando uma chuva de cascalho na varanda, assustando Kevin. Margie pegou o gato no colo para acalmá-lo e, através da poeira, ela pôde ver um adesivo com a bandeira da Confederação e outro com o símbolo da fraternidade Kappa Alpha colados na caminhonete dele.

Ela entrou em casa, recolheu a toalha que Jimmy jogara no chão do banheiro, lavou a louça do café da manhã e varreu a sujeira que ele havia deixado na noite anterior.

Pensou na camisinha não usada e no fato de que ele não havia perguntado nada a respeito da vida dela. Se tivesse, poderia ter descoberto por que ela estava sem dinheiro e como planejava sair do buraco em que se encontrava. Teria ouvido sobre seus sonhos, sua forma de pensar.

Margie também se deu conta de que se sentira mais solitária do que nunca enquanto transavam.

Ela ligou para Jimmy naquele mesmo dia e falou que não ia ao estande de tiro. Depois, respirou fundo e disse que não queria mais sair com ele.

— Ah, que pena, benzinho — disse ele. — Acho que você está tomando a decisão errada. A gente ainda poderia se divertir muito. Eu sei tratar uma mulher muito bem.

— Eu sei — respondeu ela, apesar de ter visto poucas evidências daquela afirmação. — Você pode até ter razão, mas não estou aberta nesse momento. Achei que estivesse, mas me enganei.

Ela sabia que estava tentando amenizar o golpe. Sua explicação tinha o objetivo de poupar os sentimentos dele, como se isso fosse obrigação dela.

Não é você, sou eu.

O que ela deveria ter dito, se tivesse tido coragem, era que ele havia sido desrespeitoso, um completo idiota em relação à camisinha, e que esse tipo de mentira era fatal em qualquer relação, mesmo em um encontro casual. Talvez, se sua mãe ainda estivesse viva, tivesse dado mais conselhos sobre os homens — como se manter firme quando seus impulsos estão em guerra com o bom senso, e como encontrar homens que a tratassem bem. Ou talvez a mãe não tivesse como ajudar porque, em matéria de homens, ela mesma não fizera as melhores escolhas.

— Ah, bom, que pena — disse Jimmy.

— Obrigada por entender. Eu sinto muito mesmo, Jimmy.

— Tranquilo. A gente se vê, benzinho.

Agora Ginny Coombs lhe deu um cutucão.

— Tem certeza absoluta de que não quer dar mais uma chance para o Jimmy Hunt? Pode acabar sendo uma boa, e você estaria feita. Os Hunt são cheios da grana. Você poderia largar o emprego de garçonete.

— Para ser sincera, gosto de ser garçonete. E Jimmy... sei lá, a gente não combina — explicou ela.

— Bem, tudo bem. Você ainda é nova.

Ginny apagou o cigarro no cinzeiro externo e colocou um chiclete na boca.

— Obrigada por entender — disse Margie. — Pode ser que eu precise de uma folga dos homens, pelo menos por um tempo. Divirtam-se hoje à noite.

Jimmy estava mandando mensagens desde cedo. Quando mais uma apitou enquanto entrava no carro, ela bloqueou o número e saiu do estacionamento.

Margie pegou a estrada estreita e sinuosa que ligava a área rural ao centro, sempre de olho na possibilidade de animais cruzando a pista. O riacho Banner corria sobre a estrada na bifurcação, borrifando o chassi do carro quando ela passava entre os postes de proteção de concreto.

Sua casinha à beira do riacho havia sido um chalé de pescadores. Era muito simples, transitória, para alguém que ainda não conhecia bem seu lugar no mundo. Era apenas um local para colocar suas coisas, mas com um bom fogão a gás e um proprietário que não se importava com o gato. Os Pratt, da casa ao lado, eram pais de vários adolescentes barulhentos, mas que não chegavam a incomodar muito. E, ao mesmo tempo, aquela era sua primeira casa de verdade desde a morte da mãe.

Quando Margie destrancou a porta, Kevin pulou de seu poleiro na grade e se enroscou nos tornozelos dela.

— Vamos, amiguinho — disse ela. — Vamos fazer um pouco de molho.

Kevin era uma coisinha pequena, muito assustado, mas ela o deixou entrar em casa e o persuadiu, pouco a pouco, a entrar em sua vida. Agora, ele era seu melhor amigo. Ele observava todos os seus movimentos enquanto ela pendurava a mochila e colocava a sacola de dinheiro na gaveta de tralhas. Cubby lhe pagava em dinheiro sempre que podia, já que Margie estava sempre um pouco à beira da falência. Seu salário havia sido penhorado por uma empresa de cobrança médica após o acidente que sofrera no ano anterior. Fora atropelada por um motorista sem seguro e sofrido uma fratura espiral na perna que exigiu várias cirurgias. Sem plano de saúde, ela foi colocada em um plano de pagamento que consumia grande parte de seu contracheque.

Margie ligou o som e, embora não tivesse idade para comprar cerveja, abriu uma garrafinha, daquelas menores do que uma longneck. Jimmy havia deixado um *pack* na geladeira.

A cozinha de Margie era organizada em torno da produção de molhos. Quatro panelas de cozimento lento estavam alinhadas no balcão, e ela mantinha uma panela de pressão e uma panela enorme para ferver e esterilizar os potes. As ervas cresciam em vasos na varanda. Margie assava e moía seus próprios temperos.

Adorava fazer experiências com seus molhos. Vinagre, cebolas e tomates, açúcar e sal eram a base, mas experimentava ideias de todos os tipos. Um toque de bourbon, talvez. Mostarda moída. Pimenta chili em molho adobo. Coisas malucas como uma fava de baunilha de Madagascar, chocolate amargo, Coca-Cola, café, anis-estrelado, tamarindo ou calamondin da Flórida. Ela fazia anotações cuidadosas e estava sempre de olho nos sabores mais populares, acrescentando suas receitas ao tesouro mais valioso que sua mãe havia deixado — um enorme caderno de receitas recortadas ou escritas à mão.

Ela resfriava a cebola para evitar as lágrimas na hora de cortar e em seguida as fatiava com agilidade, usando uma faca superafiada. Cantarolando ao som de Brandi Carlile, pegou sua faca de cerâmica de lâmina fina e se ocupou em descascar e cortar, bebericando a cerveja. A leva da noite seria feita com maçãs-verdes frescas bem brilhantes que havia comprado na feira de produtores. Ela queria tentar caramelizar as maçãs e as cebolas antes de colocá-las na panela. A grande chapa de ferro fundido cuspia gotículas de gordura, então, Margie tirou sua bonita blusa de raiom — uma mancha de gordura a estragaria para sempre —, amarrou o avental por cima do sutiã e continuou a trabalhar.

Enquanto preparava tudo para as panelas de cozimento lento, foi planejando a noite perfeita — um banho de banheira acompanhada de um bom livro. Depois de cozinhar, ler era a coisa que Margie mais amava fazer. Os livros a levavam a lugares distantes, lhe permitiam viver uma vida diferente. Livros faziam com que visse o mundo com outros olhos. Se não tivesse sido obrigada a largar a escola por causa de Del, poderia ter entrado na faculdade, por mais improvável que parecesse para uma garota com o histórico dela. O orientador do ensino médio vivia lhe dizendo que o lugar dela era na faculdade — como se o dinheiro para pagar a mensalidade fosse aparecer num passe de mágica.

Um brilho de faróis atravessou por um momento o cômodo, passando pela mobília barata original da casa. Devia ser um dos garotos Pratt. Então, na pausa entre Brandi Carlile e Dave Grohl, ela ouviu o baque de uma porta batendo e viu alguém na varanda.

A porta de tela se abriu e Jimmy Hunt estava lá, com o quadril inclinado para um lado, um polegar enganchado na alça do cinto e um sorriso no rosto, os olhos meio embotados, provavelmente bêbado ou doidão de maconha. Havia uma caixa de charutos Swisher Sweets presa no bolso superior de sua jaqueta jeans.

A gente se vê, benzinho. Foi o que Jimmy disse quando Margie falou que não queria mais sair com ele. Ela não havia levado aquelas palavras ao pé da letra como deveria.

Seu coração ficou pesado. Que parte de *não estou aberta nesse momento* ele não entendeu?

— Oi, Jimmy.

— Oi. Então, acontece que eu não gostei da maneira como deixamos as coisas. Acho que a gente devia conversar.

À meia-luz, ele parecia um pouco misterioso. E ameaçador. E bem seguro de si enquanto seu olhar se movia sobre ela, concentrando-se em suas pernas nuas.

— Ah, Jimmy — disse Margie, sentindo uma onda de arrepios. — A gente não precisa conversar. Você e eu, nós somos… Está na cara que não vai dar certo.

Ele foi até a geladeira e pegou uma cerveja.

— Mas você nem deu uma chance direito pra gente. Eu posso ser muito bom pra você, sabia? Você é a coisa mais linda que eu já vi, juro.

Jimmy não era o primeiro a lhe dizer isso. Ela tinha puxado a mãe e, como ela, aprendeu cedo que ser bonita nem sempre era uma vantagem. Às vezes, isso atraía o tipo errado de atenção.

— Eu agradeceria se você fosse embora, Jimmy. Agora, por favor.

— Eu ainda não terminei minha cerveja.

Ele deu um gole longo e sedento.

Ela o encarava, ali de pé do outro lado da sala, olhando ao redor como se fosse o dono do lugar. A nuca de Margot estava arrepiada de medo.

— Jimmy, por favor, ok? — pediu ela. — Estou ocupada aqui. Pela última vez, estou pedindo para você ir embora.

Ele tomou a cerveja, deixou de lado a garrafa marrom e deu um sorriso torto com os lábios molhados. E então pousou o olhar no sutiã minúsculo dela, que mal estava coberto pelo avental.

— Garota, seus lábios dizem não, mas seu corpinho diz sim.

Margie revirou os olhos.

— Ah, por favor. Não quero entrar nessa com você.

"Hey There, Delilah" tocava no rádio. Ela deu uma olhada no celular, que estava carregando na bancada da cozinha. Não precisaria chamar a polícia por causa dele, certo?

Mas e se precisasse? Talvez acabasse conhecendo um dos primos dele.

— Claro que quer — disse ele com tranquilidade. — Você sabe que eu posso ser bom para você, benzinho. Posso ser bom *por* você. Até porque eu aposto que você não sabe o que as pessoas dizem pelas suas costas. Todo mundo acha você estranha, com essas suas poções de bruxa, indo à igreja dos negros, achando que se encaixa lá. Você deve dar muito na vista por lá.

Margie não respondeu. Era inútil tentar conversar. O cheiro de cebolas e maçãs caramelizadas impregnava o ar. Por reflexo, ela desligou a chama da frigideira de ferro fundido.

Mais do que um pouco irritada, Margie disse:

— Olha, Jimmy, estou ocupada. Vai procurar uma festa em algum lugar, cara. Algumas das garotas do trabalho estão indo para o Blue Hole, ou…

— A festa está bem aqui — respondeu Jimmy e, em um movimento rápido de surpresa, ele a puxou contra si, pressionando-a para que ela pudesse sentir sua ereção.

E então ele se abaixou e a beijou com força.

Margie se afastou dele e recuou contra a bancada da cozinha, agora chocada e furiosa.

— Me solta, Jimmy. Senão eu vou…

Ele riu e desabotoou a jaqueta.

— Vai o quê?

Invadida pela raiva e impulsionada pelo medo, ela pegou a faca em cima do balcão.

— É sério. Vai pra casa.

— Ownnn, que bonitinha.

Jimmy estendeu a mão para pegar a faca, mas Margie virou a ponta afiada na direção dele. Ele de fato não fazia ideia do quanto uma lâmina de cerâmica era afiada. Com o movimento, Margot cortou o dedo dele como se fosse manteiga, bem na dobra do polegar.

— Ah, meu Deus, desculpa — disse ela enquanto o sangue jorrava do ferimento. — Eu não quis te machucar.

— Merdaaa — disse ele. — Achei que você fosse burra, mas não tão burra assim.

Ela pegou um rolo de papel-toalha. Quando se virou para trás, viu-o tirar uma arma de um coldre lateral sob a jaqueta jeans.

— Tão burra que trouxe uma faca para um tiroteio — disse ele.

Margie perdeu o ar e deixou a faca cair e se estilhaçar (facas de cerâmica são muito afiadas e muito frágeis). Seu coração disparou, pulsando alto em seus ouvidos. Ela podia sentir o medo no fundo de suas entranhas. Talvez a arma não estivesse carregada. Talvez fosse de brinquedo. Parecia de brinquedo. Talvez a trava de segurança estivesse acionada. Ela não sabia o que era uma trava de segurança. Não sabia nada sobre armas. Só sabia que nunca havia gostado delas. E nunca tinha visto nada além de dor vir de uma arma.

— Por favor, Jimmy — disse ela —, não estou querendo arrumar problema com você, ok? Guarda essa coisa. — Ela estendeu o papel-toalha amassado. — Aqui, limpa sua mão. Eu te ajudo. De verdade, eu não queria te machucar.

— Imagino que não — respondeu ele.

O olho redondo e preto da arma estava apontado para o peito dela.

— Estou te pedindo para guardar isso, por favor.

— Não — disse ele, tranquilo. — Acho que não. Você não está sendo muito legal comigo.

Ah. Ele queria que ela fosse legal.

— Tem razão, Jimmy — admitiu ela, lutando para disfarçar o tremor em sua voz. *Sim, concorde com ele.* Porque, com certeza, ela não conseguiria dominá-lo. — Não tenho sido muito legal, desculpa. Vamos fazer o seguinte. Vamos sair. É sábado à noite. Que tal a gente ir até a Tierney para ouvir um pouco de música?

Ele voltou a sorrir e colocou a arma de volta no coldre sob o braço esquerdo.

— Assim está melhor.

Os joelhos dela tremeram de alívio.

— Claro, Jimmy. Eu só preciso me trocar bem rápido.

Ela se esquivou dele e foi em direção ao quarto. Eram apenas alguns passos até a porta de entrada. Estava muito irritada por viver aquele desconforto dentro da própria casa, no único lugar em que ela deveria se sentir segura.

Ele a seguiu.

— Isso aí está uma graça — comentou ele, aproximando-se dela. — O jeito que você colocou esse avental por cima do sutiã.

Ela se afastou.

— Preciso ir ao banheiro. Espera aqui fora, passa um pouco de água nesse corte e toma outra cerveja.

Margie não tinha intenção de ir a lugar algum com Jimmy, mas estava encurralada em sua própria casa. Precisava escapar.

Mas Jimmy não dava brecha e a seguiu.

— A gente se divertiu muito aqui na outra noite, não é? — disse ele, levando-a em direção à cama. — Vamos repetir.

— Talvez mais tarde. Vamos lá no Tierney, sempre tem alguém bom tocando lá.

— Tem alguém bom tocando aqui, benzinho — retrucou ele com um sorriso lento, bloqueando o caminho até a porta.

Ela tentou passar por baixo do braço dele, mas Jimmy se moveu tão rápido que foi como uma armadilha se fechando. Mesmo bêbado, ele tinha os reflexos rápidos de um atleta poderoso. Seus braços a envolveram, com músculos duros e inabaláveis.

— Calma aí — disse ela, tentando manter a cabeça fria. — Vamos sair. A gente pode ser divertir um pouco, tá?

— Nah, eu já estou me divertindo.

Ele a empurrou para trás e a jogou na cama. Com força. Com tanta força que ela quicou de forma quase cômica. Margie ficou sem fôlego.

— Porra, Jimmy, eu pensei que você tinha dito que era um cavalheiro — esbravejou ela.

— Ah, eu sou — falou ele, empurrando-a de volta na cama. Ele pressionou o joelho na virilha dela e prendeu seus punhos acima da cabeça. — Isso eu sou mesmo. Cavalheiro Jimmy, sou eu.

Ela tentou se soltar, mas ele a segurou rápido, a mão parecendo uma braçadeira de ferro.

Com a mão livre, ele arrancou o avental, puxando-o para um lado, de modo que a alça apertou o pescoço dela como um laço.

— Ei — disse ela, com a voz alta e aguda. — Já *chega*.

Ele rompeu o fecho frontal do sutiã e olhou para os seios dela.

— Isso sim — disse ele — é uma beleza.

— Sério, cara, para com isso — pediu Margie, se forçando a falar apesar do pânico que estava em sua garganta. — Não precisa ser tão bruto. — *Acalme-o*, pensou ela, a mente disparada. — Vamos fazer do jeito que fizemos na outra noite, devagar e com calma.

— Sim, isso é bom.

Ele a beijou com força, a língua penetrando em sua boca.

Ela ficou parada e prendeu a respiração, esperando que o beijo terminasse. Então sussurrou:

— Preciso ir ao banheiro, ok? E me deixa pegar outra cerveja para você.

— Cerveja parece bom.

Ele soltou os pulsos dela.

— Rapidinho — disse ela, pressionando a palma das mãos nos ombros dele. — Espera aqui.

Ele saiu de cima dela, se esticou na cama e se recostou na estrutura de ferro.

Margie quase derreteu de alívio quando ficou de pé, segurando o avental contra o peito nu. Os saltos de suas botas estalaram no chão quando ela foi para a cozinha. Kevin estava agachado ao lado da porta, mexendo só a pontinha da cauda, os olhos indo de um lado para o outro. Ele era tímido perto de estranhos.

Ela abriu a geladeira e tirou a última garrafa de Shiner. Seu celular estava sobre a bancada. Ela o pegou, destravou e seu polegar voou pelo teclado.

— Nove, um, um. Qual é a emergência?

Margie estava na maçaneta da porta quando sentiu Jimmy agarrar a alça do avental atrás de seu pescoço, puxando-a com tanta força que ela caiu de costas contra ele. O celular saiu voando. A garrafa de cerveja caiu no chão e rolou, mas não se quebrou.

— Alguém me ajuda! — gritou ela o mais alto que pôde, torcendo para que os vizinhos ouvissem.

Talvez por algum milagre o operador da emergência ainda estivesse na linha.

— Ah, qual é, benzinho — disse ele. — Para de gritar. — Ele a encostou contra si, levantando-a do chão e voltando para o quarto. Ela arranhou as mãos dele e se esticou para trás para arranhar seu rosto e pescoço. — Ai. Não faz isso, porra.

Ele chegou à cama em dois passos, virou-se e a derrubou de costas.

Margie gritou outra vez, um som animal e incoerente. Ele puxou a alça do pescoço com força, cortando o ar dela. Cortando sua voz. Ela não conseguia respirar. Jimmy puxou sua saia para cima e puxou a calcinha até rasgar.

A alça do avental a estava estrangulando e Margie sentia o coração martelar nos ouvidos. Começou a se contorcer e levou um tapa na cara que a fez ver estrelas. As estrelas se transformaram em borboletas esvoaçando. Talvez ela tenha desmaiado. Porque, quando piscou, Jimmy estava com o zíper da calça aberto, as pernas dela estavam abertas, e ele veio com força total.

Ela mordeu o ombro dele, que rugiu e desferiu outro tapa, do mesmo lado do rosto. Ela sentiu algo se deslocar. Um osso. Não, um dente.

Margie conseguiu torcer a mão direita e tentou atingir os olhos dele, mas ele enfiou a cabeça no travesseiro e emitiu um gemido abafado. E então ela sentiu o cotovelo dele se cravando em suas costelas e... Não, não era o cotovelo. Era a arma dele, a arma no coldre debaixo do braço.

Não leve uma faca para um tiroteio. Não leve...

Margie passou a mão em torno da arma para agarrar alguma parte dela — não sabia qual —, mas ele continuava estocando e ela não conseguia respirar. Ela não sabia nada sobre armas, mas sabia qual era a sensação de um gatilho. Sabia como era se afogar. Sabia como era a sensação de asfixia. Queria desmaiar. Queria dormir para sempre.

Seu dedo médio passou pelo buraco do gatilho. Talvez a trava de segurança estivesse acionada. Talvez a arma não estivesse carregada. Talvez — ela puxou para trás com o dedo médio. Apertou. Nada.

Jimmy gemeu alto ao gozar. Ela se lembrou do ronronar que ele havia feito da outra vez. *Ahh.*

A parte inferior do corpo dele relaxou contra a do corpo dela, mas o estrangulamento se intensificou quando ele deu outra volta na alça. Ela sentiu a pulsação forte nos olhos, como se o coração estivesse tentando bater por ali, e viu estrelas e tentou de novo e apertou o dedo médio com mais força e

bang.

11

O papel se amassou com um ruído na maca de exame embaixo de Margie, papel em rolo do mesmo tipo usado para embrulhar as carnes entregues pelo restaurante. Cubby cuidava muito bem da carne, seu carro-chefe, que atraía multidões ao restaurante. Praticava o manuseio seguro dos alimentos como se fosse uma religião e fazia com que ela e toda a equipe observassem as regras sanitárias e de segurança do começo ao fim.

Quando Cubby percebeu que Margie estava levando a sério o aprendizado da arte do churrasco texano, disse a ela que o primeiro passo era obter os melhores ingredientes — carne de animais alimentados no pasto, criados em liberdade e sem hormônios. Ele a levou à fazenda orgânica de Meister, onde as práticas de abate eram certificadas. Margie achou que fosse se assustar, mas observou tudo com tranquilidade, até mesmo quando a carcaça foi içada e drenada. O cheiro estava em toda parte, forte e profundo como cobre ou ferro.

Naquele momento, o pedaço de carne era ela. Um pedaço de carne gelada em cima do papel branco. Talvez não tão gelada quanto as carnes no freezer de Cubby, mas muito gelada, quase convulsionando de calafrios. Sua pele estava úmida e pegajosa, tão pegajosa que o sangue parecia alcatrão manchando sua barriga e suas pernas nuas, encharcando seus cabelos. Ela tentou se levantar da mesa, correr rápido e para longe.

Mas suas mãos estavam presas e ela entrou em pânico. Amarras? Por que ela estava amarrada?

Suas mãos. Seus pulsos. Jimmy Hunt havia prendido suas mãos acima da cabeça.

— Me solta — disse ela. Nenhum som era emitido, mas ela continuava tentando falar e se soltar. — Preciso das minhas mãos.

Uma mulher de uniforme e jaleco de laboratório murmurou algo para outra mulher, que foi até a cortina marrom e falou com alguém.

— Não podemos — disse a mulher. Seu jaleco tinha um crachá do Centro de Atendimento a Violência Sexual do Condado de Hayden. *Brenda Pike*. — Sinto muito mesmo. Quando terminarmos aqui, a polícia vai precisar falar com você.

— A polícia — falou Margie, rouca.

Sim. Ela havia tentado ligar para a emergência, não havia?

Então a lembrança do que ocorrera a atingiu com toda força.

Um flash de terror e sofrimento. Gritos. Por causa dos gritos ele batera nela e depois a estrangulara até ela parar. Quando ela tentou arranhá-lo, ele a golpeou de novo. E de novo.

Com as mãos se debatendo, ela se chocou contra a arma no coldre e então

bang.

— Preciso que você fique parada, por favor. Prometo que está segura aqui.

A voz da mulher era firme, mas não rude. A mulher era Anela Garza, enfermeira, de acordo com o crachá de identificação em seu jaleco. Ela tinha um piercing no nariz e uma tatuagem no pulso. Olhos que se moviam sobre Margie como se estivessem lendo algum tipo de código.

— Faço parte das equipes SANE, Enfermeiras Examinadoras de Violência Sexual, e do SAFE, Examinadoras Forenses de Violência Sexual. Sou especialista em realizar esse tipo de exame.

Uma nuvem de torpor enevoou o cérebro de Margie. *Eu sou a Angela e farei seu atendimento de violência sexual hoje.*

— Você sabe onde está?

Em uma clínica em algum lugar. Telhas no teto. Cortina marrom. Barulhos de bipes e o zumbido de um ventilador. Ela balançou a cabeça em negativa.

— Está no Hospital St. Michael's Catholicem Alameda City.

Era uma das cidades próximas a Banner Creek. Margie não sabia como tinha chegado até o hospital. Todo aquele sangue, rios de sangue. Ela desmaiou. Acordou cem anos depois.

Luzes piscando na janela. A polícia e os paramédicos em sua casa. *Tirem ele de perto de mim.* Ela tentou gritar, mas sua voz havia sumido. Alguém cortou a alça do avental e a cobriu com uma manta térmica. Colocaram uma máscara em seu nariz e boca, instruindo-a a respirar.

Vozes tensas murmurando para lá e para cá. O crepitar de um rádio.

Na minha contagem um-dois-três, e ela estava na prancha de transferência, sendo levantada e tirada dali. O colar cervical a deixava sufocada e mais apavorada. Ela se debateu, tentou respirar, e então houve um clarão e depois nada.

— Sinto muito que isso tenha acontecido com você — disse Angela. — Espero que você me dê o máximo de informações possível sobre o incidente. Os relatórios podem te ajudar a recuperar o senso de controle.

As palavras pareciam cair flutuando das telhas do teto. Mais iniciais. Havia uma SART, Equipe de Resposta à Violência Sexual, que lideraria a investigação. As informações ganharam velocidade e passaram voando como os objetos no tornado de Dorothy em *O mágico de Oz.* Flashes. Redemoinhos.

Tem alguém para quem possamos ligar?

Não. Ninguém.

Um amigo?

Kevin era o melhor amigo dela. Kevin era um gato.

Margie tentou dizer que precisava dar comida para o seu gato, mas não saiu nenhum som.

A enfermeira tinha um checklist. Uma assistente veio com folhas de papel e sacos. Uma bandeja num carrinho deslizante. Um pente fino. Formulários impressos. Uma prancheta e uma câmera. Tubos de ensaio e pratos transparentes. Um rolo de etiquetas impressas. Cotonetes longos e curtos, alinhados e prontos para uso. Tesouras com ângulos estranhos. Uma pinça hemostática. Passaram os cotonetes nas mãos dela e ensacaram os cotonetes.

— Preciso fazer xixi — disse Margie em um sussurro.

Ele a havia estrangulado. Silenciado sua voz. Apagado até que não fosse nada além de um fio de terror.

— Tenta segurar — pediu a enfermeira. — É difícil, mas preciso que você aguente só mais um pouco.

— Preciso fazer xixi, eu...

Tarde demais. Margie nunca tinha feito isso antes, exceto... exceto na noite anterior. Enquanto era estrangulada.

Catalogaram todas as peças de roupa que ela usava: sutiã avental botas calcinha saia. O sutiã e a calcinha haviam sido rasgados. Eles tiraram fotos, contaram todos os ferimentos: marcas de mordidas, hematomas com impressões digitais em seus seios, uma unha quebrada, evidências de estrangulamento, ferimentos que indicavam que ela havia sido golpeada várias vezes e segurada à força.

O sangue era um rio de piche pegajoso. Muito, muito sangue. Ele a havia dividido em duas, fazendo-a sangrar como se tivesse sido esguichado de uma mangueira de incêndio?

Angela narrava cada passo em voz baixa, ditando os ferimentos. Paquímetros mediam as lacerações em seu rosto. Havia uma lâmpada daquelas de dentista. Margie só tinha ido ao dentista uma vez, quando teve febre de tanta dor de dente. A enfermeira da escola a levara. Na época, a mãe estava muito doente.

Chamaram a dor de abscesso. Tira, puxa, estanca. Margie implorara por qualquer coisa para acabar com aquela dor.

Houve uma discussão sobre os honorários e, por fim, a enfermeira da escola havia dito: *Mas que inferno, Earl. Deixa que eu mesma pago, então.*

A picada longa e profunda da agulha a fizera gritar. Então o dente saiu em um rio de pus que salpicou a lâmpada, e o alívio foi imediato. Margie voltou para casa com comprimidos e disseram que ela deveria ir ao dentista com regularidade. Como se sua mãe pudesse pagar por isso.

A enfermeira Angela tirou uma foto de seu pescoço. *Foram observadas evidências de asfixia.* O material recolhido embaixo de suas unhas foi depositado em uma pequena placa de vidro e colocado em um recipiente.

Perguntas. Muitas perguntas pessoais. Seu histórico. Ela tinha 20 anos, não tinha histórico. Crescera em um parque de trailers chamado Arroyo, em uma periferia suja e abandonada a oeste de Austin. Nunca conheceu o pai. Ele era muito novo, assim como a mãe dela, quando Margie nasceu. Na verdade, seus pais eram apenas pessoas comuns, cujo único defeito era serem jovens demais.

— Ele não queria ter nada a ver com a gente — explicara a mãe quando Margie tinha idade suficiente para questionar.

Darla fora expulsa de casa pelos pais quando contara sobre a gravidez. Os dois eram antiquados. Disseram que não conseguiriam lidar com a vergonha.

A enfermeira e a assistente embalaram tudo para análise — cabelo, roupas, saliva. Notaram um dente lascado e um molar solto.

Cotonetes por toda parte. Em lugares onde ela nunca pensaria em colocar um cotonete. Exames nas mucosas da boca, da vulva, do ânus.

— Você já fez um exame pélvico? — perguntou a enfermeira.

Ela não tinha voz. Fez que não com a cabeça.

Angela explicou cada etapa do exame, o que não o tornou menos chocante e doloroso. Ela notou muco, que indicava alta fertilidade.

Margie ouviu passos apressados vindos de algum lugar do lado de fora.

— Cadê ele? — De repente, um grito pavoroso rugiu pelo corredor. — Cadê meu filho? Cadê meu Jimmy?

O quê? Margie olhou em volta agitada. *Jimmy Hunt estava à solta? Onde? Onde?*

— Octavia, por favor — disse outra pessoa. — Você não pode entrar aí.

Octavia. Onde ela já tinha ouvido esse nome antes? Octavia.

— Preciso ver meu filho — gritou a mulher.

Jimmy estava aqui? Onde? Margie entrou em pânico de novo, olhando em volta inquieta.

— Está tudo bem — tranquilizou Angela. — Está tudo bem. Você está segura. Ninguém vai te machucar. Estamos terminando o exame.

As vozes desapareceram. Por fim, tudo estava terminado, os cutucões e as mexidas, os esfregaços, as picadas de agulha e os testes.

— Posso ir para casa e me limpar? Por favor.

Sua voz era um sussurro feito de dor.

— Você pode usar o chuveiro daqui, querida.

Margie adorava tomar banho em casa. Não era grande coisa, apenas uma banheira vitoriana antiquada com algumas marcas de ferrugem no ralo, mas era bem funda. Queen havia lhe dado alguns sabonetes e toalhas bonitos de aniversário e aquele era seu lugar de relaxar e ler. Margie estava no meio de *A menina que roubava livros*, sobre uma garota na Alemanha nazista que sobreviveu a algo horrível.

— Só precisamos revisar mais algumas coisas — disse a enfermeira. — Você tem direito a tratamento para ISTs, ok?

Margie assentiu. Ela sempre praticou sexo seguro, então nunca tivera uma IST.

Bem diferente de Jimmy Hunt.

— Você sabe me dizer se está grávida?

— Não.

— Não, você não está grávida, ou não, você não sabe me dizer?

— Não.

— Quando foi o primeiro dia da sua última menstruação?

— Não me lembro. — Sua voz era um sussurro estranho. — Espera, lembro, sim. Era um domingo de igreja. — Ela estava se preparando para se encontrar com Cubby e Queen, apressada, quando percebeu que sua menstruação havia descido. Isso parecia ter acontecido cem anos antes. — Dois domingos atrás — disse ela.

A assistente foi para trás da cortina mais uma vez e voltou trazendo um nécessaire de plástico rosa e uma bandeja com comprimidos e alguns produtos de higiene — um pente e uma escova de dentes.

— Trouxe da farmácia — explicou ela.

— Você consegue engolir um comprimido? — perguntou Angela.

Sim.

Mas era mais de um.

— São para cobrir qualquer eventual IST, inclusive HIV. Fizemos um teste que indicará se você está grávida de um ato sexual ocorrido há até duas semanas. Você está recebendo contracepção de emergência: um comprimido agora e outro daqui a doze horas.

— Está bem.

— Você precisará tomar essa medicação como indicado. Consegue fazer isso?

— Está bem.

— É importante.

Brenda Pike pegou um panfleto: *Não é culpa sua: como agir após ser vítima de uma violência sexual.* Como agir? Margie só queria dormir por mil anos.

—... para coletar um depoimento seu — dizia Angela.

Margie estava cansada demais para pedir que ela repetisse.

Novas vozes vieram do corredor.

— Ela precisa de um banho — disse Angela para alguém fora da área das cortinas.

Uma resposta murmurada.

— Ah, pelo amor — disse Angela. — Ela está coberta de... — *murmúrio murmúrio.* — Vê se tem uma policial mulher para... — *murmúrio murmúrio.*

Margie cochilou por cinco segundos ou cinco horas. A cortina se abriu e uma mulher entrou sem avisar. Ela usava um uniforme e estava com o cabelo preso em um coque. Angela e a mulher do centro de atendimento fizeram uma careta, mas se afastaram. Uma mulher asiática uniformizada destravou as rodas da maca. Saíram da sala de cortinas e seguiram pelo corredor. Luzes no alto, estações de computador e quadros brancos passando. Um enorme elevador de carga as levou um andar acima, dois andares acima e então a porta se abriu diante de um corredor até passarem por uma porta larga com a inscrição *Sala de chuveiros.*

Era um vestiário com um chuveiro revestido de azulejos e uma cortina transparente. Havia toalhas e alguns produtos de higiene pessoal, além de uma peça de roupa cor-de-rosa embrulhada para vestir depois do banho.

A mulher uniformizada soltou a algema de um lado e depois do outro. Quê? As amarras eram algemas? Por que ela estava usando algemas?

Ela flexionou os pulsos. Tudo doía quando ela se ergueu sobre os cotovelos e depois se sentou. O gel e a pomada escorregadia que Angela havia usado estavam pegajosos. Ela tocou o lençol e a bata que a cobriam, depois olhou para a policial.

— Com licença — sussurrou Margie.

— Como é?

— Posso ter um pouco de privacidade? Para o meu banho?

— Senhorita, eu vou ficar bem aqui.

Margie estava cansada demais para discutir. Enjoada. Já havia sido cutucada como uma novilha premiada na feira do condado. Todos na sala de exames tinham observado cada dobra e fenda, vasculhando seus lugares mais íntimos e capturando sua essência em bolsas e tubos.

Mais uma mulher a observando não era nada de mais. Nada mais importava mesmo.

Ela se sentiu tonta quando desceu da maca, deixando cair o lençol e se despindo da bata hospitalar macia e desbotada. Flocos de ferrugem salpicavam o piso de linóleo. Seus pés estavam imundos. Ferrugem sob as unhas dos pés e das mãos, longas faixas marrons nas pernas.

Ela entrou no chuveiro e se encolheu ao toque da água fria. Recuou e esperou a água ficar quente. A ferrugem se reconstituiu em sangue e escorreu em riachos ondulados pelo ralo, circulando devagar como em uma cena de filme de terror.

Tanto sangue. Será que estava vindo do meio das suas pernas? Será que estava menstruada? Será que era alguma hemorragia interna? Vomitou. A bile amarelada circulou pelo ralo.

Margie submergiu em uma nuvem de vapor e se deixou levar, sem pensar em nada. Inclinou o rosto na direção da ducha e deixou a água cair. Respirou fundo a ponto de quase se engasgar. Sentiu os joelhos vacilarem e tateou às cegas até que sua mão encontrou a grade presa à parede. Enxaguou o cabelo e passou xampu, esfregando cada centímetro do couro cabeludo.

Em seguida, esfregou com minúcia cada parte do corpo — rosto, orelhas, pescoço, peito, braços, coxas, virilha. Tudo. Repetiu o procedimento. O sabão e a água faziam suas feridas arderem, e a dor a assustava ao mesmo tempo que a purificava.

— É melhor acabar com isso aí — falou a policial, abanando o ar úmido com uma prancheta. — Você já está aí há tempo demais.

Vou ficar aqui para sempre.

Então Margie pensou em sua casa. Será que conseguiria voltar depois de tudo o que havia acontecido com ela naquele ambiente?

— Meu gato — murmurou. — Ele deve estar faminto.

Ela fechou a água e se enrolou em uma toalha. Era dura e áspera, irritava sua pele. Ela torceu o cabelo e tentou penteá-lo com os dedos. A lateral de sua cabeça estava sensível. Ele havia puxado seu cabelo com tanta força que ela achou que o tivesse arrancado.

Havia uma calcinha de papel estranha. A roupa hospitalar rosa estava marcada como sendo tamanho PP, mas ainda assim ficava grande nela, bem larga. Ela apertou a cintura com o cordão, calçou as meias amarelas antiderrapantes e enfiou os pés nos chinelos de plástico.

O nécessaire que lhe deram continha uma escova de dentes e um tubo minúsculo de pasta de dente, um pente e um pouco de hidratante. O espelho acima da pia estava embaçado. Ela usou a lateral do punho para limpar um pedacinho.

Margie ofegou ao ver sua imagem refletida no espelho. Aquela era uma paródia grotesca de seu antigo eu. Um dos olhos estava inchado e quase fechado. Hematomas sombreavam sua bochecha e mandíbula. Um hematoma em forma de mão marcava sua garganta. Agora ela sabia como era uma laceração facial. Havia marcas de mordidas em seu pescoço e ombro. Ela nunca havia sido mordida antes. Não por um ser humano, pelo menos.

Ela olhou para a gola em V da blusa. Mais hematomas e marcas de mordida descoloriam seus seios. *Você é tão linda que eu esqueço que sou um cavalheiro.*

Para.

Ela tentou refrear os pensamentos repugnantes que passavam por sua cabeça.

— Preciso ir pra casa — disse ela. — Meu gato. E vou fazer o turno de almoço no trabalho. — Sim, trabalho. Algo normal. Então ela hesitou, percebendo que não tinha como voltar para casa. Estava sem carteira, cartão de crédito ou dinheiro. Nem celular. — Hum, tenho que ligar pra alguém vir me buscar.

Que horas eram? Ou já seria de manhã? Ela não fazia ideia. Não tinha visto um relógio. Nem uma janela. Não sabia se era dia ou noite.

A policial hesitou.

— Daqui nós vamos para a delegacia. Você precisa dar um depoimento.

Eu preciso dormir. Ela se balançou, zonza.

— Eles precisam ouvir o seu depoimento.

— Depoimento. — Sua voz rangia e estalava.

— Sim, sobre o incidente.

— A mulher que me atendeu ainda está aqui? A srta. Pike? Ela disse que ia ficar comigo.

— Vamos — chamou a policial. — Temos que ir para a delegacia.

Margie estava exausta demais para continuar trocando palavras. Depois do que acabara de acontecer, era melhor que ela ficasse mesmo perto dos policiais.

12

*E*ra dia. Margie piscou os olhos como um urso saindo da hibernação.

A delegacia ficava no complexo municipal junto com a prefeitura e o fórum, na parte antiga da cidade onde acontecia a feira de produtores todos os sábados de manhã. Ela se considerava sortuda por nunca ter entrado na delegacia. Entrar lá significava que algo estava errado. Que você havia perdido um pertence precioso, que alguém havia arrombado seu carro ou mexido em sua propriedade, ou que você mesmo havia infringido a lei.

Um funcionário trabalhava atrás de um vidro na área de recepção e nas paredes via-se vários avisos sobre segurança. Um quadro de avisos da comunidade estava repleto de cartões de visita e anúncios. Fiança em um instante. Advogado de defesa para quem dirigiu embriagado. Panfletos da Câmara de Comércio, incluindo um cardápio do Cubby's. Os policiais gostavam mais do churrasco dele do que da comida das próprias mães, e quase sempre a clientela do almoço era composta por um misto de oficiais e funcionários administrativos.

Margie foi levada a um escritório pequeno e vazio e uma mulher os cumprimentou: a investigadora Glover. A mulher era o que a mãe de Margie costumava chamar de hippie de Austin: longos cabelos grisalhos, sem maquiagem, pele enrugada de sol e cigarros.

— Estou aqui para ajudar a entender o que aconteceu ontem à noite — disse ela.

Margie não falou nada. Sua cabeça estava pesada. Tudo doía. Ela estava muito, muito cansada.

— Como você está? — perguntou a sra. Glover. — Sei que é um momento muito difícil. Você deve estar exausta. Mas é importante escutarmos você.

Margie olhou de volta para a porta. Vidro com minipersianas. Havia um espelho na parede oposta. Duplo, é claro.

Na casa de Cubby tinha um atrás do registro principal.

— Você está segura aqui. — A investigadora lhe deu uma garrafa de água. — Se você estiver com fome...

— Não. — *Nunca mais vou comer.* — A mulher... Brenda. Srta. Pike. Do atendimento. Ela disse que estaria aqui.

— Posso pedir para alguém ligar para ela. — A mulher se levantou, abriu a porta e falou algo. Depois, sentou-se à mesa e pegou uma prancheta com alguns formulários, umas canetas e um bloco de papel amarelo. Um dos manuais sobre a mesa tinha o título *Políticas e procedimentos para vítimas de violência sexual.* Ela colocou um pequeno objeto sobre a mesa. — Vou gravar nossa conversa para que não percamos nada, ok?

Margie olhou para as duas câmeras de vigilância montadas nos cantos da sala.

— Tudo aqui é bem monitorado.

— É para sua proteção.

E é bem provável que para a sua também, pensou Margie. Ela tinha visto vídeos na internet.

— Bem, vamos começar com seu nome e endereço.

O básico. Marjorie Salinas. Apelido: Margie. Endereço, local de trabalho, formação. Começou a trabalhar no Cubby's há quatro anos. Mudou-se para um chalé mobiliado em Banner Creek no ano passado.

— Agora, pode me falar um pouco sobre você? Sem pressa.

Ela olhou para a superfície da mesa. Verde e desgastada, como o tampo da escrivaninha de um professor. Margie sempre gostou de ir para a escola. Ela adorava ler. Enquanto sua mãe estava ocupada fazendo sanduíches, ela se enrolava em um canto e lia para fazer companhia a si mesma. Na escola, estudava matemática avançada. Adorava estudar espanhol e o praticava com os ajudantes da cozinha. Vários professores a incentivaram a tentar entrar para a faculdade. Parecia tão provável quanto tentar participar das Olimpíadas. Ela ficou triste por ter abandonado a escola antes da formatura, mas não teve escolha.

Por causa da doença da mãe, gastavam todo o dinheiro com remédios e cuidados. *Ah, mãe, queria tanto que você estivesse aqui...*

— Quando eu tinha 13 anos — contou Margie com voz rouca —, fomos morar com Del. Delmar Gantry.

— Del é seu padrasto, então.

— Não, eles não eram casados. Del e eu perdemos contato depois que minha mãe morreu. — Margie não mencionou os olhares que Del lhe dirigia. — Nós... não temos mais contato — repetiu.

— Margie? — a investigadora Glover falou com calma, demonstrando muita paciência. — Você ainda tem o telefone dele?

— Está no meu celular. Cadê o... Preciso do meu celular.

A mulher foi de novo até a porta e, alguns minutos depois, recebeu um saco plástico com o celular. Ela o retirou do invólucro e o colocou na frente de Margie. Estava sujo, com manchas escuras na capa protetora. Ela o destravou e a pequena tela mostrou uma foto de Kevin. Acessou seus contatos e mostrou o número de Del. A investigadora fez algumas anotações.

— Obrigada. Agora, vamos seguir em frente. Preciso saber o que aconteceu na noite passada.

Margie tentou conter seus pensamentos que divagavam. Ela explicou à investigadora que era uma noite típica no Cubby's. Ele sempre fechava às dez, mesmo aos sábados. *Nada de bom acontece depois das dez da noite*, ele costumava dizer. Banner Creek já havia sido uma cidade dominada por brancos, um daqueles lugares em que os negros tinham que voltar para casa antes do pôr-do-sol ou arriscar a sorte. Cubby contou que seu pai se lembrava muito bem daqueles dias e que não pareciam muito animados.

Margie contou que as meninas a convidaram para sair depois do trabalho.

— Você costuma sair depois do trabalho? Para beber? Para ir a boates, dançar, esse tipo de coisa?

— Às vezes.

— Toda noite?

— Não. Uma ou duas vezes por semana, talvez.

— E você conhece homens nessas saídas?

— Claro.

— Você faz sexo com esses homens?

— O que isso tem a ver com a noite passada?

— Só estou tentando contextualizar a sua vida.

— Eu sei o que você está perguntando. Eu tenho 20 anos e larguei o ensino médio. Trabalho como garçonete e produzo molho barbecue. Às vezes dou umas saídas, fico com alguém. Nada muito diferente da maioria das garotas.

— Então você conheceu James Hunt e saiu com ele?

— Sim.

— E ficou com ele?

— Sim.

— O que significa que você fez sexo com ele.

— Fiz. No começo achei que ele era legal, mas eu estava errada. — *Errada pra cacete.* — Então terminei com ele, e aí ele foi na minha casa e me estuprou.

A raiva explodiu dentro dela e se espalhou pela ponta dos dedos, pelos olhos.

— Sinto muito por esse desconforto, mas a lei exige que a gente colha o seu depoimento o mais rápido possível após o incidente. Você saiu com Jimmy antes da noite passada?

— Acabei de contar. Eu estava com as garotas em um bar country na noite que a gente se conheceu. Algumas noites depois, convidei ele pra jantar na minha casa e dormimos juntos. No dia seguinte, ele se ofereceu para me levar ao estande de tiro.

— Estande de tiro? Você é fã de tiro?

— Não entendo nada do assunto. Só me pareceu legal, uma coisa diferente para fazer. — Ela olhou para o colo. Sua blusa emprestada estava toda amassada. Era exaustivo o modo como a investigadora pedia para que ela repetisse tudo aquilo. — Mas eu não cheguei a ir. Fiquei incomodada. Decidi que não combinávamos.

— E o que te fez tomar essa decisão?

Ele não se deu ao trabalho de ajudar com a louça. Deixou as toalhas no chão do banheiro. E aí…

— Na primeira noite, pedi para ele usar preservativo, mas ele não usou.

— Você tem certeza disso?

— Tenho. Pode perguntar para ele. Ele não vai negar. — A investigadora lhe lançou um olhar. Foi breve, mas Margie percebeu. — Então nesse mesmo dia eu disse para ele que não queria mais ir ao estande de tiro. Que não queria mais sair com ele. — Ela lembrou das mensagens furiosas que haviam pipocado em seu celular depois disso, antes que ela bloqueasse o número dele. Esfregou o pescoço. Sua própria voz soava como a de um estranho. Ela sentia dores por toda parte. — Posso ir agora? Preciso mesmo dar comida para o meu gato — disse ela, esfregando os pulsos. — Não dá para resgatar um bichinho e deixar ele passando fome.

Uma pausa.

— Precisamos terminar — falou a investigadora. — Voltando, você chegou em casa. E?

Parecia que se passara um século desde que ela estivera fazendo molho barbecue, os potes de conserva alinhados como soldados ao longo do balcão da cozinha, as tábuas de corte, o descascador e a faca prontos. Ela se lembrava de cantar junto com as músicas no rádio — Brandi Carlile, Dave Grohl e Plain White T's. Margie amava esses artistas, mas sabia que nunca mais poderia ouvi-los de novo.

Não havia força em sua voz quando ela disse que viu os faróis do lado de fora, mas achou que poderiam ser os vizinhos.

— Você é muito amiga dos vizinhos?

— Acho que dá para dizer que é uma relação amigável. Eles têm filhos adolescentes.

A investigadora pediu os nomes deles e os anotou.

— Mas os faróis… não eram os vizinhos.

— Não eram os vizinhos. Era… Jimmy me assustou.

— Ele se aproximou de você de modo sorrateiro?

— Não, só… Eu não estava esperando por ele.

— Ele entrou na sua casa à força?

— Não.

— Você o deixou entrar?

— Não, mas acho que a porta estava destrancada. Eu tinha acabado de chegar em casa.

— Você costuma deixar a porta destrancada?

— Eu tranco tudo à noite. Estava planejando trabalhar um pouco, só isso. Fazer meu molho. Mas ele entrou sem avisar, e eu fiquei... assustada.

— Você se lembra do que foi dito?

— Não. Conversa fiada. Ele pegou uma cerveja na geladeira.

— Ele estava bebendo?

— Ele já estava bêbado.

— O que te faz achar isso?

— Os olhos. Estavam turvos. Ele falava arrastado.

— Que tipo de cerveja ele estava bebendo?

— Shiner. Uma garrafinha pequena, menor que longneck.

— Você tinha cerveja na geladeira. Onde conseguiu?

— Jimmy tinha deixado um *pack* com seis cervejas na minha geladeira antes.

— Antes do quê?

— Antes de eu terminar com ele.

Ela estava começando a se confundir.

Ele havia levado as cervejas na noite que ela o convidara para jantar. Tinha sido bastante simpático naquela noite, embora um pouco orgulhoso de si mesmo e de sua família. *Meu irmão mais velho, Briscoe, é advogado. Vai ser procurador-geral do estado um dia, é só esperar. Talvez até governador. Ele é muito inteligente. Eu vou ser o astro do futebol americano da família.*

— As seis garrafas de cerveja estavam na sua geladeira ontem à noite?

— Quê? — Ela se sentia cansada. Bocejou, desesperada para dormir. Será que ela voltaria a dormir algum dia? — Cinco. Eram cinco.

— Quem bebeu a sexta?

— Eu abri para beber enquanto estava cozinhando.

— Então você estava bebendo.

— Sim.

— Quanto você bebeu?

— Caramba, sei lá. Eu estava na minha própria casa. Eu estava...
Foi depois do trabalho.

Meu senhor, ela tinha sido estuprada por um homem e aquela mulher estava preocupada com o fato de ela ser menor de idade e estar bebendo?

— Você bebe muito?

Margie franziu a testa.

— Quase nada. De qualquer forma, ontem à noite, Jimmy estava bêbado e querendo transar. Ele não foi muito gentil quando eu dei um fora nele, mas eu não esperava que ele aparecesse e me atacasse.

— Me conta mais sobre isso. Ele apareceu e surpreendeu você.

— Ele tinha bebido. — Os olhos. As palavras arrastadas. — Eu pedi para ele ir embora. Tentei ser gentil, mas ele estava furioso.

— Como você percebeu?

— Ele foi bruto. Me agarrou e tentou me beijar.

— O que você estava vestindo?

Margie piscou os olhos.

— Oi?

— Roupas de rua? Você trocou de roupa quando chegou em casa do trabalho?

— Por que o que eu estava vestindo seria importante? Eu estava fazendo molho barbecue.

— Cada detalhe é importante.

— Botas e uma saia. Eu estava usando uma blusa que não queria estragar com a gordura, então tirei e coloquei um avental. Um daqueles compridos do Cubby's. — Ela tocou seu pescoço. — Ele me sufocou com a alça do avental.

— Assim que se aproximou?

— Não de imediato. Quando ele não se afastou, peguei uma faca.

— Que tipo de faca?

Ela descreveu a faca e como ele se cortou ao pegá-la.

— Eu não queria machucá-lo. Então ele falou que eu era burra de levar uma faca para um tiroteio. Achei que ele estava brincando, mas ele me mostrou a arma.

— Que tipo de arma?

— Eu não sei. Uma pistola, sabe? Estava em um coldre preso na lateral do corpo. Eu não sabia se estava carregada, se tinha trava de segurança ou como era. Eu não conheço armas.

Lembrar-se do incidente a fez estremecer.

— Mas você se interessava por armas. Você mencionou que iria ao estande de tiro com ele.

— E também mencionei que cancelei esse plano. Ver a arma na minha cozinha me assustou. Pedi para ele guardar.

— E ele guardou?

— Aham.

— De volta no coldre lateral?

— Isso. Mas ele não foi embora. Percebi que ele não ia me deixar em paz, então fingi que estava entrando no jogo dele.

Ela descreveu os diferentes estratagemas que havia tentado. Pedir para sair com ele. Dizer que precisava ir ao banheiro. Dizer que transaria com ele outra vez.

— Você disse antes que não queria.

— Eu queria que ele me deixasse em paz. Tentei agir como se estivesse cooperando. Até eu poder me afastar.

— Se afastar da sua própria casa?

— Sim, eu pensei em ir para a casa dos vizinhos.

— Então você poderia ter ido embora antes que as coisas piorassem.

Margie sentiu uma pontada de irritação.

— Acredite, eu tentei. Mas Jimmy me encurralou.

— Pode me dizer o que você disse e fez naquele momento?

— Eu ofereci outra cerveja e o convidei para o quarto. Para ganhar tempo. Sugeri que poderíamos fazer sexo como antes.

— Você o convidou para fazer sexo com você?

— Ele estava muito bêbado e achei que seria uma forma de distraí--lo até eu conseguir ir embora. Eu pensei… Não sei o que pensei. Que ele ia acabar logo com aquilo. Que ele ia pegar no sono e eu poderia pedir ajuda. Não sei.

Falado em voz alta, seu plano parecia idiota. Oferecer sexo a um homem para que ele a deixasse em paz? Sério?

Ela torceu o cordão da calça hospitalar.

— Fui até a geladeira buscar a cerveja. Meu celular estava no balcão, então liguei para a emergência. Ele me viu fazer isso e aí ficou furioso de novo e me atacou.

— Você pode ser mais específica?

— Puxou a alça do avental, puxou meu cabelo. Me arrastou para o quarto. — Margie começou a hiperventilar. Bebeu um pouco da água e quase vomitou de novo. Sua respiração saía entredentes e ela notou as unhas quebradas. — Eu arranhei ele o máximo que consegui.

Ela já tinha visto muitos programas policiais e sabia por que isso era importante.

Ela descreveu as mãos dele sobre ela, torcendo a alça ao redor de seu pescoço. Prendendo seus pulsos. Batendo nela quando ela gritava. Rasgando o fecho frontal de seu sutiã. Rasgando sua calcinha. Segurando-a. A sensação de que ela estava morrendo de falta de ar.

A mão dela encontrando alguma coisa dura contra a caixa torácica dele. A arma em seu coldre.

— Ele estava com a arma enquanto vocês estavam fazendo sexo?

Não era sexo. Era estupro.

— Acho que sim. Eu fiquei tentando empurrar ele para longe de mim e de repente senti a arma — disse ela.

— Estava encaixada no coldre?

— Não sei.

— Você desencaixou?

— Não. Talvez. Não sei.

— Você tirou a arma do coldre?

— Não sei. — Sua mão subiu e tocou a bochecha, dolorida e inchada, com um hematoma. Ela se lembrou dele apertando a alça em seu pescoço. De ver estrelas. De sentir a bexiga enfraquecer e se soltar. — Eu senti o gatilho. Com meu dedo médio.

— A trava de segurança estava acionada?

— Não sei. Não sei nada sobre armas.

— Você não sabe como funciona uma trava de segurança?

— Não.

— Você sabe como funciona um gatilho?

— Eu... É um gatilho. A gente vai lá e aperta. Puxa para trás. Todo mundo sabe disso.

— Você disse que sentiu o gatilho. Você apertou o gatilho?

Ela flexionou a mão direita. Olhou para ela. As unhas estavam quebradas, mas limpas, graças ao banho. Ela abriu e fechou o punho. A arma era pequena, como um brinquedo.

— Sim — disse Margie. — Acho que fiz isso, sim.

— Fez o quê?

— Acho que puxei o gatilho.

— E ela disparou?

Disparar. Angela disse que ela deveria esperar que algumas secreções disparassem depois do exame e dos medicamentos que lhe foram dados.

— A arma disparou?

Bang.

— Sim.

— Uma vez? Ou mais de uma?

— Só uma mesmo. Acho.

— Tem certeza?

— Não.

— O que aconteceu depois?

— Eu... não me lembro. — Ela esfregou o cotovelo, dolorido dos hematomas. — Eu não conseguia respirar. Ele estava me apertando, me esmagando.

Todos os cento e dez quilos dele, todo aquele calor e seus terríveis grunhidos de excitação. Depois, o silêncio e todo o peso daquele corpo em cima dela.

— O que aconteceu com o seu cotovelo? — perguntou a investigadora.

No pronto-socorro, eles fizeram um raio X e descobriram que estava deslocado. Ela uivou de dor e, em seguida, alguém — um médico baixinho com um assistente — deu um puxão em seu braço e ela gritou como um animal ferido e, em seguida, a articulação do cotovelo estava de volta no lugar e a dor diminuiu.

— Eu caí — disse ela.

— Onde você caiu?

— No chão do quarto.

Estava escorregadio como uma mancha de óleo.

— Você se levantou? Alguém te ajudou a se levantar?

Ela se lembrava de luzes piscando. Fachos de lanterna balançando. Uma batida na porta. A dor tão forte que ela ficou tonta, talvez até tenha desmaiado. Mais luzes e passos, uma máscara com um cheiro peculiar, a maca e rolar e bater *quando eu contar* e o papel amassado e o brilho do pronto-socorro. A cortina marrom, a tesoura e os cotonetes.

Margie estava tremendo tanto que teve de se agarrar à borda da mesa para se estabilizar.

— Olha, eu estou exausta. Será que já não posso ir pra casa? Hoje tenho um turno dividido no restaurante.

Qualquer coisa que parecesse normal. Que parecesse sua vida real.

A investigadora Glover foi até a porta mais uma vez e murmurou algo. Poucos minutos depois, alguém lhe entregou um documento em uma pasta de papel pardo.

— Isso diz apenas que seu depoimento é verdadeiro até onde você sabe. — Ela colocou um cartão de visita sobre a mesa. — Você pode me ligar a qualquer momento se pensar em mais alguma coisa ou se quiser fazer alguma alteração ou correção, ok?

Abaixo de seu título estava escrito *Investigações Criminais*.

Não sou eu a criminosa aqui, pensou Margie.

— Você precisa assinar e datar no final e eu vou arquivar isso.

Esta declaração, que consiste em um documento de seis páginas, é verdadeira de acordo com meu conhecimento e crença, e eu a mantenho sabendo que, se for apresentada como prova, estarei sujeita a processo caso tenha declarado de modo intencional algo que sei ser falso ou que não acredito ser verdadeiro.

Margie nunca havia se sentido tão cansada na vida. Ela queria dormir para sempre. Escreveu seu nome e a data. Havia um registro de horário na impressão.

— A hora está errada — disse ela, pensando no relógio da área de recepção. — Ainda não pode ser 13h45.

A investigadora deu uma olhada no relógio.

— É provável que seja uma falha na impressão. Eu conserto depois.

— Posso ir para casa agora?

Ela precisava de uma carona. Talvez a mulher do atendimento pudesse lhe ajudar. Brenda Pike. Ela não devia estar ali? E aquele nécessaire rosa com os folhetos e os comprimidos? *Você precisará tomar essa medicação como indicado.*

— Fique aí. Eu já volto.

— Não quero mais ficar sentada. — Margie se levantou tão rápido que a cadeira caiu atrás dela. — Preciso usar o banheiro. — Ela sentiu vontade de vomitar outra vez. — Onde fica o banheiro?

A investigadora se levantou rápido, observando Margie como um falcão. A porta se abriu e dois policiais entraram — uma mulher com o cabelo em um coque apertado e um rapaz que lhe parecia familiar.

— Marjorie Salinas — disse ele. — Você está presa pelo assassinato de James Bryant Hunt. Tem o direito de permanecer em silêncio. Tudo o que disser ou fizer poderá ser usado contra você em um tribunal. Você tem direito a um advogado. Se não puder pagar um advogado, um defensor público será designado a você.

Ela não tinha certeza se estava ouvindo direito. Seus joelhos quase cederam.

— Mas que merda é... *não.*

Margie lançou um olhar confuso e desvairado para a investigadora ao lado da porta.

Com um clique metálico, as algemas frias envolveram seus pulsos.

13

Margie estava deitada em um beliche de frente para uma parede de blocos de concreto, pintada de bege rosado, da cor de massinha de modelar. Ela pressionou as mãos entre os joelhos, manchando com a tinta das impressões digitais o macacão cinza grande que a obrigaram a usar. Retiraram todos os seus pertences quando chegara ali: o nécessaire do hospital, a roupa emprestada, os sapatos de plástico. Ela tirou a foto para a ficha criminal e ouviu um insulto disfarçado da mulher que fez a revista corporal. Embora estivesse à beira de um surto, Margie cerrou os dentes e se submeteu ao exame íntimo. Colocaram em seu pulso um bracelete com código de barras e verificaram se havia resíduos em suas mãos.

Atordoada, ela estava diante de um juiz em um monitor de TV, piscando confusa quando ele lhe disse que ela seria mantida junto à população carcerária geral até o julgamento, data indeterminada. *Mantida*, ela acabou entendendo, significava presa. As celas eram unidades cheias de cubículos minúsculos e móveis de plástico rachados que pareciam ter sido deixados ao relento por muito tempo.

Você tem o direito de permanecer em silêncio.

Ela contou à investigadora tudo o que havia acontecido. *Um depoimento da testemunha*, disseram. A investigadora Glover, com sua empatia de hippie cansada, a deixara à vontade, dizendo que ela precisava fazer aquilo. Fora uma ouvinte compreensiva, e suas perguntas fizeram com que Margie reconstruísse toda aquela noite horrível em detalhes.

Você tem direito a um advogado.

Ela não tinha um advogado. Quem tinha esse tipo de coisa? Ninguém que Margie conhecesse. Os ricos contratavam advogados para redigir seus testamentos, resolver seus processos e seus divórcios. No ano passado, uma mulher ficou bêbada no Cubby's, quebrou um banco de bar e caiu de costas, fraturando os dois pulsos. Embora o seguro tivesse coberto os custos do processo, Cubby quase fora à falência pagando pelas coisas que não estavam cobertas. Ela ouviu Queen dizer a Tillie, gerente do restaurante, que eles tiveram que fazer uma segunda hipoteca da casa para conseguir dinheiro. Pelo que Margie pesquisara, em geral, levava uns trinta anos para quitar uma hipoteca. Ela não conseguia se imaginar fazendo nada durante tanto tempo assim. Ficar presa, acusada injustamente?

Ela também não conseguia se imaginar comprando uma casa. Às vezes, desejava que o pequeno chalé mobiliado à beira do riacho fosse dela, para poder reformá-lo um pouco, talvez instalar um fogão mais moderno e bancadas melhores. Ela o pintaria de uma cor bonita e substituiria o piso do quarto que havia sido arruinado por todo aquele sangue, rios e rios de sangue, tanto sangue que a fez cair e deslocar o cotovelo em sua pressa de sair daquele lugar.

o assassinato de James Bryant Hunt

Ele estava morto, então. Mas... assassinato? *Ele* é que estava tentando assassiná-la. Havia outra pessoa na cela em frente à dela, uma mulher magra e agitada. Devia ser dependente química, assombrada pela abstinência. Margie ficou de lado, virada para a parede, curvando o corpo para tentar se livrar do horror daquele lugar.

Dormiu por cinco minutos. Por cem anos. Acordou sentindo-se mal. Escanearam seu bracelete e a levaram para um banheiro comunitário onde a pia era uma calha e as portas das cabines não existiam.

Não havia ninguém com quem conversar. Margie encontrou um lápis, mas não tinha papel. Usou o manual da detenta para registrar seus pensamentos confusos e as muitas perguntas que pipocavam em sua mente. Não havia ninguém disponível para respondê-las. Havia funcionários civis, detentas conhecidas como "depositárias" e alguém chamado comandante da carceragem, mas ela não sabia quem era essa pessoa.

O panfleto da prisão listava uma infinidade de regulamentos. Seus olhos se arregalaram ao ler as regras sobre a lista de chamada, a sala de convívio, o uso da televisão e os dois livros disponíveis por vez que podiam ser pegos emprestados em um carrinho no cubículo. Formulários de permissão tinham de ser preenchidos para todas as solicitações possíveis — licença médica, compras na lojinha, ligações telefônicas. Ela foi a uma reunião de um grupo de oração, não porque estivesse se sentindo fervorosa, mas porque eles tinham papel de rascunho no qual ela podia escrever.

As refeições eram trazidas em um carrinho e as mulheres iam de quatro em quatro pegar suas bandejas. A pulseira de Margie foi escaneada e ela ficou ali, procurando um lugar para se sentar. A comida era uma bagunça de carboidratos, cebola e carne gordurosa. Ela apenas mordiscou um pedaço de pão branco. Ninguém se aproximou dela durante a refeição. Margie tentou chamar a atenção, fazendo perguntas, mudando de lugar, até que uma agente a cutucou nas costas.

— Ou caga ou sai da moita, moça.

— Acabei de chegar. Preciso ligar para alguém. — Mas quem? Ela não sabia de cor o telefone de ninguém. Estava tudo em seu celular. Eles haviam confiscado o cartão de Brenda junto com todo o restante, inclusive sua dignidade, cujo último fiapo morrera durante a revista íntima. — Preciso saber como sair daqui.

— Você vai ficar aqui até a sua audiência.

— Audiência?

— Sim, audiência preliminar. Vão ler as acusações, você faz sua declaração e aí estabelecem a fiança.

— Quando vai ser isso?

— Quando eles disserem. Come, garota.

— Mas...

A agente já havia se afastado.

Para não enlouquecer, Margie pegava os dois livros permitidos por vez no carrinho. Lia com tanta voracidade que chegou a devorar *O conto da aia* inteiro em uma noite de insônia. Estudou um volume grosso chamado *Aprenda espanhol sozinho* e praticou todos os dias, conversando com funcionários civis e detentas. Na escola, ela havia tirado as melhores notas nas aulas de espanhol e desejava ter aprendido mais.

Em pouco tempo, Margie se deu conta de sua fama indesejada. O assassinato de Jimmy Hunt tinha virado uma grande notícia local e se espalhado como um vírus pela população carcerária. Ela não fez amizades, mas algumas mulheres estavam dispostas a conversar com ela. Um dia, Margie estava escolhendo livros quando uma detenta chamada Sadie se aproximou e a analisou com um olhar severo. Margie já havia percebido que Sadie era uma grande intrometida, que circulava pela unidade como um beija-flor, coletando fofocas aleatórias. Também era superinteligente e estava na faculdade quando foi presa por algo sobre o qual se recusava a falar. Ela sabia de tudo e passava informações suculentas sobre o funcionamento interno da cadeia.

— Foi você quem atirou em Jimmy Hunt — disse ela.

O coração de Margie disparou em pânico. Ela olhou de um lado para o outro.

— Eu... Não. Mas é o que dizem.

— Atirar em um Hunt neste condado é uma péssima ideia.

— Eu não entendo por que estou sendo acusada se foi ele quem me atacou — disse Margie.

— Bom — disse a mulher —, vamos ao que se sabe. De acordo com o *Hayden County Star*, o homem foi encontrado morto na sua casa. Levou um tiro na artéria femoral. É aquela artéria enorme na região da virilha. Parece que sangrou até a morte.

Através da névoa em seu cérebro, Margie teve flashes. Um jorro de sangue como uma mangueira se soltando. Jimmy havia uivado e a chamado de vaca filha da puta. Todo o peso dele a havia prendido, ela se contorcia e lutava enquanto ele continuava gritando. De alguma forma, Margie conseguiu sair de debaixo daquele homem pesadíssimo e cambaleou até ficar de pé. Nesse momento veio a queda e o som de estalo seco de seu cotovelo se deslocando, seguido por uma explosão de dor.

Margie gritava sem som e, rugindo, Jimmy avançou contra ela. Mas ele também cambaleou e caiu, arrastando-se em vão. Ela conseguiu sair do quarto, engolindo ar pela garganta estraçalhada até desmaiar.

Depois de um minuto ou uma hora, havia luzes girando, policiais e paramédicos.

— Não foi minh... Eu só queria que ele parasse.

— Bem, você atirou no cara e o cara morreu.

— Eu estava sendo estuprada. Quando isso for esclarecido, vou sair daqui.

— É, isso não vai acontecer, não neste condado — retrucou Sadie. Margie estremeceu, pensando no status da família Hunt.

— Como assim?

— Embora não seja comum, sua audiência deve ser em poucos dias. Em geral, pessoas como nós tendem a ser absorvidas para sempre pelo sistema. As coisas costumam se mover muito devagar por aqui.

— E o que acontece depois?

— Deve haver uma audiência preliminar, que é tipo um julgamento, só que sem júri. Só com o juiz. Ele pode rejeitar as acusações ou marcar uma data para o julgamento.

— Como eu faço para ele rejeitar as acusações?

— Bem, não atirando em um cara dentro da sua casa.

— Eu tive que atirar. Ia morrer estrangulada se não atirasse.

— Seu advogado vai ter que explicar isso.

— Não tenho advogado. Não poderia pagar, mesmo que soubesse para quem ligar.

— Você tem direito a um defensor público, mas boa sorte com isso — disse Sadie. — A justiça é muito sobrecarregada e a gente precisa esperar a vez. Sua aparência talvez ajude — sugeriu Sadie. — Usa esses olhos azuis, dá uma piscadinha, fica limpinha. Se eu fosse você, usaria cada segundo dos nossos dois minutos de água quente.

Sadie vasculhou o carrinho da biblioteca e deu a Margie um exemplar usado de um livro chamado *Você e a lei*. Margie voltou para seu beliche e começou a ler. No Texas, não havia graus de homicídio como se ouvia nos dramas jurídicos da TV. No Texas, assassinato era assassinato — "indiferença depravada à vida humana", um crime grave com penalidades severas, inclusive a morte. Margie se sentiu encurralada. Ela oscilava entre a frustração com a aquela injustiça e o mais absoluto terror. E quando o pior cenário significa pena de morte, o terror assume um novo significado.

No dia da audiência preliminar, um triste exército de acusados com seus sapatos de plástico entrou no tribunal. Estavam alinhados em bancos, cada um esperando sua vez. Uma a uma, as acusações eram lidas, o acusado fazia sua declaração e pronto. Culpado, inocente ou não contestação eram as opções.

— Caso número 14749. *O estado do Texas contra Marjorie Salinas.*

Margie se aproximou do púlpito como vira os outros fazerem. Ela tirou o cabelo do rosto e olhou para o juiz. Ele era bonito, com um corte de cabelo elegante e um rosto longo e magro, olhos atentos e uma aliança de casamento pesada e chamativa.

— Senhorita Marjorie, a senhorita não tem advogado?

— Como assim?

— A senhorita está se apresentando sem advogado? *Se você não puder pagar, um defensor público será designado a você.*

— Estou, mas eu gostaria de...

— A senhorita está sendo acusada pelo assassinato de James Bryant Hunt. Como se declara?

Ela congelou. *Ele está morto porque você atirou nele.*

— Como se declara, srta. Salinas?

— Inocente — disse ela, mas sua voz ficou trêmula por causa da garganta ainda machucada. De acordo com o livro que havia lido, uma declaração de inocência significava que estava refutando as acusações contra si. As palavras que ela disse eram vazias, por isso as repetiu, com uma voz mais rouca. — Eu não sou culpada, mas...

— A fiança é de duzentos e cinquenta mil dólares em dinheiro.

Uma soma absurda demais para sequer ser processada. Margie conhecia o termo *fiança*, mas não tinha ideia de como funcionava de fato. E menos ainda onde conseguir duzentos e cinquenta mil dólares.

— É esse o valor necessário para me tirar da cadeia? — perguntou ela.

— A fiança em dinheiro pode ser paga ao funcionário do tribunal.

— Mas eu não tenho...

O martelo desceu.

— Próximo caso.

— Mas...

— Próximo.

A primeira vez que Margie chorou foi ao receber a visita de Queen. Mesmo separadas por uma barreira de acrílico, o sorriso doce e triste de Queen tocou Margie em um ponto delicado, e algo se soltou dentro dela. Lágrimas.

— Ah, filha — disse Queen. Ela segurou a bolsa no colo, com os dedos tocando-a como se fosse um violão. — Olha só você.

Margie olhou para as mãos no colo, com os pulsos algemados.

— Não temos espelho aqui. O que é uma bênção, depois do que aconteceu.

Havia chapas de aço inoxidável acima das pias do banheiro e, às vezes, ela vislumbrava seu reflexo nas divisórias de vidro do corredor, mas nunca olhava de perto. Ela não queria se assustar mais do que já havia se assustado.

— O que ele fez com você, querida?

— Ah, Queenie. Acho que você pode adivinhar.

— Acho que sim. Não se sinta obrigada a falar sobre nada que não queira.

— Estou com medo. Estou preocupada com o Kevin. Disseram que preciso ficar aqui até nomearem um defensor público para mim. Depois vai acontecer outra audiência, mas eles não falaram quando vai ser.

— Não me parece certo.

— Será que você pode ir lá em casa dar comida para o Kevin?

O olhar de Queen mudou e ela se inclinou para frente em direção à barreira de acrílico.

— O que foi? — perguntou Margie.

— Ninguém pode se aproximar da sua casa, por causa da investigação. Mas vou ver o que consigo fazer.

— Obrigada, Queenie. Isso aqui é tão horrível.

— Eles definiram o valor da fiança?

Margie lhe disse o valor.

— Em dinheiro — completou. — Ninguém tem esse tipo de grana. Uma mulher daqui, chamada Sadie, disse que a fiança é alta porque sou considerada uma pessoa com alto risco de fuga já que não tenho muitos laços com a comunidade. Enfim, é um valor que de forma nenhuma eu teria como pagar.

— Olha, você sabe que emprestaríamos essa quantia se...

— Eu jamais permitiria.

Margie foi firme quanto a isso. O Cubby's estava prosperando, sim, mas ela sabia que a margem de lucro não era grande. Ela jamais aceitaria dinheiro deles.

— De certo modo, querida, é bom que você fique aqui, um pouco fora de vista— comentou Queen. — A cidade inteira está enlouquecida com a morte do garoto.

— Como assim, enlouquecida?

— Assim. — Queen abriu a bolsa. A agente de segurança deu um passo à frente, e Queen fez uma careta. — Só estou mostrando o jornal — disse ela.

A mulher levantou as mãos, com as palmas para fora, e deu um passo para trás. Ninguém se atrevia a mexer com Queen quando ela estava com aquele olhar feroz. Na edição do *Hayden County Star*, havia uma grande foto de primeira página com flores, velas, brinquedos de pelúcia e recordações de futebol americano empilhados na entrada do estádio da escola de ensino médio, onde Jimmy Hunt tinha sido o melhor jogador. A cerca e os quiosques estavam decorados com poemas escritos à mão e versículos bíblicos, além de uma enorme faixa onde se lia JUSTIÇA PARA JIMMY HUNT.

Havia fotos menores da mãe dele, Octavia Hunt, com o rosto atrás de um véu, encolhida contra o marido, de luto. Outras fotos mostravam jogadores de futebol e líderes de torcida chorando e parecendo incrédulos. Manifestações de amor por um herói local, dizia a legenda.

Margie sentiu uma pontada de pavor no estômago. Ela havia apertado o gatilho, e ele estava morto. Ele a estava sufocando e ela estava lutando por sua vida, mas ninguém parecia saber esse lado da história. Como convencer uma cidade inteira de que um herói local era um estuprador cruel?

Alguém havia feito um pôster com uma foto ampliada do retrato falado dela, seu rosto infeliz, assustado e machucado, com a frase *Pena de morte* em estêncil.

— O funeral foi uma coisa impressionante — contou Queen, balançando a cabeça enquanto dobrava o jornal. — Toda a banda marcial do Aggie tocou. Parecia que Jimmy era um herói de guerra.

— As pessoas são apaixonadas por futebol — disse Margie.

Queen se inclinou para a frente.

— Você está pálida.

— Acho que estou morrendo de ansiedade. — Margie suspirou. — Estou com fome o tempo todo, mas a comida aqui é horrível. E também fico enjoada o dia inteiro.

— Você não pode ir à enfermaria?

— Preenchi um formulário solicitando atendimento, mas eles só respondem que tenho que esperar.

Tudo ali era uma espera.

— Você precisa comer, querida. Está muito magra. Come alguma coisa, está ouvindo? Deixei um pouco de dinheiro na sua conta de uso interno. Não é muito, mas eu queria que você tivesse alguma coisa.

— Ah, Queenie.

Ela quase soluçou o nome.

— E vai na enfermaria. Você não pode ficar assim, eles precisam fazer alguma coisa. Lamento muito que isso esteja acontecendo, querida. Estou rezando muito por você.

Ao se despedir, Margie sentiu vômito na garganta e as lágrimas voltaram a ganhar força. Desde que sua mãe falecera, ela não sentia isso — o carinho e a atenção que pareciam emanar de Queen como o calor de uma brasa.

As semanas seguintes foram repletas de atrasos inexplicáveis e pedidos ignorados. O tribunal marcou uma data de audiência obrigatória, mas a data era sempre adiada sem explicação. De acordo com Sadie, esses atrasos eram ilegais, mas Margie não tinha ninguém com quem reclamar.

Margie passava os dias esperando outra visita de Queen. Ou de qualquer conhecido do restaurante, umas das garçonetes, talvez. Ou Nanda, que chefiava a equipe de limpeza, ou Jock, o senhor responsável pelo suprimento de lenha e que sempre parecia ter uma palavra gentil para Margie. Mas ninguém apareceu. Talvez estivessem ocupados. Talvez as meninas do restaurante não fossem suas amigas de verdade, mas apenas pessoas com quem ela trabalhava.

Ela não sabia mais dizer.

14

A situação de Margie não era única. Como ela, a maioria das presidiárias estava perdida em um limbo burocrático. Assim como ela, a maioria — provavelmente *todas* — era pobre. O sistema de fiança em dinheiro tornava o pagamento impossível para qualquer pessoa. Não parecia importar que a lei exigisse que as acusações fossem apresentadas em um prazo razoável e que um defensor público fosse designado para o caso delas. Não havia ninguém para ajudá-las, ninguém com quem reclamar.

A comida era mais do que horrível. Nada era saboroso. Ela tentava comer, mas tudo tinha gosto de amido, era pegajoso e quase intragável. Uma das mulheres do refeitório disse que ela estava parecendo um espantalho de tão magra.

A falta de apetite acabou se tornando uma bênção. Depois de preencher vários formulários, ela recebeu permissão para ir à enfermaria. A enfermeira de plantão, a sra. Renfro, examinou seus ferimentos e ofereceu as primeiras palavras gentis que ela ouviu naquele lugar.

— Comida, descanso e exercícios — disse ela. — Passe o máximo de tempo que puder no pátio. Lembre-se de respirar.

Havia uma horta em um canto do pátio. Recebendo de bom grado a menor das distrações, Margie cuidava de verduras, pimentões e tomates-cereja. Um dia, quando se atrasou para voltar à cela, a supervisora do refeitório disse que ela ia ser colocada no serviço de cozinha. E o que era para ser uma punição foi abraçado por Margie com satisfação.

Margie era uma detenta "não classificada", o que significava, supunha ela, que ainda não havia sido rotulada como encrenqueira. Pelo menos, o trabalho lhe dava uma folga do tédio e da preocupação incessantes.

A preparação dos alimentos consistia em abrir sacos e latas e despejar o conteúdo em recipientes de aço inoxidável para servir em um balcão térmico. Não havia o que cozinhar. Com uma touca de cabelo, avental e luvas, ela abria o balcão de alimentos para colocar as bandejas para o almoço, que em geral consistia em salada de batata, carne picada dentro de um pão, pudim e suco. A maior parte da carne picada voltava, e os sanduíches mal eram tocados.

O espanhol de Margie era básico, mas ela conseguia se comunicar com as outras funcionárias. Sempre encontrava uma maneira de falar de comida. Pelo menos, as ajudantes de cozinha a tratavam como um ser humano. A gerente, Ninfa, aproximou-se dela um dia no balcão de condimentos, onde Margie estava misturando açúcar e sal com mostarda e pimenta e um pouco de vinagre em uma pequena xícara. Ela acrescentou alguns flocos de cebola seca e pimentão. Depois, sem dizer nada, ofereceu a xícara para Ninfa. Dando de ombros, Ninfa experimentou a mistura.

Ela anuiu.

— Melhor. Sim.

Não havia nada a ser feito com relação à qualidade dos ingredientes, mas havia maneiras de melhorar o sabor. Margie ajudava a preparar o café da manhã de *biscuits* e molho de salsicha. Ela temperava o frango sem graça com suco de limão de garrafa e tomilho do jardim. Adicionava tempero ao peixe frito.

O horror de suas circunstâncias não desapareceu, mas duas coisas a salvaram: os livros no carrinho da biblioteca e o trabalho na cozinha. Preparar comida para as colegas detentas a mantinha com os pés no chão. Sem um projeto, ela poderia ter se deixado levar pelo desespero.

Margie controlava os dias com marcas de lápis no papel que pegou do grupo de oração. No quadragésimo quarto dia, foi algemada e levada para uma sala sem janelas, com uma mesa e duas cadeiras. O policial disse que ela se encontraria com o defensor público.

Finalmente.

O nome dele era Landry Yates. Ele parecia um escoteiro — cabelo bem cortado, com bochechas redondas e talvez jovem demais para ter barba. Seu olhar percorria a pequena sala como se estivesse procurando uma saída de emergência. Ele se remexia na cadeira e deixou cair a caneta duas vezes. Gotas de suor brilhavam em sua testa branca e lisa.

Será que estava com medo dela? Talvez ele pensasse que ela era mesmo uma assassina.

— Estou aqui faz séculos — disse Margie. — Por que você demorou tanto?

Ele colocou sua pasta sobre a mesa e pegou um celular e um bloco de anotações.

— Sinto muito pela... situação pela qual você passou — disse ele. — Posso pegar seu depoimento agora.

— Eu dei um depoimento faz várias semanas. Você não pode conseguir uma cópia?

Ele franziu a testa.

— Com quem?

— A investigadora Glover. Logo depois do que aconteceu. Logo antes de me prenderem.

Ele contraiu os lábios.

— Droga. Um depoimento de testemunha, é?

— Foi o que ela disse.

— Antes de informarem seus direitos?

Depois de ler tantos livros sobre o assunto, ela sabia que aquilo era obrigatório.

— Sim.

O rosto de Landry ficou ainda mais pálido. Ele fez uma anotação em seu bloco amarelo.

— Esse tipo de depoimento nunca traz boa coisa. Acho que os relatórios estão aqui, mas ainda não tive tempo de ler.

— Eles disseram que eu tinha que fazer, eu achei que não tivesse escolha.

Os lábios dele se afinaram em uma linha.

— Não, não. Esse depoimento foi um ato voluntário.

— É que na hora não pareceu. Achei que ia ajudar a acusar Jimmy. Eles disseram que eu *tinha* que falar.

— O que você contou para eles?

— Respondi todas as perguntas dela. Contei o que Jimmy Hunt fez comigo. Por favor — disse ela. — Estou aqui há tanto tempo. Quero ir para casa.

— Vou precisar que você me conte tudo o que disse à investigadora, só que, agora, tudo o que você disser é confidencial. Ficará só entre nós dois. Você não precisa esconder nada. Assim que eu tiver todas as informações, vou ver o que dá para fazer.

— Quanto tempo isso vai levar?

— Varia. Depende do que mais estiver acontecendo no tribunal.

— Por favor, eu só quero ir para casa.

Ele deixou cair a caneta de novo e se abaixou para pegá-la do chão.

— Vou ver se consigo entrar com um pedido de *habeas corpus*, mas depende da agenda do tribunal para colocar no calendário e, depois, a decisão é do juiz. Mas, nesse momento, preciso saber de você. Tudo.

Margie repassou a noite de horrores, até o momento que a arma disparou. O celular do sr. Yates não parava de vibrar com ligações e mensagens. Ele ficava checando o tempo todo e não parecia estar ouvindo com tanta atenção quanto a investigadora.

— Eu não queria machucar ele — explicou ela. — Mas eu não conseguia respirar e tinha que fazer com que ele parasse.

Seu estômago ficou pesado. Ela nunca havia matado nada além de insetos. No entanto, naquela noite, havia atirado em um homem, com a arma dele.

O celular dele vibrou outra vez.

— Isso já foi analisado pela unidade de revisão criminal. Precisamos marcar outra audiência.

Ele entregou um formulário para ela assinar.

— Não. Eu não vou assinar mais nada.

— Isso aqui é para te ajudar. Vou tentar garantir que você aguarde o julgamento em liberdade.

— Eles disseram que eu preciso pagar a fiança. Em dinheiro.

— Vamos ver o que podemos fazer com relação a isso. Ainda não existe um caso aberto, não houve acusação. Até agora, eles só têm um crime, um suspeito e uma prisão.

Margie não tinha confiança alguma em Landry Yates. Ele parecia sincero e até solidário com a situação dela, mas estava distraído, se desdobrando com casos demais, e admitiu que não tinha equipe nem orçamento para serviços de apoio extras.

Quando Landry Yates enfim conseguiu uma data para a audiência, Margie se sentia mais doente do que nunca, mas se arrumou da melhor forma que pôde. Ninfa lhe emprestou um elástico de cabelo e encontrou um macacão limpo para ela. Um representante a levou da cadeia até o tribunal. Dado o clima na cidade, a raiva generalizada, Landry não queria que Margie fosse enfiada em uma viatura e levada para o tribunal.

— Você está nervoso — disse Margie a ele. Eles estavam aguardando em um banco duro no corredor de mármore do lado de fora do tribunal. O ar cheirava a lustra-móveis, e a cúpula elevada sobre o saguão ampliava o *tic tic tic* das pás dos ventiladores de teto. Landry parecia ainda pior do que ela. — Dá para perceber pelo jeito com que está analisando aquela placa na parede.

Era uma caixa de vidro com uma lista que designava os juízes do dia.

— Não é o juiz que eu estava esperando. Quem vai julgar hoje é Shelby Hale, um sujeito que se apresenta como um homem da lei e da ordem. Gosta de prender as pessoas. E ele joga golfe no Clube de Campo de Hayden Country.

— Vamos ver se eu adivinho… Os Hunt são sócios do clube.

— Octavia Hunt faz parte da diretoria de lá.

— Isso não é um conflito de interesses?

— Deveria ser.

Margie gostaria de ter alguém mais confiante em sua defesa, mas, pelo visto, Landry estava tão ocupado que não tinha tempo de ser confiante nem de qualquer outra coisa. A vida na defensoria pública não era fácil. Landry se desdobrava para trabalhar em mil casos, audiências e petições, estava com pouco pessoal, e não havia nada que ela pudesse fazer a respeito disso.

No tribunal, a galeria estava mais cheia do que o normal, segundo Landry. Todos queriam ver o monstro que havia matado o queridinho da cidade. Agentes e oficiais de justiça circulavam pela sala com a intenção de manter a ordem. Landry emitiu um ruído ofegante que soou como *merda*.

— O que foi? — sussurrou ela.

— Achei que eles mandariam um assistente, mas parece que veio a própria promotora, Ursula Flores.

— Isso é ruim?

Ele contraiu os lábios.

— Ela é uma boa promotora.

Margie olhou para a mulher na longa mesa em frente ao guarda-corpo do tribunal. Ela estava muito bem-vestida em um terno ajustado, o cabelo escuro brilhoso. Seus movimentos eram deliberados e eficientes enquanto ela organizava seus documentos sobre a mesa.

— Não queremos alguém que seja bom? — perguntou Margie.

— Não se ela estiver encarregada da sua acusação. Uma boa promotora consegue acusar um sanduíche de presunto.

Poucos minutos depois, a sra. Flores se juntou a um colega, um homem alto com porte militar e a expressão dissimulada de um político, sem um traço de hostilidade. Ele lançou um olhar feroz para Margie, como se estivesse tentando assá-la viva. Ele parecia familiar.

Parecia Jimmy Hunt.

Meu irmão mais velho, Briscoe, é advogado. Vai ser procurador-geral do estado um dia, é só esperar. Talvez até governador. Ele é muito inteligente.

Ela notou um casal murmurando. A mulher parecia familiar. Margie a via no Cubby's toda terça-feira.

— Os pais do Jimmy? — perguntou em um sussurro.

Landry fez um breve aceno de confirmação com a cabeça.

Ela duvidava que a poderosa Octavia Hunt lembrasse que Margie Salinas tinha sido garçonete do Cubby's. Estremeceu e manteve os olhos na superfície da mesa à sua frente. Quando chegou a hora de falar com o juiz, Landry disse:

— Excelência, solicito que minha cliente responda em liberdade para que possa se preparar melhor para sua defesa.

— Isso é ridículo, Meritíssimo — disse a sra. Flores. — Já apresentamos provas de que a srta. Salinas apresenta alto risco de fuga e representa um perigo para as pessoas. Ela não tem vínculos com a comunidade, a não ser um emprego de garçonete de meio período. Fugiu da casa dos pais em outra cidade e veio para Banner Creek com uma mão na frente e outra atrás. Abandonou a escola. Mentiu sobre sua idade para conseguir um emprego em um bar e, quando foi descoberta, foi trabalhar como garçonete. Não há nada que a mantenha aqui. Nada.

Margie estremeceu. Era isso que achavam dela? Uma desistente, uma mentirosa, uma vagabunda? De certa forma, o que a sra. Flores disse estava correto, mas Margie não era assim. Até o momento, tudo o que o juiz sabia sobre ela era o que a promotora havia lhe contado: que ela não tinha raízes, não tinha instrução, vivia da aparência, dormia com vários homens, bebia e saía depois do trabalho toda a noite. Como ela mesma admitiu na declaração de testemunha, estava andando seminua na cozinha quando Jimmy chegou.

— A srta. Salinas era namorada de Jimmy — continuou a promotora. — Ele estava muito apaixonado por ela, mas ela matou o garoto com um tiro. Enquanto ele sangrava até a morte em uma poça de sangue, ela não prestou socorro. Não fez nenhuma tentativa de estancar o sangramento nem de salvar a vida dele de alguma forma. Quando a ajuda chegou, esse jovem, essa estrela brilhante do Texas A&M Aggies, já não tinha vida.

— Protesto — disse Landry. — Minha cliente está prestando depoimento, Meritíssimo. Esse não é o objetivo aqui...

— Pedido aceito — respondeu o juiz com serenidade.

— A srta. Salinas agiu em legítima defesa — seguiu Landry. Sua voz soava trêmula enquanto ele consultava alguns papéis em uma prancheta. — Um total de trinta e três ferimentos no corpo dela foram documentados pela enfermeira de atendimento de violência sexual. Minha cliente foi estrangulada, espancada, estuprada...

— Nada além de boatos — retrucou a promotora. — Ela era namorada da vítima. Eles já haviam feito sexo antes daquela noite, e nessa ocasião em particular não foi diferente, até o momento em que ela atirou nele e tentou fugir do local.

— Eu não estava fugindo — sussurrou Margie. — Eu...

— Silêncio, por favor. — Landry fez um movimento com a mão para acalmá-la.

A promotora pública descreveu uma noite que não se parecia em nada com a noite que Margie tinha vivido. Falou sobre como Margie e Jimmy tinham se divertido quando se conheceram. Havia uma tal declaração juramentada de Ginny Coombs, sua colega de trabalho, descrevendo o romance que estava começando. Mensagens recuperadas dos celulares provavam que o encontro fora aguardado com ansiedade por ambos, e que ele havia dormido na casa de Margie dias antes de ela o matar a tiros. Uma tela na sala de audiências exibia slides ampliados das trocas de mensagens e flertes e, em seguida, da abrupta rejeição dela, que partiu o coração de Jimmy Hunt.

O pior de tudo era que havia fotos da cena do crime, incluindo o corpo de Jimmy. Margie não suportava olhar.

Centenas de vezes, ela quis se levantar e explicar o que de fato havia acontecido. Mas Landry a advertira para não dizer uma palavra. *Exerça seu direito de permanecer em silêncio.* Margie teve de se contentar em rabiscar, com raiva, anotações no bloco de notas dele, que ela realçava com sublinhados e pontos de exclamação.

A promotora expôs o caso da forma que Landry havia previsto. O juiz examinou os documentos apresentados, olhando para as páginas e fazendo perguntas ocasionais. *Deve ser difícil ser juiz,* pensou ela. *Ouvir todas as coisas terríveis que as pessoas fizeram umas com as outras deve ser deprimente.*

Havia depoimentos de seus colegas de trabalho, além de mensagens de celular e relatos de observadores casuais com o objetivo de mostrar que ela havia procurado Jimmy e que o desejava. A implicação era de que seus ferimentos eram resultado de sexo violento consensual. Margie estava sendo retratada como alguém descuidada, que gostava de chamar a atenção em festas, usando roupas sensuais e convidando homens para sua casa. A acusação alegava que ela era uma oportunista descarada, desesperada para tirar vantagem do status de Jimmy Hunt e da riqueza da família dele.

Landry se opôs a essa caracterização, mas o juiz permitiu.

Margie conseguiu manter a calma durante as esperadas perguntas e provocações de seu advogado. Sim, ela havia conhecido Jimmy Hunt em um bar de música country. Ele era bonito e charmoso e, sim, ela o convidou para ir para sua casa, preparou um jantar e, sim, dormiu com ele. As perguntas e suas respostas tinham o objetivo de antecipar as questões que seriam levantadas no interrogatório cruzado.

— Você estava com pouca roupa. Estava bebendo, mesmo sendo menor de idade. Tinha sido promíscua com Jimmy e com outros homens também. Esses são os fatos. Então, será que o suposto estupro não poderia ter sido causado pelo seu comportamento?

Essa era a pergunta que assombraria Margie para sempre. Mesmo se esquivando desse pensamento com o passar dos anos, mesmo escondendo as dúvidas mais profundas dentro de si: *ela merecia*. Margie não queria essas lembranças. Não queria que fizessem parte de sua história. Não queria reviver como o incidente a havia feito se sentir. Não queria que isso afetasse quem ela era em sua essência.

—… e aqui estamos nós, sem nenhuma testemunha além da acusada, que é conhecida por ser uma mentirosa — acrescentou a promotora. — Que conveniente que a única outra pessoa presente no incidente tenha sido morta no local.

Ela rabiscou *Eu não menti* no bloco de Landry.

— Meritíssimo, minha cliente estava se defendendo de um agressor que a estava estuprando e queria matá-la — disse Landry. — Não era seu dever recuar. Seu uso de força letal foi justificado de acordo com o Capítulo 9 do código penal do Texas.

— Uma pessoa que usa força letal depois de provocar alguém não pode ser protegida. A ré provocou a vítima para atacá-la e depois atirou nele. Se ela se sentiu ameaçada, podia ter fugido sem ferir ninguém — insistiu a promotora. — Podia ter fugido. Não houve estupro. Ela ficou furiosa e atirou nele, e agora está mentindo para não ser culpabilizada.

Preciso dar comida para o Kevin, pensou Margie.

— E lembremos que a srta. Salinas atirou à queima-roupa. É evidente que ela representa um perigo para a sociedade.

Margie não tinha permissão para falar, então, desistiu de tentar. O sofrimento na prisão a ensinara a se desligar e ir para outro lugar em sua mente. Ela pensou na mãe cantando "You Are My Sunshine" com sua voz rouca de cigarro. Pensou em adicionar kiwi, um amaciante natural, ao molho de churrasco. Pensou no pelo de Kevin, tão macio sob a palma de sua mão.

Durante um breve intervalo, ela disse a Landry:

— Você está deixando eles me fazerem parecer uma assassina lá dentro. Por que não está explicando o que aconteceu de verdade? Quem você chamou para testemunhar a meu favor?

Ele estava verificando seu e-mail em um dispositivo BlackBerry.

— Vamos deixar os fatos falarem por si mesmos.

— Então, ninguém. Nem Cubby? Queen? Nem alguém da igreja?

— Eu tentei. Mas você precisa saber que esse não é um pedido simples, Margie. Em uma situação como essa, as coisas podem ficar muito desagradáveis para pessoas não brancas.

A sugestão gelou o sangue dela.

— Você quer dizer que eles seriam intimidados? Assediados?

— Tem muita coisa em jogo para seus amigos. Eles têm muito a perder.

Ele voltou ao seu e-mail.

Talvez Sadie tivesse razão e esse fosse o motivo pelo qual Queen não havia retornado após a primeira visita. Podia ser que alguém a tivesse ameaçado por ser amiga da mulher que atirou em Jimmy Hunt.

— Meu Deus, Landry, e você acha isso normal?

— Não faz diferença o que eu acho.

— E quanto a encontrar outras garotas com quem Jimmy saiu? — insistiu ela. — Eu posso apostar que não fui a primeira que ele agrediu.

— Se tiver um julgamento, talvez a gente tenha uma equipe para investigar isso. Vou ter mais tempo para descobrir.

— Como assim, *se* tiver um julgamento?

Ele guardou o BlackBerry e olhou para o relógio.

— Temos que pensar positivo. Vamos, está na hora de voltar.

De volta ao tribunal, Landry retratou Margie como uma jovem trabalhadora, cujos potes de molho gourmet para churrasco a tornaram popular no restaurante de carnes local. Sim, ela havia ficado com Jimmy uma ou duas vezes, mas as mensagens mostravam que ela havia terminado com ele em termos inequívocos.

Margie gostaria de ter sido mais explícita com Jimmy. Em vez de tentar amenizar o golpe — *não estou aberta nesse momento* —, ela devia ter dito que ele tinha agido como um idiota e demonstrado total desrespeito e irresponsabilidade quando se recusou a usar camisinha na primeira noite em que ficaram juntos.

— Minha cliente também fez uma ligação para a emergência — apontou ele. — É evidente que se sentiu insegura quando James Hunt apareceu.

Landry não poupou sensibilidades ao documentar os resultados do relatório da enfermeira Garza e mostrar as imagens nítidas dos ferimentos dela na tela. Margie tentou não sentir a dor de novo. *Você está bem agora*, dizia ela a si mesma. *Você está bem agora.*

Houve um momento, um lampejo, em que a sra. Garza pareceu se dirigir ao juiz.

— Meu testemunho é de que todo estupro tem sempre uma única causa: o estuprador.

A promotora se levantou e protestou.

Então Landry concluiu que Margie havia sido atacada em sua própria casa e temia por sua vida. Enquanto lutava contra o ataque mortal, houve uma briga pela arma de Jimmy — a arma com a qual ele a ameaçara — e ela conseguiu salvar a própria vida disparando um único tiro.

O juiz anunciou que leria todos os documentos e provas e informaria sua decisão. Em seguida, o caso seria levado a júri popular. E, como isso só aconteceria em algumas semanas, a espera continuaria.

Por fim, o juiz Hale bateu o martelo. Seu anel turquesa brilhou, e Margot notou que o engaste no corpo prateado era um chifre, o ícone da Universidade do Texas. Ela não se moveu de seu assento enquanto o tribunal se esvaziava.

— Parece que eu fui estuprada outra vez — disse ela em voz baixa e trêmula a Landry depois. — E eu ouvi direito? Eles não vão reduzir o valor da fiança?

— É. Infelizmente você vai continuar sob custódia, Margie.

O coração dela batia como um pássaro engaiolado.

— Não. Eu não posso... Você precisa fazer alguma coisa.

— Não tem mais nada a ser feito até o júri popular se reunir, daqui a seis semanas. Depois disso teremos notícias da acusação.

— Que notícias? Ela já me fez parecer culpada e convenceu o juiz a me manter presa.

— Para ser sincero, a prisão nesse momento pode ser o único lugar seguro para você.

— O que isso quer dizer? Os Hunt são uma ameaça?

O silêncio de Landry foi um sim.

— Acho bom eles não machucarem meu gato.

— O gato é a menor das suas preocupações. O que aconteceu hoje foi uma manobra da promotora para evitar um julgamento. Um julgamento leva muito tempo, é confuso e caro para o Estado. O sistema está sempre sobrecarregado. Portanto, eles querem manter você atrás das grades para acabar com sua determinação em ser inocentada. Isso dá à promotora uma grande vantagem para fazer com que você aceite um acordo.

— Então eles estão me mantendo presa para me cansar? É isso?

— Margie, só precisamos ter essa discussão se o júri aceitar a acusação.

— Você quer dizer que talvez não aceitem? — Ele não respondeu, então ela sabia que essa possibilidade era pequena. — Que tipo de acordo eles iriam propor?

— É provável que façam uma oferta se você se declarar culpada de uma acusação menor.

— E por que eu faria isso? Não sou culpada de nada.

— Para evitar esperar meses a fio por uma data de julgamento. Anos, talvez.

— Não quero um acordo. Eu sou inocente. Lutei contra um homem que estava me estuprando dentro da minha casa. Na minha cama.

— O fato é que você atirou e matou uma pessoa.

— Sim, por causa...

—... de você. Ele está morto porque você o matou.

— Ele está morto porque estava me estuprando e eu me defendi.

Landry ergueu a mão para interrompê-la.

— Se você não quer ficar atrás das grades, precisa se manter aberta para um acordo. Como não tem antecedentes, pode acabar com uma pena reduzida.

— Eu não mereço pena nenhuma — retrucou ela.

— Não está nas suas mãos. Se não tentarmos um acordo, a pena pode ser bem pesada.

— Não vou me declarar culpada só porque você quer.

— A promotoria vai argumentar que você atirou em um homem durante uma briga passional. Em última análise, cabe ao júri decidir.

O júri. Margie sentiu um aperto no coração. Qualquer júri naquele condado seria composto por pessoas que achavam que os Hunt eram a reencarnação de Cristo.

— O que diabo você está fazendo aqui, afinal?

Ele parecia cansado e distraído.

— O negócio é o seguinte, você deu uma declaração assinada...

— Sim, dei, mas como *vítima*. Que merda... Eu... Eu só contei tudo para prenderem o Jimmy por estupro. Eu nem sabia que ele estava morto. Como eles podem usar isso contra mim?

— A declaração é admissível. Posso argumentar que não é, mas eles vão argumentar que é, sim, um testemunho. Solicitei as imagens de vídeo daquele dia, mas parece que o equipamento estava com defeito e não tem gravação, só sua declaração assinada.

— A investigadora fez uma gravação, sim — apontou Margie.

— Sim, eu posso solicitar isso, mas duvido que seja admitido. Em última análise, a decisão é do juiz.

— Pensei que os juízes deviam fazer justiça.

— Olha, os Hunt são famosos por aqui. São liderança da comunidade, gente grande. Conhecidos em todo o estado como cidadãos íntegros.

— É por isso mesmo que eu sei que você está mentindo sobre conseguir uma pena mais leve se eu me declarar culpada. Eles vão garantir que eu fique presa pelo resto da vida. Ou vão me mandar para a cadeira elétrica.

— Não tem cadeira elétrica no Texas.

— Bem, seja o que for que usem, tenho certeza de que é isso que os Hunt acham que eu mereço.

A expressão de Landry estava sombria.

— Não vou fingir que é uma situação fácil, Margie. Jimmy era o garoto de ouro deles, um herói em campo e fora dele.

— Jimmy era um estuprador.

— A acusação vai atestar que você tinha um relacionamento com ele. Vai encontrar testemunhas que dirão que vocês saíram juntos.

— Ele me forçou. Ele me sufocou, me bateu, me...

— Tudo isso pode ser caracterizado como sexo violento. — Ele ruborizou e se remexeu na cadeira. — Algumas pessoas... bem, essas coisas acontecem às vezes entre parceiros íntimos, e não é crime.

— Eu estava sendo estuprada e agi em legítima defesa.

— A lei da legítima defesa não vigora no Texas. Mas há um conceito parecido chamado doutrina do castelo que serve ao mesmo propósito...

— Sim. Então foi isso que aconteceu.

— Podemos pedir para o juiz decidir com base nisso, mas é arriscado. Podem argumentar que você não estava em perigo iminente, que agiu de forma agressiva. Que você provocou.

— *Eu* fui agressiva? — Margie pressionou a palma da mão no pescoço. — Ele estava tentando me matar. Eu tinha o direito de me defender. Sr. Yates, preciso que o senhor se esforce mais. Por favor.

Margie estava enjoada e não vinha dormindo muito. Leu *O sol é para todos*, que Sadie disse que estava desatualizado, mas ainda era um clássico. Margie gostava dos livros indicados pelo clube de leitura da Oprah, que eram tão sombrios e sérios quanto os sentimentos dela. Ela também se sentia atraída pelos romances que alimentavam suas fantasias sobre ter uma vida diferente, uma vida em que as pessoas seguiam seu coração e resolviam todos os seus problemas no capítulo final. Continuou estudando espanhol, praticando as frases bem baixinho. Leu mais livros sobre a legislação do Texas. Um deles continha um artigo sobre a recente doutrina do castelo, que afirmava que um indivíduo não tinha o dever de recuar diante de uma ameaça praticada dentro de sua casa.

A prisão era um pesadelo horrível, mas não como nos programas de TV. Não havia planos de fuga nem intrigas entre as internas. Nada de gangues ou brigas. Apenas um tempo interminável para ficar entediada e preocupada e procurar algo — qualquer coisa — para ler. Ou então se entorpecer com game shows na TV da sala de convívio.

Margie ajudava na cozinha, descobrindo maneiras de fazer molhos com o orçamento limitado e usando os produtos extras ou frutas que haviam sido entregues maduras demais. Aprendeu alguns truques com Ninfa e a equipe, que faziam maravilhas com um saco de farinha mexicana e algumas latas de molho *adobo*. Ansiava pelas horas da manhã e da tarde, quando lhe era permitido caminhar pelo pátio e cuidar da horta. Qualquer coisa para manter sua humanidade, sua individualidade.

Como Landry havia previsto, foi oferecido um acordo. Um julgamento e um destino incerto poderiam ser evitados se ela se declarasse culpada de assassinato no calor da paixão.

Sadie caminhava com Margie no pátio após a reunião.

— Más notícias? — perguntou ela.

— Meu advogado acha que eu deveria aceitar um acordo. Diz que é a minha melhor chance.

— Chance de quê?

— A melhor chance de passar quinze anos na prisão. — A perspectiva a assustou. Ela queria vomitar. — Talvez mais.

— E o que você acha? — Sadie quis saber.

— Não me importa se são quinze anos ou quinze minutos. Não vou dizer que sou culpada de um crime em que eu só me defendi.

— É isso, então?

— Acho que sim. Mas Landry Yates acha que eu deveria aceitar.

— Você pode pedir para trocar de advogado?

— Eles disseram que não.

Margie vivia triste o tempo todo. Ela tinha fome e depois ficava enjoada e, por algum motivo, sua concentração estava péssima. Talvez estivesse com uma infecção urinária também, porque fazia xixi com frequência. Talvez tivesse uma IST. Tinham lhe dado comprimidos no hospital naquela manhã, mas talvez não tivessem adiantado, já que tinha vomitado no chuveiro.

Alguma coisa a incomodava e ela não conseguia identificar o que era. Durante o banho, ela viu uma embalagem de absorvente interno no chão, perto da lata de lixo, e foi nesse momento que o horror a atingiu como um soco no estômago.

Sua menstruação estava atrasada.

15

—*P*reciso me livrar disso. Arrancar, quero arrancar — disse ela à enfermeira. — Quero que suma daqui. É uma emergência.

— Eu sei, querida — respondeu a sra. Renfro. — Entendo.

A sra. Renfro era uma boa enfermeira. Todas as internas gostavam dela. Judy Renfro era mais velha e usava um broche cor-de-rosa de sobrevivente do câncer. Tinha um jeito de olhar que transformava toda presidiária em um ser humano, como num passe de mágica.

Quando Margie chegou lá pela primeira vez, a sra. Renfro perguntou sobre seus ferimentos, e Margie lhe contou sem rodeios como Jimmy Hunt a havia machucado, e a enfermeira pareceu sofrer junto com ela.

Margie havia ficado acordada na noite anterior, imaginando os minutos passando em uma marcha implacável, as células se dividindo em segredo, escondidas dentro dela por um monstro. Ela pensou no rosto de Jimmy Hunt, seu sorriso insolente e sua voz cruel, suas mãos e seus pés grandes, seus olhos frios. Ele havia implantado sua semente como um tiro de despedida, um último "foda-se" para pontuar seu ato odioso.

Logo pela manhã, a enfermeira levantou a hipótese de que Margie podia não ter menstruado por estar muito magra e estressada. Mas o teste de farmácia mostrou o contrário. O segundo apenas confirmou o fato.

— A enfermeira que me atendeu logo depois me disse que eles fizeram um teste de gravidez — disse ela. — Que tinha dado negativo.

— Falsos negativos são raros. Meu palpite é que a gravidez estava muito no começo para o teste dar um resultado preciso.

— Preciso me livrar disso — disse ela. — Preciso fazer um aborto. Não tem como eu ter um bebê do homem que me estuprou.

— Eu sinto muito, muito mesmo. Não consigo imaginar como isso deve estar sendo para você. E sinto muito por perguntar, mas quero ter certeza. Teve algum outro parceiro desde sua última menstruação?

— De jeito nenhum — respondeu ela. — Eu não transo com qualquer um. A noite com Jimmy não foi típica para mim. E só Deus sabe o quanto eu me arrependo disso agora.

A sra. Renfro franziu a testa.

— Depois do incidente, eles não te deram algo quando fizeram o exame de estupro? Uma injeção ou comprimidos?

— Sim. Medicação para ISTs e uma pílula do dia seguinte, mas... — Ela desviou o olhar. Tinha lembranças muito vagas daquela manhã. — Eu vomitei no chuveiro logo depois de tomar.

— Você saberia dizer se as pílulas voltaram?

Margie balançou a cabeça.

— Eu estava no chuveiro. Nunca me ocorreu verificar. E era para eu tomar uma segunda dose depois de doze horas. Ela disse que era muito importante seguir as instruções. Mas, naquele momento já tinham confiscado todos os meus pertences. Me colocaram em uma cela e não sei onde foram parar as minhas coisas.

— Depois da agressão, onde você foi atendida?

— No St. Michael.

A sra. Renfro comprimiu os lábios em desaprovação.

— Não tive escolha — disse Margie. — Eles não deveriam ter me levado para lá?

— Bom, é que... na minha opinião, não é a melhor opção para contracepção de emergência. Alguns hospitais católicos usam uma pílula que impede a fertilização, mas que não adiantam nada se o óvulo já foi fecundado.

Margie relembrou de suas aulas de saúde, a ovulação, a lenta jornada pelas trompas, o encontro do espermatozoide com o óvulo, o óvulo fecundado sendo fixado no útero.

— Por que eles usariam uma pílula que pode não funcionar?

— Com base na percepção de que um óvulo fecundado configura uma vida humana, seja ele viável ou não. Se a fecundação puder ser evitada, não tem problema. Mas, se o óvulo já estiver fecundado, eles são moralmente obrigados a preservar.

— Preservar essa coisa? Um zigoto ou blástula ou o que quer que seja? *Essa* é a obrigação moral deles? Não com uma mulher viva que acabou de ser estuprada?

Seu coração batia forte, em pânico.

A sra. Renfro aferiu a temperatura.

— Hospitais diferentes operam sob lideranças diferentes.

— E eles não pensaram em me dizer que estavam usando algo que podia não funcionar?

Margie se sentia zonza de raiva. Era inacreditável que ninguém tivesse se dado ao trabalho de explicar isso a ela. Era uma violação de um tipo diferente, um completo desrespeito.

— Sinto muito. É difícil quando medicina e dogma entram em embate.

— Difícil? Sim, até porque eles não dizem às pessoas que o tratamento pode ser uma palhaçada. É tarde demais para tomar outra pílula?

A enfermeira fez que sim com a cabeça.

— Infelizmente.

— E agora, o que eu faço?

A ideia de ter um bebê era surreal.

— Você pode solicitar uma licença para ir a uma clínica interromper a gravidez.

O alívio a inundou, relaxando seus ombros e pescoço.

— Está bem, vou fazer isso. O que tenho que fazer?

— Você preenche uma papelada. É um formulário de solicitação de visita médica. É semelhante aos que você preenche quando precisa vir aqui. Se for aprovado...

— *Se?* Quer dizer que pode não ser?

O pulso de Margie disparou em protesto.

— Bom, como não é um procedimento necessário...

— Como assim? Eu fui estuprada, é claro que é necessário. Não posso ter um bebê que é fruto de um estupro.

— Fisicamente você pode. Por isso um aborto é considerado eletivo.

— E eu elejo fazer um aborto. O que preciso fazer?

— Tem um processo. Primeiro, você solicita à administração da prisão. Depois da aprovação deles, vai precisar garantir uma ordem judicial para ser transportada. E você terá que pagar adiantado todos os custos de segurança e transporte, além do aborto em si.

— Você está falando de centenas de dólares.

— Sim. — A sra. Renfro checou a frequência cardíaca e a pressão de Margie. — Tente comer alguma coisa e descansar um pouco. Pense numa forma de cobrir essas despesas, ok? Eu vou conseguir uma lista das clínicas autorizadas.

Margie estava pirando. Ela já sabia que seria impossível para ela pagar. Na última vez que checou, tinha menos de cem dólares no banco. A maior parte de seu salário era penhorada para pagar a conta do acidente, e o restante ia para o aluguel e as despesas.

Ela pensou em Cubby, mas não. Não podia pedir um empréstimo. Quando ela conseguiria pagar? Em desespero, pensou em pedir a Del. Será que poderia? Ele concordaria em ajudá-la? É provável que não. Depois que a mãe dela morreu e o choque passou, Del ficou furioso porque ela não havia deixado nada para trás, exceto faturas de cartão de crédito em aberto. Margie duvidava que ele tivesse alguma compaixão pela situação dela.

Mas ela precisava fazer alguma coisa. Ter o bebê de Jimmy Hunt seria uma abominação. Evitar isso era mais importante do que qualquer outra coisa.

Reunindo coragem, Margie usou os preciosos fundos de sua conta da lojinha para ligar para Del, tendo conseguido o número dele na empresa de distribuição de cerveja para a qual ele trabalhava. Quando a mãe estava viva, Margie e Del se davam bem. Ela achou que ele talvez se lembrasse disso.

— Ouvi dizer que você estava com problemas — disse Del. — Está em todos os jornais e na internet.

— Preciso de ajuda, Del — falou ela. — É urgente. Um problema médico. Você sabe que eu não pediria se tivesse outra opção.

— O que houve, garota? Você está doente? — ele perguntou, seu sotaque arrastado trazendo de volta lembranças desagradáveis.

— Eu... estou — disse ela. — Preciso de um médico e tenho que arranjar o dinheiro.

— Não tenho como ajudar. Especialmente depois de todo esse tempo.

— Eu nunca te pedi nada depois que a minha mãe morreu. Só preciso de um empréstimo.

— Eu disse que não posso. — Sua voz soou aguda. — Eu nem deveria estar falando com você.

— Deveria... — Ela sentiu um calafrio de apreensão. Ah, meu Deus. — Eles acharam você, não foi? — A voz dela estremeceu. — Os Hunt. — Landry a avisara que, se eles fossem a julgamento, a promotora descobriria o máximo de sujeira possível sobre ela. Landry havia dito que eles iam rastrear pessoas do passado dela. — Querem que você deponha contra mim.

— Olha só, Margie...

— Sim ou não, Del? Será que você comprou uma caminhonete nova? Um conjunto de tacos de golfe sofisticado?

Ele não falou nada. O silêncio dele era a única resposta de que ela precisava. Margie desligou o telefone e se encostou na parede, abalada. É claro que haviam entrado em contato com Del. Sabiam que poderiam usá-lo para fazer com que ela ficasse malvista. Ele era fraco e tinha um ego grande. Se o fizessem pensar que estava ajudando os Hunt, Del se sentiria lisonjeado e importante. Mais tarde, seu advogado confirmou essas suspeitas. Del havia prestado um depoimento afirmando que, quando era adolescente, Margie o provocava, desfilando pela casa com pouca roupa e saindo às escondidas depois do horário permitido para se encontrar com meninos. Disse que ela faltava à escola e se vestia que nem uma vagabunda, além de ser uma ingrata com ele, mesmo depois de ele oferecer um teto após a morte da mãe dela.

Margie não esperava muito de Del. Mas também não esperava que ele estivesse no campo inimigo.

A solicitação de Margie ficou sem resposta. Qualquer resposta. E não havia como obrigar a administração da prisão a responder. Depois de uma semana, ela implorou à sra. Renfro que intervisse. A enfermeira informou que o capitão Graham, o administrador, estava "analisando o caso".

Alguns dias depois, um funcionário voltou com o formulário original que ela havia enviado.

— Não foi preenchido de modo correto.

— O que raios isso quer dizer?

— Esta é uma solicitação de procedimento médico. Você precisa preencher formulários para pedir um procedimento *eletivo*.

Mais papelada. Mais atrasos. As restrições para obter a ajuda de que ela precisava surgiam como bloqueios a cada passo do caminho. A cadeia era um feudo mesquinho sob o comando de ferro do tal capitão Graham. O administrador era conhecido por ser um ativista extremista antiaborto que insistia que uma bola de células do tamanho de um grão de bico deveria se sobrepor à vontade de uma mulher viva. Se essa mulher fosse uma presidiária em sua cadeia, ninguém poderia impedi-lo de lidar com ela quando bem entendesse.

Enquanto se esforçava para abrir caminho pelo labirinto de obstruções, Margie percebeu o jogo dele. Ele estava procrastinando, adiando para que a gravidez indesejada avançasse.

Ela tentou conversar com Landry sobre a situação, mas ele disse que seu trabalho era defendê-la contra a acusação de homicídio, não garantir seu direito ao aborto.

Ela passou horas e horas debruçada sobre livros emprestados da biblioteca central da prisão. De acordo com o que lia, a Suprema Corte havia decidido a favor em um caso que defendia os direitos reprodutivos da mulher encarcerada.

Margie levou o livro em sua próxima visita à clínica.

— Bem aqui — disse ela, apontando para uma passagem em um artigo de jornal. — Tenho uma necessidade médica séria e é meu direito.

— O capitão pode dizer que você não está presa — respondeu a sra. Renfro. — Você está aguardando julgamento. — Ela anotou o peso de Margie. — Você ganhou um quilo. Deveria estar tomando isto.

Ela lhe entregou um frasco de comprimidos.

— Não preciso de vitaminas pré-natais — negou ela. — Não estou planejando continuar grávida.

— Seu corpo precisa disso. Faça um favor a si mesma. Tome até não estar mais grávida. São para sua saúde, não só para o feto.

— Sra. Renfro — disse Margie, com a voz trêmula —, estou desesperada. Alguém na unidade disse que tem um jeito de forçar minha menstruação a descer...

— Meu Deus do céu, não se atreva. — A enfermeira parecia horrorizada. — Prometa que não vai se machucar. Estou falando sério, Margie. Meu Deus, essa é uma das razões pelas quais o aborto se tornou seguro e legal, para as mulheres não se machucarem tentando se livrar de uma gravidez.

Margie pensou nos sussurros que ouvira na cozinha, nos remédios populares que não funcionavam, mas que eram muito tentadores.

— Legal para quais mulheres? Todas? Ou só as que podem pagar?

A sra. Renfro respondeu:

— Olha só, eu preciso relatar qualquer conversa sobre automutilação ao capitão Graham.

Margie se encolheu em direção à porta, onde um oficial sempre presente esperava para escoltá-la de volta à unidade.

— Não faça isso, sra. Renfro, eu te imploro...

— Promete que não vai tentar nenhuma dessas bobagens. Preciso da sua palavra.

Margie assentiu com a cabeça.

— Sim, senhora.

A sra. Renfro ficou de costas para a porta e baixou o tom de voz.

— Fiz algumas perguntas. Entrei em contato com uma agência, a Fundação Amiga. É um grupo de defesa de presidiários com sede em San Antonio. Vamos ver se eles podem ajudar.

A Fundação Amiga enviou uma defensora em poucos dias. Seu nome era Truly Stone e ela usava o cabelo em maria-chiquinha, mascava chiclete e parecia estar no ensino médio. No entanto, também parecia muito inteligente e tinha um jeito de ouvir com todo o corpo, inclinada em direção à janela do visitante, o rosto com algumas poucas sardas a imagem de total absorção.

— Entendo sua urgência — disse ela quando Margie explicou a situação. — Ninguém pode ordenar que você continue uma gravidez que não quer. Isso é contra a lei.

— Estamos na cadeia. Recebemos ordens para fazer todo tipo de coisa aqui dentro — respondeu Margie.

Ainda naquele dia, houvera uma chamada antes do amanhecer porque uma das oficiais de vigilância tinha perdido o celular. As mulheres da unidade dela estavam acordadas desde as quatro horas, revirando os beliches, até o celular ser encontrado no banheiro dos funcionários.

— Eu entendo. Mas impedi-la de fazer um aborto e forçá-la a dar à luz o bebê de um estuprador não pode fazer parte da sua punição. Você ainda tem direitos.

— Eu deveria ter *todos* os meus direitos e nem deveria estar neste lugar. Não sou culpada de nada além de lutar pela minha vida.

— O administrador não é obrigado a considerar essas circunstâncias. Enquanto você estiver sob custódia do sistema, tem que obedecer às regras dele. Mas fato é que, no que diz respeito à gravidez, o direito de decisão é todo seu. Essa é a boa notícia.

— O que significa que também tem más notícias.

Truly franziu os lábios e depois soprou uma pequena bola com o chiclete.

Bang. Margie estremeceu.

— A equipe prisional tem muita margem de manobra para ignorar e obstruir seu pedido. Além disso, há um número reduzido de clínicas licenciadas às quais você tem direito. Por motivos que eles não precisam explicar, só algumas clínicas estão autorizadas a tratar detentas. Pode ter uma espera enorme só para entrar no cronograma. Estou preocupada com o fato de que os funcionários da administração possam se atrasar e prolongar a espera até um aborto precoce e seguro não ser mais uma opção.

— Acho que é isso mesmo que eles estão fazendo.

— É… Às vezes é difícil trabalhar com o sistema. Bem-vinda ao patriarcado. Mas vou tentar ajudar.

— Você pode ser minha advogada?

Margie pensou em como Landry parecia sempre atordoado e sobrecarregado.

— Eu não sou advogada — disse Truly. — Sou estagiária. Estou fazendo mestrado em saúde pública. De qualquer forma, não é uma questão jurídica. Seu direito de optar por interromper a gravidez é uma questão processual.

— O que eu preciso fazer?

— Vou ver se consigo orçamento para seu transporte e segurança. A fundação também pode cuidar das coisas que ficaram para trás, como aluguel e contas, até certo ponto.

— Será que alguém pode encontrar meu gato? Ver se ele está sendo alimentado?

Margie lhe deu o endereço.

Truly anotou.

— Sim, e nós vamos manter o aluguel da sua casa em dia. Vou ver o que pode ser feito para agilizar a aprovação para o procedimento.

— Por favor, não demora — pediu Margie. Ela girou sua pulseira de presidiária em volta do pulso. — Por favor.

— Farei o meu melhor. — Truly estalou seu chiclete de novo. — Sei que não pareço grande coisa, mas sou corajosa. Não saio de uma briga quando sei que estou do lado certo.

Pela primeira vez em semanas, Margie sentiu um lampejo de esperança. Sim, ainda estava detida. Sim, ainda estava grávida e assustada. Mas, enfim, sentiu que havia um caminho a seguir com alguém que não tinha rabo preso com a administração da prisão.

— Truly Stone — disse ela, olhando pela barreira de acrílico. — É seu nome real?

— Desde o dia em que nasci. — As bochechas dela ficaram cor-de-rosa. — E, sim, as pessoas não param de me chamar de Truly Stoned, "chapadona".* Sendo que eu nunca nem fumei maconha. E você?

— Fumei uma vez — admitiu Margie. — Eu tinha 13 anos e era idiota.

---

* "Truly Stoned" pode ser traduzido como "verdadeiramente chapada". (N.E.)

Margie não pensava naquele dia fazia muito tempo. Ela tinha ido com a mãe para ajudar em um serviço de bufê. Para Margie, aquilo não parecia ser trabalho, mas um vislumbre de outra vida. Às vezes, a viagem de carro as levava pelas elegantes e sinuosas ruas de Austin, onde moravam os milionários. Westlake, Bee Caves, Driftwood, Rocky Cliffs. Há alguns anos, o dinheiro do petróleo era a fonte das mansões incríveis. Hoje em dia, os milionários eram gente da tecnologia e da mídia cujo dinheiro fluía pelas ruas ajardinadas.

Margie tinha fantasiado sobre a vida por trás das elegantes cercas de ferro forjado e dos muros de pedra calcária. Ela e a mãe trabalharam em lugares com piscinas infinitas ou piscinas cobertas, que tinham sala inteiras só para um piano de cauda, e cinemas particulares com fileiras de poltronas confortáveis.

Certa vez, a mãe conseguiu um emprego para trabalhar em uma festa de verão em uma das mansões de Rocky Cliffs. O reverendo Beauregard Falcon era um pastor de TV que tinha, brincava a mãe, mais dinheiro do que Deus. Situada no alto, com vista para o rio Colorado, aquela era uma das áreas mais chiques da capital. Aos 13 anos, Margie sabia se fazer útil. Vestia-se como a mãe, com calças pretas simples, uma camisa branca bem passada e um avental, com os longos cabelos louros puxados para trás e bem presos.

— Olha só a gente. — A mãe dizia para ela, sorrindo — Somos gêmeas.

Ela adorava quando as pessoas diziam que ela e Margie pareciam mais irmãs do que mãe e filha.

Era uma festa de *croquet*, mais uma coisa de gente rica. A única exigência parecia ser que todos os convidados se vestissem de branco da cabeça aos pés. Era como entrar em um mundo de contos de fadas, onde todos tinham um final feliz.

Em um gramado que parecia um tapete verde esvoaçante, eles jogavam seu jogo à moda antiga enquanto tomavam *mint juleps* e limonada de lavanda. Um rapaz tocava ragtime em um piano vertical pintado e tudo parecia muito alegre e elegante. Um pavilhão de comida havia sido montado em um pátio de lajes ao lado da cozinha. Margie ouviu muitos elogios para os sanduíches e *wraps* da mãe, suas *piadinas*, wraps de *shawarma* vegano e tacos macios. Todos eram muito simpáticos com Margie, elogiando-a pela aparência e pelo bom trabalho que estava fazendo, distribuindo bandejas de lanches e recolhendo o lixo das pessoas.

A cozinha era grande e movimentada, um contraste vibrante com a cena tranquila do pátio, do gramado e do deque da piscina. Ela não pôde deixar de notar que a maioria dos funcionários da casa eram negros. As pessoas que cuidavam dos jardins e gramados eram latinas. Pelo que ela podia ver, todos os convidados da festa eram brancos.

Depois de trazer uma bandeja pesada de copos e utensílios usados, Margie precisou ir ao banheiro. Alguém lhe disse onde encontrar o lavabo, que era um nome chique para banheiro, no corredor da cozinha, embaixo de uma porta com acabamento em madeira. O lugar era como um pequeno oásis de elegância com um lustre de contas que se acendia de modo automático. Havia uma pilha de toalhas limpas que deveriam ser usadas apenas uma vez e depois descartadas em uma pequena cesta. O papel de parede lembrava uma pintura francesa, e o lugar tinha um cheiro tão agradável que ninguém diria que aquele lugar era um banheiro. Ela se demorou lavando as mãos com o sabonete perfumado, enxaguando-as na pia de porcelana pintada com suas luminárias brilhantes.

Quando saiu para o corredor, não tinha ninguém à vista. Olhou para os lados e concluiu que a barra estava limpa para explorar mais. Só um pouquinho. Ela seguiu um corredor que levava à grande entrada com piso e pilares de mármore, além de um lustre enorme e cintilante no alto. O espaço era cercado não por uma, mas por duas escadas curvas que pareciam flutuar até o céu.

Margie andava na ponta dos pés. O ar estava repleto de aroma de óleo de limão, roupa lavada e flores frescas.

No andar superior, havia longos corredores que levavam a quartos requintados com tetos altos, camas elegantes e lareiras. No final de um dos corredores, havia uma varanda estreitinha com vista para a festa, onde a equipe de bufê se movimentava com suas bandejas. A mãe de Margie era toda sorrisos, e as pessoas — os homens em especial — a procuravam para pegar um sanduíche e trocar uma palavra agradável.

Era sua mãe em seu habitat natural, fazendo as pessoas felizes com sua comida.

Margie a observava com um misto de orgulho e anseio. Por que alguns tinham uma vida como aquela enquanto outros faziam sanduíches, limpavam casas e aparavam cercas vivas para manter o mundo bonito para os outros? Ela sabia como a mãe responderia a essa pergunta, porque às vezes conversavam sobre isso.

— Ah, querida, todo mundo tem seu próprio lugar feliz, e ele é diferente para cada um.

— Qual é o seu?

A resposta da mãe era sempre a mesma:

— Você, querida. Você é o meu lugar feliz.

Eu podia ser feliz aqui, pensou Margie. Ela deu uma espiada em vários outros cômodos: uma biblioteca, uma alcova mal iluminada com um bar e uma mesa de bilhar, uma academia de ginástica. O cômodo seguinte foi uma explosão de cor-de-rosa. Não era um rosa enjoativo, mas um tom de bom gosto, com papel de parede dourado, carpete macio e grosso, uma cama de dossel com cortinas elegantes e uma coleção de bichos de pelúcia. Um estranho aroma de pinho enchia o ar. Havia uma lareira e, para além dela, uma sala adjacente ensolarada.

Margie se ajoelhou para inspecionar uma magnífica casinha de bonecas em uma mesa de exposição. Ela já era velha demais para bonecas, mas aquilo era fascinante, com detalhes minúsculos. Um salão de baile, uma sala de jantar e até uma cozinha gourmet com algo que parecia um forno de pizza. O pequeno *chef* com sua pá estava deitado de lado. Ela estendeu a mão para colocá-lo de pé.

— Ah, oi — disse uma voz.

Ela se levantou rápido e quase fez xixi nas calças. Olhou para a porta, pensando se deveria fugir. Mas estava assustada demais para se mexer.

Na extremidade da sala, perto de uma janela aberta, duas garotas estavam olhando para ela. Uma era asiática e a outra, loura. Elas estavam sentadas em pufes e fumando, deixando a fumaça sair pela janela. Margie colocou a mão na boca e se aproximou da porta.

— Ah... nossa, me desculpem — disse ela por entre os dedos. — Eu não queria...Hum, eu estava procurando o banheiro.

— Tava nada. — A adolescente loura não parecia zangada. Então sorriu. — Você estava bisbilhotando.

— Não, não — negou Margie sem rodeios. Em seguida, olhou para seus sapatos sujos. — Na verdade, estava, sim. Desculpa.

— Tudo bem. A gente não liga. Qual é o seu nome?

— Margie Salinas.

— Eu sou Autumn, e esta é minha irmã, Tamara.

— Vocês não parecem irmãs.

A garota chamada Tamara riu.

— Uma observação brilhante. Sou adotada, óbvio.

— Ah, tudo bem. Bom, é melhor eu ir andando.

— Não, fica — insistiu Autumn. — É legalizado. — Ela estendeu o cigarro. — Você já fumou marijuana?

— Quer dizer maconha? Não.

A ideia era ridícula. Onde ela conseguiria maconha?

— Quer experimentar?

Ela hesitou.

— Como é?

— Divertido — respondeu Tamara. Ela devia ser mais jovem que a irmã, mas também parecia amigável. — Faz você ficar feliz e bobo.

Margie se aproximou mais. Ela se sentia lisonjeada por aquelas garotas tão legais estarem sendo simpáticas com ela.

— Tá bom — disse ela.

Autumn lhe mostrou como se fazia.

— Você precisa inspirar como se estivesse prestes a pular na água. Depois, prende a respiração. É um pouco difícil no começo, mas você vai se acostumar.

Margie inspirou a fumaça com aroma de pinho e sua cabeça quase explodiu. Ela prendeu a respiração e depois soltou a fumaça em um acesso de tosse.

— Não acredito que vocês gostam disso — confessou.

— Você vai se acostumar. E aí vai entender — disse Autumn.

— Tosse para sair — instruiu Tamara.

Margie tentou mais uma vez. E depois outra. Após alguns minutos, ela sentiu uma sensação agradável e sorriu.

— Está vendo? — disse Tamara. — É legal, né?

— Humm.

Os lábios de Margie estavam dormentes e grossos, sua boca, cheia de um algodão invisível. Ela não tinha certeza do motivo pelo qual se sentia dessa forma, mas estava fascinada por aquela família e seu castelo de livro de histórias, seus amigos brancos vestidos de branco, suas coisas bonitas e sua casa organizada.

— Essas tatuagens são de verdade? — perguntou ela.

As irmãs tinham tatuagens idênticas nos pulsos: um pequeno desenho de linha de um pássaro voando.

Autumn assentiu com a cabeça.

— São falcões. Nós somos as irmãs Falcon.

— Nossos pais ficaram com ódio quando a gente fez — contou Tamara.

— Ameaçaram mandar a gente para um internato militar e tudo. — Ela estremeceu, depois olhou para a porta e sua expressão mudou. — Ah — disse ela, movendo-se para bloquear a tigela com os baseados e isqueiros. — Oi, Missy.

Uma empregada doméstica de saia escura e avental branco foi em direção a elas.

— Não me venha com essa de "ah-oi" — disse ela. — Vê se guarda essas coisas e tira de dentro de casa.

— Desculpa — falou Autumn.

— E você. — Missy se aproximou de Margie, que agora estava tremendo de medo. — Quem diabo é você?

— Eu sou... Eu sou a Margie.

— Bom, seu lugar não é aqui, arranjando problemas com essas delinquentes. — Ela analisou o rosto de Margie, seu cabelo e o logotipo em seu avental. — Você é a filha da moça do sanduíche, né? Não era para estar aqui.

— Eu sei — admitiu Margie. — Me desculpa.

— Não é culpa dela — disse Autumn. — A gente convidou ela para ficar com a gente.

— A gente praticamente forçou a garota — acrescentou Tamara.

— Pois ela devia ter tido o bom senso de dizer não. E você, não seja burra, está ouvindo? Você só vai arrumar problemas fazendo essas coisas.

Margie ficou ali parada, sentindo que estava flutuando em uma nuvem e morrendo de vergonha ao mesmo tempo.

Missy voltou-se para as irmãs Falcon.

— Vocês sabem o que aconteceria com vocês se seus pais descobrissem? Sabem?

Autumn e Tamara olharam para o chão.

— Internato militar — murmurou Tamara.

Margie não sabia muito sobre o internato militar, mas parecia insuportável, tipo uma prisão.

— O que está acontecendo aqui? — A sra. Falcon entrou na sala. Era uma mulher alta e de aparência feroz, com cabelos tratados em salão de beleza e joias brilhantes que pareciam reais. Ela cheirou o ar como um cão de caça farejando algo. — Estou sentindo cheiro de maconha.

O rosto de Autumn ficou pálido.

— Mamãe...

— Vocês estavam fumando maconha.

Tamara começou a chorar.

— A gente não estava, mamãe, juro.

A mãe delas pareceu inchar de raiva, como uma feiticeira conjurando um feitiço.

— Vocês têm alguma ideia de como isso vai afetar o pai de vocês? A reputação dele? A reputação da família?

As duas irmãs pareciam tão infelizes que Margie deixou escapar:

— Fui eu.

A sra. Falcon se virou, parecendo vê-la pela primeira vez. Seus olhos e narinas se arregalaram de forma quase cômica.

— E você é...?

— Margie Salinas. Suas filhas não tiveram nada a ver com isso, senhora. — Ela falou por impulso total e se sentiu quase desafiadora, defendendo aquelas duas estranhas de um destino que parecia aterrorizá-las. — A culpa é toda minha, então, por favor, não brigue com elas.

A mãe parecia ansiosa para acreditar em Margie. Não devia querer mandar as filhas embora de verdade. Ela se virou para encarar Missy.

— Bom, então, não tem mais nada a ser dito. Por favor, acompanhe a senhorita… *Salinas* até a saída — disse ela, pronunciando o nome com um sibilo de raiva.

As irmãs olharam para Margie com olhos arregalados de espanto. Tamara juntou a palma das mãos em um gesto silencioso de gratidão.

— Eu juro — disse a empregada para Margie. — Você é só problema. Vem.

Ela fez sinal para que ela fosse até a porta e a empurrou em direção à grande escadaria.

Margie ficava tentando se segurar e errando o corrimão. Missy entregou Margie à mãe como se estivesse levando o lixo para fora.

— Mantenha essa aqui longe de encrencas — disse ela à mãe.

A mãe encarou Margie. Embora ela tivesse agradecido à empregada e pedido desculpas, Margie via que estava furiosa pela forma como as veias se destacavam em suas têmporas. Ela quase nunca ficava brava, mas, quando ficava, era como um jato de calor ao abrir um forno quente.

No caminho para casa, a mãe brigou com ela.

— Você sabe o quanto isso poderia ter me prejudicado, Margie? O que raios você estava pensando?

Enquanto Margie se encolhia no assento da caçamba da van de *catering*, a mãe acendeu um cigarro com um toque experiente de seu isqueiro. Ela abriu a janela e soprou uma nuvem azul-acinzentada.

— E nem vem falar comigo do meu cigarro — disse ela, antecipando-se aos comentários de Margie. — Esse aqui não é contra a lei. O que você tinha na cabeça?

— Eu estava curiosa. Estava dando uma olhada na casa, aí encontrei as meninas e elas me convidaram.

— E você caiu na delas. Que coisa mais idiota. Muito idiota.

Margie roeu as unhas.

— Eu sei que errei, mas é que elas foram muito legais, como se quisessem ser minhas amigas.

— Não, você não sabe. Aquelas garotas não são suas amigas. Elas não sabem nada de você. Se elas forem pegas com maconha, não vai ser nada demais. Talvez elas fiquem de castigo e não possam fazer aulas de equitação ou ir para a Europa. Mas se *você* for pega, vai ser mandada para o reformatório. Você sabe o que é isso, né? Reformatório, com uniformes, arame farpado e sabe-se lá o que mais. Você seria fichada e sua vida seria uma porcaria pra sempre. É isso que você quer?

— Não, senhora. Mas elas estavam muito, *muito* assustadas porque o pai delas é um pastor famoso da televisão. Se fossem pegas, seriam mandadas para a escola militar. Então eu falei para a sra. Falcon que a culpa era minha.

— Meu Jesus amado. Por que você fez isso? Elas nem são suas amigas, Margie.

— Elas estavam assustadas. Eu meio que deixei escapar para proteger as duas.

— Ah, que ótimo. Minha filha é a maldita reencarnação da Joana D'Arc. O reformatório com certeza ia te fazer bem.

Margie se recostou e ficou olhando pela janela. Ela não se sentia mais drogada, só exaurida. Com sede. Embora soubesse que a mãe tinha razão sobre o fato de as meninas receberem tratamentos diferentes por fazerem a mesma coisa, ela não entendia por que tinha de ser assim.

— Uma das meninas é adotada — disse ela, mudando de assunto.

— É mesmo? Elas te contaram isso?

— Era óbvio — respondeu ela, imitando Tamara Falcon. — Uma é asiática e a outra é branca.

— Sem dúvida é uma criança de sorte.

— Porque foi adotada por uma família rica?

— Lógico.

— E se ela preferisse ficar com a família original em vez de ser rica?

— Bom, talvez não fosse uma opção. Talvez a mãe biológica não tenha tido escolha.

Margie ficou quieta, olhando pela janela.

— Quando você engravidou, pensou em me dar para adoção?

— Pensei. Eu pensei em todas as opções possíveis, incluindo adoção e aborto. Eu tinha 16 anos, meu amor. Meus pais disseram que eu estava por minha conta e meu namorado desapareceu. Então, sim, eu considerei as opções. E tenho que ser sincera: quando percebi que estava grávida, já estava no segundo trimestre. Se eu tivesse descoberto antes, e se tivesse tido a chance, com certeza teria escolhido o aborto. Na maioria dos dias, talvez não hoje, fico feliz por não ter feito isso.

— Sinto muito por hoje — disse Margie.

— Eu sei, querida. Mesmo que na época eu fosse uma garota burra que nem você, eu sabia que a melhor escolha para nós duas seria ter você e te amar pra sempre.

— Ah. Que bom que você ficou comigo.

— Você gostaria que eu tivesse dado você para umas pessoas ricas criarem que nem aquela garota Falcon?

Margie pensou na casa luxuosa, na piscina, nos jardins e nos cavalos. Em seguida, pensou no trailer no Arroyo onde elas moravam, e na cozinha onde a mãe fazia sanduíches todas as manhãs. Pensou nas risadas e nos aconchegos na hora de dormir, em dançar "Waltz Across Texas" e em pular na água fria e cristalina de Barton Springs em um dia quente, e em como ela adorava o som da risada da mãe, e não conseguiu imaginar outra vida.

— Não — respondeu ela, pensando nas garotas da mansão. — Acho que aquelas duas irmãs não pareciam nem mais felizes, nem mais tristes do que qualquer outra criança. E a mãe delas era assustadora.

— Você é uma alma antiga, Margie Marginha. Fico feliz por você ser minha.

— Eu também — respondeu Margie. — E desculpa por ter fumado maconha.

— Que bom que não tivemos nenhum problema sério por causa disso. Acho bom que isso não se repita.

Não demorou muito para que Del entrasse na vida delas como um astro de TV fazendo participação especial. Margie estava acostumada com homens querendo sair com a mãe dela, que era uma mulher muito, muito bonita. Mas ela também era muito exigente e nenhum relacionamento durava muito tempo. Del era diferente, ou pelo menos parecia. Tratava a mãe como uma rainha. Ele dirigia um caminhão de entrega de barris de chope para restaurantes, mas machucou as costas, ficou inválido e nunca mais voltou a trabalhar.

Eles se mudaram para uma unidade maior no Arroyo, um trailer duplo. Tinha um banheiro extra, mas ainda era Arroyo. Del disse que não queria afastar Margie dos amigos nem fazer com que trocasse de escola no meio do ensino médio. Depois que ela se formasse, eles comprariam uma casa, ele prometeu. Ele prometia muita coisa.

Afastando as lembranças, Margie olhou para Truly Stone através da janela de acrílico.

— Minha mãe me teve nova — explicou ela depois de contar a história da maconha. — Foi um descuido e ela só soube que estava grávida quando era tarde demais para fazer alguma coisa.

Essa era a parte que mexia com a cabeça de Margie. Se a mãe tivesse percebido antes, se tivesse interrompido a gravidez, nada disso teria acontecido. *Margie* não teria acontecido. Ela não estaria aqui, Jimmy Hunt ainda estaria vivo e o mundo continuaria girando.

Truly a analisou com um interesse silencioso, quase fascinada.

— Juro — continuou Margie —, foi a única coisa que eu fiz que foi contra a lei. Você está me olhando como se eu fosse algum tipo de criminosa.

— Não, não é isso. É... Você já pensou em ser mãe?

— Você já?

— Só de um jeito abstrato — admitiu Truly.

— Eu sempre achei que teria um filho, mas não assim. Merda. — Margie se sentia dividida entre a curiosidade e a admiração de ter um bebê e o terror e a aversão de dar à luz o filho de Jimmy Hunt. Ela suspirou. — Sinto falta da minha mãe todos os dias. Ela era minha melhor amiga. Eu estava ficando grande o suficiente para dividir as roupas com ela. As pessoas costumavam dizer que parecíamos irmãs, mas não sei. Ela era muito bonita.

— Você se parece muito com ela. Você é superlinda, que nem ela.

— Como assim? Como você sabe que sou parecida com ela?

— Uma das reportagens do jornal mostrou uma foto sua ao lado dela.

— Reportagens? Que reportagens?

— Ah, meu Deus. Você não deve ter visto, estando aqui dentro.

— Eu vi alguma coisa logo depois que aconteceu. Mas... reportagens?

— A história virou notícia das grandes. Saiu até no *Texas Monthly*. E num blog que eu sigo, o *Justiceiro Solitário*.

— É o blog do Buckley DeWitt.

— Você o conhece?

— Ele é meio que um amigo, acho.

Ela ficou surpresa ao saber que ele estava escrevendo sobre ela. Será que eles ainda eram amigos ou ele também achava que ela era uma assassina?

— As coisas que dizem nos jornais e na internet não são muito legais. — Truly estalou o chiclete. — É de se esperar. Nenhuma família quer acreditar que seu menino de ouro possa ser culpado de estupro. Imagino que eles queiram que a promotoria construa um caso influenciando a opinião pública.

Pensar em reportagens e fotos circulando deixou Margie arrepiada. Ela não suportava a ideia de pessoas especulando sobre aquela noite, tirando conclusões precipitadas, presumindo o pior sobre ela.

— Desculpa. Eu não devia ter dito nada, mas achei que você soubesse. Pensei que seu advogado te mantivesse informada de tudo.

— Ele mal fala comigo. Ele mal é meu advogado. Como a mídia pode estar me julgando e condenando antes da justiça? Como isso pode estar certo?

— Não está. Vou ver se consigo encontrar alguém que te ajude a se relacionar melhor com seu advogado. E não vou descansar até seu procedimento ser autorizado.

— Por favor — pediu Margie, tentando manter vivo o vislumbre de esperança.

— Deixa comigo — disse Truly.

Cada dia de espera era uma eternidade, prolongada pela ansiedade e pelo pavor. Margie fantasiava sobre a menstruação. Tentava fazer acontecer com a força do pensamento. Refletia sobre os remédios e procedimentos caseiros de que ouvia falar na cozinha e pelos corredores, como comer mamão, tomar chá de canela, pular corda até cair de exaustão. Às vezes, ela achava que estava enlouquecendo, embora não tivesse certeza se saberia identificar isso de fato.

Ela havia enlouquecido no dia da morte da mãe. Ao chegar em casa, avistara a caminhonete de Del estacionada na entrada da garagem e ele logo surgira na varanda, arrasado. Mas não, aquilo não era loucura. Era tristeza. Ela sabia como era o luto. Era como ser sufocada, perder o ar.

Mas Margie começava a achar que sabia exatamente como era a loucura: seu coração batendo fora do peito. Os pulmões muito cheios de medo para conseguir inspirar. As mãos formigando, as pernas inquietas e prontas para correr, embora não houvesse para onde correr naquele lugar. O trabalho na cozinha era uma dádiva de Deus porque lhe dava algo para fazer. Até mesmo lavar a louça, a mais humilde das funções, criava uma distração temporária. Mas o trabalho durava apenas algumas horas. No resto do tempo, ela se preocupava.

Margie odiava cada minuto porque cada minuto fazia com que a gravidez se tornasse mais real para ela. Ela vomitava o tempo todo, assombrada pelos demônios da náusea e do pânico. Precisava fazer xixi a cada cinco minutos e sentia os seios estranhos e doloridos.

Ela lia com frequência e estudava espanhol, praticando com as outras na cela e na cozinha. Escrevia seus pensamentos nos papéis que pegava do grupo de oração. Depois, começou a escrever suas receitas, as que havia desenvolvido e outras que havia aprendido com a mãe.

Quando a mãe morreu, o maior tesouro de Margie passou a ser aquele caderno grosso e desorganizado recheado de receitas arrancadas de livros e revistas antigas ou passadas por amigos. Ela era assombrada pelas anotações manuscritas de sua mãe. "Apimentado demais — muito forte", escrevera ela ao lado de uma receita retirada da *Southern Living*. "Feito para o aniversário de 12 anos de Adam" estava anotado ao lado de seu frango com manteiga e mel servido com biscuits. Quem era Adam? Quando ele fizera 12 anos?

Uma determinada receita estava marcada com uma tira de fotos em preto e branco de uma cabine. Cada foto mostrava Margie e a mãe fazendo caras bobas. Aquelas fotos foram tiradas no que Margie se lembrava como o melhor dia de sua vida, o dia em que a mãe a levara à praia em Corpus Christi para ver o mar pela primeira vez.

O arquivo de receitas dava a Margie vislumbres tentadores dos pensamentos da mãe, mas agora ela nunca mais poderia fazer perguntas ou ir mais fundo.

Escrever as receitas era algo que ela sempre desejara fazer de forma mais organizada. Não fazia ideia do que havia acontecido com seus pertences, os que foram deixados para trás na casa que havia se tornado uma cena de crime. Ela esperava que o caderno ainda estivesse lá, em uma prateleira sobre o balcão da cozinha.

Margie tentou reconstruir receitas de memória e inventar outras por conta própria. Havia diferentes estilos de churrasco em diferentes partes do país. Ela nunca tinha ido a lugar algum, mas costumava pegar livros na biblioteca gratuita do Condado de Hayden. Embora o molho começasse com os ingredientes básicos — sal e açúcar —, havia uma infinidade de variedades. Em Kansas City, o churrasco era conhecido pelo molho rico e robusto com uma base de redução de tomate. Na Carolina do Sul, ou do Norte, conhecida como Low Country, servia-se um molho de mostarda amarelo-claro. Ali no Texas, as pessoas preferiam o picante — de *jalapeños*, serranos ou até mesmo pimenta Bhut Jolokia —, o tipo de apimentado acirrado e saboroso que fazia com que a equipe de garçons do Cubby's corresse para pegar jarras de cerveja e litros de chá doce.

Na sala de convívio, Margie encontrou uma revista de viagem com um mapa ilustrado dos Estados Unidos, mostrando as comidas icônicas de cada cidade. Queria conhecer todos aqueles lugares, até mesmo os mais frios como Milwaukee, Ann Arbor, Vermont e Montana. Seu destino mais desejado, porém, era São Francisco, na Califórnia. Sabia que adoraria a famosa cidade, os bondes, o pão *sourdough*, as casas pintadas, as colinas, as pontes e o oceano Pacífico banhando o litoral.

Um dos melhores momentos da infância de Margie foi uma excursão da escola para a capital, Austin. A mãe gostava de levá-la para passear pela HOPE Outdoor Gallery, uma incursão gratuita. Certa vez, foram até a cidade para ficar na ponte dos morcegos ao anoitecer, observando, horrorizadas, milhares deles voarem para o céu alaranjado. A mãe costumava reservar um domingo inteiro de abril para passear de carro pelo campo e observar os tremoceiros. As duas achavam fascinantes os campos recheados daquelas gloriosas flores índigo.

Às vezes, imaginavam os lugares que gostariam de conhecer juntas — Cancún e Cozumel, onde as ondas do golfo do México se acumulavam em quilômetros de praias arenosas. As Montanhas Rochosas, Big Sur, a costa do Oregon, as Carolinas e até mesmo a Nova Inglaterra. Tudo parecia tão distante, mas Margie nunca duvidou de que um dia chegariam lá.

Durante aquela espera agonizante na cadeia, ela começou a temer que nunca mais pudesse ir a lugar algum.

16

— *T*enho boas notícias — disse Truly Stone ao telefone. — A consulta foi agendada para a próxima segunda-feira.

— Graças a Deus. — Margie se encostou na parede da área dos telefones. Estava exausta por causa das preocupações, dos enjoos e das tonturas que sentia não apenas pela manhã, mas depois de cada refeição. O próprio ônus emocional era exaustivo. Seus sonhos eram assombrados por visões do estupro e suas consequências, a violação de tudo o que a tornava humana. — Mas e quanto ao custo...?

— A fundação vai bancar.

— Uau, isso é... Estou muito grata. — E estava mesmo, mas também sentia o coração dividido. As células que se multiplicavam dentro dela não haviam prejudicado uma alma, mas eram o resultado do maior dano imaginável. *Senhor*, pensou ela, *quanto mais cedo isso for feito, melhor.* — Você passou na minha casa? Achou meu gato?

— Passei, sim. Seu aluguel está pago por mais um mês. E... não. Desculpa. Não vi nenhum gato. Mas deixei vários tipos de comida à disposição.

— Obrigada por tentar.

Margie soltou um longo suspiro de alívio e resignação. Depois de segunda-feira, tudo estaria terminado. Ela estaria livre de Jimmy Hunt, de seu ataque brutal e da tentativa cruel do sistema carcerário do condado de violar seus direitos. Ela se sentiu mais esperançosa do que em semanas anteriores e até sorriu quando Landry Yates chegou para uma reunião mais tarde naquele dia.

— Espero que você tenha boas notícias para mim. Tipo que o júri se reuniu mais cedo e não teve acusação.

Ele se remexeu na cadeira. Ajustou seus óculos. Seu celular tocou quando ele colocou a pasta sobre a mesa e tirou alguns papéis.

— É sobre sua licença na segunda-feira.

Margie sentiu uma onda de apreensão no estômago.

— O que tem?

— Ela foi adiada. Apresentaram uma ordem de bloqueio temporária.

— O que raios isso quer dizer?

— Querem impedir você de interromper a gravidez.

A apreensão no estômago pareceu endurecer, como gelo.

— Como assim? Quem...

— A família. Os Hunt — disse Landry. — A ação foi movida em nome deles.

— Bem, espero que você diga a eles que minha decisão pessoal e protegida pela lei não é da conta deles.

— Não é tão simples assim. O procedimento vai ser adiado para a realização de uma audiência.

— Uma audiência? Sobre a *minha* decisão particular de saúde sobre meu corpo? Espera, deixa eu adivinhar. O juiz é um dos comparsas do clube de campo deles, certo?

O celular de Landry vibrou outra vez.

— Não sei dizer.

— E qual é o objetivo dessa audiência? Eu posso estar presente? Posso opinar?

— O objetivo é nomear um guardião para o nascituro.

— Para *quem*?

Margie não conseguia acreditar no que estava ouvindo.

— Os documentos legais afirmam que o feto tem direito a um tutor.

A cabeça dela estava girando. Ela não tinha formação em direito, mas estava lendo com voracidade e até mesmo ela sabia que a situação era absurda.

— Como diabo os Hunt descobriram isso?

— Eles são os Hunt. Eles ouvem coisas.

— Bom, eles não vão me impedir de exercer meu direito de escolher fazer um aborto.

— Você tem o direito de contestar a ordem. Só que tem diretrizes legais a serem seguidas. Agora, você pode entrar com um recurso de emergência...

— Tudo bem. Então faça isso. *Agora.*

— Você precisa de um advogado para isso.

— E você é o quê, um artista ou coisa do tipo?

— Já disse, eu sou o defensor público do seu caso criminal. A questão da gravidez é uma questão separada. Você precisa contratar um advogado particular para cuidar disso, porque não faz parte da minha defesa.

— Não tenho condições de pagar um advogado particular.

— Você até pode tentar contestar a ordem sem um advogado, mas seria uma batalha difícil.

— Ah, como se *isso* não fosse uma batalha difícil, né? Estar presa. Ser ignorada. Mentirem sobre mim. Estar preocupada com meu gato. Grávida do meu estuprador. Você acha que entrar com uma maldita apelação é mais desafiador do que isso?

Ele fez a gentileza de ruborizar.

— Eu sinto muito de verdade.

— Então me ajuda, Landry. Pelo amor de Deus. Me diz o que fazer.

Ele respirou fundo e balançou a cabeça de leve.

— Tenho relações aqui no condado. Meu trabalho é defender você no caso criminal.

— Não estou te pedindo para fazer isso como um trabalho. Estou te pedindo porque é o certo. Ninguém, nem os Hunt, pode me forçar a ter um bebê contra a minha vontade. Isso é... É bárbaro. É como... a porra do *Conto da aia.* — Ela agora se sentia diferente da garota atordoada e traumatizada que havia chegado à prisão. Os Hunt estavam demonstrando sua loucura, mas também estavam endurecendo o senso de retidão e confiança dela. — Então, sim, eu entendo que seu trabalho é me defender. Mas me ajudar a lutar contra esse mandado de restrição de merda é... É seu dever como alguém que sabe como a lei funciona.

Ele desviou o olhar de novo, e depois a voltou a olhar para ela.

— Não é assim que *eu* trabalho.

E, naquele momento, ao encarar os olhos apertados e lábios afinados dele, ela enfim entendeu. Sentiu a verdade como um soco no estômago.

— Meu Deus do céu — sussurrou ela. — Ah, meu bom senhor. Você não acredita que uma mulher deveria ter o direito de tomar decisões sobre o próprio corpo.

Landry não disse nada. Não precisava. Margie teve uma sensação de derrota que a esgotou.

— Suponho que você também pense que sou uma assassina. Você acha que eu queria matar Jimmy Hunt.

— Não cabe a mim determinar isso — respondeu ele. — Estou aqui para te defender, como é seu direito constitucional.

— Sabe o que mais é meu direito constitucional? Fazer um aborto. Nem você, nem ninguém, pode escolher quais direitos eu tenho. — Ela esperava que seu olhar tivesse um brilho frio de aço enquanto o olhava nos olhos. — Estou grávida porque um monstro me estuprou. Nesse momento, fazer um aborto é um procedimento seguro e simples, mas o tempo está se esgotando. Se você deixar eles me forçarem a levar isso até o fim, como vai funcionar? Como é que vai ser, Landry? Me fala. Vou ser forçada a dar à luz o bebê de um estuprador na prisão?

— Claro que não. Você seria levada para o hospital.

— Ah, é, verdade. Vou ter que pagar pelo meu próprio transporte e segurança, coisa que você sabe que não posso fazer. Vou ser algemada à cama? E o que vai acontecer com o bebê? Também vai ser algemado? Levo de volta para a cadeia comigo? Para criar o filho de um estuprador atrás das grades?

— Os Hunt estão reivindicando os direitos do pai.

Ele indicou o arquivo sobre a mesa.

— Eles estão *o quê*? Isso é um absurdo. Não tem pai. Neste momento, não tem nem um bebê.

— Os Hunt se comprometeram a assumir a custódia do neto...

— Ah, meu Deus. Você está ouvindo o que está dizendo? Você quer que eu incube esta coisa feito uma estufa e depois entregue a uma família para eles criarem igual ao Jimmy. Se for um menino, pra se tornar estuprador bêbado e violento...

— Eu não quero nada — disse Landry. — Só estou aqui para te informar sobre o mandado de restrição temporário.

— Quanto tempo significa "temporário"? Quanto tempo eu tenho?

Ele tamborilou os dedos no arquivo. Seu celular voltou a tocar. Aí ela soube que estava ferrada, não apenas com relação ao aborto, mas com relação à sua própria defesa. Landry não acreditava nela. Não acreditava que mulheres eram indivíduos com direitos. Para ele e pessoas como ele, mulheres eram propriedades. Landry não estava ali para lutar por ela. Margie era apenas uma obrigação profissional.

Ela o encarou com raiva e chamou o guarda.

— Não sei o que dizer. — Truly parecia perplexa quando Margie telefonou, em pânico. — É um dilema horrível para você. Fiz uma centena de ligações para várias fontes e espero que isso seja resolvido a tempo.

O tempo era o inimigo. Os minutos se arrastavam, mas os dias passavam voando.

Com base nas leituras que havia feito sobre traumas decorrentes de estupro, Margie sabia que não estava louca, e sim sofrendo de transtorno do estresse pós-traumático. Não bastava estar aterrorizada, ainda havia esse novo desastre se desenrolando em sua vida. O atraso no procedimento já havia infligido um dano emocional extremo, e, a cada dia que passava, ela ficava mais suscetível a complicações médicas sérias. As prováveis consequências para a saúde mental de uma mulher forçada a carregar o bebê de seu estuprador até o fim e ter de criá-lo apesar de um futuro incerto eram bem documentadas. Talvez ela acabasse ficando louca mesmo, no fim das contas.

Ela achava que não conseguiria sobreviver a muito mais tempo de espera.

Truly entrou em contato com grupos de defesa, centros de saúde para mulheres e voluntários de assistência jurídica. Todos concordaram que o mandado de restrição estava errado e seria revogado.

Mas o processo levava tempo, e Margie não tinha tempo.

Por fim, ela recebeu a visita de um estagiário da assistência jurídica chamado Harry Brooks, tão jovem quanto Truly e tão sincero quanto ela. Houve um lampejo. Ele lhe deu notícias encorajadoras quando citou trechos da jurisprudência que confirmavam o direito legal de uma mulher — mesmo uma mulher encarcerada — de tomar suas próprias decisões de saúde.

No entanto, ela precisava apresentar uma moção para contestar a ordem. Era tudo uma questão de preencher a documentação correta e apresentá-la de forma adequada e em tempo hábil.

Eles enfrentaram obstáculos que pareciam ter sido criados por um sistema corrupto. Conseguiam uma audiência e, de repente, o cronograma mudava. As coisas eram adiadas. Estavam à mercê da programadora do tribunal, Karen Castro, que por acaso era melhor amiga de uma substituta do xerife, Belle Fields. O nome de solteira da delegada era Hunt. No fim, tudo girava em torno deles.

Harry entrou com dois conjuntos de recursos de emergência, um deles na Suprema Corte do estado. O tribunal de apelações se recusou a tomar medidas imediatas.

— Temos uma data provisória com o juiz de apelação em quatro semanas — informou ele.

Margie ficou horrorizada.

— Não podemos… não posso esperar tanto tempo. Que parte de apelação de *emergência* eles não entendem?

— É o prazo mais curto que podem oferecer.

— Não. Eu vou estar no segundo trimestre. Você entende o que isso significa?

Ela sentiu seu rosto perder a cor. Interromper uma gravidez mais avançada significava um risco maior de complicações. Mais regulamentos e limitações. Mais restrições. Mais pesadelos sobre o que poderia acontecer. Mais consciência de que aquele feto estava se tornando um ser humano. Não um aglomerado de células, mas uma pessoa de fato.

— Eu enfatizei que é uma emergência — disse ele antes que ela pudesse perguntar.

Margie se revirava, noite após noite. Ela vomitava e perdia peso. Quando se deitava no colchão fino e olhava para o teto cheio de marcas, começava a pensar nos folhetos informativos que a sra. Renfro havia lhe dado. Pensava na diferenciação celular e nos botões embrionários e na ideia de que um pequeno aglomerado dentro dela estava assumindo o controle de seu corpo.

Em seguida, ruminava sobre o fato de que metade do DNA vinha de Jimmy Hunt. Universitário. Atleta estrela. Filho do homem mais rico do condado. *Estuprador.*

Certa noite, ela acordou de um sono agitado e tentou se deitar de barriga para cima, fazendo os exercícios de respiração que a sra. Renfro dissera que poderiam ajudá-la com a ansiedade. Inspira. Um dois, três, quatro, segura, dois, três, quatro... e, naquele momento, sentiu... algo. Uma ondulação, não de ansiedade — Deus sabia que ela estava familiarizada com essa sensação. Mas... uma ondulação de outra coisa, algo vital dentro dela. Um outro.

Embora Margie tentasse fugir da sensação da gravidez e de tudo o que ela implicava, seus pensamentos não se aquietavam. Continuava a se perguntar: *e se?* Se ela não fizesse nada, só se rendesse e abrisse mão do controle de seus direitos, ela estaria aceitando uma grande mudança de vida — dar à luz o filho de um estuprador. Sua mente, seu corpo e sua alma seriam para sempre alterados pelo fato de que ela sofreria meses de uma gravidez forçada, uma provação que jamais suportaria se tivesse escolha.

Se os Hunt conseguissem o que queriam, em questão de meses, um bebê estaria no mundo. Ela ainda estaria na prisão aguardando julgamento. A família de Jimmy ficaria com a criança. A menos que ela tomasse medidas drásticas.

No dia seguinte, Margie preencheu um formulário de solicitação urgente para ir à enfermaria. Com os olhos embotados devido à falta de sono, magra devido à ansiedade e ao enjoo, ela recebeu permissão para ir imediatamente. Até o momento, ninguém parecia notar que ela só ia à enfermaria quando a sra. Renfro estava de plantão. Era a única pessoa que de fato enxergava Margie, cuja compaixão parecia real.

A sra. Renfro tentou apelar à administração para obter mais cuidados médicos, mas não conseguiu nada.

— Isso prova que os Hunt não se importam com o feto — falou Margie. — Se eles se importassem, garantiriam que eu estivesse saudável. Eles só querem se vingar de mim.

A sra. Renfro apertou seu ombro.

— Estou mantendo registros detalhados, Margie. — Ela se inclinou para a frente para que o guarda não ouvisse. — É provável que tudo isso seja ilegal. Vou manter os registros seguros para o caso de você precisar deles.

A ideia de buscar justiça parecia absurda, mas a gentileza da enfermeira trouxe lágrimas aos olhos de Margie.

— Como minha vida pode ter se tornado isso? — Ela fez um gesto amplo com o braço. — Eu me sinto tão impotente, tão presa. Eles estão atrasando tudo de propósito até que seja tarde demais para eu fazer um aborto.

— É o que parece, sim.

— No início, era uma decisão óbvia. Agora... está ficando mais complicado a cada dia. — Margie pressionou os nós dos dedos em seu lábio inferior. — Então, ontem à noite, quando eu estava deitada na cama, acho que senti alguma coisa.

— Alguma coisa?

Ela baixou as mãos para o colo.

— Um movimento. Mais como uma vibração.

— Você sentiu o bebê se mexer?

Margie deu de ombros.

— Acho que talvez eu tenha sentido.

— Ainda é cedo, então você pode estar sentindo um pouco de indigestão. Talvez gases. É bastante comum.

— Pareceu diferente, porque eu estava deitada de barriga para cima quando senti.

— Bom, você é bem magrinha. E tem duas datas potenciais de concepção.

Ela colocou as mãos no colo.

— Então… hum… quando percebi que estava grávida, eu sabia o que precisava fazer. Por mim. Era claro como o dia. Não teve hesitação. Nenhum debate sobre o que eu sabia ser a decisão certa.

— Você foi muito clara comigo. E a lei está do seu lado. — A sra. Renfro verificou a pressão arterial de Margie. — No que você está pensando agora?

— Que eu. Não. Quero. Estar. Grávida. — Margie enunciou cada palavra, ansiando por realizar o desejo. Ela baixou o olhar para o chão. — Não posso desfazer isso sozinha, mas hoje entendo por que as mulheres, desde o início dos tempos, sempre procuraram, e sempre vão procurar, interromper uma gravidez indesejada.

— Ah, Margie. Sinto muito.

— Eles me fizeram esperar tanto que só consigo pensar que não posso impedir o tempo de passar. No começo eu só pensava: "Tenho que fazer isso". Agora está virando: "Será que eu posso fazer isso?".

— No que você está pensando?

— No que aconteceria se eles me enrolassem tanto que eu acabasse tendo o bebê.

— Você *quer* ter um bebê?

— Meu Deus, não, não agora. E um bebê de Jimmy Hunt? Nunca. Sei que essa criança não tem culpa de o pai ser um monstro violento, mas eu saberia. Eu carregaria essa informação todos os dias da nossa vida.

A sra. Renfro usou o termômetro de ouvido para tirar a temperatura dela.

— Humm.

Margie reconheceu o som evasivo. A enfermeira o usava quando queria mostrar que estava ouvindo, mas não queria deixar transparecer o que estava pensando.

— Estou com muito medo — falou Margie. — Mas não sou burra, sra. Renfro. Sei que quanto mais tempo me obrigarem a esperar, maior vai ser o risco de complicações. Mesmo assim, ser forçada a ter um filho é ainda mais arriscado, certo?

— Com os devidos cuidados, o risco seria minimizado nos dois casos.

— Devidos cuidados. Neste lugar? — Margie tomou fôlego para criar coragem, depois exalou a pergunta: — O que acontece quando uma detenta tem um bebê? Só... uma hipótese, quero dizer.

— O bebê fica com a mãe até os 18 meses. Depois é enviado para morar com parentes ou família de acolhimento até que a mãe seja libertada.

Margie não tinha parentes. Então, família de acolhimento. Ela poderia escolher a família? Queen e Cubby? Talvez alguém da igreja deles?

— E se isso demorar muito?

A sra. Renfro olhou para o lado, verificando as coisas em seu carrinho.

— Enquanto a mãe estiver presa, ela tem direito a visitas como qualquer outra pessoa.

Margie tentou imaginar a situação se desenrolando. Uma criança pequena, arrastada para a sala de visitas, se contorcendo e recuando diante daquela mulher estranha atrás do acrílico. Nenhuma criança merecia isso.

— Eu já vi acontecer com outras detentas — disse ela. — E são mulheres que *quiseram* ter filhos. É um pesadelo.

— Sinto muito, Margie. Sei que isso está longe de ser o ideal, mas as crianças são mais fortes do que imaginamos.

— Não deveriam ter que ser. Elas deveriam ser *crianças.*

Margie observou o manguito de pressão arterial esvaziar e a agulha fazer a contagem regressiva no mostrador.

Ela respirou fundo e, trêmula, deu voz a um pensamento silencioso:

— E quanto a... entregar o bebê para adoção?

A ideia lhe tinha vindo à noite, invadindo seus pensamentos como um intruso furtivo. Ela se lembrou de seu encontro muito tempo antes com a garota chamada Tamara Falcon, adotada por uma família rica, vivendo como uma princesa em uma torre.

— Você está considerando essa possibilidade? — perguntou a sra. Renfro.

— Tudo, menos o que eu preciso, é uma possibilidade — respondeu Margie, enxugando uma lágrima perdida. — Eu não sei de mais nada.

Dar o bebê para adoção é uma opção em uma lista muito limitada, certo?

— Pode ser — concordou a enfermeira. — Só para você saber, hoje em dia é preferível dizer "colocar" uma criança para adoção, não "dar" a criança.

— Eu não gosto nem um pouco de nenhuma das opções. Mas estou com muito medo de que o tempo se esgote e eu acabe tendo um bebê que não desejo.

— Os Hunt se ofereceram para ficar com a criança — lembrou a sra. Renfro.

— Não. Meu Deus do céu, não. Eu não daria um cachorro raivoso para aquela família criar. Eles já criaram um monstro. Por que eu daria outra chance a eles? Não. *Nunca.* — Um pensamento horrível lhe ocorreu. — Ah, merda, será que eles tentariam tirar o bebê de mim?

— Em uma situação de adoção, isso seria ilegal até mesmo para os Hunt. Como mãe biológica, você tem o direito absoluto de escolher.

— Como ser humano, eu também tenho o direito absoluto de me defender quando estou sendo estuprada e, apesar disso, estou aqui — apontou Margie. — Desculpa, mas não confio em nada que dependa do sistema.

— Vamos pensar em uma parte de cada vez, ok? Você está dizendo que está considerando outras alternativas ao aborto, correto?

— Eu... Não. Ou sim. Talvez eu esteja. Deus sabe que essa não é minha primeira opção, mas esses atrasos estão me levando a isso. Se eu optasse por isso, se eu colocasse para a adoção, me certificaria de que a criança nunca chegaria perto dos Hunt. Gostaria que desconhecidos pudessem oferecer à criança uma vida ótima e que não a fizessem conviver com o fato de que o pai levou um tiro enquanto estuprava a mãe.

Margie ficou abalada com as próprias palavras. Sentiu como se as estivesse ouvindo pela primeira vez da boca de um estranho. Ficou em silêncio por um tempo, contemplando o cenário que se desenrolava em tempo real: suportar uma gravidez indesejada, dar à luz, entregar o bebê. Como qualquer um se sentiria nessa situação? Ela estremeceu e girou a pulseira de presidiária em volta do pulso.

— Tem certeza de que quer explorar essa opção, Margie? — perguntou a sra. Renfro. — Porque, quando o mandado de restrição temporário for suspenso, você ainda vai ter o direito de interromper a gravidez.

— Não, não tenho certeza de nada. Se me oferecessem a chance de fazer o aborto agora mesmo, eu aceitaria. Mas é que... Caramba, já vai ser tarde demais, sabe?

— Se você quiser, posso entrar em contato com o serviço social e pegar informações sobre os procedimentos de adoção.

— É, pode ser. Não estou dizendo que essa é a minha escolha, mas também não estou dizendo que não seja. Do jeito que as coisas estão indo, estou perdendo a esperança. Preciso de um maldito plano B.

17

Chamar a atenção de alguém para uma adoção era muito mais fácil do que obter justiça por um crime que ela não cometera. Uma assistente social apareceu no dia seguinte para explicar como funcionava uma adoção particular e se ofereceu para conectar Margie ao sistema do condado. Parecia que muitas famílias estavam esperando para adotar um recém-nascido.

Ela foi apresentada a uma variedade desconcertante de agências. A maioria era dirigida por advogados, porque pelo jeito o processo de dar um bebê a alguém era juridicamente complexo.

Ao examinar as informações, Margie sentiu uma sutil mudança de atitude. Como jovem grávida e encarcerada, ela estava à mercê do sistema. No entanto, como possível mãe biológica que tinha o destino de uma família inteira nas mãos, ela detinha um enorme poder. Algo pelo qual ela não esperava. De repente, tornara-se a geradora dos desejos mais profundos de alguém.

— Durante todo esse tempo, implorei por um advogado — disse ela à assistente social — e ninguém me dava atenção. Acho que eu só precisava do tipo certo de moeda, não é mesmo?

— Bem, vamos deixar claro. Esses advogados não são criminalistas e não têm permissão para representar você em nada além desse assunto específico. Eles estão preocupados apenas em conduzir uma adoção privada e legal.

— Eu já entendi — falou Margie. — Sei que não posso trocar um maldito bebê como uma mercadoria pelos serviços de um advogado.

Margie recebeu permissão especial para realizar longas reuniões ao telefone com possíveis especialistas em adoção. Um dos homens com quem falou cuspiu fogo ao adverti-la de que queimaria no inferno se fizesse um aborto. Ele também não aceitava que famílias não cristãs e casais do mesmo sexo adotassem a criança. Margie não conseguiu desligar o telefone rápido o suficiente. Nenhuma criança deveria ser criada por pessoas escolhidas por um homem como aquele.

Outra advogada afirmou que tinha uma alta taxa de sucesso, mas não havia nada que comprovasse isso. Durante a conversa, ela pareceu distraída, como se estivesse trabalhando no computador ao mesmo tempo. Não parava de transferir todas as perguntas para seu sócio, que não estava presente na ligação. Sua frase favorita parecia ser: *Vou pedir para alguém checar isso para você.* Margie não ficou impressionada. Ela queria alguém que já tivesse as respostas. Como ainda estava hesitante em relação a decisão, precisava de alguém em quem pudesse confiar plenamente. Afinal, a interrupção da gravidez continuava em pauta desde que o mandado de restrição fosse suspenso a tempo.

Por fim, acabou conversando com Maxine Maycomb, advogada especializada em processos de adoção. Seu histórico de adoções bem-sucedidas era um dos mais altos do estado, e ela tinha depoimentos certificados para provar. Durante toda a ligação, Maxine ouviu sem parecer julgar e deu respostas objetivas e confiantes. Quando Margie mencionou que talvez ainda optasse pelo aborto, Maxine disse que apoiava o direito da mulher de tomar suas próprias decisões e que, na verdade, era voluntária da Planned Parenthood. Margie não se sentiu apressada, nem pressionada, nem obrigada a dar determinadas respostas.

Depois de tantas semanas de espera, foi notável a rapidez com que as coisas aconteceram quando Margie escolheu Maxine Maycomb para cuidar do seu caso. A sra. Maycomb foi conhecê-la naquela mesma noite. Com cabelos prateados e brincos de argola, ela se parecia um pouco com a governadora favorita da mãe de Margie, Ann Richards. A mãe tinha uma foto autografada dela colada na geladeira. A sra. Maycomb não pareceu nem um pouco intimidada com as roupas bege de presidiária e as algemas de Margie, nem com sua história de estupro e assassinato, nem com o fato de elas terem se encontrado em uma sala de reuniões sombria e sem janelas, com um guarda do lado de fora.

— Minha nossa senhorinha — disse a sra. Maycomb. — Você é tão pequena, minha querida. Como está se sentindo?

— Péssima. Náusea na metade do tempo e ansiedade na outra metade.

— Sinto muito. E sinto muito, muito mesmo que você esteja passando por isso. Deve ser horrível em vários sentidos.

— Às vezes, nem consigo acreditar que essa é a minha vida. Eu era garçonete, fazia molho barbecue, cuidava do meu gato. E agora estou presa e desde que entrei aqui tenho feito de tudo para descobrir como lidar com essa situação. Li tudo o que pude encontrar, estou recebendo ajuda da Fundação Amiga, mas nada muda e estou ficando sem opções. Parece que estou no inferno.

— Sabe o que Winston Churchill disse? "Quando estiver passando pelo inferno, continue."

Margie mexeu nas algemas.

— Só para que a senhora saiba, ainda não me decidi cem por cento. Preciso entender melhor como funciona esse processo, sabe?

— Claro, querida. Você merece considerar todas as suas opções. Eu prometo que existe um jeito de superar isso — falou Maxine. — Estou aqui para ajudar, mas, em última análise, você vai fazer a escolha que for melhor para você.

Margie sabia a resposta, mas fez a pergunta mesmo assim.

— Será que a senhora não poderia me ajudar a sair daqui?

— Não sou esse tipo de advogada. Mas...

Maxine parou e seu olhar se desviou por um momento.

— Mas o quê?

— Meu único foco é ajudar em uma adoção segura e legal, criando o melhor resultado possível para a mãe e a criança. Agora, vamos conversar sobre suas dúvidas e preocupações.

Margie lhe entregou algumas páginas com orelhas dobradas.

— Eles me deram um lápis, mas papel custa caro na lojinha. Então, eu escrevi em um papel de anotações da reunião de oração.

— Vou me certificar de que sua conta da lojinha tenha dinheiro suficiente para papel, ok? — disse Maxine.

— Muito obrigada.

Margie ficou surpresa ao sentir uma onda de emoção. Desde a visita de Queen, ninguém havia lhe oferecido nada, nem mesmo algo tão humilde quanto uma folha de papel. Ela se sentia em cima de um skate descontrolado, as emoções mudando com velocidade e saindo de controle. A sra. Renfro disse que devia ser efeito das alterações hormonais da gravidez.

Margie odiava que Jimmy Hunt ainda tivesse algum tipo de poder sobre suas emoções.

— Que tal eu começar mostrando como funcionaria o processo, caso você decida optar pela adoção? — Maxine pegou um *flip chart* portátil, que mostrava as etapas. — O mais importante agora é encontrar o melhor atendimento pré-natal para você.

Margie olhou para a foto no quadro, que mostrava uma jovem de rosto suave com um médico e uma enfermeira em um quarto sofisticado de hospital. Ela pensou nas clínicas de baixa renda que frequentava, com suas luzes ofuscantes, móveis de plástico e funcionários atarefados.

— Parece um hotel cinco estrelas.

— Os riscos são altos para todos os envolvidos, então, a equipe de atendimento é selecionada só para você.

— Eles vão enviar uma equipe de saúde para a prisão?

— Não, vamos elaborar um cronograma para te levar em consultas regulares.

— Eles disseram quanto custa me enviar ao hospital com uma equipe de segurança?

— Você não tem que se preocupar com nada disso. É padrão a família adotiva cobrir todos os seus custos médicos, antes, durante e depois do parto. Transporte, segurança, terapia e acompanhamento fazem parte de todos os arranjos que eu coordeno. Eles podem pagar outras despesas também, embora não seja obrigatório.

— Espera aí. Terapia? Acompanhamento?

— Necessidades essenciais de toda gestante. Está comprovado que mães biológicas com uma boa rede de apoio resultam em um processo de adoção bem-sucedido.

— E o administrador da cadeia concorda com isso?

Maxine fez que sim de maneira brusca.

— Escolhida a família, assinamos um contrato entre as partes. Você e os pais adotivos. Você pode escolher, por exemplo, o nível de envolvimento que quer ter com a família antes do nascimento e o grau de abertura que quer que a adoção tenha. Depois do nascimento, você assina uma rescisão final dos seus direitos parentais, seguida de um período de espera e uma visita domiciliar à família, e a partir daí os pais adotivos assumem a guarda total.

— E depois? Eu volto pra minha vida como se nada tivesse acontecido? Bom, adivinha só? Não posso *voltar pra minha vida*. — Margie estremeceu. — Minha vida agora é andar em círculos pelo pátio.

Era uma loucura pensar que, depois de incubar um bebê e dá-lo a outra pessoa, ela continuaria aqui, aguardando julgamento.

— Acho que você vai descobrir que não é bem assim — disse Maxine. — Ao menos não foi para nenhuma mãe biológica que eu tenha conhecido. As mães nunca se afastam por completo do processo, nunca esquecem. Uma gravidez é uma das maiores coisas que podem acontecer na vida de uma mulher, são marcas que se tornarão parte de quem você é, sabe? E essa é uma das razões pelas quais terapia e acompanhamento posterior são necessários.

Margie olhou para o colo, esfregando o polegar na borda da algema.

— Mas não é um acontecimento que vai definir todo o seu futuro — continuou Maxine. — Muito pelo contrário. Você pode seguir com sua vida, sabendo que fez uma coisa altruísta e amorosa por outro ser humano.

Não havia segredos na unidade. As fofocas chegavam por meio da rede invisível de sussurros e sinais entre as detentas. Quando se espalhou pela prisão a notícia de que Margie estava pensando em adoção, sua escolha se tornou uma espécie de *cause célèbre* entre as detentas e a equipe. Algumas moças davam pitacos. Fosse por tédio ou por verdadeira compaixão, as colegas de prisão de Margie se envolveram de forma intensa no processo. Faça isso. Faça aquilo. Melhor escolher uma família com muito dinheiro. Uma família com outros filhos. Um casal que queira um filho único. Uma mãe solo que saiba que é melhor não se envolver com homens. Cães. Cavalos. Uma poupança garantida para a faculdade. Um plano para a criança no caso de os pais se separarem ou morrerem. Todo mundo tinha uma opinião.

Tudo aquilo distraía Margie da realidade. Depois de apagar as luzes, ela ficava quieta, bloqueava o barulho e se concentrava na escolha que tinha à frente. Ficava pensando em suas opções limitadas. Ainda desejava fazer um aborto e recuperar seu corpo. Imaginou ser mãe atrás das grades e sofreu não apenas por si mesma, mas por uma criança que seria separada à força da mãe depois de dezoito meses. Ela fantasiava em ganhar a liberdade e ir embora do Texas para sempre. Poderia ir para Vermont e fazer molho à base de xarope de bordo. Para Seattle, São Francisco ou Denver.

Mas, a cada dia a liberdade parecia menos e menos provável.

No entanto, de repente Margie tinha mais apoio do que nunca — a advogada do processo de adoção, a conselheira prisional, uma assistente social, um mediador designado pela administração. Maxine devia ter uma bela lábia, porque ela conseguiu tempo extra de visita e foi até autorizada a levar um notebook. Sob estrita supervisão, Margie tinha permissão de ver perfis e assistir a vídeos de famílias em potencial, uma variedade desconcertante de pessoas que ansiavam por um filho. Ela ouviu suas esperanças e seus sonhos, suas demonstrações de amor e desespero. Analisou suas fotografias, leu suas cartas e tentou imaginar sua vida cotidiana. Suas histórias e seus vídeos sinceros, às vezes de partir o coração, mostravam vislumbres desses estranhos. Margie os observou relaxando em suas lindas casas, fazendo caminhadas juntos, comemorando feriados com amigos e parentes.

Parecia surreal escolher uma vida para uma pessoa que ainda nem existia. Ela passava todos os momentos acordada imaginando o caminho que estaria escolhendo para aquela criança.

Vida na cidade ou no campo? Uma mãe que fosse médica. O pai, DJ. Um lar bilíngue. Uma casa grande com jardim. Um apartamento em um arranha-céu. Filho único. Irmãos. Batistas. Budistas. Veganos. Viajantes do mundo. Caseiros.

Todas as famílias pareciam maravilhosas e comoventes. Havia histórias angustiantes de pessoas que não conseguiam engravidar por condições de saúde. Mulheres que haviam perdido o bebê várias vezes. Homens gays que queriam ser pais. Casais que desejavam tanto um filho que prometiam amar qualquer criança, de qualquer idade, com qualquer necessidade especial.

Margie logo percebeu que os perfis tinham a intenção de parecer ideais, mas ela se perguntava como seria se um deles ficasse com raiva ou doente, ou se falissem, sofressem um acidente.

Maycomb incentivou Margie a fazer essas perguntas aos candidatos sobre os quais ela queria saber mais.

Nenhuma das famílias em potencial vivia em um estacionamento de trailers. Nenhuma parecia se preocupar em conseguir o dinheiro do aluguel ou para abastecer o carro. Margie se perguntava como teria sido sua vida se a mãe não tivesse tido que lutar para chegar ao fim de cada semana. Às vezes precisava parar para recuperar o fôlego, porque ver todas essas histórias a fazia pensar muito sobre a maneira como ela havia sido criada. Elas não tinham nada — uma casa alugada em um parque de trailers e um carro que era mais velho do que a própria mãe. Mesmo assim, Margie nunca sentiu que lhe faltava alguma coisa. A vida delas possuía uma riqueza que nada tinha a ver com conta bancária. Seu mundo fora construído sobre uma base de amor e confiança, o lugar onde moravam não importava, mas sim o que significavam uma para a outra. As duas tinham a única coisa que esses casais tristes, ansiosos e ricos desejavam de todo o coração.

Obrigada, mamãe, pensou ela. *Espero ter dado a você o devido valor.* Maxine aconselhou Margie a restringir suas escolhas às famílias que se encaixassem melhor aos seus desejos e ela marcaria entrevistas por vídeo. Ela queria que Margie e os pais desenvolvessem uma relação de abertura, confiança e respeito mútuos.

— A maioria das famílias se concentra apenas no histórico de saúde da mãe — explicou Maxine. — O resto é com você.

— Eles também precisam saber que não estou cem por cento decidida.

— Com certeza — disse Maxine. — A adoção é o início de uma jornada emocional difícil, que traz tristeza e felicidade. É também a coisa mais gratificante e altruísta que já fiz.

— Que *você* já fez?

Margie ficou boquiaberta.

Maxine assentiu com a cabeça.

— Eu era ainda mais nova que você. Foi há muito tempo, quando o processo ainda era feito de maneira muito sigilosa, quando ainda era um tabu. Eu não tive nenhuma rede de apoio. Por isso me especializei nessa área, por isso virei voluntária na Planned Parenthood. Para ajudar a evitar situações como a que passei.

— Você sabe o que aconteceu? — Margie perguntou. — Depois da adoção, quero dizer.

— Foi uma adoção fechada, então, não. — Maxine fechou o notebook e o guardou com cuidado em sua pasta. — Não tive nem a oportunidade de segurar a criança nos braços. Hoje em dia, descobrimos formas de melhorar as coisas para a mãe biológica, para que todas tenham a melhor sensação de encerramento possível.

Margie observou as rugas do rosto de Maxine, sua mão sobre o coração enquanto falava. Ela era adorável, como uma vovó de livro infantil. Era difícil imaginá-la com o coração partido, com a vida partida. *Todos temos nossas histórias*, pensou ela.

— Essas seis. — Margie colocou suas anotações a lápis em um papel de carta grosso e liso sobre a mesa da sala de reuniões. — Quero que essas seis famílias saibam mais sobre mim.

— Mais — repetiu Maxine. — Quanto mais?

— Tudo — disse ela. — Quero que saibam quem eu sou: uma menina que abandonou a escola e faz o melhor molho para churrasco do mundo. Quero que eles saibam onde estou e por que estou aqui. Quero que saibam que este bebê foi concebido em um ato violento e que tem o DNA de um estuprador. Que matei o doador de esperma enquanto me defendia. E quero que eles saibam que estou na cadeia.

— Bem, respeito sua escolha, é claro. Mas imagino que saiba que algumas famílias podem achar tudo isso muito complicado.

— Por isso mesmo. Quem não conseguir lidar com quem eu sou, com o que provocou esta gravidez, não é a escolha certa para mim.

Maxine a estudou. Respirou fundo.

— Você é uma alma antiga, Margie Salinas.

Margie ficou assustada.

— Minha mãe dizia isso.

— Ela te conhecia bem.

A insistência de Margie em revelar tudo reduziu o processo a três famílias. Aparentemente, as outras três tinham reservas a respeito de seu histórico. Os casais restantes garantiram a Maxine que não tinham nenhum problema com a forma com que o bebê foi concebido nem com as acusações feitas contra Margie.

Jason e Avery, de Abilene, até enviaram uma mensagem pessoal para Maxine, assegurando-lhe que os crimes do pai não manchavam a nova alma que se desenvolvia no ventre de Margie.

Eles tinham um filho com deficiência e haviam sofrido vários abortos espontâneos. A julgar pelo perfil deles, pareciam pessoas fáceis e acessíveis, o típico casal feliz de comercial de margarina. Possuíam uma loja de artigos esportivos bem-sucedida, patrocinavam a Liga Junior local e iam à igreja todos os domingos, sem falta.

Já Brent e Erin se conheceram quando estavam na reserva da Guarda Costeira e moravam em São Francisco. Adoravam a vida ao ar livre e tinham uma grande família. Erin era cirurgiã geral e Brent estava na faculdade de enfermagem. O vídeo os fez parecer inteligentes e despretensiosos enquanto caminhavam com seus dois cachorros adotados por uma praia da Califórnia ou nas florestas de sequoias. Erin teve que fazer uma histerectomia aos 30 anos. Ela disse que sua gratidão por Brent aumentou dez vezes depois de todo o apoio que ele deu a ela. Margie adorou a casa deles — bonita, mas não extravagante, aninhada em meio a árvores imponentes em uma rua sem saída. Ela podia imaginar uma criança correndo e explorando o lugar. Eles pareciam ser o tipo de gente que cercaria a vida da criança de amor.

O terceiro casal estava casado havia catorze anos: Lindsey e Sanjay. Lindsey era CEO e tinha fundado uma startup de tecnologia, e Sanjay era pianista e triatleta. Moravam em Austin. Eles tinham feito um acordo pré-nupcial, algo que admitiam ser pouco convencional. Também já haviam elaborado um plano de parentalidade, pois, embora esperassem que nunca fosse necessário, queriam garantir para a mãe biológica que, se algo acontecesse no casamento deles, já havia toda uma estrutura montada para os cuidados da criança.

Com um sorriso malicioso, Lindsey disse:

— O casamento pode ser passageiro, mas o divórcio é para sempre.

Sanjay acrescentou:

— Sabe o que mais é para sempre? Paternidade. Família é para sempre.

Margie se sentiu atraída pela sinceridade deles. Para ela, isso significava que a adoção era a escolha mais clara e consciente a ser feita por um casal que desejava ter um filho.

Maxine obteve licença da administração para realizar os encontros por Skype, um programa novo, que permitia fazer chamadas em vídeo. Margie estava nervosa, mas esperançosa. As colegas de prisão haviam feito apostas. Mais uma vez, Margie se viu lutando para ignorar o barulho e a especulação e ter certeza de que a decisão seria dela e só dela.

No dia da primeira entrevista, sentou-se em uma sala de reuniões de frente para o notebook de Maxine. Jason e Avery apareceram com uma cozinha campestre iluminada ao fundo. Estavam sentados lado a lado em um local ensolarado, sorrindo muito. Atrás deles, havia uma prateleira forrada de potes de picles e conservas caseiros, com os quais Margie logo se encantou. Havia placas na parede com afirmações em letras bonitas e uma colagem de fotos da família. Eles falaram com sinceridade sobre a vida e sua comunidade. Apresentaram brevemente seu filho, que estava fazendo fisioterapia após uma cirurgia. Falaram sobre a importância de boas escolas, de ir à igreja e de ter avós jovens e ativos de ambos os lados. Seu amor evidente um pelo outro fez o peito de Margie doer de anseio.

Quando a reunião terminou, ela não tinha dúvidas de que aquela seria uma família maravilhosa e amorosa para qualquer criança.

Então se virou para Maxine.

— Não são eles.

— Por que você diz isso?

— Eles não fizeram uma única pergunta sobre mim.

— Eles não vão adotar você.

— Eu entendo que não sou o centro da questão, mas não tinha nenhum interesse. Sou só a incubadora.

— Você contou tudo no seu formulário de informações, então, talvez eles não tivessem mais perguntas ou não quisessem que você se sentisse interrogada. — Ela pausou. — Mas não tem problema. Confie no seu instinto.

— Espero que meu instinto esteja certo, porque eles parecem mesmo fantásticos e vão ser uma família maravilhosa para alguma criança sortuda.

Erin e Brent também eram ótimos, sentados em seu pátio de fundos, com vista para a baía de São Francisco. Para Margie, o cenário parecia mágico, um daqueles lugares que se vê em revistas de viagem. Eles disseram tudo o que ela esperava ouvir e algumas coisas que a surpreenderam. O sorriso de Erin era acompanhado de lágrimas trêmulas. Brent segurava a mão dela. Ela não parava de olhar para ele com esperança nos olhos. Os dois prometeram oferecer uma vida familiar segura e estável. Estavam comprometidos em atender a todas as necessidades da criança, e a conexão entre eles e com as respectivas famílias parecia genuína e poderosa. Eles pediram para Margie contar tudo o que quisesse sobre si mesma. Queriam saber que tipo de futuro ela esperava e Erin perguntou se ela estava recebendo ajuda para lidar com o estupro e suas consequências.

— Agradeço por você perguntar — disse Margie —, mas a resposta é não, não estou recebendo nenhuma ajuda especial e é quase certeza que tenho transtorno do estresse pós-traumático. Parece que receber ajuda especializada não é uma opção.

— Deve ser muito assustador — comentou Erin, olhando de relance para Brent. — Espero que o sistema judiciário te atenda bem e que você consiga superar isso. E nós também veríamos se há alguma maneira de te ajudar, não só para seu tratamento médico, mas também para lidar com as consequências psicológicas do que você viveu. — Ela se virou para o marido. — Não é, querido?

Brent disse:

— Com certeza, benzinho. Sinto muito pelo que aconteceu com você, Margie. Você não merecia passar isso. É uma jovem tão bonita.

E se ela não fosse bonita?, Margie se perguntou. Será que eles ainda iriam querer o bebê dela?

Talvez algo tenha transparecido no rosto dela, porque ele acrescentou:

— Quer dizer, eu não teria dito nada, mas… bom, você e Erin poderiam passar por irmãs. Não pude deixar de notar a semelhança.

Erin tinha cabelo louro comprido e grandes olhos azuis. Como Margie. Como a mãe de Margie.

— Isso é importante? — perguntou Margie.

— Não, de forma alguma — disse Erin, olhando para o marido. — A gente só quer um filho, não é?

Brent assentiu com a cabeça.

— Eu também sou adotado. Quando era criança, as pessoas me diziam que eu era parecido com meu pai, e eu sempre achei legal, já que não éramos parentes de sangue. Mas isso não definia nosso relacionamento. O que definia nosso relacionamento era o quanto o meu pai era fantástico. *É* fantástico. Ele mora em Sausalito, do outro lado da baía. — Ele gesticulou para além do pátio. — E ele vai ser um avô incrível.

— Você conhece sua mãe biológica? — perguntou Margie.

Brent enrijeceu um pouco.

— A gente se conheceu quando eu tinha 18 anos. Ela… enfrentava problemas de saúde mental, então sou muito grato por ela ter escolhido minha família adotiva. Sei que não foi fácil, mas foi o maior ato de amor que ela poderia oferecer.

— Bem, ficaremos ansiosos pelo seu contato, Margie — disse Erin. — Se tiver dúvidas, quiser conversar ou precisar saber mais sobre nós. Estamos aqui. A qualquer momento. — Ela olhou para Brent. — Não é?

— Com certeza, benzinho.

Ele fez um sinal de positivo com o polegar.

Após a entrevista, Maxine se voltou para Margie.

— E aí?

— Uau. Só consigo dizer... uau. Eles parecem ótimos e perguntaram sobre mim. — Margie sentia-se à beira das lágrimas. — Como se eu fosse importante, mais do que uma mera barriga de aluguel.

Ela não tinha certeza de se estava sendo inundada pelos hormônios da gravidez ou se esse processo estranho, triste e feliz a estava afetando.

— Fico feliz por você ter se dado bem com eles. Mas lembre-se que não tem pressa nenhuma. Você está só começando o processo. Tem muito tempo para encontrar a opção certa.

O casal de São Francisco havia subido o nível. Margie estava indecisa quando a terceira entrevista começou. Nada no processo era simples. Nem definitivo. Ela não imaginava que fosse, mas no fundo torcia por um momento de clareza que a fizesse ter certeza do que de fato fazer. Até o momento, sentia apenas uma dúvida incômoda intercalada com lampejos de esperança. As colegas de cela com certeza ficariam loucas por Brent porque ele era lindo como um super-herói de cinema. A esposa era médica e eles moravam em uma cidade que Margie sempre sonhou em visitar. Mesmo assim, ela ainda pensava nas suas duas opções — seguir adiante ou interromper a gravidez.

Margie fechou os olhos e respirou fundo. Quando o terceiro casal surgiu na tela com seus sorrisos nervosos, ela pensou que aquela era uma maneira muito estranha de conhecer pessoas. Será que dava mesmo para conhecer alguém assim? Maxine havia dito que, se ela encontrasse uma família, poderiam marcar um encontro presencial, com a permissão da administração.

Lindsey e Sanjay estavam sentados lado a lado em um piano de cauda preto brilhante. O fundo era uma parede de vidro e o que parecia ser uma floresta tropical.

Àquela altura, ela já estava preparada para os olhares ansiosos, sérios e rápidos, para a conversa fiada que pretendia tranquilizá-la.

— Nós dois somos muito próximos de nossas famílias — disse Sanjay, referindo-se a um grupo de fotos emolduradas sobre o piano. — E você, Margie? Quer dizer, se não se importar em compartilhar.

— Não, tudo bem. — Ela cruzou os braços, o máximo que conseguiu com os pulsos algemados. — Então, acho que vocês sabem o que me trouxe aqui.

— Lemos cada palavra da sua carta, repetidas vezes — disse Lindsey. — Lamentamos muito mesmo. Nenhum ser humano merece passar pelo que você passou. Não consigo imaginar como deve ser difícil.

— E esse gesto extraordinário de altruísmo que você está fazendo é incrível — acrescentou Sanjay.

Talvez ela estivesse exausta das duas primeiras reuniões. Talvez estivesse com fome porque havia perdido o almoço. Fosse o que fosse, Margie não estava de bom humor e os elogios a irritaram. Ela decidiu dizer o que estava pensando.

— Não sou extraordinária. Não sou incrível — disse a eles. — E ser mãe solo não é a pior coisa que já me aconteceu. Tomei a péssima decisão de me envolver com um cara que acabou se revelando um criminoso violento que, sem aceitar não como resposta, me estuprou e levou um tiro. Então, não, não sou extraordinária. Sou alguém que teve de fazer uma coisa horrível só para sobreviver.

Houve uma pausa. Eles se entreolharam como se talvez estivessem um pouco assustados. Talvez estivessem repensando. Margie seguia acreditando que um casal incapaz de lidar com a raiva dela não conseguiria criar um filho.

— Para ser sincera, tentei de tudo para evitar ter esse filho. Eu queria fazer um aborto e existe uma chance de que eu ainda possa fazer isso. Mas o tempo está se esgotando, estou ficando sem escolha e isso me aborrece muito.

Eles se viraram um para o outro por um momento e depois voltaram para a câmera.

— Que fardo terrível. Não vamos tentar induzir sua decisão — disse Lindsey. — Se optar pela nossa família, faremos tudo o que estiver ao nosso alcance para te apoiar.

Ela observou o rosto deles na telinha. Bonitos e sinceros, como os outros casais.

— De qualquer forma, entendo que esse bebê também não teve escolha. Ele não pediu para estar envolvido nessa confusão, assim como eu não pedi. Então só me resta tomar uma boa decisão a partir dessa situação ruim. Talvez vocês sejam a minha boa decisão, talvez não. Podem dizer que sou altruísta, mas não sou. Estou tentando superar, só isso.

Assim como os outros dois casais, eles falaram com uma sinceridade dolorosa sobre suas esperanças e seus sonhos de ter uma família. Adoravam a vida ao ar livre. Fazer caminhadas e acampar. Em determinado momento da entrevista, um cãozinho apareceu correndo. Eles tinham resgatado Wally de um abrigo local. Não acompanhavam muitos esportes, embora Sanjay treinasse intensamente para suas corridas, e gostassem de jogar tênis e praticar esqui aquático. Disseram que tinham um quintal e uma casa com bastante espaço, e boas escolas por perto.

Os dois pareciam bem sinceros e estavam falando todas as coisas certas, desde o lugar favorito para comer taco (Torchy's, claro) até a disputa constante sobre o melhor filme para crianças — *Toy Story* ou *O rei leão*.

A bela e a fera, pensou Margie, o filme a que ela assistira várias vezes graças a um aparelho de DVD com defeito e uma TV de segunda mão enquanto a mãe trabalhava. Mas ela não disse nada porque não teria voz sobre esse ou qualquer outro assunto.

E então houve um momento, não planejado, espontâneo, no final da entrevista. O cachorrinho pulou no colo de Sanjay, ele se inclinou para Lindsey e eles trocaram um olhar que quase fez Margie se desmanchar, de tão carinhoso.

— Tem tanta coisa que eu amo nesse homem — disse Lindsey. — Eu podia te prender aqui o dia todo e te causar um coma diabético contando sobre elas. Mas vou te poupar.

— O que podemos garantir é que a criança que adotarmos viverá em um mundo de amor e aceitação — acrescentou Sanjay. — Não seremos pais perfeitos, mas faremos nosso melhor todos os dias.

Eu poderia ser salva se encontrasse um amor como esse, pensou Margie.

18

Margie ficou surpresa quando um guarda apareceu para acompanhá-la até o centro de visitantes. Não estava esperando visita, mas, desde o turbilhão da gravidez, ela chamava muito mais atenção. Viu Truly esperando no saguão de visitantes, mascando chiclete e andando de um lado para o outro, com as tranças esvoaçando sem parar. Quando viu Margie, veio correndo.

— Tenho novidades — disse ela. — Duas coisas. Em primeiro lugar, o mandado que te impedia de fazer um aborto foi revogado. O juiz que finalmente analisou ficou chocado e revogou na mesma hora. E foi uma decisão bem severa. Ele disse que ninguém tem o direito de anular a escolha de uma mulher. Também disse que é inconcebível que esse processo tenha demorado tanto tempo e que é vergonhoso que todos os tribunais do sistema tenham analisado o caso e ainda assim não tenham aplicado a lei. Além disso, o juiz que concedeu a autorização foi repreendido. Harry entregou o documento oficial ao escritório da administração hoje de manhã. — Ela soltou um longo suspiro e se inclinou na direção do acrílico. — Você entendeu o que isso significa, certo? O caminho está livre de novo para você interromper a gravidez.

Margie pensou por um longo momento. Então a opção estava de volta à mesa. Seria seguro e dentro da lei. Toda a provação terminaria em questão de horas. Seu corpo — sua vida — seria dela de novo. A possibilidade a deixou maravilhada.

— Uau — comentou ela baixinho. — Uau, é… isso mesmo o que eu queria.

— Você parece um pouco chocada, Margie.

— Bom, há quatro semanas, eu teria recebido bem a notícia. Teria ficado muito aliviada.

— Você não está agora?

— Para ser sincera, estou um pouco assustada. Preciso pensar direito. Agora é diferente, sabe? Estou considerando outras opções.

As sobrancelhas de Truly se ergueram.

— Tipo?

— Bom, fora o aborto, só consigo pensar em duas coisas. Eu poderia ficar com o bebê por dezoito meses e depois mandar para um lar adotivo.

— Quê? — O rosto de Truly ficou sem cor. — Ah, meu Deus, Margie...

— Se acalma, eu não vou ficar com o bebê do meu maldito estuprador. E eu também nunca entregaria essa criança para os Hunt, pelo amor de Deus.

Truly se recostou em seu assento.

— Bom, graças a Deus por isso.

— Mas resta a possibilidade da adoção. — Ela contou a Truly que tinha escolhido uma especialista em adoção e entrevistado possíveis pais. — Essa situação não estava na minha lista, acredite, mas aqui estou.

— Que incrível — comentou Truly. — Você é incrível.

— Não sou — disse Margie. — Estou muito ressentida com o sistema de merda que me colocou neste caminho. Fui forçada a ficar em uma posição horrível.

Ela parou e olhou para a barriga que, nos últimos tempos, vinha apresentando um volume sutil. Ele poderia desaparecer em questão de horas. Ela agora tinha o direito de fazer o que queria em primeiro lugar: interromper uma gravidez indesejada resultante de um estupro. Margie não se deu conta de que estava chorando até ver seu reflexo no acrílico quando olhou para Truly.

— O que estou prestes a fazer vai ser horrível, mas agora parece ser a única opção. Vou ter que encontrar uma maneira de ficar em paz com isso.

— Ah — disse Truly —, você deve estar tão aliviada. Quer que eu te ajude a conseguir uma nova consulta na clínica?

Margie fez que não com a cabeça.

— Talvez uma coisa boa possa vir desse show de horrores pelo qual estou passando. Em meio a todas as coisas terríveis que estão acontecendo comigo, sobre as quais não tenho nenhum controle, posso fazer com que algo bom aconteça. Tem uma família maravilhosa esperando por aí.

Foi a primeira vez que Margie disse aquilo em voz alta. Ela não havia contado a mais ninguém, mas, de alguma forma, já havia decidido. Nem parecia uma decisão. Houve um momento em que ela sentiu que nem sequer estava no comando. Outra coisa parecia guiá-la: uma certeza firme e incontestável em seu coração.

— Minha nossa, eu... Sério, uau. — Truly fez uma pausa. — Mas tenho que perguntar: você está cem por cento certa disso? Quero ter certeza de que não foi pressionada ou que não te prometeram algo em troca. E que você não foi... ameaçada.

— Estou muito assustada — admitiu Margie — e sei que vai ser horrível para mim. Mas é isso. Estou cem por cento certa. Ninguém me pressionou nem prometeu nada. Ainda nem contei para a advogada nem para os pais, ainda estou me acostumando com a ideia. Você é a primeira pessoa para quem conto.

— Não vou dizer nada, isso só diz respeito a você — disse Truly. Ela também estava chorando agora, enxugando os olhos com a manga da camisa. — E eu sei que você não quer que as pessoas pensem que você é incrível, mas você é, então, pronto.

— Tanto faz.

— Tem mais uma coisa — continuou Truly. — Ei, não me olha assim. Isso é uma coisa boa. Pode ser a melhor coisa de todos os tempos. Você vai ter um novo advogado.

Margie franziu a testa.

— Não estou entendendo.

— Bom, depende de você, claro. Você pode continuar com o defensor público, mas agora tem outra opção. Um doador anônimo forneceu fundos para sua defesa. Você pode contratar seu próprio advogado de defesa criminal.

— É sério isso?

— Sério. Um advogado particular trabalhando com exclusividade no seu caso, sem custo nenhum. O doador vai cobrir tudo por meio da Fundação Amiga. Você pode escolher o advogado que quiser.

— Alguém procurou vocês do nada? — perguntou Margie. — Assim, sem mais nem menos?

— Exato.

— E você não faz ideia de quem seja essa pessoa.

— Não faço. A diretora da fundação sabe, mas está mantendo sigilo. Margie olhou para ela com os olhos arregalados.

— Qual é a pegadinha? Por que alguém pagaria as minhas despesas com advogado?

— Não sabemos. Talvez a diretora saiba. Juro que não é pegadinha. Tudo sem amarras. Seu caso foi coberto pela imprensa, até pelo *Texas Monthly*. Alguém sabe que você está sendo prejudicada e quer ajudar.

— Alguém com muita grana.

— A fundação tem doadores assim. É real, eu juro, Margie.

— Sério, Truly. Quem faria isso?

— Alguém que se preocupa com você. Ou talvez alguém que se preocupe com a justiça.

Fora Cubby e Queen, ninguém se importava com ela. No entanto, Margie duvidava que eles pudessem pagar um advogado para um julgamento de homicídio — a menos que fizessem uma arrecadação na igreja, talvez. Mas o anonimato era uma pista. Podia ser que eles quisessem ajudar, mas não quisessem chamar atenção da comunidade.

— Caramba. — Ela se recostou na cadeira de plástico. Seu estômago, ou talvez o bebê, deu uma pequena revirada. — Digamos que eu concorde com isso. Como funcionaria? Não conheço nenhum advogado.

— Eu trouxe uma recomendação do advogado da fundação. Ele é um superadvogado, alguém que pode te dar uma defesa de verdade. — Ela colocou um cartão de visita sobre o balcão. Margie olhou para ele através do acrílico. Terence Swift. Um endereço próximo ao tribunal em Austin.

— Você não é obrigada a contratá-lo, pode escolher outro ou nenhum. Mas esse tal Swift é muito bem recomendado. Você só precisa informar o defensor público e tudo resolvido. Se quiser, pode se encontrar com ele antes de se decidir. Ele está disponível.

Margie pensou em Landry Yates e em como ele parecia ter um milhão de coisas para fazer, nunca tinha tempo e vivia com pressa. Pensou em como ele havia se recusado a ajudá-la com o mandado de restrição da família Hunt e com o aborto.

Então, olhou para o cartão do novo advogado.

— Acho que esse vai servir.

Terence Swift era um bom rapaz. Era assim que o chamariam no Cubby's ou no depósito de gelo em frente ao restaurante de carnes. Ele usava um terno elegante, botas de caubói bem engraxadas e uma gravata conservadora. Devia ser o tipo que dava boas gorjetas. Não parecia nem caloroso nem gentil.

Mas dispunha de algo de que Margie precisava mais que afeto ou gentileza: foco total. Ele exalava confiança quando deu a ela um documento para assinar, tornando-a sua cliente e declarando que a Fundação Amiga arcaria com cem por cento dos honorários.

— Eu nunca fui cliente de ninguém antes.

— Está com sorte, então.

— O que acontece agora?

— Vou conseguir que as acusações contra você sejam retiradas — disse ele.

— Retiradas. Isso quer dizer que não vou ser mais acusada de nada?

— Sim, senhora.

— Quando?

— Em breve. Vamos apresentar os motivos para a dispensa, conseguir uma audiência rápida e você será liberada quando o juiz deliberar.

— Uau, eu... Tá bom, então. O que eu preciso fazer?

— Ficar tranquila. Mantenha-se positiva. Meu escritório vai deixá-la informada.

Quando ele se levantou para sair, ela perguntou:

— E se você não conseguir retirar as acusações? Ainda vou ter que ficar aqui, esperando o julgamento?

— Não vai ter julgamento.

— Você não vai me obrigar a me declarar culpada — disse ela. — O outro advogado disse que era o único jeito de evitar um julgamento.

— Bem, esse não é o *meu* jeito.

— Quem mandou você fazer isso? É que... Tudo isso está parecendo fácil demais. As acusações serão retiradas? Assim, sem mais nem menos?

— Não, é um processo. Estou cuidando disso.

A ideia de liberdade a deixou muito ansiosa. Mais tarde, no pátio, Sadie se aproximou dela.

— Você se encontrou com Terence Swift — disse ela.

Margie não se perguntava mais como as notícias se espalhavam pela unidade. A usina de fofocas era mais eficiente do que a internet de alta velocidade.

— Você conhece ele?

— Conheço. Você não?

Margie deu de ombros.

— Só conheci hoje. Deveria?

— Ele é tipo o Clarence Darrow do Texas. Esse é o cara que...

— O cara do Leopold e Loeb — completou Margie. — Eu li esse livro. Mas ele fez os dois se declararem culpados.

— Caramba, garota — falou Sadie. — Tem alguma coisa que você não saiba?

— Tenho lido *muito*.

— Bom, tudo bem, então ele não é nenhum Clarence Darrow. — Ela avaliou a expressão de Margie. — Talvez Atticus Finch?

— Atticus Finch é fictício. — Mas ela adorava *O sol é para todos*. Era um daqueles livros que, quando ela terminava, voltava ao início e lia tudo de novo. — Mas, se o meu advogado for parecido com ele, acho que dei sorte.

Na manhã da audiência, uma agente da carceragem apareceu trazendo uma blusa branca, saia azul-marinho e tênis de lona.

— Vista isso antes do tribunal — disse ela.

As roupas eram da Neiman Marcus. Margie nunca havia comprado nada dessa marca. As peças eram básicas, mas o tecido era luxuoso e de aparência cara. A saia tinha uma cintura ajustável.

Ela vomitou um pouco, mas a maior parte foi só ânsia.

Sua decisão estava se transformando em realidade. Mesmo que todo aquele pesadelo tenha sido imposto a ela — do estupro à decisão de manter a gravidez —, Margie estava preparada para seguir com o plano. Estava começando a pensar naquela criança como uma pessoa agora.

O sr. Swift não parecia se importar com a gravidez, focado como um laser no caso do homicídio — mais especificamente, no fato de que não havia sido cometido um homicídio. Ele e seu assistente haviam passado horas com Margie na sala de conferências, repassando cada segundo do incidente.

Repassar tudo era como reabrir uma ferida. Mas Swift não se desculpou e não recuou. Nem por um momento. Seu assistente também colheu depoimentos dos vizinhos, de colegas de trabalho e pessoas da igreja.

— Espero que vocês saibam — disse ela — que os Hunt comandam tudo nesse condado.

O sr. Swift deu um breve sorriso, sem qualquer calor humano.

— Roy Hunt e eu nos conhecemos há muito tempo — falou ele.

— Roy Hunt me atacou com agressividade nos jornais. É bem provável que na internet também — disse ela. — E ele é juiz aposentado.

— Aham, aposentado por minha causa — respondeu o sr. Swift.

A promotora fez uma manobra para tentar restringir o processo, alegando que a nova representação de Margie não lhe dava direito a uma nova audiência.

— Meritíssimo, os fatos deste caso não mudaram. Eles foram estabelecidos pela própria ré. Por um lado, temos uma mulher que assassinou o namorado em um conflito de origem passional. Por outro lado, temos James Bryant Hunt, cidadão de Banner Creek, atleta promissor, membro de uma família respeitável e frequentadora da igreja, assassinado com frieza por essa mulher vingativa. Há provas mais do que suficientes para uma acusação.

Margie manteve os olhos fixos à frente. A essa altura, já deveria estar acostumada com o impacto das palavras, mas cada uma delas parecia um golpe.

O sr. Swift não emitiu nenhum som. Não protestou contra nada do que a promotora estava dizendo. Ficou sentado imóvel feito uma porta. Ela começou a temer que tivesse cometido um erro terrível. Tudo aquilo fazia parte de um complô dos Hunt para ela se declarar culpada. Talvez fossem eles os clientes anônimos. Margie começou a entrar em pânico. Deveria ter feito mais perguntas a Swift, exigido saber a quem ele de fato estava servindo.

E então, bem nesse momento, o sr. Swift se levantou com calma para fazer suas observações.

— Por enquanto, deixemos de lado todas as maneiras pelas quais o sistema falhou com minha cliente — disse ele. — Deixemos de lado suas falhas em apresentar acusações em um prazo razoável. As táticas de manipulação empregadas pelos investigadores. A falha em fornecer um advogado prontamente, como é direito dela. A falha em fornecer assistência médica e de saúde mental a ela após uma violência sexual brutal. A não admissão de elementos-chave do kit de estupro como prova.

— Protesto — disse a promotora. — Isso é um testemunho, meritíssimo. Aqui não é lugar...

Swift acenou com a mão como se estivesse espantando uma mosca e seguiu falando para apresentar informações sobre o próprio Jimmy Hunt. A promotora fez outra objeção, mas foi rejeitada mais uma vez porque ela já havia elogiado a excelência do caráter de Jimmy, então mesma porta estava aberta para a defesa. Swift apresentou reclamações feitas por mulheres da faculdade dele, todas acobertadas pelo departamento esportivo. Havia também duas multas por dirigir embriagado.

— Tudo bem, deixemos tudo isso de lado também — disse o sr. Swift com magnanimidade. — O assunto em questão pode ser resolvido apenas analisando os fatos deste caso. Minha cliente foi agredida dentro da própria casa. O ataque não foi provocado e é evidente que colocou a vida dela em risco. Ela entrou em luta corporal com o agressor e, na tentativa de se defender de um homem com o dobro do seu tamanho, a arma de fogo que estava em posse dele, a arma que ele usou para ameaçar a vida dela, foi disparada. Minha cliente não tinha o dever de recuar. De acordo com a lei do Texas, e a revisão dessa lei pela legislatura de 2007, a srta. Salinas não pode ser acusada judicialmente por isso.

— Protesto, Excelência. Essa defesa não se aplica — apontou a promotora. — A própria acusada admitiu que conhecia a vítima, então isso não está em discussão. Ela foi a um encontro com ele. Fez sexo com ele. Isso também não está em discussão. E, na noite em que ele foi visitá-la, presumindo que estavam em um relacionamento romântico e que ela gostaria de receber as atenções dele, a srta. Salinas o insultou e o provocou.

Uma seleção de mensagens de texto apareceu na tela.

Um close-up de uma mão apareceu na tela.

— Como podemos ver, esse ferimento foi infligido por uma faca de cozinha pertencente à acusada. A srta. Salinas cortou a mão dele com uma faca.

A promotora também mostrou fotos da casa dela na sequência. Margie reconheceu sua casa e, no entanto, não reconheceu nada, os móveis revirados, marcadores numerados em lugares-chave, manchas de sangue, uma marca de mão na porta da frente. Alguém — a mãe ou a irmã de Jimmy, talvez — soluçou e fungou de leve. A garganta de Margie estava se fechando e era difícil respirar.

A investigadora Glover testemunhou sobre a declaração que havia colhido de Margie. O texto apareceu na tela. Margie reconheceu sua própria assinatura na parte inferior, atestando a veracidade. Ela semicerrou os olhos, discernindo apenas a origem do arquivo na parte inferior da página impressa.

Ela pegou um lápis e rabiscou um bilhete para o sr. Swift. Ele deu uma olhada de soslaio e depois dirigiu-se à investigadora.

— O boletim de ocorrência afirma que a srta. Salinas foi detida às 12h40. Está correto?

— Até onde sei, sim.

— E a que horas você disse que a declaração de testemunha foi colhida?

— A hora está marcada no documento, sr. Swift. Às 13h45 — disse a sra. Glover.

— Sim, isso eu estou vendo. O que eu quero saber é, a que horas você colheu a declaração?

— Eu... O documento tem um registro de horário.

— Então a senhora está dizendo que a srta. Salinas assinou o documento naquele momento. — Ele não esperou por uma resposta e apontou para a tela. — Bem, temos aqui um vídeo da minha cliente assinando o documento às 9h58 da manhã.

Margie ficou olhando com espanto. Landry havia dito que o vídeo não existia. No entanto, ali estava ele, bem visível.

Terence Swift se aproximou um pouco mais do banco das testemunhas.

— A senhora gostaria de revisar seu depoimento, investigadora?

A promotora pediu para falar com o juiz. Margie notou que o comportamento de Swift mudou ligeiramente — uma certa inclinação do queixo, talvez. Ele não estava se gabando nem parecendo presunçoso. Só estava... satisfeito.

A médica-legista atestou a presença de resíduos na mão direita de Margie. E isso, ela percebeu, dava a Terence Swift outra oportunidade.

— A senhora também examinou amostras tiradas de debaixo das unhas da ré?

Uma pausa.

— Sim, senhor.

— E o resultado?

A testemunha olhou para o lado.

— Acho que não tenho esses dados.

— Interessante, porque eu tenho.

Houve um protesto vigoroso da promotora e outra reunião com o juiz.

O sr. Swift se levantou e foi até a bancada. No meio da discussão, Margie percebeu, pelo leve ângulo ascendente do queixo de Swift, que ele havia conseguido o que queria. Ela havia avistado Angela Garza, a enfermeira do kit de estupro, na antessala do tribunal mais cedo. Quando o sr. Swift a chamou para depor, ela caminhou com confiança e, com uma voz forte e clara, jurou dizer somente a verdade.

Suas credenciais foram logo estabelecidas. Após o ataque, a legista documentou trinta e três ferimentos específicos e Margie resistiu à vontade de tapar os ouvidos. Ouvir os detalhes de forma tão clínica trouxe de volta o horror daquela noite. Como era de se esperar, a promotora protestou e fez objeções, mas os fatos eram irrefutáveis. O sr. Swift a questionou várias vezes sobre suas descobertas, detalhando o material extraído de debaixo das unhas de Margie. Pelo visto, a legista não havia notado que as amostras de pele — arranhões profundos, não apenas a camada superficial — eram do agressor de Margie.

A promotora se opôs ao termo *agressor*, mas Swift acenou com a mão e o chamou de *falecido*. Seu argumento já havia sido apresentado.

— Há muitas evidências demonstrando que a srta. Salinas tentou uma defesa não letal quando ele começou a agressão. A preponderância dos fatos prova que ela agiu em legítima defesa e não tinha o dever de recuar. Os registros telefônicos mostram que ela ligou para a emergência. Quando essa medida não conseguiu detê-lo e ele intensificou o ataque, sufocando-a e prendendo-a no colchão, ela temeu por sua vida. Tendo em vista os muitos erros e omissões da acusação, solicito que este caso seja arquivado. Minha cliente tem direito à imunidade contra a ação.

Houve outra conferência acalorada no banco. O juiz falou de modo severo com os dois advogados. Margie cometeu o erro de olhar por cima do ombro direito para a galeria. Briscoe Hunt, uma versão mais velha e rígida de, Jimmy, a perfurava com o olhar.

Em seguida, o sr. Swift voltou para a cadeira ao lado de Margie e ela ficou espantada com sua postura tão altiva e segura naquele momento.

O juiz cruzou as mãos e examinou a sala de audiências. Pela primeira vez, encarou Margie com um olhar demorado. Ela resistiu ao impulso de desviar o olhar.

— Com base nas informações apresentadas hoje, está claro que a ré estava correndo risco de vida. Seus ferimentos são consistentes com uma agressão sexual. Ela agiu em legítima defesa e não tinha o dever de recuar. Caso encerrado.

Bang.

O martelo desceu.

19

Atordoada, Margie deixou o tribunal com uma escolta do departamento do xerife. O sr. Swift a acompanhou até a saída.

— Acabou? — perguntou ela, incrédula. — Mesmo? Certeza?

— Sim, senhora.

— Eu estou... Não sei nem o que dizer. Mas obrigada. Do fundo do meu coração, obrigada.

Ele colocou um chapéu de caubói de aparência cara e os óculos escuros.

— Faz parte do trabalho.

— E, por favor... agradeça à pessoa que pagou seus honorários. Não sei se algum dia vou poder fazer isso, foi uma doação anônima.

Não havia como descrever o alívio e a gratidão que ela sentia. Estava com os joelhos fracos.

— Srta. Salinas, preciso informar que o caso terminou, mas isso não significa que sua provação tenha chegado ao fim — advertiu Swift.

E ele tinha razão. Jimmy Hunt — herói do futebol, filho favorito — estava morto. A família ainda queria que ela fosse punida, como se sobreviver a um estupro e ter um filho indesejado não fosse punição suficiente. Vê-la livre com certeza os deixaria furiosos.

Truly Stone estava esperando para vê-la. Pela primeira vez, elas se viam sem a interferência de uma barreira de acrílico e deram um longo abraço. O simples contato humano foi estranho e maravilhoso para Margie. Ela ainda estava em estado de choque enquanto Truly conversava com Terence Swift.

Um grupo de repórteres de vários veículos se dirigiu em massa ao pórtico do tribunal. O sr. Swift e seu assistente foram falar com eles, enquanto Margie seguia Truly na direção oposta.

Margie estremeceu enquanto elas se afastavam da multidão.

— Não importa que meu caso tenha sido arquivado hoje — disse ela. — Não importa o que ele fez comigo. Sempre vou ser julgada pelo que fiz para me defender.

— Sinto muito por isso, querida. Você merece um recomeço. Agora vamos, meu carro está do outro lado do prédio — disse Truly. Ela deu a Margie um chapéu de abas largas e óculos escuros. — Deixa seu advogado lidar com esses sanguessugas.

Margie a seguiu até um Prius prata e elas foram embora. *Embora.* Depois de todo esse tempo, ela finalmente estava indo embora.

— Para onde estamos indo? — perguntou ela.

— Isso é com você. Para onde você quer de ir?

— Eu não tenho onde morar. Quer dizer, foi incrível que a fundação tenha coberto meu aluguel, mas nunca mais vou conseguir passar uma noite naquele lugar. Preciso voltar lá só pra encontrar meu gato.

E havia alguns poucos pertences que Margie estava desesperada para salvar dos destroços de sua vida anterior — o kit de fazer conservas da mãe e o livro de receitas. Encontrar Kevin seria um golpe de sorte depois de tanto tempo, mas talvez ele tenha ficado por lá, assombrando seus lugares habituais ao redor da varanda e perto do riacho.

— Me diz como chegar lá — pediu Truly. Ela sorriu de orelha a orelha quando viraram na estrada que ia para a área rural. — Estou muito feliz por você, Margie. Você deve estar muito aliviada.

Margie olhou pela janela, para os campos de sorgo e os riachos sinuosos, os pastos e os depósitos, pálidos com a poeira de Hill Country. Ela não conseguia acreditar no quanto havia sentido falta até das paisagens mais simples — uma colina com um carvalho no topo, um celeiro com telhado de zinco, uma fazenda antiga com um moinho de vento com aeromotor, um ônibus escolar amarelo passando. O mundo parecia diferente. Em questão de meses, tudo havia mudado. E a maior mudança de todas estava dentro dela.

— Ah — disse Truly —, a fundação mandou eu te dar esse celular. É uma das primeiras necessidades para quem está recomeçando, ser capaz de voltar a funcionar no mundo. A caixa está aí no chão. Tudo ativado e pronto para funcionar. Você só precisa criar uma senha e personalizar.

— Uau, isso é... obrigada. — O celular de Margie fora apreendido ao dar entrada na penitenciária. Apesar de ter sido devolvido, não funcionava mais e seu plano de dados havia sido cancelado. Ela abriu a caixa e viu um objeto plano com uma tela de vidro preto. — O que é isso? Um iPod?

— Melhor — respondeu Truly. — É um iPhone. Um modelo novo que acabou de ser lançado. Uma empresa de Austin chamada Rockler doou um aparelho para cada pessoa na fundação. Você vai adorar, juro.

Durante o trajeto até Banner Creek, Margie foi se entendendo com novo celular — um dispositivo de última geração com uma tela em vez de um teclado e mais funções do que um computador. Ela conseguiu entrar em seu e-mail e encontrar seus contatos, mas, no momento, não havia ninguém para quem ligar.

— Então, agora que está em liberdade, como se sente em relação ao bebê?

— Me sinto grávida. — Então ela percebeu o que Truly estava perguntando. — Você quer saber se eu vou mudar de ideia sobre a adoção? Se vou fazer um aborto? Tarde demais para isso, graças ao sistema carcerário nojento desse condado. Mas não existe a menor possibilidade de eu ficar com essa criança. Não importa onde eu esteja ou o que esteja fazendo, não posso criar o filho de Jimmy Hunt. Seria muito doloroso para mim, e também não é justo com a criança.

— Eu entendo.

Truly manteve os olhos na Estrada.

Margie mandou uma mensagem a Maxine, avisando que o caso tinha sido encerrado e que ela pretendia seguir com a adoção.

A placa de BEM-VINDO A BANNER CREEK continuava na fronteira da cidade, mas, na base dela, havia um memorial para Jimmy Hunt. O estádio do ensino médio estava demarcado com placas de JUSTIÇA

PARA JIMMY, agora já esfarrapadas e desgastadas pelo tempo. Margie ficou chocada ao ver que o Cubby's estava com uma placa de FECHADO PARA REFORMAS.

— Quê? — perguntou ela. — Você pode parar, por favor? Meu Deus, o que aconteceu aqui?

— Eles foram vandalizados. Saiu no jornal — explicou Truly, estacionando do outro lado da rua.

Elas olharam por uma nova janela, ainda com o adesivo de proteção. Lá dentro, operários de macacão branco instalavam novos lustres. Havia um novo teto com uma constelação de meias-luas, cada uma contendo uma câmera de segurança.

— O que aconteceu? — quis saber Margie.

— Parece que quebraram as janelas. E... algumas substâncias, hum, desagradáveis foram jogadas lá dentro.

— Meu Deus. Será que é porque os Watson foram os doadores anônimos da minha defesa?

— Duvido — disse Truly. — Quer dizer, não tenho certeza, mas é bem improvável.

— Eu trabalhava lá — falou Margie.

Ela se sentiu mal. O trabalho da vida de Cubby, sua futura aposentadoria, vandalizado por causa dela. Mas, embora estivesse preocupada com a possibilidade de trazer mais problemas para a vida dos Watson, Margie precisava vê-los. Eles tinham sido como pais para ela. Ela notou partes da palavra "macacos" que ainda não tinham sido apagadas da parede. A cor da pele os tornava ainda mais vulneráveis.

Truly esperou no carro enquanto Margie atravessava a rua e entrava para encontrar Cubby e Queen. Ela manteve o chapéu e os óculos escuros para o caso de alguém estar observando. Quando a viram, a abraçaram, mas Margie sentiu certa cautela neles.

— Sei que causei muito sofrimento a vocês — disse ela. — Me desculpem por isso. Não foi minha intenção.

— Claro que não, filha.

— Não se preocupe, mocinha. Nós temos seguro. A casa vai ficar melhor do que antes — disse Cubby.

A mão de Margie foi até a barriga, um volume sutil e macio.

— Então, acho que talvez vocês tenham ouvido falar... eu estou grávida.

Queen assentiu com a cabeça.

— Eu torci para ser uma fofoca sem importância.

— Não tive essa sorte.

Margie lhes contou sobre a escolha dolorosa que enfrentara e como por fim optara pela adoção.

— Você ouviu seu coração. Como sempre digo, quando damos ouvido a ele, ele sempre nos leva ao lugar certo.

— Espero que você tenha razão. Agora é melhor eu ir. — Margie anotou seu novo número de celular e o entregou a Queen. — Eu vou embora — disse ela. — Não posso ficar aqui nesta cidade.

Ela nunca, nunca mais queria ver os Hunt nem ouvir falar deles.

— Nós entendemos — falou Cubby.

— Aprendi muito com vocês — disse ela. — Pretendo continuar trabalhando no ramo. Tive essa ideia maluca de que um dia eu talvez possa abrir meu próprio restaurante.

— Aposto que você se sairia muito bem nisso — respondeu ele. — Continue com seus molhos, mocinha. Você tem um dom.

— Tomara, Cubby.

— Vem cá, querida. — Queen a envolveu em um abraço generoso. — Desejo o melhor para você. Desejo que você fique bem.

Margie ficou impressionada com a sensação de contato humano e caloroso. A bondade de Queen ficaria para sempre gravada em sua alma.

Ela se sentiu sensível e vulnerável ao se despedir deles. Tudo parecia muito complicado e muito definitivo.

Margie sentiu o estômago apertar quando ela e Truly passaram de carro pela parte rasa do riacho, onde a água se espalhava pela estrada depois de uma grande chuva. Ela apontou para a estrada de cascalho logo depois, e Truly entrou. O chalé parecia abandonado, as duas janelas da frente como dois olhos vazios, os móveis da varanda amontoados. Seu carro estava estacionado onde ela o havia deixado, embaixo do alpendre ao lado da casa. Trepadeiras haviam crescido ao redor dos pneus.

Uma onda de horror tomou conta de Margie quando ela saiu do carro. Ali estava o local onde Jimmy Hunt havia estacionado sua caminhonete, quase batendo nos degraus da varanda. E a porta que ela, por descuido, não havia trancado na noite do ataque.

Sua mão tremeu quando ela abriu a porta. A casa estava uma bagunça, com móveis e caixas jogados pelo chão. Ela imaginou as vans da perícia forense chegando, os investigadores declarando a casa e o quintal como uma cena de crime. Ao examinar a cozinha, prendeu a respiração, lutando contra a náusea. No quarto, o colchão havia sido removido e o chão estava coberto com lonas sujas. Uma marca de mão marrom manchava o batente da porta. A mão dela, coberta de sangue.

Não havia sinal de seu gato em lugar algum. As tigelas e a cama dele haviam sido empurradas para um canto da cozinha.

— Você está bem? — perguntou Truly.

Margie acenou e foi correndo para o banheiro vomitar. A essa altura, o refluxo era tão corriqueiro quanto espirrar. Ela usou um pouco de papel-toalha para se limpar. O armário embaixo da pia havia sido saqueado, seus pertences, espalhados — um frasco de spray limpador, lâminas de barbear descartáveis, uma caixa de absorventes internos meio vazia. Os objetos de uma vida comum. Uma vida que não pertencia mais a ela.

Ela saiu e disse a Truly:

— Nem sinal do meu gato. Vou perguntar aos vizinhos.

Raylene Pratt atendeu a porta e, quando viu Margie, deu um passo para trás, com a mão na maçaneta.

Margie explicou que seu caso havia sido arquivado.

— Eu sei, já vi no Facebook.

Ótimo, pensou Margie. Truly a havia aconselhado a excluir sua conta para evitar ver todas as publicações de ódio e especulações.

— Estou atrás do Kevin, meu gato — anunciou ela. — Você viu ele?

— Não nos últimos tempos — disse Raylene de modo apressado.

— Acho que ele fugiu com toda a confusão de gente que esteve aqui.

Aquela noite. O sangue. O estroboscópio estonteante das luzes de emergência. Os paramédicos e a polícia cheios de equipamentos. Ele deve ter ficado muito assustado. *Ah, Kevin.*

— Tem certeza? Você não viu mais ele desde então?

Raylene balançou a cabeça.

— Eu tenho que ir. Desculpa.

Ela olhou por cima do ombro e se encolheu de volta porta adentro.

— Aqui, esse é o meu número. — Margie anotou num pedaço de papel. — Por favor, me avisa se...

A porta se fechou com um estalo.

Margie suspirou e deixou o bilhete preso no batente da porta. Era estranho perceber que ela inspirava medo. Que as pessoas olhavam para ela e viam um monstro. Uma assassina. Seu mundo havia virado de cabeça para baixo.

Enquanto se afastava, ela ouviu o toque do novo celular e se atrapalhou tentando atender até que percebeu que só precisava tocar na tela.

— Ora, ora, ora, você é uma mulher livre.

— Maxine — disse Margie, sentindo um raro sorriso se abrir. — É, parece que sim.

— Bom, essa é a melhor notícia do mundo. Você tem sido minha prioridade número um e já preparei toda a documentação nos termos que você queria. A primeira coisa a fazer é informar o casal adotivo sobre sua decisão. Quer que eu conte ou você conta? Ou nós duas juntas?

Margie tinha remoído uma dúvida enorme, mas acabou seguindo seu instinto. O casal que ela havia escolhido ia criar muito bem uma criança. Ela mesma queria dar a notícia. Era emocionante saber que, da próxima vez que se falassem, seria para dizer que iriam adotar seu bebê.

— Eu mesma quero contar — disse Margie. — Gostaria que eles soubessem por mim.

— Claro.

Maxine preparou tudo para que Margie fosse a Austin assinar os papéis. Ela insistiu em hospedar Margie em um hotel seguro e protegido, longe de Banner Creek.

Ela se sentou nos degraus da varanda e deu a notícia a Truly.

— Acho que no fim das contas não vou precisar ficar na sua casa. Maxine disse que posso ficar num hotel na cidade. Estou prestes a ligar para os pais adotivos.

— Como está se sentindo?

— No momento, assustada — disse ela. — Mas bem. Pelo menos um de nós tem um futuro.

Ela tocou a barriga.

— Vocês dois têm. Juro que vocês vão ficar bem. Sei que parece clichê, mas acho mesmo que você e o bebê terão um futuro maravilhoso. Conheci muitas mulheres por meio da Amiga e tenho uma boa noção dessas coisas.

Margie olhou para o celular.

— Eu nem sei usar essa coisa direito.

— Quer ligar para eles agora? — perguntou Truly. — Ou prefere uma chamada de vídeo pelo meu notebook? Eu tenho Skype, estou com internet móvel.

— Isso vai funcionar?

— Claro. — Truly trouxe o notebook e abriu o programa. — É só digitar o número e falar com a tela. Vou te dar um pouco de privacidade.

— Não precisa — falou Margie. — Não tenho nada a esconder.

— Eu sei, mas… é o seu momento. Vou esperar perto do carro.

Margie colocou o notebook no colo, apoiou-se nos cotovelos e olhou para cima. Era o mesmo céu que ela via do pátio de terra batida da cadeia, mas, dali, parecia bem diferente. Tudo parecia diferente. Ela costumava ficar sentada do lado de fora por horas, lendo ou cuidando das plantas. Nos três degraus que davam acesso à porta, estavam seus vasos de ervas e pimentas. Ela usava as ervas e os temperos frescos nos molhos — coentro e cominho, louro e tomilho, pimentas. Alguns dos vasos haviam caído, devem ter sido derrubados pelas equipes de investigação. A maioria das plantinhas estava morta, desidratadas pela negligência. Ela arrancou um galho seco da erva de gato favorito de Kevin e remexeu na poeira a seus pés, traçando formas aleatórias enquanto reunia seus pensamentos.

A ligação que estava prestes a fazer mudaria quatro vidas para sempre.

Encontrei a melhor família que pude para você, disse ela ao estranho dentro de seu corpo. *Acho que você vai gostar da vida que terá com eles.*

Depois de alguns segundos um rosto apareceu na tela.

— Margie! Como está se sentindo? Está tudo bem?

Ela teve ânsia de vômito. Ele estava perguntando por que se importava ou porque queria que ela desse à luz um bebê saudável e o entregasse a ele?

— Eu fui solta — disse ela. — O caso foi arquivado.

— Uau, ei, que notícia maravilhosa. Quer dizer, é mais do que maravilhosa. Sinto muito por tudo o que você teve de passar, mas é fantástico que você seja uma mulher livre de novo. De onde está ligando, querida?

— Da casa onde eu morava. Vim procurar meu gato, mas nem sinal dele, acho que fugiu. — Ela suspirou, e as lágrimas brotaram. — Eu amava tanto o Kevin e...

— Ah, querida, eu queria muito poder te ajudar.

— Eu queria falar com vocês dois — disse ela. — É uma boa hora?

Ela havia se angustiado com a decisão. Erin e Brent em sua casa na área da baía? Ou Lindsey e Sanjay, com seu piano e jardim? Os dois casais eram ótimos. Ambos pareciam inteligentes e gentis. Qualquer criança teria sorte de se juntar a uma dessas famílias. No final, porém, ela se sentiu empurrada em uma direção. Esperava de todo o coração que tivesse escolhido a família certa.

— Claro, espera um pouco...

Ele carregou o notebook enquanto caminhava por um grande espaço com piso de mármore e pilares. Talvez estivesse no banco ou algo assim. Não, devia ser a casa deles porque, de repente, os dois estavam sentados em um grande espaço ao ar livre — um pátio à beira de um gramado verde brilhante.

— Ei, Lindsey — chamou Sanjay. — É a Margie pelo Skype, ela quer falar com a gente.

Ela sabia que Erin e Brent ficariam desapontados. Eles eram ótimos, mas algo neles a deixava hesitante. Talvez fosse a maneira como Erin parecia estar sempre checando com Brent, olhando para ele e dizendo: "Não é, querido?". Ou talvez fosse o fato de Brent tê-la chamado de *benzinho*, o que fez Margie se lembrar de Jimmy Hunt. Brent não tinha como saber disso. Ele devia ser um cara legal, mas Margie ficou encantada com Sanjay e Lindsey, cuja parceria parecia mais igualitária. De alguma forma, de um jeito que ela ainda não entendia, ela havia se conectado em um nível muito pessoal com aqueles dois.

O cachorro surgiu na imagem, correndo com uma bola de tênis na boca. Atrás dele vinha Lindsey, de shorts esportivos e sem camisa, o peito reluzindo de suor. Ele pegou uma camiseta cinza no encosto de uma cadeira e a vestiu.

Ela suspeitava que o fato de ambos serem homens gays e não terem qualquer interesse em atacar uma mulher talvez tivesse influenciado sua escolha. Mas era mais do que isso. Era o amor que ela lia no rosto de cada um quando se olhavam, o compromisso de se amarem de um jeito livre e vigoroso, mesmo que a sociedade pudesse desaprovar. Dada a sua concepção durante um estupro violento, essa criança também precisaria dessa força de compromisso e aceitação.

Ela parou um momento para estudar o rosto dos dois na tela.

— Oi, rapazes.

— Oi, oi.

— Bem, vou direto ao assunto — disse ela, sentindo o peso do momento enquanto olhava para os dois estranhos. — Lindsey Rockler e Sanjay Rai, gostaria de pedir que vocês adotem meu bebê.

Os dois ficaram boquiabertos e, em seguida, pareceram se fundir um ao outro, suas emoções refletindo as dela. Ela não se preocupou em esconder as lágrimas que escorriam pelo rosto.

— Maxine está com a papelada para podermos oficializar, mas eu queria contar logo para vocês.

Truly, ao lado do carro, também estava chorando.

— Margie eu… Eu estou sem palavras. Nunca vou ter palavras suficientes para te agradecer — disse Lindsey. — Nem em um milhão de anos. Você confiar na gente para dar esse presente tão sagrado é avassalador.

Margie assentiu com a cabeça.

— É muita coisa com que lidar, mas eu pensei muito. Nós vamos conseguir, não vamos?

Quando estiver passando pelo inferno, continue.

— Com certeza, querida. Mal podemos esperar para conhecer você pessoalmente e... — disse Sanjay. — Quer dizer, se você estiver aberta a isso.

— Com certeza. Maxine disse que poderíamos nos encontrar no escritório dela em Austin.

Ela ainda se sentia desorientada depois de sua liberação abrupta. Que sensação estranha a de não ter para onde ir.

— Faremos tudo o que for mais conveniente para você — disse Sanjay.

— Eu acabei de sair da cadeia. Preciso ver se meu carro vai pegar e descobrir para onde ir agora.

— Você tem algum lugar para ficar?

— Vou passar a noite em um hotel em Austin. Depois disso, vou dar um jeito.

— Margie querida, nós queremos que você tenha tudo o que precisa para seguir com sua vida — disse Sanjay. — Podemos oferecer ajuda em qualquer nível, com o que você se sentir confortável.

— E, por ajuda, ele quer dizer qualquer coisa: assistência médica, terapia, moradia, estudo... é só dizer e a gente faz acontecer, está bem? — acrescentou Lindsey.

Ela deu uma olhada para Truly.

— Eu preciso... Ah, meu Deus.

Truly veio correndo.

— O que foi?

Margie colocou o notebook de lado. Uma patinha laranja surgiu de debaixo dos degraus da varanda e bateu no raminho de erva de gato que ela estava segurando.

— Kevin — disse ela, balançando o ramo. — Ei, garoto, você está aqui. Você está aqui.

Ele deslizou com delicadeza para o colo dela: estava mais magro, com o pelo empoeirado, mas ronronava enquanto relaxava com ela.

— Está tudo bem aí? — perguntou Lindsey.

— Sim, sim — respondeu ela, segurando Kevin para mostrar a eles. — Está tudo bem. Acho que vai ficar tudo bem.

Recomeçar uma vida que havia sido descarrilada não era um processo simples. Margie pegou uma muda de roupas, suas facas e seu kit de conservas. Começou a chorar de novo quando encontrou o fichário gordo da mãe, cheio de receitas e anotações. Todo o resto poderia ser substituído, mas aquilo não.

O motor do Toyota engasgou algumas vezes e depois ligou. Margie o deixou ligado e saiu para se despedir de Truly.

— Você salvou a minha vida.

— Bem, eu acho você incrível. Nunca conheci ninguém assim, Margie. Não vou me esquecer de você.

— Eu também. Quem sabe a gente possa manter contato.

— Eu gostaria. Seria legal fazer alguma coisa sem uma janela no meio.

— Nossa, sim — disse Margie e deu um grande abraço em Truly. — É melhor eu ir. Maxine conseguiu um quarto para mim em um hotel na cidade. — Ela verificou o celular. — O Driskill.

— Mentira. Você já foi lá?

Margie fez que não com a cabeça.

— Nunca me hospedei em um hotel na minha vida.

— Então, se prepara. É um baita avanço em relação à penitenciária do condado.

— Jura?

— Você vai ver — disse Truly, que sorriu e ofereceu um chiclete.

Sua próxima parada era se encontrar com Maxine no escritório dela em Austin. Margie se perdeu várias vezes procurando por ele e depois descobriu que seu novo celular tinha um recurso de mapa. O escritório ficava em um prédio antiquado e despretensioso, não muito longe do tribunal. A sala de espera tinha uma parede de exibição com fotos de famílias felizes e depoimentos sobre adoções bem-sucedidas. Maxine a cumprimentou com um abraço. Margie não conseguia acreditar no quanto sentia falta disso.

— Vai dar tudo certo — disse Maxine. — Tenho um pressentimento muito bom. — Ela explicou em detalhes os documentos e garantiu a Margie que nada seria definitivo até depois do nascimento. — Sanjay e Lindsey querem estar bem próximos, mas a escolha é sua. Depende só de você.

— Acho que não me importo de ter eles por perto.

— Bom, além de cobrir todas as suas despesas médicas, eles também estão preparados para oferecer suporte extra. Você não tem obrigação de aceitar a ajuda deles, mas a oferta é muito generosa. Eles gostariam de oferecer qualquer moradia de sua escolha, além de terapia e ajuda com estudos na área que você escolher.

— Isso é... Eu não sei o que dizer. Parece demais.

Moradia? Estudos? Sério? Parecia bom demais para ser verdade.

— Eles estão bem comprometidos com esse processo e com você.

— Inacreditável. Não sei nem o que dizer.

— Acho que você escolheu bem. Eu faço isso há muito tempo e acredito que você tomou uma decisão maravilhosa para o futuro desse bebê. Ainda mais importante, *eles* escolheram bem, Margie.

— Eles disseram que querem me encontrar — falou Margie.

— Isso fica a seu critério. Mas posso dizer que já me encontrei com eles várias vezes e são tão simpáticos quanto parecem.

— Eu quero conhecer os dois.

Sim. Ela queria ver onde a criança viveria. Os cômodos onde ela brincaria, comeria e dormiria. Como era o ar na casa onde ele ou ela cresceria. A iluminação, o cheiro das coisas.

— Amanhã está bom para você?

Seu futuro estava em branco. Sem emprego. Sem casa. Um quarto de hotel para passar a noite.

— Claro — concordou ela.

— Tudo bem. Agora vá pro hotel descansar. Aposto que você adoraria um banho quente, serviço de quarto e uma boa noite de sono.

— Me parece o paraíso.

— Se precisar de alguma coisa, desde uma escova de dentes até uma camisola e uma muda de roupa para amanhã, você pode comprar no hotel e colocar na conta do quarto, ok? Estou falando sério, Margie. Sem hesitar.

— Hum... então é só entrar no hotel e fazer o check-in?

Era um pouco constrangedor ela nunca ter se hospedado em um hotel ou mesmo em um motel.

— Isso mesmo. — Maxine fez uma pausa. — É só ir até a recepção e eles vão te ajudar. Aliás, acostume-se a pedir ajuda, Margie. Você está passando por muitas mudanças de uma só vez, mas essa é uma mudança boa. Prometo.

— Preciso levar o Kevin — disse ela. — Ele pode ficar na caixinha, mas vou ter que levar ele comigo.

— Vou ligar antes e me certificar de que eles podem acomodar seu gato.

O novo celular de Margie a levou até o Driskill Hotel. Quando ela parou na entrada, dois rapazes com uniformes de porteiro abriram a porta do carro e a cumprimentaram pelo nome. Maxine devia ter telefonado mesmo. Havia um manobrista para estacionar seu carro — outra novidade.

Ela ficou envergonhada pelo seu carro velho e empoeirado. Eles carregaram a caixa do gato e sua bolsa — uma sacola reutilizável da H.E.B. — para um saguão palaciano de mármore e pilares, com uma cúpula de vitrais, uma grande escadaria e obras de arte que pareciam pertencer a um museu. Ela assinou, recebeu um cartão e foi levada a uma suíte com varanda com vista para uma rua badalada do centro da cidade, repleta de cafés e lojas. Ficou boquiaberta com a mobília e os acessórios impecáveis, o banheiro reluzente, incluindo uma caixa de areia, o balde de gelo e a tigela de frutas e petiscos com um cartão — com os cumprimentos do gerente. Estava impressionada com o fato de que, até a noite anterior, estava vivendo em um inferno de blocos de concreto. Aquilo não parecia a vida real.

— Ah, Kevin — disse Margie. — Não estamos mais no Kansas.

20

Na manhã seguinte, Maxine chegou em seu SUV para levar Margie para conhecer Sanjay e Lindsey.

— Como foi a noite? — perguntou Maxine.

— Inacreditável — disse Margie. — Tomei um banho de banheira de duas horas e li um livro chamado *Comer, rezar, amar*, pedi serviço de quarto, vi TV e dormi muito bem pela primeira vez em cinco meses. — Ela estava usando uma túnica simples e sandálias que havia encontrado na lojinha de presentes do hotel. — Não sei como agradecer.

— Não me agradeça — devolveu Maxine. — O hotel é uma cortesia de Lindsey e Sanjay. Eles querem que você fique em um lugar seguro e confortável. Pode ficar o tempo que quiser, não precisa ter pressa para decidir onde quer se instalar.

— Isso é... Uau. — Margie tinha visto uma plaquinha na porta: trezentos dólares a diária. A conta de seu pedido de serviço de quarto tinha sido de tirar o fôlego. — Mas é muito caro.

— Não se preocupe com as despesas. Eles não querem que você se preocupe com nada.

— E tudo bem eu levar o Kevin na caixinha dele? Não posso deixar ele sozinho no quarto.

— Claro que sim, Kevin faz parte da família.

Margie acomodou o gato e colocou o cinto de segurança. Ela baixou o espelho do carro e olhou para seu reflexo. O xampu sofisticado do hotel era muito melhor do que os sabonetes baratos da prisão, então ela deu atenção especial ao cabelo.

— Estou bem?

— Claro que sim, você está linda.

Ela se manteve quieta enquanto as rodovias, as artérias comerciais movimentadas e as subdivisões passavam, dando lugar a uma seção antiga e bonita da cidade. Carvalhos imponentes sombreavam as avenidas, e as ruas tinham nomes interessantes, como Paloma Avenue, Bull Mountain Cove e Toreador Drive. A maioria das casas não era visível da rua, protegida por muros cobertos de hera, construídos com pedra da região de Hill Country e ferro forjado. Margie de vez em quando vislumbrava jardins enormes e bem-cuidados.

Quando viraram em uma rua muitíssimo arborizada e passaram por um portão onde estava escrito *Rockler & Rai*, ela prendeu a respiração.

— É aqui que eles moram?

Maxine assentiu.

— É lindo, né?

— Caramba — disse Margie. — Você não me disse que eles eram ricos.

— Eles são um casal maravilhoso e muito bem-sucedido.

Maxine dirigia devagar.

Margie observou os amplos jardins e se concentrou no que parecia ser um castelo à distância.

— Não são bons demais para ser verdade, Maxine?

— Não, de jeito nenhum, querida — respondeu Maxine. — Eles são de verdade. Estou acompanhando o caso deles há vários anos. Os dois demonstraram paciência e compreensão sobre-humanas a cada passo do caminho, e olha que suportaram muitos desafios.

— Você está falando das duas outras adoções que não deram certo.

— Eles te contaram?

— Sim, quando liguei para eles ontem. Uma barriga de aluguel que teve dois abortos espontâneos e uma mãe biológica que decidiu ficar com o pai do bebê. Imagino que deva ter sido difícil.

— Todo esse processo é cheio de riscos. As recompensas são incríveis, mas às vezes pode ser uma jornada difícil e bastante frustrante.

— Vou tentar não partir o coração deles.

Ao chegar a um portão de ferro, Maxine tocou em um teclado e o portão se abriu com um zumbido mecânico. Elas passaram por gramados bem-cuidados e uma quadra de tênis. Além disso, havia uma piscina de borda infinita com vista para as colinas a oeste de Austin.

Maxine estacionou na entrada circular em frente à elegante casa de pedra. Duas escadas curvas levavam à grande porta de entrada.

— Tá, não estamos *mesmo* mais no Kansas — Margie sussurrou para Kevin em sua caixa. — Caramba — repetiu. — Desculpa, mas caramba, meu Deus. Por que você não me contou?

Maxine deu uma olhada para ela.

— Acho que você sabe a resposta.

Margie assentiu.

— Tem razão. Que bom que eu não sabia.

Ela sentiu um zumbido nervoso por dentro. Os Hunt também eram ricos. Pessoas ricas sabem navegar pelo sistema e tirar vantagem de gente como Margie. *Acho bom esses dois aqui serem diferentes*, pensou ela.

Assim que saíram do carro, Lindsey e Sanjay vieram correndo da casa e desceram as escadas. Eles estavam de braços abertos, em sinal de boas-vindas, e com lágrimas nos olhos.

— Eu sou Lindsey.

— Eu sou Sanjay.

— Eu sei — respondeu Margie. — É um prazer conhecer vocês.

Houve assinatura de papéis, bate-papo e uma refeição deliciosa. Margie estava sentindo falta de uma boa comida mais do que poderia imaginar.

— Não sabíamos do que você gostava, então, pedimos a Rosalia para fazer um pouco de tudo — explicou Sanjay.

Em comparação com a comida da cadeia, aquilo era um banquete cinco estrelas. Havia frango macio em um intrigante molho *adobo*, servido com tortilhas recém-saídas da chapa, um cheeseburger com tudo a que tinha direito, camarão com *grits*, uma salada com um queijo que ela nunca havia comido antes — chamado burrata — e três tipos de cookies com sorvete de sobremesa.

Em questão de horas, a vida de Margie havia mudado de um pântano de incerteza e desespero para uma situação que, de modo inesperado, oferecia algo que parecia ser segurança e esperança. Talvez. Ela ainda estava meio cética e desconfiada. Eles eram ricos — como os Hunt.

Ela era uma garota que não tinha nada a não ser as cicatrizes por ter sido agredida por Jimmy Hunt e abusada pelo sistema. E então aqueles dois surgiam com o golpe final: queriam o bebê dela.

No entanto, até agora, Lindsey e Sanjay tinham respeitado todos os seus desejos. Eles afirmaram que não queriam que ela sentisse que se tratava de uma transação, que ela estava trocando um filho pelas vantagens que eles poderiam lhe dar.

Eles ofereceram um lar para ela durante a gravidez — em qualquer lugar que ela escolhesse. Uma casa de campo perto do campus da Universidade do Texas. Um apartamento perto do hospital. Uma casa de hóspedes na propriedade deles, com jardim privativo e serviço de limpeza diário.

Ela escolheu a casa de hóspedes. Lembrou-se da perfeita casa de bonecas em miniatura que tinha visto naquele dia, quando conheceu as irmãs Falcon. Margie passou a se lembrar com frequência daquele dia depois que decidiu colocar seu bebê para adoção. O rumo de uma vida pode ser determinado em um piscar de olhos. O toque de um dedo no mouse e *puf*, uma vida inteira em outra direção. Será que a criança iria gostar de viver aqui, cercada de luxo, com todas as necessidades atendidas por pais ansiosos e indulgentes? Ou será que se tornaria uma adolescente cínica como aquelas irmãs?

Margie nunca saberia. Mas, nos meses seguintes, ela ficou bem feliz de acomodar Kevin na pequena casa de hóspedes perfeitamente organizada, com suas prateleiras cheias de livros, roupas de cama limpas e uma cozinha minúscula e eficiente.

— Você estabelece os limites e a gente vai respeitar — disse Sanjay depois que ela se instalou. — Nosso objetivo é que você se sinta apoiada, não importa o que isso signifique para você. Pode ir e vir quando quiser. Vamos só ser seus vizinhos quase sempre silenciosos.

Com cuidados médicos regulares pela primeira vez na vida, Margie estava descobrindo muitas coisas. Ela não tinha cáries e tinha visão perfeita. Seu tipo sanguíneo era A positivo. Estava saudável — embora um pouco abaixo do peso — e, apesar das semanas de enjoo, o bebê também. O bebê. O *bebê*. Margie ainda estava tentando se acostumar com a ideia. Ela sempre presumiu que um dia seria mãe, mas era uma noção vaga e distante. E aquilo era diferente. Era como... alugar um espaço temporário em seu corpo.

A questão que mais a preocupava era a ansiedade, que talvez fosse a razão pela qual sentia tanta ânsia de vômito. O médico recomendou terapia com uma especialista em traumas de violência sexual. Consultar uma terapeuta era algo tão estranho para Margie que ela não sabia o que esperar. O nome da terapeuta era Elke Taylor, e ela se limitava a ouvir e validar seus sentimentos. Disse que era importante que Margie encontrasse seu próprio caminho para se sentir capacitada a tomar decisões e seguir em frente com a vida. Não havia fórmula mágica para fazer com que o pesadelo do passado desaparecesse.

Elke recomendou um curso de defesa pessoal especializado para víti-mas de agressões. No início, Margie ficou intimidada com os exercícios, que eram conduzidos por homens mascarados; depois, sua confiança foi aumentando à medida que aprendeu que, ao ser confrontada sem possibilidade de fuga, havia maneiras de dar uma surra no agressor, mesmo ele sendo grande e forte.

Embora não deixassem Margie praticar nenhum movimento arris-cado por causa da gravidez, as aulas e as sessões de terapia a ajudaram. Ela aprendeu a se desligar dos flashbacks incessantes da noite em que Jimmy Hunt a estuprou. Suas lembranças do ataque estavam aos pou-cos sendo substituídas por experiências de domínio e controle sobre a situação.

De vez em quando, ela sentia algo como uma luz quente em seu interior e pensou que poderia ser esperança.

Às vezes, à noite, Lindsey e Sanjay a convidavam para ir à casa deles. No começo, eles hesitavam, não queriam se intrometer, mas ela gostava da companhia deles e da linda casa. Seu cômodo favorito era a biblioteca. Todas as paredes, do chão ao teto, eram preenchidas por livros, e ela ficava louca para ler tudo. Lindsey parecia ter lido todos os livros daquele cômodo e adorava conversar sobre eles com Margie. Ela também gostava de ouvir Sanjay ao piano. Uma noite, ele instalou um karaokê. A voz dela não era muito boa, mas até que era afinada.

Margie fez uma interpretação aceitável do que agora considerava seu hino: "Irreplaceable", de Beyoncé.

Certa noite, após o jantar, ela criou coragem para falar sobre a comida. Era saudável e, em sua maioria, bem-preparada, mas Margie sentia falta de cozinhar. Elke a incentivava a encontrar toda e qualquer forma de se expressar. Para Margie, isso significava desenhar e esboçar seu restaurante dos sonhos, aquele com o qual ela e a mãe costumavam fantasiar, fingindo que um dia conseguiriam abri-lo de fato. Ela sentia falta de estar na cozinha, então, se arriscou e disse:

— Olha, eu sei que vocês têm uma chef muito boa e tudo o mais, mas eu gostaria muito de poder cozinhar para vocês algum dia.

— Achamos que nunca fosse pedir — disse Lindsey. — Pode fazer uma lista de tudo o que você precisa.

Era o tipo de banquete que ela adorava organizar. Ela preparou suas costelas macias, defumadas na churrasqueira muito chique do pátio e finalizadas em um forno lento. Preparou três tipos de molho e seus melhores acompanhamentos — pão de milho caseiro com geleia de pimenta, ensopado de legumes cozidos em fogo lento e uma salada de tomates *heirloom*, pêssegos grelhados e ervas do mercado local, coberta com queijo burrata. Bolo de especiarias, banana e abacaxi para a sobremesa, porque, afinal, era um clássico e todo mundo gostava.

Quando sentaram-se à mesa, Margie estava apreensiva, mas ao mesmo tempo muito confiante. As expressões de Lindsey e Sanjay ao provar tudo confirmaram que ela havia acertado em cheio.

— Está tão gostoso que estou com vontade de chorar — disse Sanjay.

— Está delicioso — concordou Lindsey. — Você, minha jovem, tem um talento absurdo.

— Obrigada. Eu amo cozinhar.

Quando Margie contou sobre os molhos artesanais, os dois pareceram bastante interessados e, depois daquela noite, ela foi convidada a cozinhar muitas outras vezes. Preparou frango frito com manteiga e mel servido com biscuits de leitelho seguindo a receita da mãe, com farinha White Lily e a manteiga ralada. Serviu berinjela grelhada com *pesto* de coentro, polenta *pasticciata*, milho grelhado e picles frito. Em determinado momento, Margie colocou a enlatadora de pressão da mãe para jogo e voltou a fazer molhos.

Certa noite, Sanjay perguntou:

— O que você gostaria de fazer da vida depois que o bebê nascer?

— Acho que vou trabalhar em algum restaurante. Sou uma boa cozinheira, é o que eu gosto de fazer. O gerente do café do clube de campo do bairro já disse que me contrataria.

Sanjay e Lindsey eram sócios do clube, e ela estava autorizada a jantar lá como convidada deles sempre que quisesse. No entanto, nunca o fazia. O salão de jantar era muito sofisticado e ostensivo. Margie se sentia mais à vontade com os cozinheiros tatuados e a equipe de garçons que ficavam no beco atrás da cozinha.

— Você quer trabalhar lá? — perguntou Sanjay.

— Eu sempre trabalhei. O maior período de folga que tive foi quando estive na prisão.

— Se você pudesse fazer o que quisesse. Qualquer coisa. O que seria?

Ela pensou por um tempo. A mãe costumava elogiá-la por ser tão inteligente na escola, por sempre tirar notas altas.

"Não importa o que você faça, siga sempre a sua estrela", dizia a mãe.

"Mas qual é a minha estrela, mamãe?" Margie adorava fazer a pergunta porque adorava a resposta da mãe.

"Bem, ela pode ser qualquer coisa que atraia você a fazer o que mais deseja."

Agora ela olhou para Sanjay e Lindsey.

— Bom, acho que quem me fez imaginou que eu deveria preparar comida para as pessoas.

— Faz todo o sentido — disse Lindsey. — As pessoas mais felizes que conheço são as que fazem o que gostam.

Ela mostrou a eles o livro de receitas e seus esboços para o restaurante dos seus sonhos. À noite, quando não conseguia dormir e era assombrada pela ansiedade, trabalhava no projeto. Os desenhos foram se tornando mais complexos, sua visão, mais nítida.

Ela colocou as páginas no balcão da cozinha e os levou em um passeio pelo seu sonho.

— Eu sempre quis ter um restaurante de carnes — disse ela.

Tendo trabalhado no Cubby's, ela sabia o quão desafiador seria. Mas Margie também conhecia a profunda satisfação de comandar uma boa cozinha e um salão de jantar. Era difícil descrever a sensação diante da satisfação dos clientes ou a dela própria ao usar a criatividade no preparo dos molhos. Para Margie, era uma vida que fazia sentido e mantinha seu coração conectado à mãe — preparando comida saborosa e fazendo as pessoas felizes.

Ela lhes contou sobre os sanduíches da mãe e sobre o quanto havia aprendido com Cubby Watson.

— São Francisco. — Margie deixou escapar as palavras, mostrando um artigo que havia guardado de uma revista velha e esfarrapada. — É para onde eu gostaria de ir. É lá que eu abriria um restaurante.

— Gosto de como você pensa — comentou Sanjay. — Espero que isso aconteça um dia.

— E qual é o seu plano? — perguntou Lindsey.

Ela juntou suas anotações e as guardou.

— Eu não tenho um plano. Só esse montão de ideias.

— Se seu sonho é ter seu próprio restaurante, então é isso que você tem que fazer, querida.

— Também acho que seria bom — disse ela.

— Mas não acha que seria possível? — perguntou Lindsey.

Ela deu de ombros.

— É porque... pensa comigo. Levaria anos e seria preciso mais dinheiro e conhecimento do que eu tenho. É algo grande demais para eu conseguir entender.

Sanjay se recostou na cadeira e olhou para o marido.

— Ah, não. Ele está todo animado agora.

— Não consigo evitar — disse Lindsey. — Eu tinha mais ou menos a sua idade quando tive a ideia da GreenTech, minha primeira startup. Eu não tinha mais dinheiro para pagar as mensalidades da faculdade, então, tive que sair para economizar mais. E consegui isso seguindo meu sonho.

O sucesso de Lindsey Rockler era uma grande história, grande o suficiente para inspirar vários livros e um documentário de TV. Ele chegou a aparecer no programa *60 Minutes*. Sua empresa agora desenvolvia aplicativos para iPhone, o celular que agora todos adoravam.

Quem quer que esse bebê venha a ser, pensou Margie, *será uma criança de sorte.*

— Não vou te dizer que foi fácil — disse Lindsey —, porque não foi. É tudo uma questão de querer muito uma coisa a ponto de estar disposto a fazer um plano e trabalhar duro para conseguir.

— Eu sei trabalhar duro, mas não tenho tanta certeza se sei tocar um negócio e lidar com finanças.

— Isso se aprende — retrucou Lindsey.

Em suas sessões de terapia, Margie percebeu que o componente mais importante para sua recuperação era assumir a responsabilidade por sua própria vida. A perda de controle era a raiz de seu problema mais profundo. Recuperar esse controle era fundamental para vencer os demônios que se escondiam nos cantos mais escuros. Elke a lembrou de que saber como e quando pedir ajuda também era empoderador.

— Eu sei o que sei — disse ela a eles. — Mas, talvez mais importante, sei o que não sei. Preciso da ajuda de vocês para descobrir.

Eles trocaram um olhar e disseram:

— Achamos que você nunca fosse pedir.

Margie listou tudo o que precisaria aprender — não apenas como fazer o melhor churrasco do mundo, mas como administrar a casa inteira, da frente para trás. Ela sabia que seria uma escalada íngreme, que por certo levaria anos, mas, se valia a pena ter, valia a pena se esforçar.

Lindsey e Sanjay estavam de acordo com o plano dela, o que foi uma revelação para Margie. Ela nunca tinha tido alguém que a ajudasse a ligar os pontos de onde ela estava até onde queria chegar. Sua mãe vivia um dia de cada vez, como uma borboleta no verão, colhendo o néctar em gotinhas. Ela nunca se preocupou com o futuro. Com Lindsey como mentor, Margie percebeu que fazer um plano lhe dava uma sensação de segurança que ela nunca tivera antes.

Mapear seu futuro não foi fácil. Não foi perfeito. Não preencheu o profundo vazio e a solidão que a assombravam no meio da noite. Mas foi um começo.

Quando ela se matriculou em suas primeiras aulas na faculdade pública, Lindsey e Sanjay abriram uma garrafa de champanhe e uma de Topo Chico para Margie.

— Aos novos começos — disse Sanjay.

— Aos novos começos — repetiu Margie, olhando para eles com uma súbita onda de emoção.

Durante aqueles poucos e curtos meses, eles tinham sido mais do que mentores. Eram como uma família. Ela sempre soube que deixar o bebê seria difícil. Agora percebeu que seria difícil deixar Sanjay e Lindsey também. Eles brindaram.

— O champanhe é bom?

Lindsey colocou uma rolha na taça.

— Você é jovem demais e está grávida demais para beber.

O médico de Margie recomendou caminhada diária e Elke a incentivou a praticar ioga. Ela se matriculou em um estúdio que oferecia aulas para mulheres grávidas a oitocentos metros da casa.

— Tudo bem se eu e o Wally formos com você hoje? — perguntou Sanjay quando ela saiu da casa de hóspedes.

— Claro — disse ela, carregando uma sacola com seu tapete e garrafa de água. — Ela colocou óculos escuros e um chapéu de sol de aba larga. — Vou adorar a companhia.

— Você não socializa muito. — Ele prendeu a coleira no cachorro.
— Por opção? Ou porque tem poucos amigos?

— Eu socializo, sim — respondeu ela. — Com pessoas do trabalho no clube. E fiz alguns amigos na faculdade. Mas... agora que a gravidez está aparecendo, as pessoas fazem um monte de perguntas, sabe?

Wally correu ao longo da fileira de murtas rosadas que margeavam a entrada da garagem. Eles saíram para uma trilha de pedestres que levava até a rua principal.

— Não sei, mas imagino. Por exemplo, para quando é o bebê e se você já sabe o sexo, se já escolheu nomes, se está planejando parar de trabalhar para cuidar do bebê... Esse tipo de coisa?

— Isso mesmo. Eu não tenho problemas em explicar que sou só a mãe biológica e que o bebê vai ser adotado, mas é que isso gera aquele silêncio incômodo ou então mais perguntas. As pessoas não são rudes de propósito, mas às vezes sinto que estão me julgando. Por exemplo, "Você parece saudável e bem, por que vai entregar seu filho?". É claro que eu também poderia explicar o que aconteceu comigo, mas até que ponto eu quero que as pessoas se envolvam nisso?

— Sinto muito. Deve ser bem ruim.

Ela lhe lançou um olhar de soslaio. Sanjay era lindíssimo. Ele tinha 40 anos, mas parecia muito mais jovem, com porte de atleta de elite e cabelo louro ondulado.

— Acho que vocês também vão ter sua cota de momentos constrangedores quando começarem a andar com uma criança.

Ele sorriu.

— Eu consigo lidar. Na verdade, estou ansioso para ter que lidar com isso.

Ele e Lindsey ainda não haviam contado para todo mundo. Decerto não queriam dar sorte para o azar, afinal, a adoção só seria concluída no momento em que Margie cedesse seus direitos parentais.

Mas, mesmo que não houvesse nem um pedacinho dela que quisesse ficar com o bebê, Margie estava aprendendo que tudo pode mudar em um instante, quer a gente queira ou não. Havia uma pequena parte de sua alma reservada para a possibilidade de que o bebê em seu ventre pudesse ser a força mais poderosa do universo, tão poderosa que ela não conseguiria abrir mão dele.

Sempre que isso acontecia, ela se lembrava de Jimmy Hunt e pensava: *Aham, até parece.*

A caminhada pela ravina os levou a uma rua movimentada repleta de salões de beleza de luxo, restaurantes de *dim sum* e de tacos, butiques, lojas de artigos para casa e academias.

Era uma linda manhã de outono. Passaram por babás empurrando carrinhos de bebê, pessoas correndo e jardineiros trabalhando. Era muito diferente das manhãs no Arroyo, onde as pessoas recolhiam garrafas quebradas, embalagens de fast-food e sujeira deixada pelos viciados. Aquele mundo perfeito era o mundo em que seu bebê nasceria.

Margie se perguntava como sua vida poderia ter sido se ela tivesse crescido em um mundo como esse.

Do outro lado da avenida sombreada por árvores, uma mulher saiu de um carro de última linha e atravessou a rua, na direção deles. Ela carregava um envelope de papel-pardo com uma prancheta, parecia estar coletando assinaturas para um abaixo-assinado. Wally ficou com as pernas rígidas, e uma crista defensiva se ergueu ao longo de suas costas enquanto ele emitia um rosnado suave e cauteloso.

Sanjay deu um puxão na coleira.

— Tranquilo, garoto — murmurou.

— Margie Salinas? — perguntou a mulher com um sorriso.

Margie deu um passo para trás. Como essa estranha a conhecia?

— Quem é você?

A mulher entregou o envelope para Margie, pressionando-o em suas mãos.

— Você está sendo intimada.

Em seguida, ela girou sobre o calcanhar e voltou para o carro.

— Ei — Margie chamou. — Do que se trata?

A mulher não se virou, apenas acenou, entrou no carro e foi embora.

Margie olhou para Sanjay.

— Mas que diabo foi isso?

— Acho que era uma oficial de justiça.

Margie sabia o que era uma oficial de justiça. Tinha lido sobre isso na prisão. Era alguém que se certificava de que uma intimação jurídica fosse colocada nas mãos do destinatário.

— Abre, vamos ver o que ela te entregou — disse Sanjay.

Eles se sentaram em um banco de um ponto de ônibus próximo. Com as mãos trêmulas, ela abriu o envelope. Uma intimação parecia assustadora. Juntos, ela e Sanjay examinaram os papéis.

Eram os Hunt outra vez, solicitando o registro de paternidade em nome do filho falecido. Ela sabia que seu rosto estava muito pálido quando encarou Sanjay.

— Isso pode ser feito?

— Pode, é uma forma de documentar a paternidade — disse Sanjay.

Havia uma declaração dos pais de Jimmy, afirmando sua intenção de assumir a guarda da criança, fornecendo apoio e custódia para manter os direitos parentais.

— Espera, então os Hunt ainda estão dizendo que têm direito a esse bebê?

Seu estômago parecia ter se revirado, mas Margie percebeu que era o bebê se mexendo.

— Vamos voltar para casa e resolver isso.

Sanjay, em geral afável, calmo e frio, estava branco como papel. Ele enviou uma mensagem para Lindsey, e seus passos eram longos e agitados enquanto voltavam para casa. Margie correu um pouco para acompanhá-lo.

Lindsey os encontrou na porta. Ele pegou o documento de várias páginas e o escaneou para enviá-lo a um dos muitos advogados que trabalhavam para eles.

— Estão reivindicando os direitos parentais — disse Sanjay, e depois se aprofundou no documento. — Alegam que não somos qualificados porque não abraçamos os valores cristãos.

— Quê? — Margie deu uma risada esganiçada, sem humor. — Desculpe, eu sei que não é engraçado. Mas que *merda* é essa?

Os Hunt devem ter descoberto de alguma forma detalhes da adoção.

— Valores cristãos, pfff... Eu sei como são os cristãos de verdade. Eu ia ao culto com eles na igreja de Cubby e Queen, e nenhum deles saía por aí estuprando mulheres e colocando as vítimas na cadeia. Não acredito que eles estejam dizendo essas coisas sobre mim e, principalmente, sobre vocês.

— Pode acreditar, querida, já ouvimos tudo isso antes — disse Lindsey. — Às vezes, até de pessoas que são importantes de verdade para nós.

— Sinto muito. Que horror. Só para constar, eu acho vocês maravilhosos.

Ela já havia sido julgada e criticada muitas vezes por ser pobre, por ter abandonado os estudos e por ser uma garota branca que gostava de ir a uma igreja frequentada por pessoas negras, mas nunca havia sido humilhada por causa de quem amava. Não que ela já tivesse amado alguém como Sanjay e Lindsey se amavam, mas, se algum dia ela encontrasse um amor como aquele, não seria condenada por isso.

— É muito gentil da sua parte dizer isso — disse Lindsey a ela.

Ele não era tão otimista, mas agora sua voz estava cansada.

— Estou sendo sincera. Li uma centena de perfis antes de encontrar vocês, e quase todos os casais eram incríveis, mas vocês eram de longe os melhores.

Agora que os conhecia melhor, ela os admirava ainda mais por terem criado um perfil honesto, que mostrava quem eles eram sem ostentar sua riqueza.

— Vamos conseguir que isso seja desqualificado tão rápido que a cabeça idiota deles vai girar — declarou Lindsey.

E, de fato, em poucos minutos, a luz do celular se acendeu sem fazer barulho sobre a mesa. Ele tocou a tela para recusar a chamada, mas não antes de Margie notar o nome de quem estava ligando. Um nó se formou em seu estômago.

— A ligação era de Terence Swift.

Ele assentiu com a cabeça.

— Era, sim.

— O advogado que me defendeu.

— Sim.

— Ele é seu advogado?

— Fazemos negócios com a empresa dele.

Ela ligou os pontos.

— Vocês eram o doador misterioso. Vocês custearam os honorários. — Ela olhou de um para o outro. — Quando pretendiam me contar? Nunca?

— Não queríamos te enganar, querida — disse Lindsey. — Nosso único objetivo era conseguir a melhor representação possível para você. É triste, mas, às vezes, o dinheiro pode comprar uma defesa melhor.

— Eu ainda nem tinha escolhido vocês.

— Não importa. Se você não tivesse escolhido a gente, ainda assim teríamos financiado sua defesa.

— Isso é muito além do que alguém faria — protestou ela. — Por que vocês fariam isso?

— Porque é a coisa certa — respondeu Lindsey. — Trabalhamos duro durante a vida toda. Tivemos a sorte de ter os meios para fornecer a melhor ajuda possível para você, e foi isso que fizemos. Não se trata de esmola, Margie. Você tem direito à justiça. Isso não é uma transação, sabe? É um ato de amor.

— É mesmo? Porque eu nem sei mais. Parece um ato de sobrevivência. — Ela pressionou as mãos na barriga. — Não me levem a mal, sou grata por tudo o que vocês fizeram por mim. Tudo isso — disse ela, gesticulando pela sala — às vezes parece bom demais para ser verdade. Nunca tive motivo para confiar na minha própria sorte.

Um advogado do escritório de Swift apareceu logo em seguida. Especializado em ações civis, ele explicou com mais detalhes.

— Eles estão tentando de tudo — disse ele. — Abriram uma conta caucionada para provar que estão levando a sério prover a criança. Estão fornecendo declarações de testemunhas de caráter, como a do pastor e de líderes comunitários.

Margie se encolheu.

— Tudo o que eu sei sobre essa gente é que eles criaram um agressor e estuprador. Fizeram um trabalho tão bom com o Jimmy que agora querem outro, é isso? — Ela se sentia irritada e enjoada. *Por favor, não seja como o homem que deu origem a você*, disse ela em pensamento à criança, repetidas vezes. — O que eu faço? Posso apenas desconsiderar?

— É uma péssima ideia ignorar uma intimação.

Ela estremeceu.

— Isso significa que vou ter que voltar ao tribunal? Vou ter que ficar diante daquela gente de novo?

— De jeito nenhum.

Em pouco tempo, o sócio do sr. Swift descobriu que os Hunt haviam acessado informações confidenciais para descobrir o plano de Margie e localizá-la. Pior ainda, eles tinham usado material do kit de estupro dela para fazer o teste de DNA. Não deve ter sido difícil, dadas as conexões deles no condado. Mas nenhum juiz, nem mesmo os bons amigos dos Hunt, poderia permitir que o processo fosse adiante. Para alívio de Margie, a ação foi arquivada com agilidade. Ela não entendia muito bem como e não se importava muito.

Depois do susto da intimação, a vida de Margie se acomodou em uma rotina feliz e sem muitos problemas. As manhãs eram uma surpresa agradável, quase surreal, quando ela acordava em uma bela casa de campo cercada por um jardim, com o gato dormindo por perto. Ela se sentia como a Branca de Neve, escondida do mundo por homens cujo único objetivo era protegê-la. Mas, ao contrário da princesa dos contos de fadas, Margie não sonhava com um príncipe encantado.

Em vez disso, ela projetou o futuro que queria para si mesma. Trabalhava no serviço de almoço do clube de campo e ia à faculdade, onde cursava administração de restaurantes. Tomava suas vitaminas e ia ao médico, à aula de ioga e de autodefesa. Estudava jardinagem e suprimentos, contabilidade e administração de hospitalidade. Era como se ela estivesse explodindo de novidades, sua mente se expandindo junto com a nova vida dentro dela. Às vezes, seus sonhos pareciam tão grandes que o peso deles quase a esmagava. Outras vezes, ela quase flutuava em uma nuvem de grandeza.

Na maioria das noites, a ansiedade de Margie ainda apertava sua garganta como as grandes mãos de Jimmy Hunt, sufocando suas vias aéreas e privando seu cérebro de oxigênio. Ela fazia respirações profundas que aprendera na ioga. Inspirar, dois, três, quatro. Segurar, dois, três, quatro. Expirar, dois, três, quatro. Havia algumas noites felizes de sono, e ela as aproveitava ao máximo.

O bebê cresceu e se expandiu, o que era um desconforto para ela. Uma força fora do seu controle. Quando olhava seu corpo, nem parecia dela. Era estranho e deformado.

Seu obstetra a inscreveu em aulas de preparação para o parto. Embora apreensiva, ela compareceu à primeira sessão no hospital. Havia cinco casais e Margie e, quase de imediato, ela pôde ver a especulação nos olhares. A instrutora, uma enfermeira de trabalho de parto que parecia uma vovó de livro de histórias, convidou cada casal a se apresentar e a falar um pouco sobre o parto que estava planejando. Lá estavam Sonny e Zoe, que se abraçavam e davam risadinhas. Chad e Sally, tímidos e corados, explodindo de orgulho. Cindy e Peter, triatletas recém-casados. Margie ficou tão apavorada que parou de prestar atenção nos nomes dos participantes. As apresentações se transformaram em histórias comoventes sobre se apaixonar e conceber uma criança, escolher nomes e sonhar com a família que estavam criando. Quando chegou a vez de Margie, ela estava à beira de uma crise de ansiedade. Depois de todas as histórias emocionantes, não conseguia contar ao grupo "Um cara me estuprou e eu o matei com um tiro, perdi a chance de fazer um aborto e agora vou dar o bebê para um casal gay".

Em vez disso, ela murmurou algo sobre não estar se sentindo bem, saiu da sala e correu até o estacionamento. No carro, com as portas trancadas, ela desabou, soluçando sem parar. Não havia fim para tudo o que Jimmy Hunt havia lhe tirado. Nunca encontraria um amor como os casais daquela turma. Nunca teria uma história de vida bonita para contar sobre seu bebê. Aquela criança havia sido concebida em meio à violência, à dor e à injustiça, e sua história era um conto sombrio que jamais poderia ser reescrito.

Quando conseguiu se acalmar, deixou um recado para o médico, dizendo que não participaria das próximas aulas. Ela sabia da importância de estar preparada, mas estava aprendendo a ouvir a si mesma. Se algo não parecia certo para ela, então não era certo. Margie não tinha condições de ficar sentada com um grupo de casais felizes que aguardavam seus bebês com tanta alegria.

Quando chegou em casa, convidou Sanjay e Lindsey para visitar o centro de parto do hospital com ela e participar de uma reunião particular com sua doula.

Durante o exame seguinte, o médico perguntou se ela queria saber o sexo do bebê. O feto parecia a curva interna de uma luva de beisebol, mas ela não queria mesmo descobrir o sexo.

"Não, obrigada", ela disse. Estava tentando não imaginar a criança em sua vida. Parecia mais fácil assim.

21

O bebê chegou no meio de uma tempestade épica, vinda do norte do Texas, que atingiu a cidade com chicotadas de chuva e granizo.

Margie foi pegar um *bagel* — seu segundo do dia — quando fez xixi na calça. Ao perceber o que estava acontecendo, ela ficou paralisada por uns três segundos.

Em seguida, sussurrou "merda" e foi procurar Sanjay e Lindsey.

O trajeto até o hospital passou em um borrão e, em poucos minutos, Margie estava em uma sala de parto particular. O trabalho de parto foi difícil, mas rápido, com as contrações ganhando força e se avolumando sobre ela em grandes ondas. A dor era tão intensa que nem parecia dor, mas sim uma força da natureza poderosa o suficiente para levantá-la da cama. A doula a conduziu durante as contrações como um salva-vidas que lança uma boia, esperando que Margie se agarrasse e puxasse de volta.

No intervalo entre as contrações, ela se sentia desconectada da situação. Apesar da equipe atarefada ao seu redor, ela estava sozinha ali. Não tinha nenhum parceiro, melhor amiga ou mãe ao seu lado. Ah, como sentia falta da mãe. Pela primeira vez, ela se perguntou quem estivera ao lado da mãe quando deu à luz. Margie se arrependeu de nunca ter perguntado. Sua mãe também devia ter passado por isso sozinha. Mas com certeza não deu à luz em uma suíte elegante como aquela, com uma doula contratada e uma enfermeira particular para ajudá-la durante a dor.

O plano era fazer uma epidural para bloquear a dor da cintura para baixo. Quando explicaram o processo a Margie pela primeira vez, parecia arriscado e doloroso, mas agora ela mal podia esperar por alguma coisa — qualquer coisa — capaz de acabar com a dor das explosões que assolavam seu corpo.

Mas, assim como tudo o mais, quando se trata de dar à luz um bebê, o *timing* é tudo. Quando ela fazia *brisket* defumado no mel com nozes no Cubby's, era preciso cozinhar a carne por muito tempo e depois, no momento certo, finalizá-la na grelha salamandra para obter aquela delicada crosta caramelizada. Na sala de parto, quando se precisava injetar algo na coluna vertebral de uma mulher, isso tinha que acontecer no momento exato.

— Seu trabalho de parto foi mais rápido do que a média e você já está com oito ou nove centímetros de dilatação — disse a dra. Wolf, erguendo a mão enluvada no que parecia ser uma saudação de *Jornada nas estrelas*. — E o anestesista está atrasado com outra paciente.

Os dentes de Margie rangeram.

— Quanto tempo...?

— Não sei. Você precisa conseguir se sentar e ficar imóvel para receber uma agulha de três centímetros, e depois disso leva uns dez minutos para fazer efeito. Mas o nascimento está muito perto, então, podemos ter perdido a oportunidade...

O restante da explicação desapareceu na névoa da contração seguinte. Margie entendeu apenas que a coisa que deveria aliviar a dor não era mais uma opção. Ela abriu a boca e o que saiu foi um tipo de uivo que ecoou como um efeito sonoro em um filme de terror.

— Tem um lado positivo — disse a doula. — Agora que você está totalmente dilatada, pode fazer força.

Disseram a ela que, no primeiro parto, às vezes as mulheres precisavam fazer força por horas e horas. A perspectiva de passar mais um tempo naquela agonia era inaceitável para Margie. No momento em que lhe deram o sinal verde, ela se empenhou com tudo o que tinha. Houve uma agitação na extremidade da cama. Pessoas com jalecos e máscaras se posicionaram com agilidade. A enfermeira de parto, um técnico e a enfermeira do berçário se reuniram. A pediatra chegou, com seus sapatos batendo alto e decididos no linóleo. Outra enfermeira ficou de prontidão na mesa do computador ao lado da porta.

Quando Margie se preparava para fazer mais uma força, outra mulher chegou, apresentando-se como a assistente da dra. Wolf. Ela empurrava uma bandeja com rodas coberta de instrumentos em pacotes lacrados. Com seu longo jaleco, máscara e protetor facial, a dra. Wolf se posicionou entre as pernas de Margie como um técnico de beisebol na base final.

— Bom trabalho — disse ela. — Estamos quase lá. Como está indo?

— Posso terminar? — Margie ofegava.

— Você quem manda. Vamos lá — falou a médica. — Você está indo muito bem. Uma estrela mesmo.

Eles a orientaram durante a respiração final e os empurrões. Houve um movimento rápido e outra enxurrada de atividade, e o bebê de repente estava lá, no mundo, vermelho-escuro e escorregadio com seu vérnix pastoso. A sala ficou silenciosa, exceto pela respiração ofegante de Margie. Uma dor estrondosa a invadiu mais uma vez, mas essa foi silenciosa e cedeu logo — a placenta, parte do lar temporário do bebê, foi expulsa para sempre.

A dor cessou no mesmo instante, como se nunca tivesse acontecido, e uma sensação flutuante de admiração tomou seu lugar. As pessoas na sala estavam murmurando umas com as outras, seus olhares se conectando por cima das máscaras plissadas, os olhos se apertando por trás dos escudos.

Então, ouviu-se outro som — parecido com o balido estridente de um cordeiro.

— Pronta para segurar seu pequeno? — perguntou a doula.

Margie estava entorpecida, mas também solta e relaxada, o corpo enfim aliviado.

— Sim — disse ela. — Sim. Tá bom.

Ela havia sido aconselhada a segurar e se conectar com a criança que iria entregar para sempre. Era o início do ritual de deixar ir. O luto seria inevitável, e esconder o recém-nascido da mãe não o tornaria menor.

As luzes tinham sido apagadas por causa do bebê. Margie conseguia ver a mancha de cabelos escuros e o rosto um pouco empinado, os olhos incolores e desfocados que, de alguma forma, estavam fixos em seu rosto. Ela estendeu e girou os braços, e um pé minúsculo escapou da manta turquesa e, por um momento, ficou destacado contra o teto, parecendo vulnerável e poderoso ao mesmo tempo.

Margie foi tomada por um sentimento tão poderoso que não conseguia sequer pensar em uma palavra para nomeá-lo, como se uma nova emoção tivesse sido inventada apenas para aquele momento.

Ela absorveu tudo, o peso gostoso que repousava em seu peito, os movimentos estranhamente familiares do bebê se esticando, emergindo de seu casulo escuro, os sons silenciosos de respiração, a forma de estrela-do-mar surpresa de uma pequena mão.

Depois de um longo tempo, a doula se aproximou.

— Como está se sentindo, mamãe?

— Bem — respondeu Margie, com a voz trêmula ao pronunciar a palavra. Ela pigarreou e tentou mais uma vez. — Estou bem.

— Você conseguiu. Você foi incrível. Incrível. Foi um parto dos sonhos, rápido e concentrado.

Margie não conseguia parar de olhar para o pacotinho em seus braços, quente, vibrante e corado com a cor da vida. Não havia força no universo poderosa o suficiente para tirá-lo dela.

— Menino ou menina? — sussurrou ela, chocada ao perceber que ainda não sabia.

— Menino — disse a doula. — Um garotinho perfeito.

A emoção inominável a dominou de novo, percorrendo cada célula de seu corpo como a cauda de um cometa. O sentimento se instalou em seus ossos, e ela soube que ficaria ali para sempre, conectando-a com aquele bebê, apesar das circunstâncias de sua concepção.

Olha o que eu fiz, pensou ela. *Olha o que eu fiz.*

Havia um forte desejo de se enrolar ao redor da criança e deixar o mundo desaparecer. À deriva em um estado de sonho feito de exaustão, alívio e alegria, ela ansiava por horas, dias, semanas e décadas para poder processar o que acabara de acontecer, para descobrir cada detalhe dele.

Mas havia algo que ela precisava fazer e que seus braços não queriam que ela fizesse. Que seu coração e sua alma não queriam que ela fizesse.

Margie olhou para o belo rosto, o nariz, a boquinha rosada, o pescoço delicado e as clavículas de seu filhinho, esse estranho que havia crescido sob seu coração e agora era um ser humano formado. Ela se inclinou e encostou os lábios em sua orelha perfeita em forma de concha. O cheiro dele não se assemelhava a nenhuma outra coisa no mundo, e ela sabia que se lembraria dele até o dia de sua morte.

— Você está aqui. Não acredito que você está aqui — sussurrou ela, sem que sua respiração fizesse qualquer som. — Eu queria que um dia você soubesse que salvou minha vida. Salvou mesmo. Quando eu não queria você, quando eu queria me livrar de você, quando a única coisa que eu queria era que você fosse embora, você me deu um propósito. Você fez minha vida ter importância. Carregar você foi a única coisa que me manteve viva.

A gratidão que ela sentia era poderosa o suficiente para mover montanhas, mas, ao mesmo tempo, Margie estava sendo consumida pela mais profunda tristeza que já havia sentido, mais profunda até do que a tristeza pela perda da mãe.

Sim, havia algo que ela precisava fazer.

E esse é o fim de nossa história juntos, disse Margie ao pequeno bebê, seu coração falando com o dele ao encostar os lábios de novo naquela orelhinha e depois na testa.

O suor e as lágrimas a estavam afogando, mas Margie encontrou as palavras numa reserva de força que ela não sabia que tinha.

— Ele precisa conhecer os pais dele — disse ela.

Lindsey e Sanjay deviam estar a apenas alguns passos de distância, porque chegaram em um instante, envoltos em roupas hospitalares e máscaras. Sanjay pareceu tropeçar em Lindsey, que o segurou.

— Margie, querida — sussurrou Sanjay.

Ela sabia que seu sorriso estava manchado pelas emoções devastadoras que pressionavam seu peito, quase grandes demais para esconder.

— Quer segurar seu filho, Sanjay?

A enfermeira lhes trouxe cadeiras, o que devia ser uma boa ideia, porque os dois pareciam instáveis, com os joelhos fracos. Os braços de Margie não queriam entregar o bebê, mas de alguma forma ela permitiu que a enfermeira o pegasse. Em poucos instantes, a criança estava envolta em um casulo entre os dois. Margie tirou a pulseira hospitalar de mãe e a colocou no pulso de Lindsey.

Os novos pais se abraçaram e abraçaram o bebê, com as mãos e os braços fortes, mas trêmulos. As lágrimas molharam suas máscaras enquanto eles olhavam para o pequeno estranho com a mesma intensidade que ela havia sentido. Como ela, eles não conseguiam desviar o olhar. Como ela, eles não conseguiam soltá-lo.

Parte quatro

*Contar a verdade é um ato de beleza,
mesmo que em si seja uma verdade feia.*

— Glen Duncan, autor britânico

22

Margot olhou para a vista da baía, com a teia laranja da ponte Golden Gate marcando o horizonte. Ao longe, uma escuna passava sob um pôr do sol dourado e roxo-escuro. A brisa com cheiro de cipreste ficou fria com o cair da noite, e ela abraçou os joelhos. O vento trazia o cheiro do oceano e o aroma das árvores perenes. Ela não conseguia ler a expressão de Jerome. Choque? Tristeza? Pena?

Ela se sentia exausta e à flor da pele, como se tivesse corrido demais sob o sol quente.

— Agora você sabe — disse ela. — Queria que essa história não fosse minha, mas estou presa ao que aconteceu. Passei muito tempo tentando fugir de tudo isso, mas o passado está sempre comigo, faz parte de mim. Eu quis te contar agora porque… bem, a gente está se aproximando, e você tem filhos, e merece saber.

— Ah, Margot. Odeio que isso tudo tenha acontecido com você, mas não odeio sua história, porque ela é sua. Isso é… Sinto muito pelo que você passou.

Ele se levantou e a ajudou a se levantar, depois a apertou contra si em um abraço tão carinhoso, apertado e envolvente que ela teve vontade de derreter. Margot encostou a bochecha no peito dele. Puxar a mortalha de seu passado era exaustivo.

— Estou feliz por você estar aqui agora — disse ele, com as palavras abafadas no cabelo dela. — Estou feliz que tenha superado isso.

— Não superei, na verdade — admitiu ela. — O que aconteceu… nunca acaba de fato, sabe? Está sempre comigo, não importa aonde eu vá ou com quem eu esteja.

Ele pegou as duas mãos dela e as segurou com força.

— Nossa... caramba, meu Deus. Odeio a ideia de você ter sido ferida dessa forma.

Margot tocou o pescoço, depois percebeu o que estava fazendo e colocou a mão de volta na de Jerome. Ela olhou para as mãos unidas. Seu dedo havia puxado o gatilho que acabou com a vida de um homem. Será que Jerome pensaria nisso, agora que sabia?

— Você deve ter perguntas.

— Sobre tudo, sim. Mas a principal é: você está bem?

Ela deu de ombros, olhou para o penhasco que se desfazia.

— Às vezes acho que nunca vou ficar bem — disse ela. — Às vezes, acho que já estou bem. Na maior parte do tempo, sou uma bagunça. Sempre vou ser assombrada pelo fato de ter tirado a vida de uma pessoa.

— Você não teve escolha.

Ela tocou o pescoço de novo, esfregando o nó na garganta.

— E, para provar isso, foi preciso apenas um advogado pelo qual eu não podia pagar. Quando eu estava na cadeia, as coisas iam sendo adiadas de um modo que eu achei de verdade que aquilo nunca acabaria. Acho que sempre considerei que o direito de justiça era garantido para todos. Foi um choque perceber o quanto isso depende de dinheiro e poder.

Ela percebeu o olhar dele. É claro que Jerome sabia disso. Como homem negro, ele tinha visto e vivenciado as desigualdades. Ela tentou imaginar o que teria acontecido naquela noite se ela fosse uma mulher negra. Provavelmente, teria sido morta a tiros no momento em que a polícia chegasse.

— Estou muito feliz por você ter superado isso — disse Jerome.

— Eu... Sim. Mas troquei um bebê pela minha liberdade e preciso conviver com isso.

— Não, Margot, não foi isso que aconteceu.

— Tá bom, não desse jeito. Eu tentei fazer um aborto logo no início — repetiu ela. Jerome tinha que estar bem ciente dessa parte, porque, se ele tivesse qualquer problema com isso, então, não havia mais nada para discutir. — A ideia de ser forçada a ter um bebê, dar à luz na cadeia, ter o filho do meu estuprador... era horrível. Com cada célula do meu corpo, eu não queria dar à luz o filho dele. Só conseguia pensar em interromper a gravidez. Não sei como você se sente em relação a isso, mas não vou me desculpar por ter desejado que fosse assim.

— A decisão não é minha — disse ele. — Eu nunca julgaria você por interromper uma gravidez indesejada. E o fato de você ter escolhido a adoção... foi incrível.

— Não — retrucou ela sem rodeios —, foi um ato de desespero. A decisão foi tirada de mim. Isso fez com que algo inesperado acontecesse e me deu algum controle sobre minha situação. Acontece que uma mulher que opta pela adoção, mesmo uma mulher atrás das grades, recebe muito mais apoio do que uma mulher que precisa fazer um aborto ou que planeja ficar com o bebê.

— O que você sentiu, o que você fez... está tudo bem, Margot. Está tudo bem.

Ela estremeceu, e ele colocou o braço em volta dela e começaram a caminhar até o carro.

— Agora parece... apropriado. Uma vida em troca de outra.

— Você tem... Não precisa responder se for muito confidencial.

— Contato com a criança?

A pergunta dele despertou lembranças tão vívidas que pareciam ter acontecido ontem, mesmo depois de tanto tempo. Ela se lembrava de estar sentada em uma cadeira de balanço do hospital, segurando o bebê contra seus seios fartos e doloridos enquanto se preparava para deixá-lo partir. Aquele último adeus, sussurrado para o pacotinho enrolado em seus braços, a despedaçara.

A mão dela tremia ao assinar os papéis de renúncia. Embora entendesse que não havia como voltar atrás a partir daquele ponto, ela não conseguia deixar de pensar na vida que poderia ter tido com aquele bebê, como teria sido. Talvez fosse parecida com sua própria infância com a mãe, com o esforço para sobreviver, mas encontrando felicidade um no outro. Ou talvez ela olhasse para a criança e visse o estuprador brutal que a engravidara. A escolha que ela fizera havia lhe tirado as duas opções.

Mesmo assim, seu destino estava entrelaçado com o pequeno ser humano que ela havia gerado. Nunca esqueceria o peso dele em seus braços. Nunca deixaria de sentir a perda dos marcos — aniversários e festas, seus primeiros passos e suas primeiras palavras, o primeiro dia de aula, observar todos os eventos de sua vida se desenrolarem. Aonde quer que ele fosse, uma parte dela o acompanhava.

Às vezes, Margot ansiava por romper o limite que havia criado entre ela e a criança. Ela sabia que Sanjay e Lindsey não teriam se oposto se ela quisesse ficar por perto ou manter contato para que pudesse acompanhar a vida da criança. Mas ela sempre se afastava desses impulsos e se lembrava de que era preciso deixá-lo viver a vida que ela havia escolhido para ele.

Na maioria das vezes, Margot estava em paz com a escolha que fizera para seu bebê. E embora aquela fosse uma dor que nunca desaparecia, era uma com a qual ela aprendera a lidar.

Ela tentou explicar isso a Jerome.

— Não tenho contato — respondeu ela. — Mas acontece alguma coisa quando você gera outro ser. Você deve saber disso, né? Nossos destinos estão entrelaçados. Com a adoção, sua criação mais sagrada desaparece. Você não pode segurar a criança nos braços, não pode tocar a fronteira entre vocês. É... um vazio. Como se estivesse faltando um pedaço de mim.

— Ah, Margot, querida.

Ele a aconchegou mais perto de si enquanto caminhavam.

— Todos os anos no Natal, os pais dele me mandam um cartão. O nome dele é Miles. Há alguns anos, eles adotaram uma garotinha chamada Jaya, ela veio da Índia. Sanjay, um dos pais, é indiano.

Ela secou as bochechas.

— Isso é... Eu gostaria de saber o que dizer para consertar isso para você.

E pronto. Ela precisava ser consertada. Não queria ser a namorada que precisava ser consertada.

— Estou cuidando de mim da melhor maneira possível. Terapia. Aulas de autodefesa. Estou me matando de trabalhar.

— Sim, mas como você *está*?

Era incrível, até um pouco desconcertante, poder conversar com alguém que não era pago para ouvir seus problemas.

— Estou bem consciente do que aconteceu, do que fiz e de como as coisas se desenrolaram. Mas, para ser sincera, não posso dizer que não me arrependo de nada. Penso em como seria ter essa criança na minha vida. Quando eu estava com seus filhos hoje, isso me tocou. Não de uma forma ruim — acrescentou ela, percebendo a expressão dele. — Mas como um lembrete. Tem uma parte de mim que não quer superar a saudade do meu filho, um garotinho que segurei nos braços só por um momento. Ele é importante demais para ser esquecido. Penso nele e imagino como seria se estivesse aqui, fazendo um piquenique, aprendendo artes marciais ou brincando como os seus filhos. Imagino como seria o quarto dele e todas as pequenas coisas como levá-lo para cortar o cabelo, ensinar a nadar ou andar de bicicleta, todas as coisas que a gente faz com uma criança. É um tipo de saudade esse sentimento que me invade. A essa altura, já sei que é melhor não lutar contra, sabe? Então às vezes eu fecho os olhos, fico quieta e envio todo o meu amor e bondade e espero que isso chegue até ele.

Jerome parou de andar. Ele engoliu em seco, e ela viu o brilho das lágrimas em seus olhos.

— Caramba — falou ele, com a voz embargada. — Não sei o que dizer. Queria ter conhecido você naquela época. Queria ter podido te proteger de tudo isso.

Ela também queria. No entanto, se aquilo tudo não tivesse acontecido, ela nunca o teria conhecido.

— Estou feliz por você estar aqui comigo agora — disse Jerome. — Amo a maneira como você se reergueu. Amo *você*.

Margot se afastou e o encarou. Ninguém além da mãe havia lhe dito essas palavras. Jerome nunca saberia como fora essencial para que Margot aprendesse a não recuar ao se envolver com ele. Ele valia o esforço. Valia mesmo. Se ela tentasse dizer alguma coisa, sua voz se embargaria, então, ela ficou quieta, piscando para conter as lágrimas.

Ele segurou a bochecha dela com a palma da mão.

— Estou falando sério. Esse sentimento está se formando aqui dentro há algum tempo, e eu tenho pensado muito sobre isso, e me perguntado se devia te contar ou não. Você não precisa dizer nem fazer nada, mas eu queria te falar isso e agora...

— Para — sussurrou ela, colocando dois dedos contra os lábios dele. — Só para. — Ela colocou a boca ali e o beijou, e eles se beijaram, e o mundo parou de girar. Depois de alguns minutos, ela se afastou e encostou o rosto no peito dele. Conseguia sentir o calor de Jerome e ouvir o ritmo constante de seu coração. — Esse talvez tenha sido o melhor beijo do mundo — disse ela.

— Tem muito mais de onde veio esse.

— Eu tenho... Tenho dificuldade em confiar nas pessoas, Jerome — disse ela.

— É compreensível. Mas vou fazer por merecer.

— Não é você. O que mais desconfio é de mim mesma, do meu julgamento. Não fui uma vítima de estupro aleatória — disse ela. — Eu *escolhi* ele. Saí com ele. Convidei para minha casa, preparei jantar. O que isso diz sobre mim?

— Que você era jovem. Que não reconheceu os sinais de alerta. Você não tinha motivos para pensar que ele poderia te machucar. — Ele inclinou o rosto dela para o dele. — Mas eu nunca vou te machucar. Juro.

— Eu gostaria de dizer o mesmo, mas eu nunca me apaixonei antes. Ninguém nunca se apaixonou por mim antes. Não tenho certeza se sei como agir.

A risada suave dele a aqueceu.

— Sabe o que eu acho? Acho que você passou por momentos difíceis na vida. Mais do que a maioria. Mas esta aqui não é a parte difícil, linda. Essa é a parte fácil.

Margot pensava em Jerome o tempo todo — seus olhos, suas mãos, seus lábios. Ela não estava se apaixonando por ele, pois isso implicava em algo repentino — um acidente, um erro. Não, ela estava se acomodando em seus sentimentos por ele, e isso era estimulante, assustador e a preocupava mesmo quando deveria estar concentrada no trabalho.

Por fim, ela criou coragem, atravessou a cozinha até a confeitaria e o encontrou trabalhando concentrado no computador. O ar sempre tinha um cheiro doce por lá.

— Estou atrapalhando?

— Aham. — Ele girou na cadeira. — E não tem problema. Eu estava só encerrando o dia.

— Você quer jantar lá em casa na segunda-feira? Além disso, eu gostaria que você dormisse lá.

Ela sentia a cor flamejando no alto de suas bochechas. Talvez devesse tê-lo convidado por mensagem, em vez de encurralá-lo daquela maneira e forçá-lo a tomar uma decisão imediata.

Ele abriu um sorriso devagar.

— O que eu preciso levar?

— Só a sua pessoa maravilhosa.

— Moleza — disse ele. — Até lá.

Margot serviu a Jerome camarão e *grits* com um chardonnay encorpado de Sonoma e torta de limão para a sobremesa.

— Ah, querida — disse ele, ajudando-a a tirar a mesa —, estava tão bom que parece que você já fez amor comigo.

— Ah, querido — respondeu ela —, estou só começando.

Ela pegou a mão dele e o levou até o quarto. O gato os olhou com curiosidade, depois escorregou da cama e se afastou. Margot estava sorrindo, mas seu coração batia forte. Ela havia saído com outros homens, mas nenhum deu certo depois que ela se recusou a ter intimidade. Não queria falhar com Jerome, porque ele era muito importante para ela. Foi a primeira pessoa a fazer com que ela desejasse mais do que intimidade e prazer. Jerome preenchia seu coração. Ela ofegou suavemente, parecendo um soluço.

— Você está bem? — perguntou ele, apertando-a contra si.

— Sim, estou... Sim. Mas isto é demais. Você é demais. — Ela respirou fundo. — Você tem muito amor na sua vida, Jerome. Você sabe como é a sensação, mas eu não. Estou descobrindo agora.

— Se vale de alguma coisa — disse ele —, nunca senti isso por ninguém. Até você chegar.

Jerome foi devagar. Fez com que ela se sentisse segura enquanto se encontravam intimamente. Ela se entregou ao momento com ele, seu coração e sua mente preenchidos só com Jerome. Aquilo era novidade para os dois, e houve trapalhadas e estranheza, é claro, mas também humor, afeto e, por fim, alegria.

Foi uma noite longa, e eles quase não dormiram. Margot se sentia intoxicada, leve como o ar, e riu quando viu o amanhecer brilhando pela janela. Jerome se espreguiçou e a acariciou.

— Vou tirar o dia de folga hoje — disse ele.

— Vamos passar o dia juntos — sugeriu ela, e deu um suspiro feliz.

— O que você quer fazer?

Naquele momento, tudo parecia possível.

— Sabe uma coisa que eu sempre quis fazer? Uma tatuagem.

— Uau. Quê?

— É, uma tatuagem. Eu não tenho nenhuma.

— Acho que eu não estava esperando por isso. Gosto de como sua cabeça funciona.

Ela riu com doçura enquanto seus dedos tocavam de leve o peito nu dele.

— Minha cabeça não está funcionando, minha cabeça está brincando.

Ele se arrepiou.

— Hum... onde estávamos?

— Tatuagens.

— Que tipo de tatuagem?

— Eu... Não ri. Estou pensando em um saleiro. — Ela pegou um bloco de papel em sua mesa de cabeceira e fez um esboço para ele. — O que você acha?

— Tatuagem de nerd — comentou ele. — Gostei. Onde? Por favor, não fala no pescoço ou na lombar.

— De jeito nenhum. Qual é a vantagem de uma tatuagem que não dá para ver? Estou pensando na panturrilha, logo acima da linha da bota.

— Você deveria fazer, então.

Ele esfregou sua bochecha com a barba por fazer na dela.

— Você vai comigo?

— Você está com medo?

Ela deu de ombros.

— Talvez você tenha que me segurar.

Eles foram ao Red Dog Tattoo, na esquina da Perdita Street e Encontra. A tatuadora, Nickel, reconheceu Jerome.

— O homem do *kolache* — disse ela. — Você satisfez todos os meus desejos quando eu estava grávida. Como posso ajudar?

— Vim aqui só apoiar minha garota — respondeu ele.

— Ah, eu sou sua garota agora?

Margot não conseguia parar de sorrir.

Nickel aplicou o desenho e começou a trabalhar. O barulho, a dor e o sangue tiraram o sorriso do rosto de Margot, mas ela se agarrou à mão de Jerome e foi até o final. Era algo que ela nunca havia sentido antes, ao mesmo tempo ardente e frio, deixando-a vulnerável quando terminou.

— E você, cara? — Nickel perguntou a Jerome.

— Vou querer o mesmo que ela — disse ele, mostrando o tornozelo.

— É mesmo? — perguntou Margot. — Que legal!

— Mas preciso de um símbolo um pouquinho diferente.

— Ah, diferente como? — perguntou Nickel.

Ele mostrou a imagem no celular.

— É um açucareiro.

Quando as tatuagens cicatrizaram, eles já eram um casal. A relação com Jerome era bem diferente da que Margot teve com os poucos outros homens com quem havia saído. Ela já podia sentir isso. Era algo especial. Margot ficava irritada e impaciente a cada minuto que não podia estar com Jerome e, quando estava com ele, o tempo passava voando. Ambos eram ocupados e, às vezes, tinham de se contentar com uma troca de olhares ao se cruzarem na cozinha.

Ela sempre acreditou que não sabia amar. Nos últimos tempos, andava pensando muito na mãe, sentia sua falta, desejava poder contar a ela sobre Jerome. Lembrava com nitidez da voz suave da mãe dizendo "Você é o meu lugar feliz". E então se deu conta de que, afinal, ela sabia, sim, amar. Sabia como senti-lo. Graças à mãe, ela sempre soube, mas a tragédia do passado a fizera esquecer.

— Se isso não der certo — sussurrou ela para Jerome certo dia, quando o encontrou na cozinha do restaurante e ele começou a acariciar seu pescoço —, nós estaremos muito ferrados, tendo que dividir este espaço.

— Ah, vai dar certo, fica tranquila.

— Você parece muito seguro de si.

— Sou mais velho e mais sábio. Você vai ter que confiar em mim — disse ele.

Em outra ocasião, Margot estava ocupada com sua tarefa menos favorita, a papelada, uma pilha de formulários para uma faculdade comunitária em Oakland.

— Auxílio para pagamento de mensalidades para funcionários — disse ela a Jerome.

— É muito legal você ter começado isso — falou ele. — Tudo em você é legal.

— Para com isso.

— Sério. Você transformou essa cozinha em um bom lugar para se trabalhar. Em um lugar seguro. E sabendo de tudo que aconteceu com você no Texas, eu entendo.

Ela sentiu uma onda de orgulho.

— Obrigada por dizer isso.

Ela também dedicava uma porcentagem de seus lucros à Planned Parenthood e à Fundação Amiga. Todos os anos, no Natal e na Páscoa, a Church of Hope Banner Creek recebia uma grande contribuição de um doador anônimo.

— Uma pergunta — disse Jerome. — Qual é a sua opinião sobre casamentos?

Aquilo a pegou desprevenida. O que ele estava perguntando?

— Hum, já fiz o bufê de vários.

— Quer ir a um comigo? Não como fornecedora. Como convidada.

Ela ofegou.

— Ida e Frank?

— Sim.

— Uau, sério? Sim, mil vezes sim. Seria uma honra ser sua acompanhante nessa ocasião.

Margot estava muito feliz por eles. Desde que se reencontraram, Frank e Ida eram inseparáveis. Jerome ainda estava se acostumando com Frank. Ele havia encontrado semelhanças estranhas entre eles, não apenas a asma, mas o fato de que ambos eram canhotos. O sorvete favorito deles era nozes com xarope de bordo, e nenhum dos dois gostava de coentro. Ambos tocavam *ukulele* e, na escola, a matéria favorita deles era química.

Desde o início, Ida e Frank se recusaram a guardar segredos. Eles juntaram os filhos e netos e torceram pelo melhor. Margot e Jerome conheceram a família de Frank. Tudo era muito novo e todos estavam cautelosos, mas, assim como Jerome, após a surpresa inicial, Grady e Jenna ficaram felizes pelo pai e por Ida. Era o que parecia para Margot, pelo menos. Em matéria de família, seu conhecimento era limitado. Estar com Jerome lhe dava vislumbres tentadores de como seria ter uma família em toda a sua glória bagunçada e inebriante.

Certo dia, Margot estava em sua mesa, pensando no que vestiria para o casamento, quando um número desconhecido apareceu na tela de seu celular. Um código de área do Texas. Ela recuou de imediato e estava prestes a recusar a ligação. Então, quase que num gesto de desafio, atendeu.

— Margie? Sou eu, Buckley DeWitt — disse uma voz com um sotaque sutil. — Lembra de mim?

Ela abriu um sorriso.

— Está brincando? É claro que me lembro de você, Buckley. Você escreveu a primeira resenha do meu molho, há cem anos. Nunca me esqueceria disso. Como me encontrou?

— Hoje em dia sou repórter investigativo — contou ele. — Subi na vida e saí da categoria crítico de carnes e autor de blog.

— É mesmo? Que bom para você.

— Agora sou repórter sênior da *Texas Monthly*. Vi o artigo sobre seu restaurante na *Travel Far* e reconheci sua foto. Parabéns, Margie. Parece que você está indo superbem.

— Agora eu me chamo Margot — disse ela.

— Eu notei. Margot Salton, proprietária do novo e excelente Sal. Por que mudou de nome?

Ela não tinha certeza do quanto de sua história ele sabia. Desde o momento em que ela foi liberada da penitenciária do condado, Lindsey e Sanjay tomaram todas as providências para proteger a privacidade dela.

— Imagino que você saiba.

— O incidente com Jimmy Hunt.

Seu ano no inferno era um "incidente". Seu coração acelerou e ela levou a mão ao pescoço.

— O que você quer, Buckley?

— Quero fazer uma matéria para a *Texas Monthly* sobre a noite em que Jimmy Hunt morreu.

— De jeito nenhum. Pelo amor de Deus, Buckley. Por que eu iria querer falar sobre isso?

— Porque muita gente ainda não sabe a história real.

— E não é meu trabalho esclarecer para elas. Desculpa, Buckley.

— Margie… Margot. Eu conseguiria obter grande parte da história por meio da Lei de Liberdade de Informação, mas quero ser colaborativo e respeitoso. Prefiro ter a sua versão, sabe? Eu sei que o que estou pedindo é…

— Você não sabe nem a metade — respondeu ela, com a voz trêmula.

— Então me diz. Conte para o mundo o que aconteceu. Sua experiência é importante. Quero que você conte a sua história em vez de escrever com base em documentos.

Margot não queria que sua história a definisse. Nunca quis. Mas, no fundo, não era isso o que ela estava fazendo, o que vinha fazendo desde 2007? Não era essa a razão pela qual ela nunca se permitiu se apaixonar, a razão pela qual estava sendo tão cautelosa com Jerome? Mesmo assim, ela se recusou.

— O que aconteceu é notícia velha, Buckley. O mundo não precisa de declarações minhas agora.

— A família Hunt acabou de apresentar planos para um novo estádio de futebol — contou ele antes que ela pudesse desligar. — Eles estão arrecadando fundos há anos e conseguiram a aprovação final há pouco tempo.

Ela revirou os olhos.

— Futebol americano é tipo uma religião no Texas. Deixe eles construírem essa porcaria. Não estou nem aí.

— Eles vão batizar o estádio com o nome do Jimmy, e os planos incluem uma estátua dele de três metros e meio na frente do local. Vou te mandar um link com os desenhos que eles apresentaram à comissão de planejamento do condado.

O velho ardor da indignação voltou.

— Nossa, mas que coisa escrota — disse ela, encolhendo-se diante da imagem de um estuprador de três metros e meio.

— Pois é. E *você* pode fazer alguma coisa. Ou pode deixar os Hunt controlarem a narrativa. Decidi fazer a cobertura porque a assessoria de imprensa deles entrou em contato com a revista para falar sobre o assunto, querem fazer algum tipo de artigo enaltecendo os Hunt. Briscoe está entrando na política, está louco para melhorar sua reputação e por isso estão pintando Jimmy como uma espécie de herói trágico.

Isso fez Margot parar. Ela pensou na mensagem que seria enviada às meninas, ao mundo, se um homem que havia morrido cometendo um estupro brutal fosse homenageado. Seu silêncio permitiria essa situação. Talvez Buckley tivesse razão. Ela precisava ter a coragem de dizer em voz alta o que havia guardado por tanto tempo. Ela precisava, de uma vez por todas, falar sua verdade. Ainda assim, a ideia de revisitar o incidente a repugnava.

— Não sei, Buckley...

— Ah, e eu mencionei que Briscoe está na comissão de zoneamento? Ele está reivindicando a desapropriação do restaurante de Cubby Watson para abrir caminho para o estacionamento do estádio.

— Puta merda, Buckley — disse ela, sentindo uma onda de raiva ao pensar no homem que a havia feito passar por um inferno. — Compra uma passagem e vem para cá agora, antes que eu mude de ideia.

23

A caixa de entrada de Margot estava cheia de alertas de mecanismos de busca sobre a matéria que havia sido publicada fazia poucos dias. Buckley havia lhe mostrado o texto com antecedência e ela o lera por alto, com um distanciamento estranho. Ver suas palavras impressas criava um abismo entre ela e o que havia acontecido. O velho sentimento de violação começou a se transformar em sede de vingança.

A entrevista foi realizada em três dias, não apenas por causa de sua agenda de trabalho, mas porque revisitar o incidente tinha sido uma experiência difícil. Encontrar coragem para falar em defesa própria tinha sido libertador. Foi diferente de conversar com Jerome. Com Buckley, ela se concentrou nos fatos, e os fatos por si só trouxeram de volta novas ondas de dor e trauma. Mas aos poucos Buckley foi conquistando sua confiança, criando um espaço seguro para que ela falasse e se sentisse ouvida. Revisitar os fatos foi um processo intenso, obrigando-a a cavar fundo, a se aprofundar em um lugar que ainda não estava cicatrizado, mesmo depois de anos de luta para recuperar seu lugar no mundo. Margot reforçou sua coragem lembrando a si mesma que, em algum lugar, o artigo seria lido por mulheres que, algum dia, poderiam estar em uma situação semelhante. Ela queria que as pessoas soubessem que tinham o direito de contar as próprias histórias e que deveriam continuar gritando até que alguém as ouvisse.

Para dar a ela um mínimo de privacidade — e manter os *haters* longe do restaurante —, Buckley concluiu o artigo com "Margie Salinas é dona de um restaurante na Califórnia".

Margot sabia que haveria consequências quando a história fosse divulgada e estava preparada para isso. Pelo menos, achava que estava.

A onda de reações começou no Texas — quando os jornais e os noticiários começaram a divulgar a história — e chegou logo à Califórnia. Teve o impacto polarizador esperado. Alguns ficaram comovidos e indignados de verdade por ela, outros afirmaram que ela era só mais uma mulher desprezada que havia saído impune de um assassinato. Quando soube que os planos para o estádio e a estátua estavam sendo revisados, ela abriu uma garrafa de cerveja Lambic importada e bebeu tudo observando o céu noturno de São Francisco.

No dia seguinte, Margot estava rolando pelas notícias quando Anya a interrompeu com uma batida na porta do escritório.
— Tenho novidades — disse ela.
O estômago de Margot se contraiu. Ela havia assumido um risco ao expor sua história ao mundo.
— Ruins?
— Não, só se você achar que ser a ganhadora do Divina Award deste ano é ruim.
— Quê? — Margot se levantou em um pulo. — Eu? *Não*.
O Divina era mais do que um prêmio gastronômico. O objetivo era honrar não apenas as habilidades culinárias, mas também o caráter e a humanidade da pessoa, o caráter de um determinado chef — seus valores e suas práticas comerciais, seu estilo de gestão, o ambiente da cozinha e a maneira como seus colegas e funcionários a percebiam. Os dias dos chefs que davam chiliques, que intimidavam e pagavam mal seus funcionários estavam contados. Os indicados ao prêmio eram avaliados não apenas por suas habilidades, mas também pelo ambiente de trabalho que criavam para os funcionários e por suas contribuições às comunidades.
Naquele momento, ela desejou não ter tomado toda aquela cerveja na noite anterior, mesmo que fosse um rótulo belga raro.
— Preciso de uma cerveja — disse ela em um sussurro de espanto.
— São dez da manhã — respondeu Anya.
— Eu preciso de um copo pra reter as lágrimas — falou Margot.

Jerome e os filhos engraxaram os sapatos para a cerimônia de premiação de Margot. Como ele disse a Asher e Ernest, não era todo dia que se podia ver alguém ganhar o cobiçado Divina na categoria Melhor Chef Revelação. As crianças não ficaram muito impressionadas com a cerimônia, mas a promessa do bufê que seria servido depois os deixou animados.

Jerome ficou orgulhoso ao ver como os meninos estavam bonitos em seus ternos e sapatos bem engraxados. A maioria dos outros participantes era da realeza da culinária — críticos gastronômicos com reputação internacional, magnatas de restaurantes, blogueiros e influenciadores com grande número de seguidores e representantes de ONGs que apoiavam funcionários de restaurantes. O Culinary Channel estava cobrindo o evento ao vivo. Buckley DeWitt também estava presente. A matéria dele provocara muita repercussão no Texas e se espalhara até a Califórnia. Ao ler o texto, Jerome se lembrou de como devia ter sido difícil para Margot se recompor depois do que sofreu. Isso fazia com que ele quisesse guardá-la em seu coração para sempre.

Isto aqui, querida, pensou ele, olhando em volta para a multidão que não parava de tagarelar. *Que esse momento seja o seu ponto de virada, o que vai deixar o passado para trás — realizar um sonho rodeada de amigos.*

Aquele era o momento de Margot. Ela havia lutado muito. Jerome talvez nunca entendesse de fato tudo pelo que ela passou, mas estava claro que Margot havia se levantado com a própria força, suportando desafios e sacrifícios que destruiriam a maioria das pessoas. Era uma ótima validação para ela.

Jerome notou uma mensagem de Florence em seu celular, mas decidiu lidar com aquilo mais tarde. Aquele era o momento de Margot brilhar. As câmeras estavam filmando quando deram a ela uma medalha com uma fita com as cores do arco-íris, e o diretor da sociedade fez um discurso exaltando suas realizações. O elogio fez com que suas bochechas ficassem tão rosadas quanto a flor favorita da mãe dele.

Um fotógrafo do evento registrou o momento, e as pessoas levantaram o celular para tirar suas próprias fotos. Na recepção que se seguiu, colegas de trabalho, investidores, pessoas da mídia e amigos se aglomeraram ao redor dela. Alguns eram fãs, querendo que ela assinasse seu cardápio comemorativo.

O coração de Jerome pareceu se expandir dentro do peito. Era bom chegar a esse ponto em que tinha total clareza. Ele amava Margot de uma forma que parecia ser para sempre, e não havia como confundir esse sentimento com qualquer outra coisa. Era um contraste bem-vindo com a decepção cautelosa e amarga que o assombrava após o divórcio.

Ele se inclinou para Ida e Frank, que também compareceram ao evento.

— Olhem só a minha garota. Ela está toda iluminada.

— Está mesmo — concordou Ida. — Você escolheu uma boa garota.

— Escolhi, sim.

— Quem é aquela mulher? — perguntou Ida. — A que está agitando a canetinha e o cardápio.

Jerome deu de ombros.

— Não sei. Outra fã, de repente?

Ele se levantou e foi em direção a Margot. Tinha grandes planos para ela esta noite. Ida e Frank levariam os meninos de volta para a cidade. Jerome levaria Margot para a suíte Grande Patron, na Hacienda Bella Vista, para uma comemoração particular. Ele estava com o anel no bolso.

Ele estava perto de Margot quando a mulher estranha se aproximou pelo lado oposto.

— Margie Salinas? — perguntou a mulher.

Jerome viu Margot se mexer um pouco. Ela franziu a testa e inclinou a cabeça para um lado.

— Desculpa, como?

— Margie Salinas, também conhecida como Margot Salton — disse a mulher.

Margot ficou paralisada. Seu rosto empalideceu. Seus olhos se arregalaram, mas ela não parecia ver nada. Parecia um animal encurralado.

Então, ela olhou para a mulher.

— Quem é você? — perguntou.

A mulher colocou o envelope pardo na mão de Margot e apertou com firmeza.

— Você foi intimada.

— Difamação de caráter?

Margot olhou para o documento impresso e tentou não hiperventilar. Inspirar, dois, três, quatro, expirar, dois, três, quatro.

Ela havia se refugiado na luxuosa suíte do Hacienda Bella Vista. Jerome tinha reservado o quarto para uma noite romântica, mas romance era a última coisa em que ela conseguia pensar.

Roy e Octavia Hunt, querelantes, contra Margie Salinas, também conhecida como Margot Salton. Ela estava sendo processada pela matéria na revista. Queriam uma restituição financeira por ela ter contado a verdade sobre o filho estuprador morto.

Se Jerome não tivesse colocado o braço em volta dela e a segurado, ela provavelmente teria caído no chão.

— Não vamos entrar em pânico agora — disse ele. Quando percebeu o olhar dela, acrescentou de imediato: — Desculpa. Nunca é a melhor coisa a se dizer a alguém que está entrando em pânico. Mas podemos lidar com isso juntos.

— Eu vou vomitar.

— Respira fundo, amor. Eu estou com você.

Ele não entendia, mas ela agradeceu mesmo assim.

— Essa família, cara. Eles são um pesadelo.

Ela tirou a medalha e a colocou de lado. Jerome colocou o envelope dobrado em uma mesa ao lado da porta e afrouxou a gravata. Ela segurou as mãos dele e o olhou, sentindo cada batida de seu coração. Tinha sido cautelosa, acostumando-se aos poucos à ideia de amá-lo. Mas sabia o que estava sentindo e, até a chegada do envelope, tinha começado a acreditar de verdade que um futuro com ele era possível.

A ação movida pelos Hunt, no entanto, fazia com que questionasse seu direito de viver a nova vida construída depois da violência que sofrera, depois da prisão, depois de deixar Miles com os pais e seguir em frente. Jerome não tinha a menor ideia da tempestade que ela havia provocado no condado de Hayden, no Texas.

Ele acendeu um fósforo e jogou na madeira que tinha sido disposta na lareira, e a bela sala mobiliada com antiguidades brilhou com vida. Em seguida, ele a levou para o sofá de frente para a lareira e a puxou para perto dele. Tirou os sapatos dela, um a um, e massageou seus pés com delicadeza.

— No que você está pensando? — perguntou ele. — Gostaria que fosse no prêmio, mas tenho a sensação de que não é.

— Estou muito orgulhosa por ter ganhado o prêmio — falou ela. — E o que mais me orgulha é que você, Ida e os meninos estavam lá. Eu me senti... Foi como ter uma família, e não tenho nem palavras para explicar o que isso significa para mim.

Ele colocou o pé dela para o lado e a abraçou.

— Significa que você não precisa fazer isso sozinha — disse ele. — Estou aqui com você. Estou aqui para as coisas difíceis, para as coisas fáceis e para tudo o que estiver no meio.

— Eu não mereço você — sussurrou ela.

— Vou te dizer o que você não merece: essa palhaçada de ação.

— Palhaçada ou não, vou ter que lidar com isso, Jerome. Questões jurídicas, não importa quão vingativas ou frívolas, não se resolvem sozinhas.

— Eu vou junto.

Margot fez que não.

— Os Hunt são problema meu, não seu. Eles nunca vão desistir de tentar me arruinar, e eu não vou deixar você virar parte disso. Não vou deixar você se expor e expor seu negócio a um possível julgamento contra mim.

— Isso não vai acontecer.

— Em Hayden County, qualquer coisa pode acontecer, os Hunt comandam tudo por lá. Eu quase peguei prisão perpétua porque atirei num cara que estava me estuprando. Fui forçada a ter um bebê porque eles não me deixaram encerrar a gravidez a tempo. Os Hunt estão procurando um jeito de me arruinar, e, se descobrirem o quanto você é importante para mim, vão querer tirar você e os meninos de mim.

— Não é assim que funciona. Eles não podem fazer nada comigo e não vou deixar que façam nada com você.

Margot dormiu nos braços de Jerome naquela noite, mas foi um sono agitado. Ela percebeu, com o coração pesado, que nunca conseguiria fugir do que acontecera. Só poderia tentar manter o mais longe possível do presente. Jerome dissera: "Não vou deixar que façam nada com você".

Ela revirou a frase em seus pensamentos sem parar. Era o mínimo que podia fazer por ele também.

— Jerome.

De pé na sala de sua casa, ele se virou ao ouvir a voz da ex-mulher. Estava esperando Margot, não Florence.

Margot ia para o Texas sem ele, insistindo que tinha que resolver o problema sozinha. Todos os seus instintos o diziam para ir junto, mas ele resistiu. Considerando o que ela havia passado, Jerome não queria se meter na situação nem tirar a autonomia dela. Tinha que confiar que conseguiria se virar sem ele. Ela havia prometido se despedir dele a caminho do aeroporto.

— Florence.

Ele abriu a porta de tela e fez sinal para que entrasse. Ela olhou para a casa que costumavam compartilhar, com uma expressão indecifrável. Era um dia quente e ele tinha aberto todas as janelas, tentando fazer entrar uma brisa.

Eles quase não se viam ou se falavam. Depois de resolverem o divórcio e a custódia dos filhos, mantiveram distância. Os meninos se deslocavam entre eles como passageiros no metrô, com a porta deslizante se fechando atrás de um dos pais e se abrindo para o outro. Isso já era rotina. A comunicação era feita por meio de mensagens de texto. Portanto, quando a ex-mulher pediu que ele a encontrasse, ele suspeitou que alguma coisa a estava incomodando.

A casa costumava ser o lugar deles. Dez anos de lembranças estavam reunidas ali, rotinas e comemorações compartilhadas, prazeres de criar as crianças, frustrações e brigas. Agora Florence era uma estranha, como alguém que ele talvez visse de vez em quando na academia ou na igreja. E estava grávida. Ao vê-la toda arredondada e bonita como uma pera madura, ele se lembrou daquela época em que tudo parecia possível. Em que *eles* pareciam possíveis.

— O que houve? — perguntou ele.

Esperava que não fosse algum problema com Ernest de novo.

— Os meninos me disseram que você está apaixonado. Que provavelmente vai se casar com ela.

Se ela aceitar, ele pensou.

— Os meninos têm se dado muito bem com Margot até agora — disse ele. — Eles não te disseram o contrário, né?

Ela fez uma careta para ele.

— De acordo com eles, ela é uma espécie de boneca Barbie heroína.

— Ela é legal — disse ele.

Não elogie demais, pensou. Quando Florence se mudou para a casa de Lobo, Jerome recebeu o fato como um soco no estômago. Significava o fechamento definitivo de uma porta que talvez tivesse uma frestinha aberta. Qualquer pensamento sobre a família que ele tinha foi mudado para sempre. Agora era a vez de ele seguir em frente, e a vez de Florence fazer as pazes com isso.

— Estou preocupada, Jerome — disse ela. — Eu pesquisei ela no Google e…

— Você pesquisou ela no Google. Que bacana, hein, Flo.

— Vai dizer que você não pesquisou Lobo no Google quando começamos a sair? — desafiou ela.

Ele não respondeu. É claro que ele tinha checado o cara.

— Enfim, estou preocupada — continuou ela. — Não por você, porque não é da minha conta, mas pelos meninos.

— Porque ela é branca?

— Isso não ajuda, mas não, não é esse o problema.

— Porque ela é jovem?

— Por favor. Não. É isso. Este é o problema.

Florence colocou um exemplar de uma revista sobre a mesa entre eles.

Ele tinha ficado tão orgulhoso de Margot quando a revista foi publicada. A capa mostrava uma bota de caubói feita à mão com uma mulher loura parecida com ela e a frase NÃO MEXA COM MULHERES DO TEXAS. Era irônico, já que os Hunt estavam fazendo exatamente isso.

No silêncio surpreso, Jerome ouviu a porta de um carro bater.

— Ela tem um passado — disse ele a Florence. — A gente também. Todo mundo tem.

— Jerome, você está se ouvindo? Ela atirou em um homem, pelo amor de Deus.

— Ela se defendeu de um estuprador.

— O que aconteceu com ela é horrível, eu jamais negaria isso. Ainda assim, estou falando dos meus filhos. Não me sinto confortável com os meninos perto dela.

— Eu nunca gostei do Lobo, mas confio no seu julgamento. Você precisa confiar no meu.

— Lobo não matou ninguém... Desculpa, Jerome, mas não posso aceitar. Se você continuar com ela, vou querer renegociar a guarda dos meninos.

— Você não faria isso.

— Eles são meus filhos. Não estou brincando, Jerome. Você é um homem muito, muito bom. E um bom pai. Você merece um novo amor. Mas essa... Não posso deixar ela ficar perto dos meus filhos.

— A decisão não é sua — respondeu Jerome.

— Talvez seja. — Margot entrou pela porta. O rosto dela estava duro e pálido como um fantasma. Era evidente que ela tinha escutado. — Olá, Florence. Eu sou a Margot. Não queria interromper. Passei para me despedir a caminho do aeroporto.

Florence tocou a barriga naquele gesto inconsciente que todas as mulheres grávidas parecem fazer.

— Olha, não é nada pessoal, ok? Confio no julgamento do Jerome e quero manter uma boa relação com quem quer que ele esteja. Mas essa... situação no Texas. Deve ter sido horrível, mas... foi um tiro. Isso me dá muito medo. Estou pensando nos meus filhos, só isso.

— Porque você é uma boa mãe — disse Margot. — Imagino que faria qualquer coisa para proteger seus filhos, e eu respeito isso.

— Ok, Florence. Você já disse o que queria — falou Jerome, segurando a porta.

Ao sair, ela lhe lançou um olhar do qual ele se lembrava, um olhar que dizia que ela ainda não havia terminado.

— Eu também preciso ir — disse Margot. — O motorista está esperando lá fora. E, Jerome, não vou discutir com sua ex, ok? Ela não está errada. Ela sente o que sente. Não quero ser a razão para você passar menos tempo com seus filhos.

— Isso não vai acontecer — respondeu ele, frustrado com Florence, magoado por Margot. — Eu juro…

— Não é só isso — disse ela. — Sou eu. Eu sou… Acho que não consigo fazer isso, Jerome.

— Isso?

— Nós.

— Ah, qual é — disse ele. — Você não está falando sério, né?

— Preciso ir para o Texas acabar com essa situação e, sendo sincera, não sei se estou pronta para ficar com alguém. Não posso pedir para você me esperar.

— Você não pediu.

O motorista que aguardava Margot buzinou.

— Desculpa. Tenho que ir — disse ela.

24

O tribunal do condado de Hayden era assombrado por pesadelos. Margot reconheceu de imediato o cheiro de polidor de madeira e limpador de piso, o *tic* constante do ventilador de teto e o eco sussurrante das vozes sob a cúpula de mármore. Não importava quanto tempo havia se passado. Não importava que ela não fosse mais uma garota assustada usando sapatos de plástico e um macacão de presidiária. O lugar era familiar demais e lhe trazia lembranças de terror e dor.

Como era irônico que ela estivesse de volta. Tinha passado de uma vida em que teve de lutar contra um estuprador para uma vida na prisão, em que lutava para conseguir se defender quando as forças contra ela eram tão grandes. Ela se sentia tão impotente, tendo que depender da ajuda de outras pessoas a todo momento — advogados, enfermeiras, oficiais, juízes, procuradores, o bebê, os pais adotivos. Havia sido arrastada como uma folha em uma tempestade, tentando agarrar com força onde conseguia. E quando enfim sua vida parecia ser sua, os Hunt atacavam mais uma vez.

Margot sentia saudade de Jerome. Graças a ele, havia descoberto todo tipo de coisas sobre o amor, inclusive a dor de partir. Ela havia fechado aquela porta antes que se abrisse por completo. A dor da saudade seria enorme, mas ela sobreviveria. Depois de se despedir de Miles, Margot entendeu que não havia despedida que não pudesse suportar.

Ainda assim, odiava a forma como as coisas tinham ficado. Ela esperava que um dia ele entendesse por que sua confiança no relacionamento estava diminuindo. Não havia como contestar as dúvidas de Florence que, com toda razão, não estava disposta a deixar os filhos se aproximarem de uma assassina. Margot não podia deixar de se sentir intimidada pela ex-mulher de Jerome. Tinha sido casada com ele por dez anos, Florence o conhecia de uma forma que Margot jamais conheceria. Ela era mãe dos filhos dele. Margot não queria forçá-lo a escolher entre ela e os filhos.

E, se o julgamento desse errado, seria só mais uma prova de que ela nunca se libertaria de verdade do que havia acontecido.

Jerome teria ido com ela se ela tivesse pedido, mas continuar o relacionamento com ele o colocaria em risco, e ela se recusava a envolvê-lo. Um dos pedidos da ação judicial era uma reivindicação de sua renda e de seus bens futuros. Ela não iria arrastá-lo para a escuridão.

Tentou não se sentir derrotada antes mesmo de o processo começar.

— Margot. — Buckley DeWitt atravessou a rotunda. — Você não recebeu minha mensagem?

— Ah, eu... — Ela deu um tapinha na bolsa. — Desculpa. Como você pode imaginar, eu estava distraída.

Ele a empurrou em direção a uma área de espera com alguns bancos.

— Sinto muito que esteja passando por isso.

— Alguém me disse uma vez: quando estiver passando pelo inferno, continue. Eu sabia do risco quando decidi falar. Eu precisava fazer isso, Buckley. Você fez a coisa certa me oferecendo uma maneira de contar a minha história. Eu não podia deixar que erguessem uma porcaria de estádio e uma estátua para Jimmy Hunt. — Ela cruzou os braços e se arrepiou com o ar-condicionado. — Mas confesso que não estou ansiosa por essa audiência.

— É melhor do que ir a julgamento — disse ele. — O juiz vai ouvir os dois lados e te dar uma ideia de como agiria se o caso for a julgamento. Os Hunt não vão chegar em lugar algum com esse processo. O advogado da revista concorda. Só é uma pena você ter que lidar com isso.

— O advogado da revista conhece os Hunt? Minha advogada diz que tudo depende do juiz que tivermos na audiência de conciliação. E como todos os juízes do distrito são amigos dos Hunt, vou ter que brigar.

Terence Swift, o advogado que havia lidado com a acusação de homicídio, não lidava com casos civis. Ele a indicou Blair Auerbach, que parecia muito inteligente e bem-preparada, embora não exalasse a confiança impetuosa do sr. Swift.

— Na melhor das hipóteses, a coisa toda vai ser descartada — comentou Buckley.

Margot o encarou.

— Na pior das hipóteses, vai para um julgamento com júri e o júri está cheio de fãs de Jimmy Hunt.

Era o que ela temia. Os Hunt passaram a vida toda intimidando as pessoas no Condado de Hayden, e ela duvidava que isso fosse mudar. O irmão de Jimmy, Briscoe, era advogado e chefe da comissão de planejamento do condado. Os advogados e juízes do condado eram comparsas, frequentavam o mesmo clube para jogar golfe e fazer seus acordos.

A advogada dela chegou, seus sapatos caros batendo no piso de mármore.

— Não se esqueça de desligar o celular — instruiu ela. — Os juízes não gostam quando os telefones tocam.

— Pode deixar — disse Margot.

Blair olhou um quadro de avisos com frente de vidro que listava os números das salas e os juízes do dia.

— Talvez a gente tenha sorte e não seja um dos comparsas deles. Um juiz diferente pode mudar o jogo.

— Você vai ficar bem, Margot — garantiu Buckley. — Não se esquece de respirar. Eu te vejo do outro lado.

— Tem tempo para ir ao banheiro, se quiser — sugeriu Blair.

— Boa ideia. Margot passou por um corredor e entrou no banheiro feminino. Apoiando as mãos na borda da pia, ela se olhou no espelho. De manhã, tinha se maquiado com bastante corretivo sob os olhos e usado colírio para tirar a vermelhidão. Calças pretas justas e uma blusa de seda branca, do tipo que vinha com almofadas ocultas nas axilas, porque ela imaginava que ia suar. Cabelo liso e sapatos de salto baixo. Nada que chamasse a atenção para si. Ela não queria que a audiência de conciliação tivesse qualquer coisa a ver com as roupas dela.

A descarga soou e uma mulher de jeans e camiseta saiu e lavou as mãos na pia. Seus olhares se encontraram no espelho e se afastaram. Então a mulher — jovem, asiática, bonita — voltou-se para ela.

— Desculpa, não queria ficar olhando. A gente se conhece?

Margot guardou o nécessaire de maquiagem.

— Acho que não. — Então ela sentiu uma pontada de familiaridade quando viu uma pequena tatuagem de pássaro no pulso da mulher. Uma lembrança antiga veio à tona. — Tamara Falcon.

— Sim, sou eu. — Ela terminou de secar as mãos. — De onde a gente se conhece, mesmo?

— Duvido que você lembre. Foi há muitos anos, quando a gente era criança. Minha mãe estava organizando uma festa na casa dos seus pais.

— Uau, meu Deus, eu me lembro muito de você. Uau — disse ela mais uma vez. — Foi... um dia memorável.

Margot sentiu suas bochechas corarem ao se lembrar do incidente com a maconha.

— Já faz algum tempo — disse ela.

— Bem, você está ótima. — Tamara olhou para o relógio e depois juntou uma pilha grossa de documentos. — Então, você é advogada? Você tem cara de advogada.

— Não. Eu, hum, estou aqui por causa de uma questão legal. — Ela forçou um sorriso. — E você?

— Eu trabalho aqui. Tive que vir de última hora na minha folga para substituir alguém. — Tamara foi em direção à porta. — Aliás... É melhor eu ir. Foi um prazer ver você.

Margot se juntou à advogada e elas seguiram por um longo corredor até uma sala de reuniões. Os Hunt já estavam lá, conversando com seu advogado.

Octavia Hunt a observou com um olhar do mais absoluto ódio enquanto Margot colocava a bolsa no chão e se esforçava para projetar uma atitude calma e confiante. Ela sentia a raiva emanando da mulher como ondas de calor na estrada em um dia quente. A sra. Hunt era de meia-idade e bonita, vestida e arrumada com perfeição, com um cabelo castanho-avermelhado todo retorcido e unhas compridas e pontudas pintadas de rosa-claro. Margot notou algo que a denunciava: três de suas unhas haviam sido roídas até a carne. A sra. Hunt pareceu notar o olhar de Margot e cerrou o punho.

Seu marido, Roy, usava um terno com uma gravata fina que se curvava sobre sua barriga proeminente. O filho deles, Briscoe Hunt, era parecido com Jimmy, a ponto de fazer Margot sentir uma pontada de terror nas entranhas.

Ele se recostou na cadeira, submetendo-a a uma inspeção demorada, de cima a baixo. Sua expressão era lacônica quando ele disse:

— Ora, ora, ora. Se não é a famosa Margot Salton.

Ele exagerou no sotaque enquanto a analisava da cabeça aos pés.

Ela não disse nada. Não havia nada a dizer para a família do homem que ela havia matado. Eles nunca, jamais, aceitariam o que de fato havia acontecido naquela noite. Tinham perdido um ente querido, alguém com quem haviam convivido desde que ele era criança. O Jimmy que a família conhecia era diferente daquele que a atacou naquela noite. Margot sentiu um pequeno lampejo de compaixão, mas ele se apagou num instante. Essa família havia tentado mantê-la na prisão, roubar o bebê que a forçara a ter e agora a estava processando. Seria bem difícil Margot perdoar tudo isso.

Ela se sentou ao lado de sua advogada na longa mesa de conferências e esperou o juiz entrar. Havia um bloco de papel em branco e algumas garrafas de água no centro.

— Você teve a chance de examinar nossa oferta de conciliação? — perguntou o advogado dos Hunt.

Blair o encarou com uma expressão vazia.

— Você recebeu minha resposta. Estamos solicitando o arquivamento do processo.

— Não vou permitir isso — esbravejou Octavia.

O advogado se inclinou e murmurou algo para ela.

— Você não faz ideia — disse Octavia. — Vamos ver o que o juiz Hale vai achar dessa situação.

Margot teve vontade de vomitar. O juiz Shelby Hale tinha sido o juiz que não a liberara antes do julgamento quando ela foi presa lá no início de tudo; ela sabia que ele era uma figura bem conhecida no condado e, sem dúvida, amigo de longa data dos Hunt.

A porta se abriu e uma funcionária entrou.

— Peço desculpas pelo atraso, mas o juiz Hale teve uma emergência familiar e outra magistrada será responsável pela audiência de vocês. Ela já está chegando.

— Ela? — Roy se virou para seu advogado. — É aquela nova?

— A juíza mais jovem do Condado de Hayden — respondeu Briscoe, com uma curva desagradável nos lábios. — Chegou ao cargo no ano passado com cinquenta e um por cento dos votos.

— Nesse caso — disse o advogado dos Hunt —, vamos remarcar.

— Infelizmente, não será possível.

Vestida em sua toga, a nova juíza entrou. Sem sorrir, ela analisou a sala e pressionou as mãos na superfície da mesa. Sob a barra da manga, estava visível uma pequena tatuagem de um pássaro voando.

A funcionária dispôs várias pastas de arquivos e anunciou:

— Senhoras e senhores, Vossa Excelência Tamara Falcon.

25

Margot mal podia esperar para ir embora do Texas, mas havia algo que ela queria fazer primeiro. Ela dirigiu seu carro alugado até o restaurante de carnes e encontrou Cubby ocupado na defumadora. Ele era tão magnífico quanto ela lembrava, um deus cercado por uma nuvem de fumaça azul-acinzentada, empunhando suas pinças como um maestro de orquestra. Ele a viu e teve que olhar uma segunda vez, depois cutucou seu assistente e correu até ela.

— Bem, olha para você, dona Margie. Olha só para você. E eu todo suado e defumado.

Ela o abraçou mesmo assim, lembrando-se com dolorosa gratidão de que houve um tempo em que ele e Queen eram sua única família.

— Você está ótimo — disse ela. — E aqui estou eu, sempre metida em algum problema.

— É, eu vi nos jornais.

Ele enxugou as mãos em um pano de prato e foram para seu escritório, que havia sido reformado junto com o restante do local. A julgar pelos equipamentos de última geração, o restaurante estava indo bem.

Queen estava lá, trabalhando em um computador. Havia uma impressora de cardápios de alta velocidade, uma tela de inventário eletrônico e uma exibição de imagens de todas as câmeras de segurança.

Queen vibrou de alegria quando viu Margot.

— Mas meu Deus! Você está maravilhosa. — Elas se abraçaram e, em seguida, Queen fez um gesto para uma cadeira. — Senta um pouco, querida.

— O processo foi arquivado — contou Margot. — Sem mais audiências, sem julgamento, arquivado.

— É claro que foi arquivado — disse Queen. — A verdade é a sua defesa, e você agora pôde dizer a todo mundo.

Margot ainda estava atônita com o resultado. Ela lhes contou sobre a mudança de juízes de última hora.

— A juíza Falcon disse que, contra difamação, calúnia ou injúria, a verdade é uma defesa absoluta. Como o que eu disse é verdade, então, não tem caso.

— Bom, bom. Estou feliz por ter votado nela na última eleição — disse Queen.

Margot estremeceu.

— Os Hunt já estão ameaçando recorrer. Eles acham que podem levar o caso a um juiz diferente, o amigo deles, Shelby Hale.

Cubby balançou a cabeça.

— Não seria permitido. Ele tem um relacionamento com a sra. Hunt há anos. Todo mundo sabe disso. Eles vêm todas as terças-feiras, porque é o dia da liga regular de Roy no campo de golfe.

Ele fez um gesto para a tela das câmeras de segurança.

— Cedo ou tarde a verdade aparece. Até para os Hunt.

Margot fez uma pausa. Talvez seja por isso que o juiz de repente tenha tido uma emergência familiar.

— E tem mais. Recebi a notícia quando estava saindo do tribunal. Buckley DeWitt disse que é oficial: o projeto do estádio foi cancelado. Não vai ter memorial para Jimmy Hunt nem porcaria de estátua nenhuma. Eles não vão transformar seu restaurante em estacionamento.

— Sério? — Queen e Cubby trocaram um olhar. — Tem certeza?

— Buckley disse que vai sair no jornal amanhã.

A mão de Queen foi até a testa, e Cubby apertou seu ombro.

— Graças a Deus.

— E graças à nossa Margie — disse Cubby, sorrindo para ela. — Se você não tivesse contado a sua história, nosso restaurante em breve estaria todo cimentado.

— Bom, não sei se isso é verdade — falou Margot.

— Eu sei — garantiu Cubby.

— Nós dois sabemos — disse Queen. — Você é um tesouro, isso sim.

Margot amava aqueles dois. Eles abriram sua casa para ela, mostraram-lhe um caminho na vida, trouxeram-na para sua comunidade de fé.

— Vocês são mais do que eu mereço — falou ela. — Não sei como agradecer por terem me apoiado quando ninguém mais fez isso.

— Ah, minha menina. — Queen lhe dirigiu o mais doce dos sorrisos. — É bom ver você de novo.

— Desculpa por ter ficado longe por tanto tempo, Queenie. Não achei que vocês precisassem do tipo de atenção que eu chamo, sabe? Mas vocês sempre estiveram nos meus pensamentos, isso é um fato.

— Venha nos ver sempre que quiser, ouviu? — disse Cubby.

— Venho, sim. E ficaria honrada se vocês pudessem me fazer uma visita algum dia.

— Tentaremos — respondeu Cubby.

Queen a acompanhou até a porta.

— Você está feliz, menina? Sei que está se saindo bem, mas está feliz?

Margot sabia que não deveria lhe dar uma resposta qualquer. Queen sempre conseguia lê-la.

— Estou chegando lá — disse ela, com a voz rouca de emoção. — Tenho trabalhado mais do que imaginei ser possível. Abri um bom restaurante e fiz bons amigos. Até me apaixonei por um homem bom.

— Ah, olha que coisa boa.

— É… era. Talvez um dia possa ser. Ele tem filhos, e eu tenho um passado, e… é complicado. — Ela conseguiu sorrir para eles. — Acho que sou tão feliz quanto mereço ser.

Margot passou sua última noite em Austin no Driskill. O hotel opulento já havia sido um refúgio seguro para ela e Kevin e, embora parecesse uma grande indulgência, ela decidiu se presentear. Estava muito cansada, como se tivesse corrido uma maratona ou trabalhado um turno de doze horas.

O dia a deixara mental e emocionalmente exausta, e ela só queria um drinque e talvez algo para comer no bar escuro e cavernoso do hotel.

Ela subiu a ampla escadaria. O teto do bar era de cobre martelado e havia um chifre comprido montado sobre a lareira. Alguns casais e grupos de homens estavam reunidos ao redor do balcão. Margot se sentou em uma cabine isolada e pediu um Wild West, que continha quatro doses de álcool. Os sabores ardentes a acalmaram e ela ficou sentada ouvindo música ambiente e a ocasional explosão de risadas masculinas. Recebeu uma mensagem de Lindsey Rockler. *Gostaríamos de ver você, se tiver tempo.*

Ela hesitou, tentando imaginar como seria ver o menino que ela havia colocado nos braços de seu pai ao nascer. Ele já estaria crescido. Margot tomou um gole de seu drinque e respondeu: "Quem sabe...".

Os dois conversaram um pouco. Eles a convidaram para ir à casa deles, mas ela recusou. Margot havia vivido momentos inesquecíveis naquele lugar, tinha lembranças da casa de hóspedes com o jardim iluminado, da cozinha ampla e das noites passadas com pessoas que enxergavam o melhor que havia nela. Mas essas lembranças precisavam ficar lá.

Além disso, ela não confiava nos Hunt. Podiam muito bem a estar seguindo em segredo. Ela não queria levá-los à casa de Miles. Combinou de encontrá-los pela manhã no parque Zilker, perto dos jardins botânicos. Era estranho estar de volta ao Texas depois de tanto tempo e ver os lugares que costumava visitar com a mãe. Não havia nenhum sentimento de nostalgia, mas ela sentia a velha dor da saudade.

Margot só tinha visto Miles em fotos. Os pais lhe contaram sobre a adoção desde o primeiro dia e, à medida que ele crescia, respondiam às suas perguntas com sinceridade. Disseram que ele poderia perguntar qualquer coisa. Em algum momento, ele ficaria sabendo de tudo o que quisesse sobre seu nascimento, e Margot apoiava isso. Toda pessoa merece conhecer a própria história, mesmo as partes difíceis. Miles merecia saber até mesmo a triste história de como ele havia sido gerado. No momento, garantiram a ela, ele era apenas um garoto feliz, um irmão mais velho, o orgulho e a alegria dos pais.

Alguém entrou na cabine, sentou na frente dela e apoiou um copo alto, cheio até a metade de um líquido âmbar.

— Quis dar uma passada — disse Briscoe Hunt — para ver se você está planejando mais alguma coisa para arruinar para a minha família.

Margot sentiu um calafrio gelado. Ele estava mais parecido com Jimmy do que nunca, com os olhos vidrados pela bebida e a boca molhada.

— Você me seguiu até aqui.

— Estamos em um país livre.

— Vai embora — disse ela.

— Acho que não, boneca. Você encontrou meu bar favorito.

A expressão no rosto dele — ao mesmo tempo lacônica e hostil — provocou uma reação nela. Sem nem pensar, ela sentiu seu corpo avaliar a situação e pesar suas opções. Seu pulso acelerou e sua pele ficou vermelha.

— Você está mesmo caçando mais problemas?

— É isso que você acha que estou fazendo? Procurando problemas?

Margot sabia que não havia como se livrar dele e não estava a fim de ter aquela discussão. Deixou seu drinque na mesa e saiu do bar. Era melhor que Briscoe não visse onde ficava o quarto dela. Ao ver uma placa que indicava o banheiro feminino em um corredor com piso de mármore, ela entrou. Estava vazio, e ela se encostou no balcão em frente ao espelho e fechou os olhos. Seu coração estava batendo a cem quilômetros por hora.

Calma, ela disse a si mesma. *Calma*. Ele era um bêbado valentão, que nem o irmão tinha sido. Mas ela não era mais uma vítima. Abriu os olhos e se olhou no espelho. Olhos azuis, como os da mãe. Será que Miles teria olhos azuis?

Quando ela estava pensando em ver o menino pessoalmente pela primeira vez, a porta se abriu e lá estava Briscoe Hunt. Ela se virou, o choque dando lugar à raiva.

— Sério? — perguntou ela em voz alta.

— Você ainda não entendeu? — perguntou ele. — Eu não aceito não como resposta.

Então ele se lançou para cima dela.

Ah, mas não mesmo.

Todos os anos de treinamento e prática entraram em ação quando ela executou um arremesso em quatro direções. Ela usou o próprio impulso dele para derrubá-lo no chão de mármore, ouvindo o ar sair de seus pulmões com o impacto. Ele arregalou os olhos enquanto tentava respirar. Ela o contornou e disse:

— Agora, fica quietinho enquanto eu chamo os seguranças.

Na manhã seguinte, Lindsey e Sanjay chegaram ao parque Zilker de bicicleta. Estavam quase iguais e todos sorridentes com suas roupas de ciclismo de luxo ao trancar as bicicletas e correrem até ela.

Cada um deles lhe deu um abraço.

— Obrigado por aceitar encontrar a gente, querida — disse Sanjay. Ele apontou para o caminho sombreado. — Miles está ali, ajudando a irmã. Ela acabou de tirar as rodinhas.

O coração de Margot acelerou. Ela observou um menino esbelto de cabelos dourados trotando ao lado de uma menina de cabelos escuros que cambaleava em uma bicicletinha rosa de duas rodas. *Oi, Miles.*

Uma dor ao mesmo tempo triste e feliz surgiu em seu peito.

— Seus filhos são maravilhosos.

— Eles são tudo pra nós — disse Lindsey.

A luz do sol brilhava sobre eles, e Margot protegeu os olhos.

— Minha mãe me trazia aqui. Nos dias de feira, o *food truck* ficava ali perto de Barton Creek.

— Ela estaria orgulhosa de você hoje, querida. Você se saiu muito bem — disse Sanjay. — E pelo jeito mandou os Hunt para casa com o rabo entre as pernas.

Margot estremeceu, pensando na noite anterior. Ela havia informado à segurança do hotel que havia um homem bêbado no chão do banheiro feminino do mezanino e depois ido para o quarto. Foram necessárias três doses do frigobar para acalmar seus nervos, mas, depois disso, ela caiu no sono.

— Não sou de fazer drama — falou ela aos dois. — Só estou feliz por ter acabado. Espero que continue assim.

— Nós também — concordou Sanjay. — Você está maravilhosa. Parece que, toda vez que você aparece, devia começar a tocar uma música tema.

— Para com isso.

Ela olhou para a ciclovia.

— Pronta para ir dar um oi?

Ela fez que sim com a cabeça. Respirou fundo.

— Vou adorar — disse ela.

Ela se sentia forte o suficiente agora, mais forte do que a tristeza que a consumira quando entregou o bebê aos pais dele. Agora podia fazer isso.

— Miles e Jaya, esta é a srta. Margot — disse Sanjay. — Ela queria dizer oi para vocês.

O menino diminuiu a velocidade e parou a bicicleta. Depois, parecendo se esquecer da irmã, ele se virou para Margot.

— Oi — disse ele.

— Prazer em conhecer você, Miles — falou ela.

Miles olhou para Margot com grandes olhos azuis. Eram do mesmo tom dos olhos da mãe dela. E talvez ela só estivesse vendo o que desejava ver, mas não enxergou um único traço de Hunt nele. Ela nunca quis que aquele garotinho sentisse vergonha ou culpa. Uma criança merecia ter orgulho e alegria por ser quem é. Era só o que ela queria para ele. Todo o resto floresceria a partir disso.

— Você é minha mãe biológica — disse ele.

— Sou, sim.

Ele deu um passo para trás. Suas bochechas ficaram coradas e ele deixou cair o queixo de forma tímida.

— Ah. Hum, tá.

— Eu queria ver como você está — disse ela. — Falei para os seus pais que você podia ficar à vontade para me perguntar qualquer coisa, a qualquer momento. Então... tem alguma coisa que você queira me perguntar?

Ele deu de ombros.

— Acho que não.

— Você deve saber disso, mas eu mesma queria te contar. Já fiz muitas coisas na vida e imagino que vou fazer muito mais. Mas você é a mais importante. Ser sua mãe biológica foi a melhor coisa que eu já fiz nessa vida, Miles. E deixar você com seus papais foi a segunda melhor.

— Tá bom — disse ele, ainda corado. — Hum… obrigado?

A incerteza dele tocou seu coração.

— Não precisa agradecer. — Ela entregou uma foto em um envelope de celofane. — Olha, essa aqui é uma cópia da minha foto favorita com a minha mãe. Eu tinha mais ou menos a sua idade. Pode ficar com ela, se quiser

Era a foto que ela e a mãe haviam tirado em uma cabine em Corpus Christi. Ela havia escrito uma mensagem no verso. Talvez ele visse. Talvez não.

Miles analisou o rosto das duas por um longo momento. Margot se perguntava o que ele via, no que estava pensando. Desejava saber quem ele era, quem ele se tornaria. Sabia que não poderia fazer parte disso, mas, ao mesmo tempo, sempre faria.

— Obrigado — repetiu ele, e dessa vez não era uma pergunta. — Papai, você pode guardar isso para mim?

— Papai, podemos tomar sorvete? — pediu Jaya.

Ela usava o cabelo brilhante em um rabo de cavalo torto e era a maior fofura do mundo.

— Já, já — disse Lindsey, colocando com cuidado a fotografia na mochila. — Quer ir com a gente, Margot?

Sim. De todo o meu coração, sim. Ela fez que não com a cabeça.

— Adoraria, mas preciso ir para o aeroporto. Estou feliz por ter conhecido vocês, Miles e Jaya.

— Sim, eu também — disse ele, e a irmã agarrou sua mão.

Margot se virou para atravessar a rua em direção à área de estacionamento, sentindo uma mistura tão intensa de emoções que não conseguia separá-las. Um orgulho triste e alegre. Anseio e alívio. Miles era um menino maravilhoso e lindo. Parecia ensolarado e inocente como uma flor na primavera. *Tente continuar assim*, pensou ela, e se despediu em silêncio. *Eu te desejo tudo o que há de bom.*

Do outro lado da rua, ela se virou para vê-los partir, os quatro de mãos dadas em um elo, entrando e saindo da luz do sol por entre as árvores.

26

O mundo parecia diferente para Margot quando ela voltou para a Bay Area. Era como se ela tivesse ficado fora por cem anos e envelhecido uma década. Era domingo de manhã quando seu voo pousou e, em casa, ela pegou Kevin nos braços e o abraçou. Um vizinho o havia alimentado, mas ele estava tão faminto de afeto quanto Margot. Apesar da hora, ela se enrolou na cama e dormiu até escurecer.

Acordou um pouco desorientada. Já passava das dez da noite, mas ela se sentia agitada demais para voltar a dormir. Então, decidiu trabalhar.

Tomou banho, trocou de roupa e dirigiu até o Sal. Estava vazio, então ela decidiu usar o tempo para lidar com as inúmeras tarefas que havia ignorado enquanto estava fora. E-mails, papelada e atualização geral. Em sua ausência, alguns funcionários tinham entrado e outros, saído. O cardápio havia mudado aqui e ali.

Uma batida na porta a assustou. Ida e Frank estavam do lado de fora, acenando para que ela os deixasse entrar.

— Vimos a luz acesa — disse Ida. — Bem-vinda de volta, querida.

Margot admirou a roupa de festa dos dois, um vestido longo para Ida e um terno formal para Frank.

— Vocês saíram?

— Sim — disse Frank. — Está tendo um *revival* de uma peça antiga chamada *Bus Stop*. Fomos à estreia. Aceita um café? Eu faço um ótimo cappuccino descafeinado.

— Parece bom — aceitou Margot.

— Coloca o meu num copo para viagem — pediu Ida. — Já, já vou estar na cama.

— Sim, senhora.

Ele foi até a confeitaria para usar a máquina de café expresso grande e reluzente.

— Então — disse Ida em um tom rápido e sem rodeios —, você e Jerome.

— Você leu a matéria?

— Li.

— Então você sabe por que eu tive que ir. — Margot sentiu a ardência das lágrimas. — Embora eu tenha saído do Texas, o que aconteceu lá nunca vai me abandonar, Ida. Jerome me fez esquecer isso. Eu me envolvi com ele, com a sua família, com a vida que eu sonhava ter com ele e me perdi nesse sonho. Sinto muito. Eu queria tanto que desse certo, mas é muito complicado.

— Você está falando da Florence, então. — Ida apertou os lábios. — Ela foi minha nora por dez anos, e eu conheço a peça. Florence só precisa se acostumar com a ideia de quem você é. Você fez o que tinha que fazer para salvar sua própria vida. Você é uma mulher tão feroz e protetora quanto ela mesma é com os filhos. Ela vai se acostumar e perceber. Só vai levar um tempo.

— Não sei, Ida.

— Bom, *eu* sei. Agora, escuta, se você for embora, vai partir o coração dele e o seu também. Mas, se você ficar, pode acabar tendo algo que levei cinquenta anos para encontrar.

Frank trouxe o café e eles conversaram sobre outras coisas — a peça, o clima, os netos. Margot gostava de ver como os dois eram felizes juntos, como se adoravam. Esse tipo de felicidade era capaz de mudar o mundo, pensou ela.

Depois que eles saíram, ela examinou a área de trabalho apertada que havia criado para si mesma. O quadro de cortiça sobre a escrivaninha tinha a foto dela com a mãe, algumas de Kevin e uma nova — uma foto dela com Jerome e os filhos dele na ilha Angel. Eles não pareciam parentes dela, mas seu coração a enganou, fazendo-a pensar que era possível.

A escrivaninha estava cheia de correspondências não abertas, caixas e pacotes que haviam sido entregues. Ela pegou um cortador de caixas e começou a trabalhar de modo organizado, abrindo e lidando com cada coisa. Não era sua parte favorita do trabalho, mas era inevitável. Quando a grande lixeira azul ficou cheia de papel e papelão descartados, ela se levantou para esticar as pernas e levar o lixo reciclável para os fundos.

A essa altura, o amanhecer já despontava no céu, e Margot conseguia ouvir os sons da cidade ganhando vida. Havia perdido a noção do tempo. Destravou o grande contêiner de metal e esvaziou a lixeira. Quando se virou para voltar para dentro, ficou assustada ao ver uma figura masculina imponente.

Ela ergueu as mãos em defesa, mas depois o reconheceu.

— Jerome.

— Então, aqui estamos nós outra vez — disse ele. — Pode baixar a guarda, Margot. Você ficou aqui a noite toda, não foi?

— Não conseguia dormir, então, vim ver como estava o trabalho.

— Que tal ver como eu estou?

Ele lhe parecia tão lindo que o coração dela disparou. Estava usando roupas bonitas, calças com vinco e uma camisa branca engomada. Talvez estivesse indo para algum encontro.

— Sua mãe te disse para me encontrar aqui.

— Vamos entrar.

Margot pensou na primeira vez que encontrou Jerome e o derrubou, em pânico. Ela pensou em algo que ele havia dito da primeira vez em que a levou para velejar: *Você tem que confiar que, aconteça o que acontecer, eu vou voltar para te buscar.* No fim das contas, Jerome acabou sendo a última pessoa que faria mal a ela. A única pessoa que viu quem ela era e que não desviou o olhar.

Eles se sentaram um de frente para o outro em uma das mesinhas. O silêncio matinal da confeitaria vazia os cercava. O ar estava repleto do aroma suave e caseiro de café, pães e doces.

— Fala — pediu Jerome. — Ou a gente não conversa mais?

Ela se encolheu ao ouvir a mágoa na voz dele.

— Eu estava com medo de deixar você entrar na minha vida, então, fugi. Não sabia o que fazer.

— Que tal confiar em mim?

— Eu confio. Sempre confiei. Mas os Hunt... eles são cruéis. E vingativos. — Ela estremeceu ao se lembrar do olhar de Briscoe ao atacá-la. — Você tem filhos. Gente que depende de você. E a mãe dos meninos... admita, se você não me conhecesse, ia querer alguém como eu na vida deles?

— Mas eu *conheço* você — contrapôs ele. — E é por isso que quero você na vida dos meus filhos. O que me leva ao próximo ponto. Precisamos falar de uma coisa.

— O quê?

— Casamento.

Ela ofegou.

— Jerome...

— Calma — disse ele. — Estou falando do casamento de Ida. Você disse que ia. Mudou de ideia?

Ela o amava tanto que doía. Talvez fosse assim que o amor funcionasse. Se você conseguisse suportar a dor, chegaria ao prazer.

— Não mudei de ideia.

Jerome levou Ida até o altar. Não era nada convencional, mas nada na história de amor da mãe dele era convencional. Margot nunca havia experimentado uma sensação de estar em família como essa, duas tribos diferentes, agora unidas. Para ela, parecia algo saído de um conto de fadas.

Ida usava um lindo vestido marfim e Frank estava alto e imponente em seu smoking. O local do evento era incrível: a Hacienda Bella Vista, cercada pelos pomares e vinhedos de Sonoma. Os padrinhos foram os netos da noiva, e o oficiante foi o filho de Frank, Grady.

— No momento em que eu te conheci — disse Ida, olhando para Frank —, você passou a morar no meu coração. Fui abençoada com uma vida rica e bela, e você a tornou ainda mais preciosa. — Ela fez uma pausa e seu olhar se voltou num relance para Jerome. — De alguma forma, você sempre esteve comigo, mesmo quando eu não sabia onde você estava. Agora estamos juntos de novo, com o apoio da nossa família, e todos os meus sonhos enfim se tornaram realidade.

Frank pigarreou algumas vezes, pegou um lenço para enxugar a testa e depois os olhos. A garganta de Margot ficou apertada enquanto ela o observava. Ela não conhecia bem o homem, mas reconhecia as emoções estampadas em seu rosto.

— Nosso amor é tão forte hoje quanto era tantos anos atrás — disse ele. — Eu ainda conheço você, Ida. Mas sei que tenho muito a aprender. Pretendo passar o resto da minha vida redescobrindo você.

Observando Ida e Frank e as famílias que os cercavam, Margot ficou maravilhada ao se dar conta de todas as maneiras com que a alegria do amor verdadeiro poderia mudar uma vida — não apenas uma, mas muitas, irradiando para fora em anéis cada vez maiores.

Ela olhou para Jerome, alto e ereto ao seu lado. Enfim, conseguiu ver o que seria possível se ela se permitisse se entregar ao que sentia por ele. Tinha sido uma longa jornada até ali. Ela havia perdido o rumo, sido desviada do curso por um acontecimento horrível, e levara anos para ajustar as velas e voltar a navegar. Talvez tenha sido a beleza da cerimônia, repleta de música e calor humano, mas talvez, apenas talvez, pensou Margot, ela estivesse tão emocionada por agora conseguir imaginar esse tipo de amor acontecendo em sua própria vida.

— Por que tantas lágrimas? — sussurrou Jerome, entregando-lhe um pacote de lenços de papel tirado do bolso.

— Eu não quero que cinquenta anos se passem e só aí eu perceba que você é a minha pessoa.

Ele colocou a mão sobre a dela. Embora Jerome estivesse olhando para a frente, embora não dissesse nada, ela sentiu uma onda de calor emanando dele. E uma sensação de possibilidade que de repente pareceu muito real.

A recepção foi realizada sob luzes cintilantes no pomar de maçãs da Bella Vista. O cardápio foi preparado pela lendária cozinha do Bella Vista, e o vinho veio da vinícola vizinha, Rossi. O luxuoso banquete contou com um cardápio de produção local e um magnífico bolo de limão e cobertura de *buttercream*. O brilho dourado do sol poente banhou a atmosfera em ouro, e os brindes variaram de bobos a estranhos e sinceros. Houve música ao vivo, incluindo covers de músicas de São

Francisco do início dos anos 1970. Jerome e Margot tentaram alguns dos movimentos que aprenderam em suas aulas de dança de salão, mas ela saiu da pista de dança morrendo de vergonha.

— Você está com cara de quem precisa de uma bebida — disse Ida, entregando-lhe uma taça de champanhe.

Margot lhe deu um sorriso agradecido.

— Obrigada.

Ida a conduziu até uma mesa.

— Senta. Me diz o que você está pensando.

O muro se levantou, por reflexo. Margot não estava acostumada a se aproximar das pessoas. Em especial das muito importantes — como a mãe de Jerome.

— Que seu casamento está maravilhoso — disse ela. — Na verdade, maravilhoso demais para ser submetido à minha dança.

— Ah, imagina — respondeu Ida. — A gente só dança mal quando não está se divertindo.

— Vou manter isso em mente. Jerome dança muito bem.

— Pode ser a conexão com a parceira. — Ida sorriu ao ver a expressão atônita de Margot. — Eu nunca vi ele assim. Ele está transbordando de felicidade. É muito lindo.

— É muito importante ouvir isso. Ida, é isto que sempre imagino quando penso em família.

Ela fez um gesto para abranger o pomar iluminado pelo sol, repleto de convidados felizes.

— Todo mundo aqui está se comportando — comentou Ida. Ela se concentrou em Asher, que estava enchendo os bolsos com amêndoas cobertas de chocolate da mesa de doces. — A maioria de nós, pelo menos. Mas obrigada por dizer isso. Meu conceito de família com certeza evoluiu agora que tudo isso está acontecendo.

— Sobre o que essas duas beldades estão fofocando? — Jerome se aproximou delas.

— Você — disse a mãe dele. — Agora preciso convencer meu novo marido a dançar comigo de novo.

Jerome a observou sair, agitando a renda marfim.

— Sobre mim, é? — disse ele.

— Você é o que a sua mãe e eu temos em comum. Ela é demais, Jerome.

— Você também é. — Ele a puxou para perto de si e encostou os lábios em sua têmpora. — Vamos em outro casamento juntos? — falou ele. — Gosto de ir a casamentos com você.

— Gosta, é? Bom, eu também gosto. — Ela procurou na multidão a filha de Frank, Jenna, que havia pegado o buquê da noiva. Estava solteira havia pouco tempo, depois de uma separação difícil, mas Margot sabia reconhecer uma mulher ansiando por algo. — Da Jenna? Mas será que não é cedo demais para ela? Quer dizer, ela está divorciada há menos de um ano. Mas de repente...

— Margot. Guarde minhas palavras: qualquer dia desses, vou me casar com você.

— Para com isso. Não vai, não.

O coração começou a acelerar e, apesar de tudo, ela sentiu uma onda de alegria e esperança.

— Você acha que eu não consigo lidar com você?

— Acho que você consegue lidar com quase tudo, Jerome. O problema não é você. Sou eu.

— Que tal você deixar que *eu* decida isso?

Ele pegou a mão dela e a levou para uma mesa de canto, longe da multidão.

Ela olhou para o colo.

— Eu nunca me apaixonei antes, talvez eu seja uma aposta ruim.

— E, mesmo assim, você abriu um restaurante de carnes na cidade mais cara dos Estados Unidos. Acho que você não se intimida com apostas arriscadas — disse ele.

— No trabalho, não. Mas com você... — Ela olhou para ele do outro lado da mesa. Meu Deus, aquele rosto. — Às vezes... na maior parte do tempo, eu me sinto dominada pelos meus sentimentos por você — contou ela.

— E isso é ruim?

— Eu tinha medo de que, se você me conhecesse, me conhecesse de verdade, não fosse mais querer ficar comigo. Não só por causa do processo, nem por causa da sua ex. Mas porque... Eu sou essa pessoa. Sou a pessoa que tirou a vida de um homem.

— Não. Não é isso que você é. Isso foi o que você fez porque não teve escolha. E sou muito grato por você ter sobrevivido e por estar aqui comigo. Do que você tem medo *agora*?

Ela percebeu então que havia coisas piores do que sua provação no Texas.

— De perder você. Quando eu estava longe, senti tanta saudade sua que quase morri.

— Ah, foi, é?

Ele tirou uma caixinha arredondada do bolso. Ela ofegou, incapaz de falar. Esqueceu-se de como respirar. Mesmo sabendo que não era possível, poderia jurar que seu coração parou de bater naquele momento.

— Não entra em pânico — disse Jerome. — Achei que isto poderia ser um passo na direção certa. — Ele abriu a parte superior da caixa. Dentro havia um pingente com um diamante tão brilhante que parecia um pedaço do céu noturno. — Não pensei em fazer desse jeito, mas a verdade é que eu não quero esperar nem mais um minuto. Essa é a minha promessa para você, Margot. Uma promessa. Não estou pedindo nada neste exato momento. Você não precisa fazer nada, só ser você mesma.

Ele parecia não saber o que pensar do silêncio atônito dela.

— É um diamante de Kalahari — disse ele. — Escolhi um corte quadrado porque parece um cristal de sal.

Margot estendeu a mão para o outro lado da mesa e tocou dois dedos nos lábios dele.

— É a coisa mais linda que já vi.

Margot vacilou, sentindo uma dor no peito. Sentia-se à flor da pele, frágil demais para suportar o peso de um amor que parecia tão grande. Os Hunt a tinham feito questionar seu direito a um amor como aquele. A uma vida como aquela. Estava apaixonada pela primeira vez e não sabia se conseguiria levar adiante essa relação. O trauma estava marcado de forma indelével em seu coração. Havia uma diferença de idade entre ela e Jerome. Uma diferença de raça. Ele tinha filhos. Ela seria madrasta. Se tivesse um filho com ele, enfrentaria o delicado desafio de criar uma criança birracial. Todas as suas dúvidas explodiram dentro dela.

— Estou um caos, Jerome. E não quero estragar tudo.

— Linda, uma coisa ruim aconteceu com você — disse ele. — Mas podemos fazer algo bom resultar disso. Eu sei lidar com o caos, sei como ser cuidadoso. E paciente. Você não é uma criminosa, não é uma vítima. Você é uma sobrevivente, Margot. Você precisa aprender a se amar, a amar aquela garota que perdeu a mãe muito jovem, que escolheu o cara errado e teve que lutar por si mesma. Ame essa garota. Porque eu amo.

Margot apertou a palma das mãos na mesa e sentiu o coração batendo como um pássaro engaiolado. Aí, fechou os olhos, porque não suportava olhar para ele.

— Jerome, se eu... se a gente fizer isso, não vai ser fácil — sussurrou ela.

— Shhh. Eu te amo — falou ele. — Eu amo as partes quebradas e as partes perfeitas e tudo o que está no meio. Nunca vou te abandonar. Não vou deixar você se perder em mim.

Ele se levantou e a pegou nos braços.

Ela encostou o ouvido no peito dele e escutou seu coração batendo. E, naqueles poucos momentos, Margot sentiu algo mudar. Sim, ela estava um caos, mas não era frágil. Não ia se quebrar.

Tantas vezes na vida, ela se sentira impotente, mas, depois de se apossar do próprio poder, ela percebeu que ele sempre estivera ali, esperando que ela o encontrasse. E Jerome parecia saber disso. Ele era o porto seguro dela. Definia, afinal, a quem ela pertencia, quem estava lá por ela, quem a via como ela era e a adorava por isso.

— Você parece um sonho para mim — sussurrou ela.

— Então, continue sonhando, querida. Continue sonhando.

Nota da autora

*E*mbora a situação de Margie/Margot pareça improvável, ela foi baseada em histórias reais. O caso de Brittany Smith, que em 2018 atirou em seu estuprador, o matou e foi indiciada por homicídio, foi coberto pela imprensa norte-americana. A única maneira de ela ganhar a liberdade foi se declarando culpada, tornando-se assim uma criminosa. Cyntoia Brown foi condenada à prisão perpétua aos 16 anos pelo assassinato do homem que a submeteu a abuso e tráfico sexual; mais tarde, o governador Bill Haslam concedeu-lhe clemência. Chrystul Kizer, aos 17 anos, sobrevivente de tráfico sexual e abuso, foi acusada de homicídio doloso de primeiro grau. LadyKathryn Williams-Julien, do estado de Nova York, matou o marido enquanto sofria violência doméstica e foi acusada de homicídio. Aos 36 anos, ela não tinha antecedentes criminais, apenas um histórico de abuso por parte do pai e depois do marido. LadyKathryn fez lobby para que a legislatura estadual aprovasse a Lei de Justiça para Sobreviventes de Violência Doméstica, que dá aos juízes o poder de considerar o papel do abuso em situações de violência sexual. Há evidências preocupantes de que ser inocentado com base em legítima defesa é muito mais comum para homens do que para mulheres.

Também é verdade que certas organizações médicas tratam sobreviventes de estupro com medicações que impedem a fertilização, mas sem eficácia alguma contra um embrião fecundado, o que permite a possibilidade de que uma gravidez possa ocorrer como resultado do estupro.

Por conta do sistema de fiança obrigatória em dinheiro, há pessoas em penitenciárias por todos os Estados Unidos que ainda não foram condenadas, de acordo com a Prison Policy Initiative. Mesmo os inocentes podem permanecer presos por dias, semanas ou até anos só porque não podem arcar com a fiança.

Se você precisar de ajuda

No Brasil, entre em contato com 180, Central de Atendimento à Mulher, um recurso governamental gratuito que dá orientação sobre os direitos da mulher. Também existem os Centros Especializados de Atendimento à Mulher (CEAM), que dão orientação e aconselhamento jurídico.

Receitas de O *sabor da esperança*

Coletadas por Susan Wiggs

Drinques

Bem-vindo ao Sal

1 parte de suco de limão
sal marinho defumado
1 parte de mescal de sabor defumado
1 parte de Cointreau ou Grand Marnier
1 fatia de pimenta jalapeño

Umedeça a borda de um copo com o suco de limão e mergulhe no sal marinho defumado. Coloque o copo no freezer por 1 hora. Misture os ingredientes em uma coqueteleira com gelo e agite bem. Coe para o copo preparado, decore com a fatia de jalapeño e sirva.

Baja Oklahoma

de 7 a 15 ml de suco de limão recém-espremido
sal grosso
60 ml de tequila prata ou reposado
120 ml de refrigerante (ou refresco) de toranja
Twist de toranja

Umedeça a borda de um copo alto com o suco de limão e mergulhe no sal grosso. Encha o copo de cubos de gelo, acrescente os ingredientes, mexa e decore com um twist de toranja.

Primeira sexta-feira

8 fatias de pepino
8 folhas de menta
170 ml de água tônica

Macere o pepino e as folhas de menta juntos numa coqueteleira, depois encha de gelo, adicione a tônica mexendo e coe em um copo alto com gelo.

Principais, molhos e acompanhamentos

Molho de churrasco apimentadíssimo

Já que você já está bravo,
isso vai fazer seu cabelo pegar fogo.

4 xícaras cheias de açúcar mascavo
½ xícara de melaço
1 xícara de xarope de bordo
½ xícara de mel
½ xícara de suco de laranja
900 gramas de pêssegos frescos, cortados na metade sem o caroço
    (ou use os enlatados)
3 colheres de sopa de sal
2 colheres de sopa de molho inglês
2 colheres de sopa de molho de soja
4 xícaras de vinagre de maçã
1 lata de molho de tomate
2 xícaras de ketchup
1 xícara de mostarda amarela
3 colheres de sopa de caldo granulado de frango
4 colheres de sopa de pimento-vermelha em flocos macerada
2 colheres de sopa de alho em pó

2 colheres de sopa de cebola em pó
1 colher de sopa de pimenta-do-reino moída
2 colheres de sopa de fumaça líquida

Combine tudo exceto a fumaça líquida em uma grande caçarola de ferro; leve à fervura, mexendo para não queimar no fundo. Abaixe o fogo e cozinhe, destampado, por 1 a 2 horas, mexendo de vez em quando. Com um mixer de mão, transforme em purê. Adicione a fumaça líquida, mexendo. Usando uma concha, coloque em potes e guarde na geladeira ou conserve usando métodos tradicionais de enlatamento.

Adaptado de *Cowboy Cookbook*, de Bruce Fisher

O pão de milho molhadinho da sua mãe

A vida é curta demais para comer pão de milho seco e farelento. Esta é a receita que você queria. Não precisa nem de liquidificador. As sobras podem ser cortadas na transversal, torradas e servidas com geleia de pimenta ou de tomate.

Preaqueça o forno a 180 graus. Unte uma assadeira de 20 x 20 centímetros com manteiga, ou use uma caçarola de ferro fundido. Misture os ingredientes úmidos em uma vasilha pequena e hidrate o fubá para amolecer:

4 colheres de sopa de manteiga derretida
1/3 de xícara de óleo
1 ½ xícara de leitelho (buttermilk) ou iogurte natural afinado com
    leite
2 ovos
½ xícara de fubá

Deixe descansar enquanto mistura os ingredientes secos numa vasilha.

1 ½ xícara de farinha
½ xícara de açúcar
1 colher de sopa de fermento
1 colher de chá de sal
¼ de colher de sopa de pimenta-caiena

Combine tudo para umedecer, mas não bata nem misture demais. Então, acrescente:

1 lata pequena de pimenta-malagueta verde picada
1 xícara de queijo cheddar ralado
1 xícara de milho cozido fresco, congelado ou enlatado (sem a água)

Incorpore aos poucos, mas não misture demais os ingredientes opcionais — qualquer combinação:

cebolinha picada
pimenta jalapeño picada
pimentão vermelho, laranja e verde salteado
noz pecã
ervas frescas cortadas, como alecrim, sálvia ou tomilho

Jogue a massa na assadeira e asse por cerca de 30 minutos. Se ainda estiver úmido no meio, asse por mais 5 a 10 minutos. Sirva quente com manteiga e geleia de tomate ou de pimenta.

Frango frito com manteiga e mel

Vale o trabalho.

1 quilo de frango em pedaços (ou peça para o açougueiro cortar o frango inteiro)
cerca de 500 ml de leitelho
½ colher de chá de sal kosher

¼ *de colher de chá de pimenta-do-reino moída*
¼ *de xícara de fécula de batata*
¼ *de xícara de farinha de trigo*
½ *colher de chá de fermento*
óleo de amendoim para fritar

Deixe o frango por 8 a 12 horas em um banho d'água com uma xícara de açúcar e uma de sal. Adicione outros temperos a gosto — limão, pimenta-preta em grão, ervas. Remova da água, seque o excesso com um papel-toalha e então coloque os pedaços de frango numa tigela com o leitelho.

Misture os ingredientes secos numa tigela ampla e rasa. Passe os pedaços pela farinha temperada. Esquente o óleo numa frigideira funda ou fritadeira até 180ºC. Use pinças para colocar o frango no óleo, começando pelos cortes de carne escura. Frite por cerca de 5 minutos cada lado, virando com a pinça. O frango estará pronto quando a temperatura interna for de 75ºC. Drene numa grade em cima de uma assadeira.

Para o molho de manteiga e mel:

4 colheres de sopa de manteiga
3 dentes de alho amassados
¼ *de xícara de açúcar mascavo*
2 colheres de sopa de molho de soja
2 colheres de sopa de mel

Derreta a manteiga numa frigideira alta, adicione o alho e salteie por cerca de um minuto. Misture os outros ingredientes com o *fouet* e ferva em fogo baixo até borbulhar vigorosamente. Jogue por cima do frango e sirva.

Biscuit preguiçoso

Nem precisa pegar o cortador.
Esses não ficam tão lindos, mas são mais gostosos.

2 xícaras de farinha feita de trigo de inverno (que deixa os biscuits mais fofinhos)
2 colheres de chá de fermento
½ colher de sopa de bicarbonato de sódio
1 colher de chá de açúcar
¾ de colher de chá de sal
1 xícara de leitelho gelado
8 colheres de sopa de manteiga sem sal, derretida, mais 2 colheres de sopa de manteiga derretida para pincelar nos biscuits
sal Maldon (ou outro sal em flocos)

Aqueça o forno a 250°C. Bata os ingredientes secos em uma tigela grande. Misture o leitelho e 8 colheres de sopa de manteiga derretida em uma jarra, mexendo até que a manteiga forme pequenas gotículas por toda a superfície. Adicione a mistura de leitelho aos ingredientes secos e mexa até que a massa se solte das laterais da tigela. Usando uma medida seca de ¼ de xícara untada, coloque uma quantidade nivelada de massa na assadeira forrada com papel manteiga. Deve render cerca de 12 biscuits. Asse até que a parte superior esteja dourada e crocante, por 12 a 14 minutos. Pincele os biscoitos com mais manteiga derretida e cubra com uma pitada de flocos de sal.

Sanduíches de brisket

Não economize no ingrediente nem tão secreto:
batatinhas chips trituradas

4 pães Vianinha, grelhados com manteiga
1 xícara de molho barbecue
450 gramas de brisket ou cogumelos Portobello

1 cebola grande, caramelizada com manteiga e sal numa frigideira
   grossa
½ xícara de remolada
4 pimentas-doces, picadas fininho
batatas chips sabor barbecue triturada

Pincele o interior dos pães em cima e embaixo com molho barbecue. Depois, monte uma cama de carne ou cogumelos, cebola caramelizada, molho *remoulade* e pimenta na parte de baixo do pão. Adicione uma camada de batatas chips trituradas e finalize com o topo do pão.

Finais felizes

Bolo de assadeira do Texas

2 xícaras de farinha de trigo
2 xícaras de açúcar
¼ de colher de chá de sal
½ xícara de leitelho
1 colher de chá de bicarbonato de sódio
1 colher de chá de extrato de baunilha
2 ovos
230 gramas de manteiga
4 colheres de sopa bem cheias de cacau em pó

Para a cobertura:

½ tablete de manteiga
4 colheres de sopa bem cheias de cacau em pó
6 colheres de sopa de leite
1 colher de chá de extrato de baunilha
450 gramas de açúcar de confeiteiro

Pré-aqueça o forno a 180ºC. Misture a farinha, o açúcar e o sal. Em uma tigela separada, misture o leitelho, o bicarbonato de sódio, a baunilha e os ovos.

Em uma panela média, derreta a manteiga e acrescente o cacau. Leve 1 xícara de água para ferver e despeje-a na panela, deixando-a borbulhar; em seguida, retire do fogo. Despeje essa mistura nos ingredientes secos e mexa. Acrescente a mistura de ovos e mexa. Despeje em uma assadeira de biscoitos com borda de 25 × 34 centímetros e asse por 20 minutos.

Enquanto isso, faça a cobertura. Derreta a manteiga e acrescente o cacau em pó, depois o leite, a baunilha e o açúcar de confeiteiro. Quando retirar o bolo do forno, coloque a cobertura morna enquanto o bolo ainda estiver quente. Deixe esfriar antes de servir.

Receita escrita à mão por minha amiga Janece

Agradecimentos

*D*evido à pandemia, o processo solitário de escrever um livro tornou-se muito mais solitário. Para mim, o vazio foi preenchido por meus colegas escritores, que estão sempre ao meu lado, mesmo que no cantinho de uma tela pequena e brilhante. Obrigada a Anjali Banerjee, Lois Dyer e Sheila Roberts. Um agradecimento especial a K.B. pelas discussões animadas provocadas pelas questões deste romance.

O verdadeiro Candelario Elizondo, advogado talentoso, me respondeu a perguntas jurídicas importantes. As observações da poeta e escritora Faylita Hicks sobre ser uma prisioneira indigente foram reveladoras e expressas com elegância no *Texas Observer*. Um agradecimento muito especial a Kashinda Carter por sua sábia e perspicaz leitura sensível do rascunho inicial.

Agradeço a Laurie McGee pela preparação de texto inteligente e perspicaz, e a Marilyn Rowe e Kirsten Weisbeck pela ajuda na revisão.

Sou grata a Cindy Peters e Ashley Hayes por manterem tudo atualizado on-line.

Cada livro que escrevo é enriquecido e informado por minha agente literária, Meg Ruley, e sua associada, Annelise Robey, e trazido à vida pela incrível equipe de publicação da HarperCollins/William Morrow — Rachel Kahan, Jennifer Hart, Liate Stehlik, Tavia Kowalchuk, Bianca Flores e seus muitos associados criativos que fazem da publicação uma grande aventura.

Este livro foi impresso pela Cruzado, em 2023, para
a Harlequin. O papel do miolo é pólen
natural 70g/m², e o da capa é cartão 250g/m².